L'ADIEU AU CONNEMARA

DU MÊME AUTEUR

Aux Presses de la Cité :
Que ma terre demeure, 2001, Prix Bretagne 2002

Chez d'autres éditeurs :
La Mariée rouge, Jean Goujon, 1979 ; NEO, 1983 ; Euredif, 1985 ; Picollec, 1986 ; Livre de Poche, 1989 ; Editions de la Chapelle, diffusion Ouest-France, avril 2002
La Chasse au merle, Jean Goujon, 1979 ; Gallimard, 1984 ; Editions de la Chapelle, diffusion Ouest-France, avril 2002
Pleure pas sur ton biniou, Jean Goujon, 1980 sous le titre *La Petite Fille et le Pêcheur* ; Gallimard, 1985 ; Editions de la Chapelle, diffusion Ouest-France, avril 2002
Quai de la Fosse, Fleuve Noir, 1981 et 1991 ; Editions de la Chapelle, diffusion Ouest-France, avril 2002, Prix du Suspense 1982
Marée basse, Fleuve Noir, 1983 et 1991, *épuisé*
Toilette des morts, Fleuve Noir, 1983 et 1992, *épuisé*
Le Crime du syndicat, Denoël, 1984, *épuisé*
Histoire d'ombres, Denoël, 1986 ; Livre de Poche, 1990, *épuisé*
L'Adieu aux îles, Mazarine, 1986 et Folio Gallimard n° 3151, 1999, Prix des Bretons de Paris 1986
Les Chiens du Sud, Denoël, 1987, *épuisé*
Coup de chaleur, Fleuve Noir, 1987, *épuisé*
Le Fils du facteur américain, Payot, 1988, *épuisé*
Connemara Queen, Denoël, 1990 ; Folio Gallimard n° 2483, 1993 ; Folio Policier n° 51, 1999
Hôpital souterrain, Denoël, 1990 ; Folio Gallimard n° 2424, 1992 ; Folio Policier n°137, 2000, Grand Prix de littérature policière 1990
Flora des embruns, Denoël, 1991, *épuisé*
Les Douze Chambres de M. Hannibal, Stock, 1992, *épuisé*
Ouragan sur les grèbes, Denoël, 1993
Les Endetteurs, Stock, 1994, *épuisé*
Le Fossé, Denoël, 1995, *épuisé*
Toutes les couleurs du noir, Denoël, 1995, « omnibus » regroupant 4 titres épuisés
L'Allumeuse d'étoiles, Denoël, 1996 et Folio Gallimard n° 3029, 1998, Prix Populiste 1996
La Tentation du banquier, Denoël, 1998
Merci de fermer la porte, nouvelles, Denoël, 1999, et Folio Gallimard n° 3560, 2001

JEUNESSE

Le Monstre du lac noir, Syros, 1987
La Croix du sud, Syros, 1988, *épuisé*
Le Cahier noir, Gallimard, 1992, Prix Korrigan des Ecrivains de l'Ouest 1992
L'Oisif surmené, Seuil, 1995
Stang Fall, nouvelle, in Pages Noires, collectif, Gallimard, 1995
L'Or blanc du loch Ness, Gallimard, 1998
Singes d'hommes, Nathan, 1999
Mamie mémoire, Gallimard, 1999, Prix Chronos 2000, Prix des Incorruptibles 2001
Combien je vous doigt ?, Nathan, 2000
La Route de la liberté, Gallimard, Folio Junior, 2003

LITTÉRATURE DE VOYAGE

Journal d'Irlande 1977-1983, Calligrammes, 1984, Prix des Ecrivains Bretons, *épuisé*
Journal d'Irlande, 1977-1983/1984-1989, Editions Ouest-France, 1990 et 2002 au format de poche
Irlande (album, texte illustré de photographies de Bruno Ravalard), Editions Ouest-France, 1992
Chroniques irlandaises, 1990-1995, Editions Ouest-France, 1995 et 2002 au format de poche
Petite Prose trans(e)irlandaise (texte accompagnant des photographies de Georges Dussaud), Apogée, 1995
Le Bois bleu (texte accompagnant des aquarelles de Bernard Louviot), Editions Ouest-France, 1996
La Cocaïne des tourbières, Editions Ouest-France, 2000 et 2002 au format de poche

TRADUCTION

L'Assassin, de Liam O'Flaherty, Joëlle Losfeld, 1994 et Rivages/Noir n° 247, 1996
Les Robinsons du Connemara, de Guy St John Williams, Editions Ouest-France, collection « Latitude Ouest », avril 2002

Hervé Jaouen

L'ADIEU AU CONNEMARA

Roman

Production Jeannine Balland
Collection Sud Lointain

PRESSES DE LA CITÉ

ISBN 2-258-05869-4

PREMIÈRE PARTIE

1

Comme il avait perdu l'espoir qu'un seul d'entre eux survive, Sean Maloney usa ses dernières forces à creuser leurs tombes à tous sur le chemin du lac, dans le petit cimetière d'Inishconga, en face de l'îlot du même nom. Courbé sur sa houe, à l'intérieur de l'enclos cerné d'ifs, sous un rejet de frêne, de Kathleen, sa femme, Sean Maloney creusa, creusa la fosse. Jour après jour, alors que ses bras et ses jambes faiblissaient, de chacun de leurs six enfants Sean Maloney creusa, creusa le trou. Epuisé, il creusa le sien, en espérant bien succomber le dernier. Comme il n'y aurait plus personne pour l'ensevelir, il n'attendait du Très-Haut que la grâce ultime de lui accorder la force de ramper sous la bruyère jusqu'à sa douve où il s'aplatirait comme un crapaud pour rendre l'âme, recroquevillé sur lui-même comme tous les morts de faim.

Ses sinistres souhaits quant à l'ordre des décès furent à peu près respectés. Avec l'aide de Josephine, sa fille aînée, il enterra d'abord bébé Dermot, petit innocent âgé de trois mois, chassé de ce monde duquel Dieu et ses saints avaient détourné leurs regards. Lors de sa naissance, en décembre, les prêtres ne battaient plus la campagne pour baptiser, et se rendre à l'église de Ballinrobe eût été trop risqué, à cause des miasmes. Mort sans avoir reçu le sacrement du baptême, condamné à errer dans les limbes, l'enfant aurait dû, selon la loi vaticane, être enfoui dans un coin de champ avec les bêtes crevées.

En recouvrant sa pauvre dépouille de la terre consacrée du cimetière d'Inishconga, Sean Maloney ricana de ce bon tour joué à l'Eglise. Accablé, il devenait impie, se repaissait de rancune à l'égard du Ciel. Les autres suivirent bébé Dermot. Ce fut Kathleen. Tout au long de l'hiver elle s'était privée de nourriture pour tenter de sauver ses enfants. En vain. Après elle, il fallut porter en terre Mary, Liam, Ronan et Jane, âgés de deux à quatorze ans, enterrés auprès de leurs cinq autres frères et sœurs, ceux-là enlevés par les anges avant de savoir marcher, il y avait une éternité de cela, semblait-il à Sean Maloney.

Cela faisait moins de huit jours qu'il avait fini de creuser son trou à côté de celui de Josephine, celle-là née au temps du bonheur, dix-huit ans auparavant, à une époque où Kathleen et lui croyaient encore en l'avenir. Il avait creusé, ou plutôt gratté la terre, en maniant la houe d'une main tandis que de l'autre il coinçait son aisselle dans la fourche d'une grosse branche de saule, misérable béquille de moribond en marche vers la nuit éternelle d'un croyant devenu haineux envers son Créateur. Et ce matin, quand Josephine s'était levée, son père ne respirait plus.

Mort de faim et de ces maladies qui sur la faim font leur litière, dévorent les êtres de l'intérieur, les vident, nettoient les os de la chair, ne laissent sur eux qu'une peau jaunie et parcheminée, jusqu'à ce qu'ils rendent leur dernier souffle. Alors ils se raidissent et noircissent, prennent l'aspect de tisons éteints desquels s'échappent les âmes affolées en criant comme des choucas, shriek ! shriek ! SHRIEK !

Josephine a hurlé de peur et frissonné de froid quand l'âme de son père a poussé ce cri en disparaissant dans les grises nuées d'un ciel d'avril chargé de grésil. Elle a songé, devant le corps momifié de son père : la famine se nourrit des hommes, voilà l'ironie du mal dont souffre l'Irlande depuis que la pourriture a réduit les pommes de terre à l'état de fientes molles et puantes où même la vermine ordinaire répugne à forer ses galeries.

Dans les caisses à l'abri des appentis, au fond des tranchées sous les mottes qui devaient les protéger des gelées, l'ordinaire et l'extraordinaire des Irlandais, leur plat unique, ces patates à chevaux grosses comme des betteraves, n'étaient plus que purée brunâtre et pus blanc. A l'instar de Sean Maloney, vers la fin de l'automne les métayers terrifiés avaient plongé leurs bras jusqu'aux épaules, à la recherche fiévreuse de patates saines à semer au printemps. Certains avaient eu le bonheur de préserver un panier de semences. Préserver de la pourriture, mais non de la faim. Les enfants avaient gémi, les semences avaient été bouillies, et ils avaient mangé la récolte en germe. De ces semences Kathleen Maloney laissa sa part à ses enfants, ainsi qu'à son mari, pour qu'il puisse travailler. Empoisonnée par sa soupe aux herbes sauvages qu'elle lapait en cachette, elle était partie la deuxième, tout de suite après bébé Dermot, peu après sa naissance sevré de la moindre goutte de lait maternel. Kathleen fut sèche bien avant de se dessécher.

La hantise des gens, dans ce coin reculé du comté Mayo, dans ce désert de pierres broyées, lors de sa marche lente vers l'océan, par le glacier qui a formé l'immense berceau du Lough Mask entre les montagnes de Partry et les prairies de

Ballinrobe, est que les vivants n'aient pas la force d'inhumer les défunts. Les enterrer, oui, n'importe où, pourvu que ce soit en terre, à l'abri des rongeurs. Il y a plusieurs semaines que le cimetière de Ballinrobe, près de la route de Westport, n'a plus un yard carré de disponible. Les gens de la ville, les commerçants décimés non par la faim mais par les fièvres puisque leur profession les oblige à côtoyer les malades, sont alignés dans une fosse commune. Il n'y a plus d'obsèques dignes de ce nom. Les curés, en se penchant sur les extrémisés – onction du front, des mains et des pieds –, contractent le mal et disparaissent les uns après les autres, sans guère plus qu'un semblant de messe, sans chœurs de nonnes – elles ont trop à faire, sont trop exténuées pour chanter la messe des morts –, sous les ifs du carré des prêtres, à côté de l'église catholique. Il n'y a plus de cortèges, plus de chevaux ou de bœufs pour tirer le corbillard.

Dans ce malheur, la chance des Maloney, si l'on peut dire, a été d'habiter à l'écart, au bout du lac, là où il se vide par une étrange bonde dans des grottes calcaires pour resurgir à Conga, au mitan du domaine d'Ashford, et s'en aller mêler ses eaux à celles du Lough Corrib. Oui, a songé Josephine, les Maloney peuvent se féliciter d'avoir vécu au sein de ces étendues hantées par les lièvres, ces moines réincarnés qui tapent des pattes de derrière au clair de lune, au milieu des pierres grêlées par les champignons acides que les sorcières font pleuvoir du ciel. Ces tendres cailloux reposent comme d'énormes poissons crevés à la surface de tourbières, possessions du landlord de Lough Mask House, où les Maloney cohabitaient avec seulement cinq familles, d'où le privilège, en ces circonstances tragiques, de partager avec elles, dans le giron d'un pré entouré de frênes, au bout du chemin de Carrowndower et en face d'Inishconga, la certitude d'une sépulture décente, une terre bénite, un vrai cimetière. Où tous reposent désormais. Les six familles. Sauf Josephine.

Elle fut la fille aînée des Maloney. Elle fut la plus belle fille des basses terres du Mask ; elle fut la promise de Joseph Conroy, le plus beau jeune homme du hameau de Kilmaine. Elle lui avait promis son cœur, il lui avait promis le sien, deux cœurs à présent exsangues, l'un glacé d'effroi dans une poitrine oppressée, l'autre ratatiné sous la tourbe comme une nèfle blette. Josephine, ce matin-là, n'était plus ni une fille aînée, ni la plus belle fille du coin, ni une fiancée. Elle n'était plus rien, sinon le seul être humain à respirer encore sur les basses terres du Mask.

Le corps de son père ne pesait pas bien lourd. Elle l'a traîné dehors et l'a soulevé pour le caler dans la brouette. Les bras du mort ballaient de chaque côté. Sa bouche était entrouverte. Ses lèvres étaient lisses comme des cicatrices, tendues d'une commissure à l'autre, une bouche à manger le visage, le rictus des affamés que Josephine ne connaissait que trop bien. Les yeux blancs de Sean Maloney fixaient les nuages, aussi vides, aussi impavides que les cieux qui lui avaient infligé ses tourments. Trop tard pour les lui fermer ? Qu'importe ! Que Dieu détourne les siens, si ce regard-là lui fait honte ! a songé Josephine.

Elle a recouvert le corps d'un drap et poussé la brouette le long du sentier bordé de touffes de bruyère et d'ajonc, en prenant soin d'éviter les buissons d'aubépine, non pas tant parce qu'ils auraient pu griffer les mains du mort mais surtout parce que dans l'aubépine habitent les fées, et que les fées des épineux sont devenues mauvaises. Parvenue au cimetière, elle a étalé le drap au fond de la fosse, fait basculer la brouette et sauté dans le trou pour étendre son père sur le dos et lui croiser les mains, avant de replier le drap et d'empoigner la houe. Elle n'a pas osé tasser la terre et piétiner son père. Elle a planté sur le pauvre tertre l'une des deux croix en rameaux de frêne que Sean Maloney avait préparées.

La seconde, la sienne, elle l'a jetée dans son propre trou. Un instant elle a pensé s'allonger aussi et attendre la mort en priant pour que son ange gardien vienne ensuite, d'un souffle, la recouvrir de poussière des tourbières. Mais cette abdication eût été indigne d'une chrétienne. Si seulement je pouvais survivre, se dit-elle, et un jour donner la vie, le sang des Maloney continuerait de faire battre le cœur de l'Irlande. En Irlande. Ou ailleurs. Ceux qui ne meurent pas s'enfuient, comme les rats d'Hamelin suivaient le joueur de flûte ils emboîtent le pas aux fifres des Anglais, répondent à l'appel des tambours et se réunissent autour des intendants des landlords pour écouter bouche bée leurs promesses de payer la traversée vers les Etats-Unis ou le Canada. Josephine n'avait pas l'intention de s'y résigner. Pas encore. On avait besoin d'elle à l'hospice de Ballinrobe.

Après avoir prié le Seigneur de pardonner à Sean Maloney les paroles déicides qu'il avait prononcées sur la fin et de l'accueillir auprès de Lui, Josephine est retournée à la cabane qu'ils appelaient leur maison. Autour du peu de vêtements qu'elle possédait, elle a noué le châle de sa mère. Pour conjurer le sort et faire qu'elle revienne un jour, elle a disposé son couvert sur la table, une assiette ébréchée, une tasse fêlée, une fourchette, un couteau et une carafe d'eau. Et puis elle est partie, son balluchon à la main, en laissant la fenêtre et la porte ouvertes, le signe des habitations désertées.

Tout du moins de celles qui sont encore debout ; car sur

les terres plus fertiles à l'est du Mask, vers Tuam, Claremorris et Castlerea, sitôt les évictions prononcées, les soldats viennent raser les masures, ce qui n'est pas bien difficile, quand la plupart ne sont que des chaumières en mottes de tourbe, une tourbe à laquelle ils mettent ensuite le feu qui fume longtemps, très longtemps, des jours et des nuits entières après qu'on a chassé les gens. L'odeur de la fumée de tourbe, hier encore, avant la famine, évocatrice de foyers où des mères essayaient d'entretenir de la gaieté, berçaient leurs enfants, sacrifiaient aux tâches ménagères pendant que les hommes dessouchaient des landiers, cette odeur âcre n'évoque plus que misère, départ, adieux. Jetés sur les routes, les malheureux meurent dans les fossés ou, pour les plus valides, rejoignent les colonnes qui s'étirent en direction des ports et des bateaux qui les emporteront en Amérique. Cherchent-ils en chemin à se protéger de la pluie et du froid en construisant une hutte de branchages, que la soldatesque surgit et abat leur abri de fortune. Voilà pourquoi, à l'hospice de Ballinrobe, ils étaient plus de deux mille alors que cinq cents auraient suffi à inonder les trois étages de la bâtisse de sanies mortifères.

Pour s'y rendre, Josephine a choisi de passer par les berges du Lough Mask. Ce n'était pas le plus court chemin, mais tant qu'à s'en aller pour toujours vers une fin probable au chevet des malades, et à défaut d'espérer trouver quelque chose à manger, autant se gaver de tristesse, étreindre les pierres blanches de Ballinchalla Bay et verser dans le lac toutes les larmes qu'on a gardées en réserve, s'en débarrasser d'un coup, avoir les yeux en crue une bonne fois pour toutes afin qu'ils demeurent à jamais secs. Là, porté par le vent qui s'aiguisait sur le cuir craquelé des eaux marbrées de vert, de bleu et de blanc, Josephine a entendu, semblable au cliquetis des sabres et des harnachements des dragons lorsqu'ils défilent à cheval le long de Bowers Walk, le tintement des massettes et des pioches des morts de faim qui travaillent au canal, sorte de lugubre crécelle des pestiférés qui, pour une soupe, s'échinent contre le roc – le tracé de l'ouvrage traverse le désert de pierre que Josephine vient de quitter.

Il y a environ dix ans, les Anglais ont imaginé relier le Mask et le Corrib, Ballinrobe à Galway et l'Atlantique, en creusant un canal entre les deux lacs. Ainsi pourront-ils plus facilement exporter le blé des plaines de Claremorris et la farine des minoteries de Ballinrobe vers l'Angleterre et l'Europe, affamer encore plus vite l'Irlande, s'enrichir à ses dépens, exterminer ses habitants. Les financiers et les marchands ont mis à profit la famine pour embaucher à bon compte. Comme ils ne peuvent se résoudre à la charité – les sentiments charitables sont éprouvés par des êtres humains envers d'autres êtres humains et non envers des porcs, « ce que nous sommes à leurs yeux, ne l'oublie jamais, Josephine », disait Sean Maloney à sa fille –, ils offrent la soupe et la pièce à ceux qui vont au canal sans songer que cette longue et large tranchée symbolise la fosse commune du Connaught tout entier.

Certes, il ne faut pas fourrer tous les Anglais dans le même sac, dans la même panse bien remplie. En d'autres temps, lors d'autres famines, avant celle-ci nommée la Grande, l'église anglicane et des dames patronnesses ont organisé des soupes populaires, mais au lieu d'exiger un quelconque travail c'était la religion qu'on priait aimablement d'abjurer, malgré la loi d'émancipation et le droit de pratiquer le culte. La foi catholique contre un bol de soupe. Seuls les pères et les mères de famille à l'esprit égaré trempaient leur cuillère dans ce brouet-là. Devant l'ampleur du désastre, il y a un mois environ, l'administration anglaise a aboli toutes ces exigences. L'asile de travail de Ballinrobe est devenu, dans le langage commun, asile de pauvres. Un simple hospice. Plus aucune besogne n'est exigée des affamés. Malgré cela, pour rien au monde Sean Maloney n'y aurait mené les siens, non plus qu'il serait allé s'agenouiller au canal. Plutôt mourir, disait-il, et il est mort.

« Sur nos tombes, ajoutait-il, pousseront la haine et la révolte et les Anglais seront chassés d'Irlande comme ils nous chassent aujourd'hui de chez nous, mais de plus glorieuse façon : le fusil dans les reins, sans qu'ils aient le droit de se retourner sur leurs châteaux en flammes. »

Ce temps-là n'est pas pour demain, je le crains, a songé Josephine. Elle avait dit à son père :

« Notre peuple ressemble à ces bons sauvages dans les livres que madame Bowers me donnait à lire. Ils sourient quand on les frappe, remercient quand on les tue. »

A partir de Ballinchalla Bay Josephine a coupé à travers les terres inondées, en direction de Cahir et de Cushlough Bay. Des canards se sont envolés des roseaux, la faisant sursauter. Avec les bécassines et les bécasses, les malards, les colverts et les siffleurs sont à peu près les seuls oiseaux à avoir échappé au massacre. Parce que les Irlandais n'ont pas de fusils. En auraient-ils possédé qu'ils auraient pu se nourrir de gibier. Ils se sont contentés de passereaux. Et soudain, en pensant cela, Josephine a *entendu* le silence ; le printemps était là, du moins à en croire le calendrier, et aucun oiseau ne chantait. Cet hiver, tous les oiseaux qui aiment la compagnie de l'homme ont été piégés. Et dévorés.

Josephine s'est rappelé les vanneaux, les gentils vanneaux huppés, statufiés par le gel en janvier. A coups de cailloux, elle en avait massacré autant qu'elle avait pu. Ils poussaient d'atroces cris de souris, des cris d'âmes, shriek ! shriek ! dans l'agonie. Bouillis dans la marmite, déchiquetés par de mauvaises dents, des ongles cassants et friables comme du calcaire, combien de jours ou de semaines de sursis ces pauvres oiseaux avaient-ils accordés aux frères et sœurs de Josephine ? La viande, peut-être, avait hâté leur fin, qui avait empoisonné leurs intestins. Leur organisme aurait-il mieux digéré le poisson ? Sans doute. Mais les Maloney ne possédaient ni barque, ni filet, ni lignes, ni canne à pêche. En hiver, quand le lac est plein comme un estomac de landlord, les truites ne viennent pas moucher sur les hauts-fonds, entre les roches près de la rive où aux beaux jours un gosse habile peut passer sa main sous leur ventre et les balancer d'un coup sur le pré.

La calamité était venue avec l'hiver pour compagne. Aurait-elle attendu l'été que Sean Maloney se serait résolu à se fondre dans les forêts d'Ashford, au voisinage de Conga, là où les saumons du Corrib se cognent le nez contre l'obscurité des grottes qui les empêchent de remonter dans le Mask, là où ils s'arrêtent frayer, dans deux pieds d'eau que surplombe la berge, là où il est aisé de les piquer d'un coup de fourche. A condition d'avoir des yeux derrière la tête. De ne pas se faire prendre par la milice des châtelains. Une rumeur avait couru à propos d'hommes pendus à Galway pour avoir privé les landlords propriétaires de la rivière Clare d'un seul de leurs jouets argentés.

« Qui ose parler de famine ? protestait Sean Maloney. La famine, c'est quand il n'y a rien à manger ! Or l'Irlande regorge de blé, de lait, d'œufs, de moutons, de bœufs, de poisson, de gibier ! Les maîtres s'en repaissent, les Irlandais meurent de faim et non pas de famine... »

Ceux qui gisent sous les tas de pierres, entre Cahir et Cushlough, se fichent bien de cette nuance. Voilà des pierres qu'on pourrait étreindre vraiment et pas seulement en pensée, des pierres que je devrais embrasser, a songé Josephine, puisque ces monticules sont les sépultures de ceux que personne n'a eu la force d'enterrer. On les a recouverts de cailloux, mais sous les cailloux se faufilent les rats, et les renards grattent, sapent, se glissent à leur tour et rentrent au terrier avec dans la gueule un quartier de chair humaine pour leurs petits. Et bientôt ce seront les mouches qui pondront leurs œufs dans les orbites des trépassés. Josephine s'est demandé ce qui empestait le plus, du remugle acide des pommes de terre pourries ou de l'odeur fade de suint mouillé des cadavres sous les bosses alentour.

Cette puanteur ne semblait pas incommoder les officiers des dragons du manoir de Cushlough, en face de l'île de Castle Hag et de son fort construit un siècle auparavant, à une époque où les Anglais redoutaient que la garnison de Ballinrobe ne fût prise à revers par des hordes qui seraient descendues des montagnes de Partry pour embarquer à Tourmakeady, traverser le lac, atteindre le seul échouage à des milles alentour, celui de Cushlough Bay, et remonter la rivière Robe, jusqu'aux portes de la ville. De la cheminée du manoir s'élevait une fumée parfumée, odieusement odorante : aux cuisines on grillait du bacon. Josephine en a eu l'eau à la bouche.

Les officiers prenaient leur déjeuner dehors, autour d'une grande table installée sur un terre-plein au bord du lac. Pour rejoindre la Robe, dont elle longerait ensuite la berge, Josephine a pris par le gué du crannog bâti en des temps immémoriaux au milieu de l'embouchure de la rivière. Les officiers ne lui ont pas accordé un regard. Ou plutôt leurs regards distants l'ont traversée. Il y a de pires humiliations pour un peuple qu'une armée d'occupation ignore la beauté de ses filles, mais sans doute n'y a-t-il pas pire expression de son mépris pour un pays asservi.

De l'anse de Cushlough à Ballinrobe, Josephine a longé les méandres de la rivière que le vent couvrait de friselis, chassant devant lui, à contre-courant, ici une plume de canard, là des tiges sèches de roseau légères comme des brins de paille. Elle a franchi le pont en bois de la minoterie et emprunté l'allée qui longe le bief, que les gens de la ville appellent le petit canal. Parvenue à hauteur de la caserne, elle a fait un large détour pour contourner le terrain de manœuvre des dragons et déboucher dans le bourg par Bowgate Street. Elle s'est attardée un instant devant Cranmore House, la belle propriété des Bowers, au service de qui elle avait travaillé durant cinq années, pendant leurs séjours d'été, de ses douze à ses dix-sept ans. La villa romaine – c'est ainsi qu'elle la nommait, dans sa tête, à cause de son frontispice palladien – faisait grise mine, soucieuse, la façade froncée sur ses fenêtres closes. Josephine doutait que ses propriétaires se risquent à l'occuper cette année. Ils ne viendraient plus du tout, sans doute. Leur lieu de villégiature était désormais doublement galeux : peste des fièvres et choléra de la haine naissante. Le capitaine Bowers ne pourrait plus chasser ni pêcher tranquillement sur le squelette de l'Irlande. Pourtant, Josephine aimait bien madame Bowers et, à présent qu'il était clair que l'Angleterre affamait l'Irlande, elle se sentait coupable de la reconnaissance qu'elle ne pouvait s'empêcher d'éprouver à son égard.

D'abord sidérée que Josephine eût de l'instruction, le premier été, l'année de ses douze ans, la femme de l'officier l'avait mise à l'épreuve. Questions de géographie, questions d'histoire, exercices de lecture, pages d'écriture. « Etonnant, étonnant », répétait-elle de sa petite voix pointue, et elle interpellait son époux, l'arrachant à l'une ou l'autre de ses occupations favorites – curer ses pipes, graisser ses fusils, contempler le Lough Mask et les montagnes de Partry.

« Admettrez-vous, mon ami, que tous les Irlandais ne sont pas des sauvages ?

— Et pourquoi le devrais-je, Margaret chérie ?

— Voyez cette gamine, comme elle parle, lit et écrit l'anglais ! »

Le capitaine haussait imperceptiblement les épaules et souriait d'un air benêt, un sourire pour dissimuler que cette lubie de femme, s'intéresser à une sauvageonne, l'amusait et qu'il la lui pardonnait bien volontiers, comme il lui aurait pardonné d'avoir trop cuit ses buns ou servi le sherry dans des verres à claret, une distraction de plus, en somme, qui faisait tout le charme de son épouse que la nature, la sienne ou celle du capitaine, avait privée d'enfants.

Madame Bowers, lèvres pincées, ouvrait sa bibliothèque à Josephine. L'aînée des Maloney rapportait à la maison des livres dont son père profitait autant qu'elle. Il les traitait comme des objets précieux, les rangeait hors de portée des mioches.

« Prenons-en soin, ma fille, ne leur donnons pas une occasion de plus de nous traiter de cochons. »

Il est vrai que le premier livre que madame Bowers lui avait prêté était un peu humiliant. C'était une sorte d'encyclopédie des tâches ménagères où l'hygiène tenait une grande place. Hygiène de la maison et surtout hygiène des corps. Comment laver les bébés, comment prendre soin de son propre corps, avec des chapitres terriblement ironiques à l'égard d'Irlandais nécessiteux en tout et privés du moindre confort, par exemple les recommandations à propos de la taille des dames qui se doit d'être bien arrondie pour contribuer aux charmes de la silhouette, mais cependant surveillée et donner lieu à des exercices systématiques, pour en éliminer le superflu, immédiatement après chaque bain matinal, en peignoir, face à la fenêtre grande ouverte. Chaque bain matinal : encore aurait-il fallu posséder un tub, des fourneaux où chauffer l'eau et un ballet de servantes pour la déverser dans la baignoire. Il n'empêche, madame Bowers avait contribué à l'éducation de Josephine, à tous points de vue ; elle l'avait guidée vers la propreté tout comme elle avait éveillé son imagination en lui donnant à lire des romans, des pièces de théâtre et des recueils de poésie.

C'était à l'époque où les jeunes saumons d'été remontaient marsouiner sous les fenêtres du château d'Ashford que les Bowers revenaient chaque année. Josephine attendait ce moment avec impatience. L'an dernier, madame Bowers lui avait proposé de la ramener avec eux à Londres, en octobre. Avait-elle eu l'intuition que l'Irlande allait être ravagée ? La rumeur commençait à se répandre que toutes les pommes de terre pourrissaient. Avait-elle voulu sauver Josephine de la famine ? Sean Maloney avait laissé son aînée libre de décider.

« Sûr et certain que tu deviendras une dame, à Londres. Mais ici il y aura des pleurs intarissables. »

Josephine avait refusé. S'était sacrifiée en pure perte. Tous les siens étaient morts. Comme les Walsh, les gardiens de Cranmore House. Josephine a jeté un coup d'œil par la porte ouverte de la petite maison en moellons gris qui jouxtait le portail doré de la villa romaine ; sur la table le couvert était mis mais dans la cruche l'eau s'était évaporée. Il ne restait qu'un fond trouble de liquide croupi.

Au bout de la rue, le clocheton de Market House, la halle au troc, indiquait trois heures. Chaque matin un gamin y grimpait par une étroite échelle de meunier et remontait les poids de la pendule. D'après le soleil, Josephine estima qu'elle était à l'heure. Il y avait donc encore à Ballinrobe un petit garçon ou un nain en assez bonne santé pour grimper là-haut ? Peut-être le Conseil de la ville nourrissait-il le titulaire de la charge de jambon et d'œufs, de poulet et de viande de bœuf afin que les juges, en dessous, continuent d'entendre sonner le carillon Westminster pendant les audiences ?

Car à l'étage de la halle se trouvait le tribunal. On y accédait par un escalier en pierre, situé à gauche du bâtiment. La salle, qui occupait toute la surface, était séparée en deux parties. En bas la fosse d'orchestre des lamentations, l'arène où les martyrs entravés, poussés dans le dos par des soldats, étaient livrés aux lions anglais. Aux juges perruqués qui siégeaient là-haut, sur une estrade en bois ciré. Côté peuple, le plancher était toujours celui de la réserve à grains, de larges planches en pitchpin, disjointes. En grattant dans les rainures on aurait trouvé de la balle d'avoine, des grains d'orge et de blé.

Devant la halle il n'y avait aucune activité. C'était jour de relâche, pour la justice anglaise. Ces messieurs devaient être fatigués. Il faut dire qu'ils condamnaient à tour de bras, sans effets de manche, froidement, sans lever les yeux, de pauvres hères, des métayers incapables de payer leur loyer. Somme due, moins d'une livre, parfois, exposé succinct de la requête du propriétaire, jugement : éviction et exécution immédiate. A peine les condamnés avaient-ils récupéré leurs maigres biens à l'intérieur de leurs cabanes que les démolisseurs étaient déjà à l'œuvre. Ce tribunal jugeait comme des séminaristes bourdonnent des litanies. Dans ce nid de guêpes, depuis le début de l'année près de trois cents évictions avaient été ainsi prononcées. A ce rythme on dépasserait le millier avant la fin de l'été.

Josephine pressa le pas dans Market Street où la plupart des boutiques étaient aveuglées par des voliges clouées en croix. Elle parvint sur la place du marché, qu'elle traversa pour rejoindre la route de Kilmaine. C'était là que s'élevait l'hospice, un bâtiment haut, étroit et blafard, criblé de minuscules fenêtres comme la tour de Babel sur l'étrange tableau accroché au mur de la bibliothèque chez madame Bowers. Plus que les baignoires, plus que la vaisselle française estampillée Compagnie des Indes, plus que les lustres, les verres et la carafe en cristal, plus que l'argenterie, plus que les robes, plus que les dentelles et le linge marqué, c'était ce tableau qui chaque été avait fasciné Josephine. Elle avait pressenti qu'il symbolisait le fossé entre les Anglais et les Irlandais. Le comble de la richesse et de l'altérité, c'était cela, oser avoir sous ses yeux une peinture aussi laide, aussi effrayante, et y éprouver du plaisir. La tour de Babel de la peinture représentait pour elle une sorte de mausolée lunaire vers lequel se hâtait une myriade de fous et dans le paysage vallonné de la route de Kilmaine elle voyait en l'hospice sa tour de Babel du réel, un sarcophage debout autour duquel grouillait un chaos rampant de morts de faim, une foule noirâtre, ruisselante d'humeurs, ricanante de douleurs et de maux.

Josephine regarda en direction de la large cuvette qui marquait la limite du grand champ de derrière. Le trait sombre d'un large fossé nouvellement creusé s'étendait, parallèle à d'autres traits plus clairs – la couleur de la terre retournée, des fosses communes fraîchement comblées. Quelle nourriture, quels soins les moribonds espéraient-ils trouver dans cette antichambre de l'enfer ? Quel fol espoir les habitait donc pour qu'ils se pressent ainsi à la porte de l'hospice alors qu'à l'intérieur à toutes les privations s'ajoutait la plus terrible d'entre elles : l'absence de tout espoir, justement. Mais cela, ils l'ignoraient, avant de franchir le seuil.

Josephine se moqua d'elle-même : « Toi aussi, c'est dans l'espoir qu'on te donne quelque chose à manger que tu es venue ici, en décembre, après la mort de bébé Dermot et de maman. » Elle était restée quelques jours aider les Sœurs de la Miséricorde. Elle était partie, elle était revenue. Jamais elle ne vit quelqu'un quitter vivant l'hospice.

En février, quand ils ne furent plus que deux, elle et son père, elle cessa de venir. Il fallait qu'ils restent ensemble, que l'un enterre l'autre. Le sort l'avait désignée. Comme les malheureux, elle finirait ses jours ici, à l'asile, mais debout, au travail, puisqu'elle avait la chance d'être valide. Réfractaire à la vermine, ainsi que quelques sœurs, parmi lesquelles la mère supérieure, assez prudentes pour ne boire que de l'eau trois fois bouillie et se laver les mains à la lessive de Javelles avant de manger. Sur ce sujet de l'asepsie le jeune curé qui avait succédé au père O'Connor s'en était remis à Dieu et Dieu l'avait aussitôt rappelé à lui. Le pasteur anglican l'avait remplacé, jusqu'à ce qu'il soit touché à son tour par les fièvres. Personne n'avait refusé de partir dans l'au-delà muni des sacrements d'extrême-onction de l'Eglise protestante. Face à l'éternité – Josephine n'osait pas penser face au néant, non plus qu'au paradis et encore moins à son contraire la géhenne, car elle était persuadée que quels que fussent les péchés qu'ils aient pu commettre aucun de ces êtres n'irait en enfer puisque la misère d'une telle mort doit mieux laver les âmes que tous les actes de contrition, absolutions et indulgences – il faudrait être bien sot, ou sectaire au-delà de tout entendement, pour exiger l'exclusivité des derniers sacrements de notre Sainte Mère l'Eglise catholique romaine. Bien qu'il appartînt au parti des oppresseurs, le pasteur n'en était pas moins un homme de Dieu.

Les plus haineux à l'égard de ceux qui s'étaient approprié l'Irlande reconnaissaient qu'il était un homme dévoué et peu soucieux de rester en vie quand tant d'autres la perdaient. La preuve, il y avait aussi laissé la sienne.

Devant l'hospice, sur la pente du mamelon au sommet duquel il était bâti, des centaines d'affamés se massaient autour d'indigents feux de tourbe, assis ou allongés sur le sol, sur cette terre gorgée des humeurs insanes qui s'écoulaient du bâtiment vers le ruisseau serpentant à travers la prairie où l'on enterrait les morts. Il était impossible de distinguer entre les invalides, de la poitrine desquels jaillissaient par intermittence quelques râles de vie, et les moribonds, catatoniques. Dans leurs yeux cernés, la même stupéfaction ; dans leurs membres, le même engourdissement ; dans leurs attitudes, la même résignation d'épouvantails morfondus par le gel sitôt après avoir essuyé une averse de grêle. Les os saillaient sur tous les visages. Les petits enfants avaient le ventre gonflé. Ils ne babillaient plus, mais cependant, nichés dans le giron des mères, avaient-ils au moins le réconfort d'un peu de chaleur et le bonheur d'ignorer le sort qui les attendait. Ces enfants-là avaient encore la peau blanche. A l'intérieur de l'hospice, on donnait du thé à boire aux nourrissons, et ils jaunissaient, avant de rendre l'âme.

Au pignon de la bâtisse Josephine vit un plein tombereau de cadavres, femmes et enfants pour la plupart. Des hommes aux gestes lents étaient occupés à élargir une fosse. Ne leur venait-il pas à l'idée qu'il faudrait l'élargir pour eux ? Ignoraient-ils qu'ils campaient sur le parvis de la maison des morts ? En traversant ce champ de la consternation, Josephine eut envie de leur crier : « Levez-vous ! N'espérez rien d'ici ! Marchez ! » Marcher, mais dans quelle direction ? Westport ? Galway ? Limerick ? Londonderry ? Belfast ? Dublin ? Prendre un bateau ? Trop tard pour ceux-là dont les jours, ou les heures, étaient comptés. Et quand bien même Josephine aurait-elle réussi à faire se redresser quelques-uns de ces ectoplasmes, et pour peu qu'ils eussent retrouvé l'usage de la parole, ne l'auraient-ils pas apostrophée à leur tour ? Et toi, la fille, pourquoi restes-tu ici ? Qu'aurait-elle répondu ? La triste vérité. Je reste ici pour mourir, comme vous, avec vous.

La mère supérieure apparut sur le seuil de l'hospice et courut à la rencontre de Josephine. Avec une frénésie où la superstition l'emportait sur la foi, elle prit ses mains, les baisa. Elle caressa ses longs cheveux couleur d'acajou foncé, les baisa. Elle plongea ses petits yeux noirs injectés de sang dans les beaux yeux gris-bleu de la jeune fille, baisa ses paupières ; elle posa sa joue contre sa joue et balbutia :

— Josephine, ô sainte Josephine, protège-nous, ô protège-nous !

— Cessez, voyons, ma mère ! lui intima Josephine, je ne suis pas une sainte !

— Josephine est revenue ! cria la mère supérieure dans le couloir.

Des sœurs accoururent de la buanderie et dégringolèrent

les marches. La sœur lavandière, un peu simple d'esprit, s'agenouilla aux pieds de Josephine. D'autres l'imitèrent.

— Dieu soit loué, Josephine est revenue, nous sommes sauvées !

— Nous sommes sauvées ! balbutia la mère supérieure en tombant à genoux à son tour.

— Relevez-vous, vilaines païennes ! Je vous ai déjà expliqué pourquoi les fièvres ne s'intéressent pas à ma petite personne !

C'était madame Bowers qui l'avait éclairée à ce sujet, la première fois qu'elle l'avait reçue à Cranmore House.

« As-tu été gravement malade quand tu étais petite ? lui avait-elle demandé.

— Mes parents m'ont dit que j'ai failli mourir des fièvres à l'âge de onze mois, madame.

— Parfait ! Ceux qui ont survécu aux fièvres ne les attrapent jamais plus. »

Certes, mais que dire des poux qui ne pondaient pas dans ses cheveux ? Des puces qui ne lui piquaient pas la peau ? Elle se disait qu'une sorte de sortilège la protégeait. Voilà pourquoi elle ne craignait pas d'approcher les moribonds et d'empoigner les trépassés.

Suivie par les cornettes, elle s'avança à la rencontre des agonisants comme on s'avance de plus en plus profond dans l'eau, pour se noyer.

2

Déjà bien avant la famine les hospices étaient l'ultime recours des malheureux. Leurs visages décharnés ne suffisaient pas à leur ouvrir les portes des mouroirs de la Couronne. Il leur fallait protester de leur statut de gueux, prouver qu'ils avaient été chassés de leurs métairies faute d'avoir pu payer leur loyer à l'échéance du terme – parce que la récolte avait été mauvaise ou parce qu'elle avait été partout trop bonne et que les cours s'étaient effondrés sur le marché anglais –, attester qu'ils avaient mangé leurs poules, leurs moutons et leur âne, jurer qu'il ne leur restait rien, sauf les loques qu'ils portaient sur le dos, outre l'infime espoir de maintenir un souffle de vie dans le corps de leurs enfants grâce aux deux repas par jour qu'on leur servirait à l'asile, matin et soir, bouillie d'avoine et patates au lait.

Admises à bénéficier de la charité publique, les familles étaient séparées, les hommes d'un côté, les femmes et les enfants de l'autre. D'un coup d'œil de maquignon, l'administrateur décidait lesquels parmi les adultes étaient capables de travailler : les femmes de tisser et de tricoter, les hommes de casser des cailloux pour empierrer des routes qui ne menaient nulle part. Ceux-là devraient gagner la soupe de la collectivité. Parmi les jeunes garçons, l'art de l'administrateur consistait à déterminer, en quelques questions, les intelligences susceptibles d'apprendre à lire, écrire et compter afin d'être formés aux métiers de base des manufactures. Au dire du père de Josephine, c'était une traîtresse sollicitude et la meilleure preuve de la turpitude des maîtres enclins par intérêt à sauver ces mauvaises graines d'Irlandais pour les jeter plus tard dans la gueule des molochs de la révolution industrielle. Quant aux filles, elles n'étaient bonnes à rien, n'étaient rien, sinon des matrices où se perpétuerait plus tard l'espèce des esclaves, futurs mineurs de Galles et d'Ecosse, futurs métallurgistes des Midlands, futures épaves des taudis urbains de l'Angleterre.

Malgré la famine et l'état d'urgence, la règle de la séparation avait été maintenue, ainsi que les quatre règles de bienséance en vigueur dans les cent vingt-trois hospices d'Irlande : interdiction de consommer de l'alcool, de jurer aussi bien en irlandais qu'en anglais, silence pendant les repas et obéissance aux ordres vingt-quatre heures sur vingt-quatre. Ces règles n'avaient plus aucun sens, à présent. Quand bien même maris et femmes se seraient-ils couchés côte à côte qu'ils n'auraient pas eu la force de s'unir. Non plus que les officiers n'avaient accordé un regard à Josephine dans l'anse de Cushlough, les garçons de l'asile n'avaient d'yeux pour les filles nubiles. Consommer de l'alcool ? Qui avait les moyens d'acheter du whisky ou du poteen ? Josephine aurait bien aimé leur en donner, de l'alcool, pour qu'enfin, ivres, oublieux de leur disgrâce sociale, ils éclatassent de rires, de jurons et de blasphèmes, comme éructent des ventres pleins. L'obéissance ? Nul besoin de la rappeler à ces êtres médusés. Amnésiques, prostrés, devenus sourds à leurs maux comme à ceux de leurs proches, ils demeuraient muets quand gémissaient leurs petits, se contentaient d'un effleurement las, d'une grimace de douceur. L'hospice n'était plus qu'un théâtre de pantomimes.

Sur les trois scènes de ses trois étages se contorsionnaient avec une horrible lenteur de larves les comédiens de l'agonie allégés de leur chair et pourtant lestés de plomb. On se traînait à pas pesants, on s'approchait avec une lourdeur de batracien de grabats sur lesquels on tombait sur le dos, comme des cafards, et comme des blattes on était incapable de se relever. Au contraire des cancrelats on était à peine capable de remuer les pattes, un bras, une jambe, une main, un doigt. La cuiller mettait un temps infini à aller de l'écuelle aux lèvres, la bouche restait ouverte, le gorge ne déglutissait pas. A leur corps et à leur esprit défendant, ils se singeaient les uns les autres, dans leurs expressions, dans leurs rictus, à la fois acteurs et spectateurs d'une pièce dont la fin était connue.

Depuis plusieurs semaines les matelas en balle d'avoine avaient été enlevés et brûlés. Les agonisants se vidaient dans des seaux à travers le caillebotis des lits. Au dernier acte, seuls les applaudissements de la Mort retentissaient dans la nécropole et couvraient cette rumeur que produisent les plaintes des agonisants, familières comme le souffle du vent dans les ifs, chacune presque inaudible, mais assourdissantes multipliées par mille, quand c'est le cœur qui entend et non pas les tympans. Elle ne se lassait pas, jamais rassasiée, l'impitoyable ogresse pourvoyeuse des charniers.

Les moribonds étaient-ils aveugles ? Les yeux de certains s'agrandissaient quand Josephine s'approchait d'eux pour les laver ou les aider à manger. Pour ceux-là elle se prenait à espérer, contre l'évidence, et par conséquent toujours en vain. Elle avait vite appris à reconnaître les stigmates de la fin. Etrangement, ces figures caves se mettaient à enfler. La peau se tendait comme une vessie de porc gonflée d'air. Le regard devenait louche, les yeux s'étiraient vers les tempes en deux traits soulignés de sanies, alors on soulevait le drap – si on pouvait appeler drap ce morceau de coton souillé – et l'on voyait les pieds noircis et les jambes torves. Le lendemain, le corps tout entier serait tordu, comme si la mort s'était amusée à pétrir sa proie cependant que les lavandières essoraient les suaires de leurs mains blanchies par la lessive de Javelles.

Josephine passa de salle en salle, essuyant ici un front moite, fermant là les yeux d'un défunt, s'agenouillant plus loin au chevet d'une mère statufiée avec son enfant mort dans ses bras, tragique pietà encadrée de gargouilles immobiles. Les hommes de corvée descendaient les morts du jour. Le temps de désinfecter les couches et l'on ouvrirait les portes à de nouveaux malheureux qui se croiraient sauvés.

Une fois la soupe du soir préparée, Josephine alla prier sous le crucifix du réfectoire où s'étaient rassemblées les sœurs. Elle fut accablée d'un sentiment d'inutilité en entendant dehors les roues de la charrette à bras grincer. Qui croirait que les membres ne brinquebalent pas ? se dit-elle. Ils sont tellement raidis par la souffrance qu'ils tiennent sur le plateau comme un chargement de fagots. Le grincement s'éloigna, bientôt remplacé par le martèlement sourd d'un galop éloigné. Les nonnes levèrent la tête. La mère supérieure se précipita dans le couloir, suivie de Josephine. Quels cavaliers galopaient en direction de l'hospice ? Les dragons ? Il n'y avait plus guère que les soldats à se risquer dans les champs et sur les routes. Les landlords se terraient dans leurs manoirs, ou avaient traversé le canal Saint-Georges pour jouir de leurs gentilhommières anglaises aussi douces à regarder que l'était à toucher le taffetas pongé des robes de leurs belles dames.

— Si ce sont des dragons, que nous veulent-ils ? s'inquiéta la mère supérieure. Annoncer une bonne ou une mauvaise nouvelle ? Une livraison de farine d'avoine, de lait et de pommes de terre de Cornouailles ou bien nous ordonner de fermer nos asiles, par décret du lord lieutenant-général d'Irlande ? Il faut s'attendre à tout, de leur part.

— Vous me laisserez leur parler, ma mère.

Josephine plissa les yeux. A l'est, d'où venait le bruit de galop, l'ombre commençait de gagner les festons de saules et de frênes qui, dans la vallée, délimitaient les pâtures envahies de chardons. Fendant la brume qu'exhalait le sol à l'approche de la nuit, une tache claire progressait, semblait onduler sur une masse sombre suivie d'une deuxième.

Ce n'étaient pas des dragons mais seulement un cavalier et deux chevaux. Parvenus au sommet de la pente, ils finirent par se détacher sur le ciel jaune du crépuscule naissant. L'homme chevauchait à cru un superbe pur-sang et tenait par la longe un poney du Connemara sellé, un de ces petits chevaux arabes descendant des chevaux rescapés des naufrages de l'Invincible Armada. Quelques visages anémiés se tournèrent vers lui tandis qu'il contournait le campement des gisants, au trot, puis au pas. Il s'arrêta devant Josephine et la mère supérieure derrière lesquelles les sœurs s'étaient regroupées, comme une bande d'étourneaux effrayés.

Aisément reconnaissable à son maintien altier, à sa chemise en lin blanc et à sa cravate en soie, à sa veste d'excellente coupe, à ses hautes bottes en cuir et surtout à ses cheveux blonds aux mèches emmêlées de cette savante façon qu'ont les nobles de paraître élégamment dépeignés, c'était un jeune homme de bonne famille, un héritier de ces domaines volés aux Irlandais. Il montait une jument ardente superbement croupée, une alezane de chasse dorée par le soleil couchant, à la limite de l'ombre de l'hospice dont il frôlait le toit.

Le jeune homme mit pied à terre. Son bras droit pendait, raide, contre sa hanche. Inquiet, les naseaux frémissants, presque affolé par les odeurs délétères, le connemara tirait sur sa longe. La jument piaffa, une fois, deux fois, puis allongea le cou, jusqu'à toucher l'épaule de son maître. Elle battit des cils, comme pour lire dans ses pensées ou lui déclarer son amour. Le jeune homme lui flatta l'encolure, lui caressa le front. Soudain, alors qu'elles étaient toutes, Josephine, la mère supérieure et les sœurs, fascinées par la beauté paisible de ces confidences muettes entre cet ange blond descendu des Cieux et sa monture tout droit sortie des jardins d'Eden, d'un seul mouvement le cavalier plongea sa main gauche dans sa ceinture, la ressortit armée d'un pistolet, posa le canon entre les yeux de la jument et tira.

Fouetté par ce coup de tonnerre, le connemara se cabra en hennissant. La jument s'écroula sur le flanc. La terre trembla. La terre gronda tandis que les pattes de l'animal labouraient la tourbe et faisaient voler les mottes. Les pattes se tendirent. Se détendirent. Se posèrent doucement sur le sol. La Camarde emplit le corps de l'alezane, des naseaux aux sabots, et se tapit, immobile, sous la robe fanée.

— Seigneur Dieu ! murmura la mère supérieure.

Elles demeuraient, elles les préposées au surfilage des linceuls et au charroi des dépouilles, foudroyées par l'assassinat de cette jument. La mort des malheureux, si lente, si longue, délivrait-elle les sœurs de tout sentiment de culpabilité cependant qu'elles les accompagnaient au terme de leur voyage sur les sentiers de la faim ? Au terme ? Non pas, puisqu'ils avaient une âme et qu'à leur âme un monde meilleur était promis. La fin de leur séjour terrestre ressemblait à une délivrance tandis que la brutalité, l'instantanéité de ce coup de feu paralysaient l'esprit d'incrédulité, d'une irrémédiable incompréhension face à l'impossible retour en arrière. Une balle, en une fraction de seconde, avait suffi à ôter la vie à cet être magnifique, puissant, allégorique. C'était horrible comme un blasphème, une véritable injure au Créateur.

Le jeune homme tourna vers elles un visage baigné de larmes. Ses yeux brillaient, clairs comme l'eau d'une fontaine, enfin, comme autrefois l'eau d'une fontaine, avant que les miasmes ne remplissent les sources de milliards de têtards microscopiques. Fièvres du corps ou fièvres de l'esprit ?

Folie :

— Dieu est mort ! hurla-t-il.

A petits gestes furtifs, comme des écureuils grignotent une noisette sous leur menton, les religieuses se signèrent.

— Pourquoi avoir tué votre cheval ? demanda Josephine.

— Je rends à l'Irlande ce que mes ancêtres ont volé à l'Irlande !

Le poney voulait s'éloigner du cadavre de la jument. Le jeune homme raccourcit sa longe en l'enroulant autour de son bras raide.

— Qui êtes-vous ?

Au lieu de répondre à Josephine, le fou glissa son pistolet dans sa ceinture et plongea sa main gauche sous sa veste. Elle crut qu'il allait se saisir d'un deuxième pistolet. Ce fut un gros coutelas d'hallali qu'il jeta par terre.

— Qu'ils mangent !

Les derniers rayons du soleil se reflétèrent sur la lame. L'éclair rougeoya dans les yeux d'un affamé. Un bref instant, on crut à quelque maléfice : le visage momifié sembla s'épanouir en une figure humaine pour aussitôt se rétracter en un faciès félin, celui d'un chat sauvage s'apprêtant à bondir sur sa proie. En l'homme, la bête s'était réveillée. Et comme une bête, à quatre pattes, l'homme alla s'emparer du couteau.

La gorge des femmes filtra un murmure de colère, une prière profane, un chuintement de répons que n'enflait aucune voûte d'église. A cette invite à communier, des hommes dressèrent l'oreille. Ils se levaient, chancelaient, tiraient des couteaux de leurs poches, et à pas chaloupés s'approchaient de l'autel du sacrifice, du festin promis, de la jument abattue qui peu à peu disparaissait sous une grappe de hardes grouillantes. Les fossoyeurs accouraient et cherchaient à discipliner la curée. Les femmes, l'air buté, le regard farouche, soufflaient sur les braises. Bientôt à la fumée des feux se mêlèrent les vapeurs grasses des entrailles du cheval et de sa viande grillées à même la tourbe.

Indifférent à cette sauvagerie, le jeune homme était allé attacher son poney à l'un des anneaux fichés dans le mur de l'asile. La nuit tombait. Incapable de bouger, fascinée par ce spectacle digne des gravures effrayantes entrevues – pages vite tournées – dans les livres de madame Bowers sur des îles où des hommes noirs dévoraient des hommes blancs, Josephine était demeurée dans l'embrasure de la porte. Le jeune homme la défia d'un coup de menton.

— Voilà, j'ai commis l'acte que je devais commettre. Abominable, n'est-ce pas ? Cette jument m'aimait d'amour.

Je l'ai eue pour mon douzième anniversaire. Et elle en avait douze, aussi. Douze ans qu'on s'adorait, elle et moi...

Il cligna des yeux, la bouche crispée, une bouche de petit garçon de douze ans qui va pleurer. Il ravala ses larmes et ricana.

— Ce n'est pas bien de donner en cadeau quelque chose qu'on a reçu en cadeau, hein, qu'en dis-tu ? Rien ? As-tu goûté de sa viande ? Non ? Mon offrande aux pauvres n'a pas l'air de te réjouir. Parle, n'aie pas peur ! Malgré mes grands airs je n'appartiens plus à la race des seigneurs !

— Ce repas de fauves va hâter leur mort. Leur organisme n'y résistera pas.

— Qu'en sais-tu ?

— L'expérience, milord.

— Ne m'appelle pas milord !

— Comment vous appellerais-je, autrement ?

Il fit semblant de réfléchir, puis afficha une moue de mépris, humide de cette morgue dont seuls sont capables les Anglais, qui vous regardent de haut, même vautrés dans leurs fauteuils en cuir.

— Mister Nobody !

Il s'amusa à la regarder, yeux mi-clos, menton baissé, avec cette suffisance qu'un landlord assène au renard déchiqueté par les chiens aussi bien qu'au métayer quémandant un moratoire.

— Oui, appelle-moi Personne, car je ne suis plus personne.

Josephine eut l'impression qu'il se crachait dessus.

— Personne. Je veux me fondre dans la masse des affligés. Je serai l'anonyme affligé.

— Avec un double *a* majuscule, je suppose ?

— Je t'en prie, ne me rejette pas déjà ! Pas de

majuscules ! Je veux gésir dans la fosse commune, privé de naissance et de nom.

— Tout le monde a un nom.

Il faisait presque noir, à présent. Un moment les sœurs étaient restées à l'écart, discrètes, respectueuses de leur conversation, apeurées sans doute que Josephine ne fasse quelque éclat, qu'elle n'attire sur l'hospice les foudres de l'Angleterre représentée par ce fou, à moins qu'au contraire elles n'aient espéré qu'elle n'en obtienne des avantages – une bourse de souverains, par exemple ? L'heure du repas avait sonné. On entendait des bruits de gamelles. Les religieuses avaient allumé les bougies et les lampes à paraffine. La tour de Babel guettait ses adorateurs de ses dizaines d'yeux de chat. Josephine frissonna. Sous ses yeux à elle, écarquillés, était reproduit et se mouvait un autre tableau des Bowers, un champ de bataille napoléonienne après la tuerie, les blessés et les morts saisis dans des postures d'effroi, les feux de camp qui couvent et, ici, au bord de la route de Kilmaine, l'odeur de la viande charbonnée, les gargouillements des corps incapables de garder ce qu'ils venaient d'ingurgiter. Au bord de la rivière, dans la brume qui maintenant avait recouvert les prairies, sous la lune s'agitaient des ombres : des femmes lavaient les intestins de la jument, qu'elles feraient bouillir le lendemain et couperaient en morceaux pour les donner à manger aux enfants.

— Tout le monde a un nom, répéta Josephine à voix basse.

— Un nom ? Ont-ils un nom, ceux-là ? Peut-on encore les nommer ? Comment les nommer ? Liam ? Robie ? Sean ? Ronan ? Ils n'ont plus de nom. Paddy l'Irlandais est mort, il n'y a plus de Paddy, il n'y a plus de William Benson.

— L'un des Benson de Carra Hall ?

— Ah ! Ah ! Je me suis trahi, dis-moi !

— Vous voyez bien que vous n'êtes pas personne.

— Tu es de par là-bas ?

— Non, mais madame Bowers m'a parlé de votre famille.

— Tiens donc ! Tu connais les Bowers ?

— Tous les ans ils me prenaient à leur service pendant leurs séjours d'été.

— A leur service, hein ? Crois-moi, bientôt les nantis devront vider eux-mêmes leurs pots de chambre.

— Vous parlez comme mon père.

— Qui est ton père ?

— Mon père est mort.

— Eh bien, qui *était*-il, alors ?

— Un misérable métayer des basses terres du Mask.

— De qui tenait-il l'instruction qu'il t'a transmise ?

— D'un prêtre.

— Qui voulait faire de lui un abbé, j'imagine ?

— Je l'ignore.

— Instruit, pourquoi ne s'est-il pas émancipé ?

— Vous vous moquez de moi ? On n'échappe pas à sa condition, en Irlande.

— Il aurait pu émigrer.

— Avec quel argent ? Il payait le loyer en travail et en nature, comme tous les métayers. La monnaie ne circule pas, dans le comté Mayo.

— Oh ! Oh ! Ton langage me plaît, jeune fille. Aurais-tu entendu des voix venant de Berlin ou Paris ?

— Que racontez-vous ? Quelles voix ?

— Plus tard, plus tard, je t'expliquerai... Mais le temps presse...

— Vous avez raison. Il faut que j'aille m'occuper des gens.

— Attends ! Ce n'est pas ce que je voulais dire...

De sa main droite presque inerte il la retint par la manche, boutonna nerveusement sa veste de chasse de la main gauche et dit brutalement, comme s'il se parlait à lui-même :

— Tu parles anglais comme une fille de bonne famille... Avec une pointe d'accent, non dépourvue d'un certain attrait... On pourra toujours prétendre que tu n'as fréquenté que la bonne société anglo-irlandaise... Ce qui n'est pas faux, d'ailleurs... Les Bowers, n'est-ce pas ?... Bon, maintenant, dis-moi franchement : tu parles anglais, mais sais-tu l'écrire, aussi ?

— Je le crois.

— Magnifique ! Je t'engage comme secrétaire.

— Comme secrétaire ?

— Regarde...

Il ramassa un brin de paille et le prit entre le pouce et l'index de sa main droite, comme on prend une plume d'oie. Il essaya de lever le bras, d'imiter les gestes d'une main qui écrit, sans succès. Sa main se mit à trembler.

— Mon bras est à demi paralysé. Un duel. Un coup d'épée qui m'a transpercé l'épaule. Or j'ai besoin d'écrire. J'ai besoin de témoigner. Il faut que tu tiennes la plume à ma place !

— Comment cela ? Où ? Ici ?

— Sur les routes et sur un navire. Je pars en Amérique. Viens avec moi !

— Vous ne m'avez même pas demandé mon nom.

— Pardonne-moi. Comment t'appelles-tu ?

— Josephine Maloney.

— Si tu acceptes de me suivre tu t'appelleras Josephine Benson, d'accord ?

— Je ne vous comprends pas.

— Facile, pourtant. Comment veux-tu qu'une Josephine Maloney et un William Benson voyagent ensemble ? Une Irlandaise et un Anglais, par les temps qui courent, ce serait une union contre nature. Nous aurions beaucoup d'ennuis. Je te ferai passer pour ma femme. Ou ma sœur. Non, ma femme, ce sera mieux. Alors, qu'en dis-tu ?

— Vous avez perdu la raison, je le crains.

— Encore heureux ! C'était la raison qu'on m'avait inculquée. La raison de ma classe, de mes pairs. A leurs yeux, je suis certainement devenu fou à lier.

Il éclata de rire et murmura à l'oreille de Josephine :

— Mais ne le répète à personne ! Sois folle, toi aussi ! Cesse de raisonner. La démence est la seule solution, crois-moi !

Elle tourna la tête vers l'hospice.

— Allons, dit-il, des malheureux, tu en trouveras des milliers d'autres sur ta route.

— Vous lisez dans mes pensées ?

— Ceux-là n'ont plus besoin de toi. Et ne nie pas que tu n'as pas songé à fuir. Accepte, je t'en prie. Je te protégerai et tu me protégeras.

Son regard et sa voix s'enfiévrèrent de nouveau.

— Tu seras mon bâton de marche et je serai ta béquille. Ta main sera mon bras mort et je serai tes yeux grands ouverts. Nous ne serons qu'une seule et même pensée. Ensemble nous allons créer un monde nouveau ! Oh et puis assez ! Viens, je t'en supplie ! Je suis si fatigué...

— Les sœurs me baisent les mains et les pieds. Parce que je ne tombe pas malade.

William Benson grimaça.

— Parce que tu fais attention à toi, certainement. En

Autriche, à Vienne, j'ai rencontré un jeune médecin hongrois, un nommé Semmelweis, qui avait sa propre théorie là-dessus. Ayant constaté que les étudiants en médecine passaient directement de la table d'autopsie aux salles d'accouchement où une parturiente sur deux mourait des fièvres, il suggéra qu'ils se lavent les mains. Scandale, hérésie ! Les grands professeurs, confits dans leurs certitudes, lui ont ri au nez. Quand j'ai rencontré Semmelweis dans un café de Vienne, il était interdit d'exercer. Les idées nouvelles choquent les esprits obtus, Josephine, surtout quand elles bousculent l'ordre établi.

— Elles me prennent pour une sainte.

— En Italie aussi, ils croient aux miracles. Attends encore un peu et bientôt ces nonnes te verront flotter dans les airs ou marcher sur les eaux. C'est leur seul secours, pour expliquer l'inexplicable. Je te l'ai dit, Josephine, Dieu est mort. Tué par l'homme, qui l'a créé.

— De quel côté êtes-vous ?

— Comment ? N'ai-je pas prouvé de quel bord je suis en abattant ma jument ? Que te faut-il de plus ? Que je tue mon père et ma mère ? Trop tard, ils ne sont plus de ce monde.

— J'ai peur. Vous me faites peur.

— Tu crains pour ta vertu ? se moqua-t-il.

— Pour mon âme d'Irlandaise.

— La belle affaire ! Je suis plus irlandais que toi !

Il alla détacher son connemara, vérifia la tension des sangles de la selle et descendit d'un cran les étriers.

— Monte ! Mets ton pied ici ! ordonna-t-il d'un ton mordant.

Josephine obéit. Il la hissa brutalement. Elle retomba sur la selle, en amazone.

— Ah ! Ah ! Je le savais ! Tu en es encore au stade où tu as besoin d'ordres, pauvre petite Irlandaise !

Blessée par ces paroles, Josephine voulut redescendre. Le jeune homme ne lui en laissa pas le temps. Il sauta en croupe et l'emprisonna de ses bras.

— Ne te vexe pas, je plaisantais. Je t'apprendrai la fierté, Josephine. Je t'apprendrai à désobéir aux ordres. Maintenant, donne-moi les rênes...

Il éperonna le poney. Josephine se retourna. Les yeux de chat de l'hospice brillaient dans la nuit. La mère supérieure apparut sur le seuil. Elle brandissait un crucifix.

— Je suis maudite, murmura Josephine.

Contre son dos, elle crut sentir battre le cœur de William Benson. C'était la première fois qu'un homme la serrait contre elle. Sa poitrine était chaude. C'était comme se trouver devant un feu. D'un côté on brûlait, de l'autre on gelait. La bise lui mordait le visage. Ses yeux se remplirent de larmes. Elle n'aurait su dire si c'était à cause du vent ou du sacrilège qu'elle commettait, cet acte inouï : s'en aller et se perdre en compagnie d'un fils de landlord anglais.

Le vent du nord avait chassé les nuages. Le ciel était rempli d'étoiles et Josephine songea que c'était là une nouvelle preuve de la duplicité de Dieu. Il aurait dû plonger l'Irlande dans l'obscurité originelle. Ces étoiles auraient dû s'éteindre, tout comme n'aurait pas dû briller le croissant de la lune dans son premier quartier.

Ils partirent au trot, s'éloignèrent rapidement de l'hospice, traversèrent la place du marché, remontèrent New Street et Glebe Street, des rues mal pavées où le cheval à plusieurs reprises fit des écarts, lorsque remuait dans une encoignure de porte un tas de fripes duquel s'échappaient des rats à longue queue. Au pignon de Kenny's Mill, la grande minoterie, ils franchirent le nouveau pont sur la Robe, construit l'année précédente, premier élément du projet de canal entre le Mask et le Corrib. Les pas du cheval résonnèrent sous l'arche et peut-être jusqu'aux oreilles des sentinelles en faction derrière les murs de la caserne des dragons, puis ils furent étouffés par la terre du chemin qui menait à Ballyglass.

La campagne bleutée s'étendait à perte de vue, nue, divisée par les murets de pierres sèches en parcelles où ne paissait plus aucun âne, aucune vache, aucune chèvre. A l'horizon – mais peut-être cela n'était-il pas l'horizon, comment le savoir sous cette clarté lunaire qui hérissait les perspectives d'ombres démesurées et d'étranges zones de clarté ? – moutonnait une haute masse noire : la forêt de Carra Hall. Josephine en avait entendu parler par son père :

« Dans l'ouest de l'Irlande, à quoi reconnaît-on, de très loin, la présence d'un château invisible ? A la forêt qui l'entoure, Josephine. Alors que les Anglais ont dépouillé notre pays de tous ses arbres pour construire leurs bateaux de guerre et de commerce, ils ont pris soin d'en laisser autour de chez eux et d'en planter de plus exotiques rapportés de leurs autres colonies, les lointaines, en Afrique et en Asie. L'arbre est le symbole de leur richesse et la terre déboisée celui de notre pauvreté. »

Josephine chercha à se remémorer le nom de ces arbres dessinés dans les livres de botanique de madame Bowers. Marronniers d'Inde, cèdres d'Amérique, mélèzes, sycomores... vers lesquels ils se dirigeaient, en coupant à travers des prairies ocellées de joncs et de roseaux. Soudain ils furent au bord du lac Carra. Sous le clair de lune, on aurait dit du lait. Le poney se mit au pas et remonta une allée au bout de laquelle se trouvait le manoir, Carra Hall, adossé à la haute paroi de la forêt.

Josephine perdit l'équilibre en descendant de cheval. William Benson dut la soutenir.

— Depuis combien de temps n'as-tu pas mangé ?

— La soupe que j'aurais eue si j'étais restée à l'hospice aurait été mon premier repas depuis trois jours.

Elle s'évanouit dans ses bras. Il la porta à l'intérieur. Le lendemain matin elle se souviendrait avoir grignoté des biscuits trempés dans du thé, s'être allongée tout habillée sur un lit dans une chambre immense, avoir entendu la porte se refermer et une autre grincer, avoir fixé la bougie que William Benson avait laissée sur la table de chevet, et puis fermé les yeux en songeant que le fou allait l'étrangler dans son sommeil.

3

Josephine fut réveillée par le chant des oiseaux. Des pies jacassaient, des merles s'égosillaient, des pinsons jouaient de la flûte. Elle se crut au paradis. Au-dessus d'elle, agrippés à des lianes, cachés dans le lourd décor floral du baldaquin, d'autres oiseaux, multicolores et à gros becs, la fixaient de leurs yeux ronds. Elle bondit hors du lit, courut vers la porte-fenêtre, ouvrit les rideaux et demeura éblouie.

Elle avait sous les yeux la mie d'une plage de sable fin couleur de pain bis, plus loin des îles et des îlots coiffés d'une végétation touffue, crépue, sabrée par les vents. Tout autour une immense étendue d'eau verte comme l'envers des feuilles de tremble, vert absinthe, verte comme un esprit au calme, vert paradisiaque, oui, reconstitution, encore, de l'une des gravures de madame Bowers, de l'un de ces tableaux antipodéens représentant l'Eden où Adam et Eve cueillaient des fruits qui n'étaient pas des pommes. A une dizaine de milles de distance, quelle différence entre ce Lough Carra et le Lough Mask !

Là où elle était née, dans les basses terres du Mask, tout n'était que dureté, aspérités, terre parcheminée, vent incessant qui déroule à une vitesse folle ses chevaux de frise blancs sur des eaux bleu de Prusse. Ici, tout n'était que clarté, beauté et sérénité. Voilà ce qui sépare les riches des pauvres, songea-t-elle : les premiers choisissent leur paysage, les seconds subissent le leur.

Elle alla sur le balcon. L'air était frais, mais elle aurait juré, tant la prégnance de ce paysage impressionnait son cerveau de sensations surprenantes, que le vent était tiède. A cause des arbres, peut-être ? Ils formaient un demi-cercle autour de Carra Hall, comme un gigantesque bouclier de verdure, bow-window inversé, dont l'arrondi, à travers la forêt, donnait sur les terres de Carrownacon, Ballyglass, Ballintober et Castlebar, tandis que le droit, autrement dit le manoir et ses dépendances, s'ouvrait sur le lac – le grand salon de la propriété ? A droite et à gauche du balcon, certains fûts dépassaient la plus haute cheminée de Carra Hall. Des nuances presque imperceptibles dans les couronnes signalaient l'arrivée du printemps : bleuté des mélèzes, milliers de bourgeons des hêtres formant un halo brun, points jaune pâle au bout des rameaux de sycomores. Josephine se pencha à la rambarde en pierre. William Benson s'affairait autour d'un tilbury. Il leva la tête.

— Bonjour, Josephine ! Je vais vous préparer votre breakfast. Descendez !

— Mais...

Elle prit soudain conscience de sa mise. Jupe de coutil raide de crasse, chandail effiloché, bas de laine reprisés et de couleur plus qu'incertaine, vilaines chaussures que son père avait maintes fois recousues en se servant de sa précieuse alène, de sa grosse aiguille et de fil passé dans de la poix. Comme la veille, William Benson lut dans ses pensées.

— Ne vous inquiétez pas, nous sommes seuls. Il y a déjà

plus de huit jours que j'ai libéré tout le personnel. Descendez vite ! Je vous attends aux cuisines.

Sa voix était gaie. Il paraissait très différent du William Benson de la veille au soir.

— Et ne vous perdez pas, vous seriez mangée toute crue par les fantômes ! En sortant de la chambre, longez la galerie des ancêtres et tournez à droite au bas de l'escalier.

Josephine trottina comme une petite souris le long du chemin indiqué. Elle n'aurait pas été étonnée que l'apostrophât un butler plus raide qu'un col empesé, un majordome qui l'aurait jetée dehors comme une serpillière puante, en frisant le nez. Une escouade de femmes de service aurait nettoyé les traces de ses pas. Elle si sale, si pauvresse, au milieu de tout ce luxe. Plafonds hauts comme des églises, meubles et tableaux si nombreux, si imposants, si variés, qu'en comparaison la demeure des Bowers paraissait presque modeste. En revanche, l'odeur de Carra Hall était presque semblable à celle de Cranmore House. Un parfum de maison de riches, un mélange de fragrances de moisissures délicates qu'on y cultiverait rien que pour que s'exhale le passé de sous les plinthes – rien à voir avec le moisi de la terre battue –, une odeur de linge fraîchement repassé, de cendres tièdes, de pain chaud, de viande rôtie et de tabac égyptien d'officier de cavalerie.

A l'office, cinq fois, dix fois plus grand que la cabane où Josephine était née et où ils avaient vécu à huit, de l'eau frémissait dans une bouilloire ainsi que dans un grand chaudron, sur une imposante cuisinière en fonte et émail, aux yeux de Josephine un véritable objet précieux. William Benson venait de jeter un peu de graisse dans une poêle.

— Vous avez fait du feu ? s'étonna Josephine. Nous ne partons plus ?

— Même si nous partions sur-le-champ, qu'est-ce que ça ferait ?

— Le feu pourrait prendre.

— Il prendra bien, quand nous serons partis.

— Que voulez-vous dire ?

— La Jeune Irlande, les partisans ! Ils brûlent quand ils le peuvent. Quand il n'y a pas de soldats dans les parages. Mais ils ont tort. A leur place je garderais les châteaux.

— Et ça vous fait rire ?

— Pas vous ?

— Vous me vouvoyez, à présent ?

— L'habitude. Mais tu as raison. Puisque nous passerons pour mari et femme, apprenons à nous tutoyer. A partir de maintenant, appelle-moi William, ou Will si tu veux. Mes cousines m'appelaient Will, j'aimais bien, c'était charmant. Bon, maintenant, dis-moi, comment veux-tu tes œufs ? A la coque ? Frits ? Brouillés ?

— Il y a une éternité que je n'en ai pas mangé.

— Alors régale-toi, ce seront peut-être les derniers avant longtemps !

— Et vous ?

— Tss ! Tss ! Tss ! *Et toi !*

Elle rougit, baissa les yeux.

— Excusez-m... Pardon. Et toi, tu ne manges pas ?

— Je me suis levé de bonne heure.

Sur ses traits, la fièvre avait cédé la place à une résolution butée. Il s'activait aux fourneaux, l'air un peu soucieux. Il lui servit deux œufs frits, du pain qu'il avait mis à griller sur la cuisinière, de la compote de pommes et un grand verre de lait. Il remplit deux tasses d'un thé aussi noir que de l'encre. Josephine ne bougea pas, assise les mains jointes entre ses genoux serrés, comme si elle avait froid. Il s'inquiéta.

— Tu n'as pas faim ? Tu n'es pas malade, au moins ?

Elle eut un pâle sourire. Frissonna.

— Non. Tout cela me paraît tellement incroyable. Une sorte de conte de fées. Pourquoi ne retournes-tu pas en Angleterre ?

— Mange donc et ne pose pas de questions idiotes !

Elle but son verre de lait, empoigna son couteau et sa fourchette, suspendit son geste.

— N'aie pas de scrupules à te nourrir, ne pense pas à ceux que tu as perdus, ne pense pas aux gens de l'hospice qui meurent de faim, pense à rester en vie, c'est le meilleur service que tu puisses rendre aux tiens, à l'Irlande, à l'avenir.

— Comment fais-tu pour deviner toutes mes pensées ?

— Ton visage est un livre, Josephine. Un livre magnifique qui illustre à merveille les injustices de la naissance. Vois-tu, si tu étais née dans un tel endroit, dans une telle famille, tu aurais épousé un duc, un roi peut-être. Tu serais devenue reine !

— Encore une de tes moqueries...

— Non, je suis très sérieux.

Il plissa le front. Josephine crut voir dans ses yeux cette lueur à la fois farouche et désespérée qui habitait le regard de son père lorsqu'il alignait sur la table de la cabane les quelques pence du loyer qu'il allait falloir payer en sus de quelques mesures d'avoine et d'orge et d'une charretée de fourrage, alors que sa famille manquait de tout.

— Je t'expliquerai... Tout à l'heure, ajouta William. Chaque chose en son temps.

Et puis, tout comme Sean Maloney, il s'enferma dans son silence. Comment se pouvait-il, se demanda Josephine, que deux hommes aussi dissemblables puissent se comporter de la même façon ? Tandis qu'elle mangeait à petites bouchées hésitantes, il tisonna le cendrier de la cuisinière, ajouta du bois dans le foyer. Il mit un deuxième baquet d'eau à chauffer, refit du thé, remplit leurs tasses, bourra une pipe de tabac blond et sirota son thé. Ils se regardaient par-dessus leurs tasses, yeux dans les yeux. Ceux de Josephine étaient embrumés, les brumes du rêve qu'elle vivait éveillée. Enfin, William Benson sortit de son mutisme, l'air songeur.

— Tu es belle, Josephine, et tu as beaucoup de classe, malgré tes oripeaux. Les bonnes sœurs n'ont pas tort, il y a en toi quelque chose de... de quoi ? De sacré ! Comme une lumière intérieure. Tu aurais fait une parfaite madame Benson. Mais j'ai réfléchi, ce matin. Le nom de Benson est trop connu. Toi-même, dès que je l'ai prononcé... Tu l'as tout de suite relié à Carra Hall. Sur notre chemin, il se trouverait bien un lieutenant de dragons ou un capitaine de bateau pour nous dire : « Ah tiens donc, les Benson de Carra Hall ? Qu'est-ce que vous fichez là parmi la vermine ? Vous vous êtes trompé de port, milord. Ici n'embarque que la racaille irlandaise, vous l'ignoriez ? Les transatlantiques partent de Southampton. Quittez l'Irlande au plus vite. Vous auriez dû partir depuis longtemps, sir. » Oui, des Benson seraient aimablement refoulés. Tu me l'as dit hier, Josephine, on n'échappe pas à sa condition. Alors, voilà ce que j'ai imaginé. Nous voyagerons sous un nom passe-partout. Hill, Smith, Browne... Allons-y pour Browne. Les Browne seront américains. De Boston. Je me ferai passer pour un journaliste et tu seras mon épouse, comme convenu. A moins que tu n'aies changé d'idée depuis hier. A moins que tu ne craignes de devoir partager la même cabine que moi. Qu'en penses-tu, Josephine Browne ?

— Que c'est pure folie de votre part.

— *Pure* folie ? Eh bien tant mieux ! La plupart des folies ne sont que de banales sottises, et je m'en voudrais d'être sot.

— Quand partons-nous ?

Il mordilla sa pipe, eut un geste désinvolte.

— Quand nos réserves seront épuisées, c'est-à-dire dans un jour ou deux. Ou trois. Tout dépendra de ton appétit. Ne te méprends pas, il ne s'agit pas que tu te restreignes. Au contraire, il faut que tu reprennes des forces. Tout dépendra aussi de la rapidité de ton écriture. Parce que nous avons des choses à coucher sur le papier avant de prendre la route, Josephine. Tu commences tout à l'heure. Maintenant, aide-moi, s'il te plaît !

Il empoigna de la main gauche l'anse d'un baquet. Josephine l'aida à le soulever.

— Vous voulez... Tu veux prendre un bain ?

— C'est toi qui vas prendre un bain, comme une grande dame !

— Mais...

— N'aie pas peur, je ne viendrai pas te frotter le dos !

Tout en gravissant l'escalier qui menait à l'étage, il ajouta d'un trait :

— Je t'ai dit hier que j'avais renvoyé tout le personnel ? Oui, je te l'ai dit. Mais je les ai renvoyés avec un pécule et en les autorisant à emporter toute la nourriture qu'ils désiraient. Sauf de quoi tenir pendant une quinzaine, pour un homme seul.

Il ouvrit la porte d'une chambre qui n'était pas celle où Josephine avait dormi.

— La chambre bleue, celle de chère Beatrice, ma sœur préférée...

Il écarta un paravent en lourde passementerie derrière

lequel trônait un tub. Ils y vidèrent le baquet d'eau chaude. Ils descendirent, remontèrent avec le second baquet. Avant de le vider, William jeta dans l'eau des paillettes de savon, puis il se retira.

— Je vous laisse, milady...

La porte se rouvrit aussitôt.

— Ah ! J'oubliais ! Appelle-moi quand tu auras fini, nous te choisirons des vêtements. Tu trouveras un peignoir accroché dans la penderie de droite. Bon bain, ma chère !

Josephine eut comme un éblouissement. Elle songea qu'elle était morte et qu'on l'avait menée au purgatoire pour la laver des humeurs des défunts, avant d'entrer au paradis. Elle se dévêtit. Le rideau de la porte-fenêtre était ouvert. En bas, le lac. Au-delà, les confins de Partry. Plus près, les îles. Y avait-il quelqu'un qui la regardait ? Et que verrait ce quelqu'un ? Une tache blanche, un triangle roux, une masse de cheveux acajou. Un miroir faisait face au tub. Son image s'y refléta, bien vivante – les fantômes ne se reflètent pas dans les miroirs. C'était la première fois qu'elle se voyait nue dans une glace. C'était la première fois qu'elle se baignait nue. L'eau sentait la dragée. Elle s'assoupit. Pendant combien de temps ? On frappait à la porte, on l'appelait.

— Josephine ? Josephine ! Tu n'es pas noyée ?

— Un instant !

Elle s'enroula dans une serviette – image, encore, de son corps ruisselant de mousse –, trouva le peignoir dans la penderie, l'enfila et ouvrit à William. Il resta interdit.

— Qu'y a-t-il ?

— Tes cheveux ! Cet acajou ! Hum !... Madame Browne ? D'accord, mais née Beck, descendante d'Irlandais du Nord. Beck, c'est bien, ça sonne anglo-saxon, colon écossais du XVIIIe naturalisé irlandais. Eh bien, ce bain ? T'a-t-il requinquée ? Tu as perdu ta langue ?

Il roula ses frusques en boule.

— On jettera ça au feu...

Il la toisa du regard.

— Comment vas-tu t'habiller ? Sport ! C'est ça, sport ! Comme une Américaine ! Heureusement que chère Beatrice avait une garde-robe complète dans chaque endroit !...

Il ouvrit violemment les deux portes de la penderie.

— Ne reste pas là comme une chevrette devant le grand méchant loup ! Donne-moi un coup de main ! Et si tu crains que ce peignoir ne dévoile tes charmes, la ceinture est assez longue pour en faire trois tours.

Josephine s'habilla d'une jupe-culotte, d'un chemisier et d'un pull-over, enfila des bas et des bottes.

— Magnifique ! Avec une veste en tweed tu feras une parfaite lady en tenue de croquet !

Dans l'après-midi ils remplirent deux sacs de voyage à soufflets de vêtements de rechange et d'affaires de toilette. Entre-temps Josephine avait fait griller sur la cuisinière une bonne moitié de ce qu'il restait de bacon dans le saloir et cuit de la farine d'avoine. Accompagné de lait, ce fut un repas de prince, pour elle.

Ils étaient assis dans le grand salon, face au lac, et buvaient du thé, des litres de thé, un autre luxe, encore. Le soleil descendait doucement sur les îles du lac.

— Observe bien, Josephine. Fin avril il se couche très exactement entre ces deux îles, qu'on appelle les Jumelles. Elles se ressemblent à la perfection, n'est-ce pas ? On y allait pique-niquer, tout en pêchant, dans le temps. En fonction du vent on choisissait d'échouer la barque sur l'une ou l'autre. Je regrette notre départ, de ce point de vue : j'aurais aimé t'emmener à la pêche, te montrer un soir de mai les éclosions de millions d'éphémères, jaunes comme du safran, légers comme des papillons, des insectes que les gens par ici appellent les mouches de mai, qui rendent folles les truites. Folles, on y revient, à la folie... Bon, voici le moment venu de te démontrer que je ne suis pas fou.

Sur un dressoir où étaient exposées des figurines en biscuit, il alla prendre un encrier, une plume et un gros cahier – ou plutôt un épais carnet relié de cuir et frappé du blason des Benson, une hermine et un chardon –, déplia devant Josephine une écritoire, bourra sa pipe, versa de nouveau du thé dans leurs tasses et dit d'une voix un peu rauque :

— Ici, à Carra Hall, commence mon témoignage. Ah ! à propos ! S'il m'arrivait quoi que ce soit, sache que ce cahier, une fois que nous aurons commencé de le remplir, sera bien plus précieux que ma petite personne. Quoi qu'il arrive, protège-le comme la prunelle de tes yeux. Si je meurs, sauve-le ! Ne te préoccupe pas de mon cadavre, d'obsèques et de bêtises de ce genre. Une seule chose comptera pour toi : faire en sorte que ce cahier soit porté à la connaissance du monde. D'accord ? Jure-le-moi !

— Mais, William, tu ne crois plus en Dieu.

— Rien n'empêche de jurer, de façon... comment dire... immanente... Et puis toi, tu es une bonne catholique, n'est-ce pas ? Alors, jure-moi que pour rien au monde tu ne te sépareras de ce cahier si tu devais me survivre.

— Je te le jure, murmura-t-elle.

— Bien ! Maintenant, écris, Josephine, je t'en prie

4

Je m'appelle William, George, Edward Benson, fils d'Edward Benson, esquire de Coss Lough – s'il vous plaît ! – et de Florinda Henrietta Woodford, fille de Robert Woodford, esquire de Rathmeen – chapeau bas ! Inutile de s'attarder sur les langes dorés de mon enfance, il suffit de savoir que je suis le benjamin d'une famille de sept enfants descendant d'une lignée de landlords dont la fortune immobilière est considérable. En faire l'inventaire serait fastidieux et à vrai dire j'en serais incapable. Seul compte à mes yeux le domaine de Carra Hall. Le manoir, son lac ainsi que ses quelque quinze mille hectares de mauvaise terre et de tourbières volés aux Irlandais après que Cromwell eut passé bon nombre d'autochtones par le fil de l'épée m'ont été donnés par mon père lorsque, sentant sa fin venir, il distribua ses biens à sa progéniture. Ce legs anticipé de ce qui représentait la plus misérable part de l'héritage était une manière de me punir de mes errements. Or, rien n'aurait pu me faire plus plaisir. Pourquoi me punir ? Pourquoi ce plaisir ? Je vais tenter de l'exposer en quelques mots.

Adolescent, je n'avais de cesse que de voir l'été arriver pour quitter soit Londres, soit le Kent, ou bien encore une autre propriété de mon père dans le Cumberland. Il me tardait de retourner en Irlande au bord de cet étrange Lough Carra devant lequel je me plongeais dans d'interminables rêveries, quand je ne pêchais ou ne chassais pas en compagnie de l'un ou l'autre de nos métayers. J'aurais été bien ennuyé, à cette époque, de formuler les sentiments qui m'habitaient. Disons que j'étais porté vers les Irlandais par une sympathie dont mes parents au début se moquaient, avant d'être froissés, puis carrément outrés que je préfère partager le pain grossier de nos locataires plutôt que de dîner au château en compagnie de lords. Confusément, j'avais conscience d'une injustice. La déférence des métayers m'exaspérait. Mais je taisais ces sentiments-là. Je les écrivais. Avec des mots de gamin qui cherche sa voie.

Très jeune j'ai été saisi par le démon de l'écriture, au grand dam de mon père qui voulait faire de moi un juriste. Rien de plus banal, au fond, qu'un fils qui ne répond pas aux ambitions que son géniteur nourrit pour lui. Afin de lui être agréable, je fis un peu de droit et d'économie politique. Cependant, me voyant déterminé à poursuivre des études de lettres classiques et se désespérant de ma passion pour la littérature en général, sir Edward Benson voulut encore influer sur mon destin. Les dispositions qu'il prit, les recommandations qu'il sollicita, les passe-droits qu'il obtint devaient me conduire à m'étioler dans un poste prestigieux de fonctionnaire des lettres, doyen d'université, conservateur de la bibliothèque ou des archives nationales. Je me cabrai et annonçai tout de go ma décision : aller jeter ma gourme sur le continent, engranger des expériences, me frotter aux poètes et aux romanciers français et allemands, en un mot bâtir les fondations de ma personnalité.

— C'est cela, William, mener une vie de bohème, jeter

l'argent par les fenêtres des lupanars et finir dans le ruisseau, traduisit mon père.

Mes frères et sœurs prirent mon parti, non pas parce qu'ils croyaient en mon génie littéraire mais parce qu'ils voyaient en moi, fils indigne, un concurrent qui s'éliminerait de lui-même dans la course au partage. Mes frères et mes sœurs, sauf une : chère Beatrice. Son affection était sincère. Elle intercéda en ma faveur. Notre père ne lui refusait rien. Il accepta et, comme il arrivait à la fin de ses jours, la lassitude et le fatalisme ne furent pas étrangers à sa résignation. Je l'entendis dire à notre mère ces paroles :

— Dans toutes les familles il y a un mouton noir. William sera celui-là.

Au mouton noir le lac vert ! A moi la plus maigre part de l'héritage. A moi ces quinze mille hectares de terres désolées. A moi de m'accommoder avec nos misérables métayers. A moi de leur faire suer leur loyer. A moi d'entretenir le manoir.

— Si tu le peux, ironisa mon père, car si tu mènes grand train à Paris ou ailleurs, il ne te restera rien. Et c'est probablement comme cela que tes envies de romanesque finiront : par une banqueroute.

Rien, comme je l'ai dit, n'aurait pu me faire plus plaisir. Sir Edward Benson prenait son benjamin pour un doux rêveur, ce que je n'étais pas. Une fois le legs établi, je pris des arrangements avec Hillman, l'intendant du domaine, un brave homme natif du Devonshire mais définitivement établi dans le comté Mayo, où il avait épousé une O'Hara. Un Irlandais de cœur, lui aussi. Nous étions en communion d'idées. Nous fîmes ensemble un état des recettes et des dépenses et par conséquent du revenu net que je pouvais tirer de Carra Hall. Je lui demandai d'en consacrer la moitié à l'entretien du manoir et de me virer l'autre moitié, deux fois l'an, dans une banque de Londres. A cette banque je donnai l'ordre de me tenir à disposition les deux tiers de mes avoirs dans une banque à Paris. Là-dessus, je réunis quelques bagages, pris la diligence pour Douvres, la malle pour la France et à Calais une autre voiture pour Paris.

Durant deux heures William dicta à Josephine le récit de la vie dissolue qu'il mena non seulement à Paris, mais aussi à Bruxelles, Vienne, Rome, Florence, en compagnie d'actrices et de poètes fous. L'argent filait, les pages de ses cahiers demeuraient aussi blanches que ses nuits. Un jour la prédiction de son père se réalisa. Au lieu de la lettre de change à escompter à la banque, il reçut de Hillman cette note alarmante :

Monsieur,

Je suis au désespoir de devoir vous l'annoncer : les loyers ne rentrent plus. Les fermiers meurent de faim et je n'ai pas le cœur à leur arracher les derniers pence qu'ils peuvent avoir cousus dans les plis de leurs hardes. Il faut que vous veniez aussi vite que possible. Carra Hall a besoin de vous.

Très respectueusement,
Votre dévoué
John Hillman.

— Tu es sûrement fatiguée, Josephine. Arrêtons-nous là. D'ailleurs, tu ne dois plus y voir très clair.

— Oh ! pas du tout mons..., pardon, William. Je vais allumer les bougies, nous pourrons continuer toute la nuit si tu veux.

— Non, j'en ai assez. Dis-moi, je ne t'ai pas choquée ?

Josephine rougit.

— Vous avez fréquenté des endroits...

— *Tu as* fréquenté des endroits... Des bordels, Josephine. Oui, des maisons où des femmes se donnent pour de l'argent.

— Comment une fille peut-elle... ?

— Se vendre ? Par vice, parfois. Pour manger, le plus souvent.

— Je préférerais mourir.

— C'est un point de vue. Excessif sans doute. Mais ne t'inquiète pas, cela ne risque plus de t'arriver. D'ailleurs...

Une idée subite le traversa.

— Il faut que je te protège, même après ma mort.

— C'est toi qui parles de mourir, maintenant ?

— On ne sait jamais. Ouvre le cahier à la dernière page... Ecris...

Il lui dicta quelques lignes lapidaires qui commençaient par : « Ceci est mon testament. Je lègue tous mes biens à ma chère épouse... »

— Mais nous ne sommes pas mariés ! Ce sont monsieur et madame Browne qui le sont, enfin... pour le voyage.

— Nous arrangerons cela plus tard. Mais, tu m'y fais penser, des gens mariés portent des alliances...

Il s'absenta quelques minutes, revint avec un minuscule écrin.

— Les alliances de mes parents. Sur son lit de mort, prise de remords sans doute de m'avoir en quelque sorte déshérité, ma mère a voulu que je les prenne. Donne-moi ta main...

Il passa l'anneau à son doigt. Il n'était ni trop lâche ni trop serré.

— Un signe de plus, Josephine. Cette bague t'attendait. Maintenant, aide-moi à signer mon testament.

Il prit la plume, elle lui tint le bras à l'horizontale. Et il signa : William, George, Edward Benson.

— Je suis sûr désormais que tu ne te sépareras jamais de ce cahier.

— Oh si c'était pour cela ! s'exclama-t-elle, vexée. Si tu penses que j'en ai après ta fortune...

Elle allait déchirer la feuille. Il l'en empêcha.

— Décidément, tu manques d'humour, ma chère. Allumons les bougies.

— Comme tu as cessé de me dicter, inutile de les brûler inutilement.

— Economiser ? Josephine, tu es impayable ! Mais nous partons ! Tout ça n'a plus aucune importance ! Lumières !

William alluma tout ce qu'il put trouver comme chandeliers et bougeoirs. Ils illuminèrent les joues de Josephine de leur munificence. Son regard voletait de l'une à l'autre des sources de lumière comme un papillon. Fascinée, envoûtée, elle avait oublié la famine, les malheurs de l'Irlande, sa propre misère. Elle se tenait assise, absente, les genoux joints, les mains crispées sur le cahier où elle venait d'écrire. Tous deux paraissaient soucieux de respecter le silence de l'autre. Josephine sentit comme une tension sur les traits de William.

— Le temps s'est arrêté, murmura-t-elle.

— C'est l'heure où le jour et la nuit font de l'escarpolette, dit-il.

Ses yeux semblèrent s'agrandir, son regard devint un peu flou. A mesure que l'écharpe rouge du couchant s'amenuisait, l'éclairage à l'intérieur se faisait plus vif. C'était aux sources de cette débauche de lumière que les pensées de William paraissaient s'abreuver. Dans un murmure haché, un délire retenu, presque, il dit :

— Oui, ils font de la balançoire... Qu'est-ce que j'entends ? J'entends mes sœurs crier parce qu'on les pousse trop haut, j'entends leurs rires, je les entends se moquer des bonnes. J'entends les bruits du couvert que disposent sur la grande table les serveurs en livrée. J'entends les ordres de ma mère. J'entends le sherry couler dans les verres. J'entends les toasts que l'on porte. A Carra Hall, à l'Angleterre, à la reine Victoria !

Il eut un rire aigrelet et alla se poster devant la porte-fenêtre. L'ombre finissait d'engloutir le lac. La lune montait. Des truites mouchaient.

— Si j'en avais le courage j'irais en pêcher quelques-unes pour demain. Mais à quoi bon ? Tout est vain ! Et si nous nous laissions mourir ici ? Dans la solitude... Si nous renoncions à la multitude, Josephine ?

Elle s'approcha de lui, laissa sa tête aller contre son épaule.

— Rappelle-toi, tu dois témoigner...

— Est-ce que j'en serai capable ?

— Nous avons commencé... C'est très beau.

Il la prit dans ses bras, caressa ses cheveux.

— Tu es gentille, Josephine. Ah, bon Dieu, pourquoi ne t'ai-je pas connue plus tôt, *avant*, *ailleurs* ? A une époque où nous n'aurions pas été prisonniers de l'histoire ?

— Montre-moi comment tu embrassais ces filles, à Paris.

Il la repoussa, la tint à bout de bras.

— Tss ! Tss ! Tss ! Tu jetterais ta sainteté aux orties ?

— Personne ne m'a jamais embrassée.

— Et tu en as envie ?

— Pas toi ?

Il l'enlaça de nouveau, baisa ses cheveux.

— Si. Mais ce serait trop dangereux.

— Dangereux ? Un baiser n'a jamais tué personne. A part le baiser de Judas à Jésus...

Il baisa ses paupières.

— Plus tard, Josephine, plus tard. Il faut que je guérisse, d'abord.

— Mais de quoi ?

Il éluda la question.

— De moi-même, je suppose.

— Dans les romans que je lisais chez madame Bowers les amoureux se disaient « je t'aime ». Est-ce que cela se dit aussi, dans la vie ?

— Je te le dirais si je t'aimais, lança-t-il d'un ton désinvolte.

— Bien sûr... Je ne suis qu'une pauvre idiote, dit-elle en baissant la tête.

Il la força à le regarder.

— Une pauvre idiote, oui vraiment ! Josephine, tu ne vois donc pas ? A la seconde où je t'ai aperçue sur le seuil de l'hospice je suis tombé amoureux de toi ! En d'autres temps je t'aurais enlevée et emmenée en Italie... Mais ce n'est pas la saison des amours, c'est l'hiver des sentiments, la saison des morts... Regarde la nuit ! Voilà la vie qui nous attend ! Les heures obscures du voyage !... Il faut endurcir nos cœurs, éviter tous les attendrissements. Malgré cela, je veux bien t'embrasser...

Elle lui tendit ses lèvres.

L'éclair précéda le son d'une fraction de seconde.

La balle claqua en s'enfonçant dans le montant de la porte-fenêtre. Le coup de feu se répercuta en écho contre les murs de Carra Hall. Josephine poussa un cri et recula. William rugit. Se précipita, ouvrit les deux battants, s'exposa sur le balcon en hurlant :

— Soyez les bienvenus, assassins ! Nous qui voulions justement mourir à l'instant même ! Tirez ! Et visez juste !

Josephine s'agrippa à lui, voulut l'attirer à l'intérieur. Au contraire, ce fut lui qui la poussa contre la balustrade. Elle écarquillait les yeux.

— Allons ! Qu'attendez-vous ?

Un deuxième éclair. La balle fracassa un carreau.

— Raté ! hurla William.

Il jubilait, fou de nouveau, comme la veille, quand il avait abattu son cheval. Il déboutonna sa veste et sa chemise. Josephine se mit à claquer des dents. Tétanisée, elle n'osait, ni ne pouvait, ni ne voulait bouger. Il ricana à voix basse :

— Adieu, Josephine ! Quelle belle mort !

Puis il hurla :

— Visez droit au cœur, les amis ! Ha ! Ha ! Ha !

— William ! Non !

— C'est ce que disent les glorieux fusillés, non ?

Elle l'enlaça. De ses bras. De ses jambes. Un seul corps. Que la balle les traverse, tous les deux...

Presque simultanés : des bruits sourds de pas sur la terre damée d'une allée ; à l'intérieur des massifs de rhododendrons, des craquements de branches ; une voix furieuse, on aurait dit un ordre ; et puis en même temps qu'un cri, un troisième éclair, en direction du sol. Une galopade, encore.

— Holà ! Du peloton d'exécution ! Ne fuyez pas ! cria William. Venez, nous vous invitons à dîner !

La galopade cessa. Avec un fort accent d'Irlandais des tourbières une voix s'inquiéta :

— C'est vous, sir William ?

— Qui voulez-vous que ce soit d'autre ? Venez, je vous dis. Nous allons causer ! Entre hommes ! Entre Irlandais !

Josephine finit par distinguer des ombres dans le halo de lumière que la fenêtre projetait au-delà du balcon. Deux hommes. Ils s'avançaient prudemment. William reboutonna sa chemise. Il riait de bon cœur, comme s'il s'était joué un bon tour à lui-même.

— La mort ne veut pas de nous, Josephine, dit-il en balayant du pied les morceaux de verre brisé. C'est de très bon augure. Descendons accueillir nos invités...

5

Les épaules voûtées dans une attitude d'absolue déférence, Sean Cusack ôta son chapeau et le tint à deux mains contre sa poitrine.

— Remets ton chapeau, Sean ! Ces temps-là sont révolus, bonhomme. Tu m'as fait sauter sur tes genoux, ça te donne des droits !

— Je ne sais pas, monsieur, bredouilla Sean Cusack.

— Ne m'appelle plus monsieur ! Appelle-moi William ! Je ne suis plus ton châtelain, tu n'es plus mon métayer ! Nous ne sommes que des hommes, égaux en droits !

Le vieillard – puisqu'il fallait bien le qualifier ainsi, alors qu'il n'avait probablement pas atteint la cinquantaine – hésita. Josephine le débarrassa de son couvre-chef et le posa sur la table. Sean Cusack leva un regard inquiet, mais toujours humble, sur William.

— Alors, vous aussi, William, vous êtes devenu fou, comme mon jeune fils ?

— Fou ? Lucide, Sean. Aussi lucide que les sources autour du Carra étaient limpides, autrefois. Avant que les cadavres ne pourrissent dans les tourbières.

— Il y en a moins autour du Carra qu'ailleurs. Grâce à

vous, William. Quand monsieur Hillman nous a annoncé que tous les baux étaient annulés et les loyers remis, des femmes, et même des hommes, sont tombés en prières. Au nom de tous vos métayers je tiens à vous remercier de votre générosité.

— Fadaises ! Tais-toi donc ! On ne remercie pas quand on reçoit son dû !

William se tourna vers le jeune homme qui se tenait en retrait derrière son père.

— Alors dis-moi, Des, comme ça tu voulais me brûler la cervelle ?

Les yeux de Desmond Cusack brillèrent d'un éclat belliqueux sous le rebord de son feutre informe, un vieux chapeau de chasse d'intendant ou de lieutenant de louveterie, duquel dépassaient des cheveux noirs en broussaille. Ses bottes éculées dont les semelles bâillaient, sa veste et son pantalon en toile épaisse, ce chapeau et le fusil sur lequel ses mains restaient crispées lui donnaient l'air farouche d'un franc-tireur, d'un partisan d'une armée des ombres encore engluée dans le marais des velléités.

— Il faut l'excuser, dit son père, la faim lui a mis des idées dans la tête.

— Il faut l'en féliciter ! Nous allons en parler.

— Je ne savais pas que c'était toi, grommela Desmond Cusack. Personne n'était au courant que tu étais revenu.

— Revenu à Carra Hall depuis seulement quelques jours. Et ne faisant qu'y passer. Mais je suis en Irlande depuis l'hiver dernier.

Josephine s'étonna.

— Oui, Josephine. J'ai parcouru tout le sud et l'ouest de l'Irlande. Nous avons encore beaucoup de choses à écrire... En attendant, essaie donc de dénicher quelque chose à manger. A partager avec nos amis, pendant que nous causerons.

Il prit le fusil des mains de Desmond.

— C'est avec cette pétoire qu'on tirait le lapin quand on était gosses, non ? Hum ! Pas étonnant que tu m'aies raté. On réglera ce problème-là tout à l'heure... Si tu allumais le feu, Sean ? Le temps que je nous serve un verre de sherry et que Josephine nous déniche quelque chose à nous mettre sous la dent.

— Il ne reste que cinq œufs.

— Eh bien nous jeûnerons demain ! Il faut bien commencer !

Même assis au coin de l'âtre où brûlait un feu d'enfer, Sean Cusack ne se départit pas de son humilité. Un homme qui n'avait fréquenté que les granges et les écuries du château ne pouvait pas être à son aise dans ce salon où il n'aurait jamais imaginé mettre un jour les pieds. Malgré les encouragements, son fils Desmond demeura sur la défensive. Il fallut que William lui raconte ses rencontres à Paris, Berlin et surtout Bruxelles pour qu'il se déride et consente enfin à croire en l'impossible, à accepter qu'il avait désormais en la personne du maître des lieux un allié, voire un complice, sinon un camarade. D'abord réticent, prenant à n'en point douter – eu égard à la moue de mépris que ses lèvres ne pouvaient s'empêcher d'esquisser – les paroles de William pour l'expression d'une lubie de riche, il devint peu à peu plus réceptif et bondit sur ses pieds lorsque William eut fini de résumer les théories d'un dénommé Karl Marx.

— Tu ne mens pas ? souffla-t-il. C'est incroyable ! On n'est pas seuls, alors ?

— Seuls ? Ces idées-là vont embraser l'Europe entière ! Crois-tu qu'elles soient nées du néant, d'un claquement de doigts ? Elles ont traversé le canal Saint-Georges. Ont trouvé des oreilles attentives. Des langues pour les véhiculer. Et elles te sont parvenues. Et je les partage. Maintenant dis-moi tout. Raconte. Combien êtes-vous ? Explique-moi comment vous êtes organisés.

— Ils ne le sont pas, murmura Sean Cusack, et je ne donne pas cher de leur peau.

— Laisse ton fils s'exprimer, Sean.

— Les vieux ne sont que des lâches ! éructa Desmond.

— Non, pas des lâches, dit William doucement, des chiens qu'on a dressés à obéir et auxquels on a limé les dents. Respecte ton père, Des. Moi, vois-tu, c'est un privilège que j'ai perdu.

— Il t'en reste encore quelques-uns, ironisa Desmond en balayant la pièce, les meubles, les tableaux du regard.

— On en discutera aussi. Allons, Des, parle ! Que faut-il que je te dise, que faut-il que je fasse pour que tu m'accordes ta confiance ? Te dire que dans les jours qui viennent Josephine et moi allons prendre un bateau pour l'Amérique ?

— Un clipper de luxe ?

— Un bateau d'émigrants, Des. Nous partons avec les pauvres.

Sean Cusack tressaillit.

— Un Benson, avec les miséreux ?

— Et pourquoi pas ? Josephine, expose-leur mon projet. Au moins Des te croira-t-il, toi.

Josephine parla surtout du cahier et du désir de William de témoigner, de rendre compte au monde entier des misères endurées par les Irlandais.

— Mon Dieu ! chuchota Sean Cusack en se signant, vous n'en réchapperez pas. Je vais prier pour vous.

— Libre à toi ! Comme on dit dans les tavernes, si ça ne fait pas de bien ça ne peut pas faire de mal ! plaisanta William.

Et il cita la phrase du philosophe de Bruxelles :

— La religion, c'est l'opium du peuple !

Le visage de Desmond s'illumina comme si la Vierge lui était apparue.

— Il a vraiment dit ça, ton type ? Comment tu l'appelles, déjà ? Marx, Karl Marx ? Incroyable. Tu sais que l'Eglise nous a excommuniés ? Ces curés, c'est qu'un ramassis de vendus.

— Pas tous !

— Tendre l'autre joue, qu'ils disent ! Tu parles ! Tendre la main, pour une soupe. Ou pour qu'on te la coupe, d'un coup de sabre ! N'empêche...

Il n'en revenait pas que d'autres sur le continent puissent penser la même chose que lui. On sentait que l'inondait de fierté le fait qu'en lui aient pu germer des idées révolutionnaires partagées par des esprits supérieurs dans des capitales où les plus glorieuses pages de l'histoire européenne s'étaient écrites. Cette fierté, ainsi que l'alcool – le verre de sherry auquel il n'était pas habitué –, plus sa portion d'omelette et de galette de froment qu'il avala avec gloutonnerie, libérèrent sa parole. Il se rassit confortablement dans son fauteuil, avant-bras calés sur les accoudoirs, genoux croisés, prenant ainsi, sans le savoir ni le vouloir, une attitude de landlord.

— Je pense avoir été l'un des plus jeunes supporters de Daniel O'Connell, dit-il. Je venais d'avoir douze ans...

Le dimanche 17 septembre 1843, en compagnie de quelques gamins plus jeunes ou plus âgés mais tous aussi délurés que lui, Des Cusack franchit le pont de Waterloo auquel aboutit la route de Galway à Clifden. Ils marchent depuis cinq jours, par courtes étapes entrecoupées de courses dans les champs à la poursuite d'un lièvre, de baignades dans les lacs, de chamailleries, de bagarres et de réconciliations, de nuits passées à se raconter des histoires de leprechauns et de méchantes fées, couchés dans des cabanes de bergers. C'est la première fois qu'ils se rendent dans la capitale du Connemara. Ils ont entendu parler de son marché aux chevaux, de ses boutiques, de ses pubs.

Mais s'ils se mêlent à la foule qui grossit au fur et à mesure qu'ils approchent de la ville, c'est pour aller écouter le grand Daniel O'Connell, le Liberator, le maire de Dublin, le député aux Communes, l'avocat qui a obtenu l'émancipation des catholiques irlandais. L'homme qui se bat pour l'abolition de l'Acte d'union et réclame l'autonomie de l'Irlande, le tribun qui réunira près d'un million de personnes au mont Tara, et sera arrêté. A Clifden, ses partisans seront cent mille. Hommes et femmes en haillons du dimanche, auditeurs qui pour la plupart ne savent ni lire ni écrire mais comprennent parfaitement les mots libérateurs. O'Connell représente une menace pour la Couronne britannique : dans cette foule il y a aussi des agents anglais et des mouchards irlandais. Mais comment se méfieraient-ils de ces gamins turbulents ? Comment se douteraient-ils que c'est là le ferment duquel lèveront les révoltés de la Jeune Irlande ?

Des Cusack se faufile au premier rang – à l'église au contraire, comme s'il se méfiait de l'autel, il se tient le plus souvent possible dans le fond où il ressasse des idées hérétiques ; il ne croit pas plus au paradis qu'à l'enfer. Il boit les paroles de Daniel O'Connell, voudrait grandir d'un coup afin de pouvoir s'engager à ses côtés.

Fin 1843, O'Connell est arrêté, condamné à la prison, mais bientôt libéré sur intervention de la Chambre des lords. Cette arrestation, au lieu de radicaliser ses convictions, amollit son esprit vindicatif. Il cède aux Anglais, accepte de rentrer dans le rang, réitère ses déclarations de catholique et de légaliste : il prône la poursuite de la lutte dans le cadre électoraliste et rejette à l'avance toute violence, tout combat armé. Les plus radicaux se détournent de lui et créent le mouvement de la Jeune Irlande.

— J'en suis ! lança fièrement Des Cusack. Je ne sais pas ce que les Anglais ont fait, dit ou promis à O'Connell pendant son séjour en prison, toujours est-il qu'ils l'ont retourné et qu'il a mis ses idées dans sa poche et son mouchoir par-dessus. On raconte qu'il vit en Italie, aux frais de la reine d'Angleterre. Pour moi, pour nous tous, membres de la Jeune Irlande, il a trahi.

Sean Cusack hocha la tête.

— Saint Patrick a chassé les serpents d'Irlande mais les Anglais en ont réintroduit de pires espèces. Ils ont mis la traîtrise dans le cœur de certains Irlandais, ils ont inventé les mouchards.

— On les exterminera tous, jusqu'au dernier ! promit son fils en grinçant des dents.

— Dis-moi, Des, continua William, comment vous êtes-vous décidés à passer à l'action armée ?

Des Cusack serra les mâchoires, comme pour retenir le mépris qui lui remontait dans la gorge.

— Une question bien digne d'un Anglais.

— Je suis plus irlandais qu'anglais, Des.

— Un rêve !

— Je t'assure.

— Tu ne m'as pas dit que tu étais en Irlande depuis l'hiver dernier ? Tu es aveugle ? Tu n'as rien vu ?

— J'ai tout vu.

— Eh bien alors ? La famine ! C'est la famine qui nous a armés ! Entre Clifden et Castlebar on a déjà descendu trois landlords. Alors qu'ils prenaient le frais à leurs fenêtres... Depuis, la plupart dînent dans le noir ou bien ont pris leurs cliques et leurs claques. Les autres s'enferment sous la protection des dragons. Seulement... Les gens qui ont faim ne se soulèvent pas. Le peuple espère encore je ne sais quoi. Une soupe, et leur esprit vindicatif s'endort. Nos prochains objectifs sont les réserves des landlords. Piller les greniers à blé, détourner les bateaux qui emportent en Angleterre la subsistance des Irlandais.

Des Cusack eut un sourire carnassier.

— On va piller ton château, William.

— Rien ne sera plus facile. Les portes resteront ouvertes. Tu pourras te servir. Mais permets-moi de t'adresser une prière...

— Laquelle ?

— Résiste à l'envie d'incendier Carra Hall. Vous le regretterez, plus tard, quand il appartiendra à l'Irlande.

— Le jour où on aura notre indépendance ?

— Bien sûr.

— Puisque tu es de notre côté, rejoins-nous !

— Un fusil de plus ? Je n'ai plus qu'un bras de valide, je ne pourrai pas épauler. Non. Je te l'ai dit, ma mission est de témoigner. Sinon, qui le fera ? Tu ne lis pas la presse anglaise. Tout est déformé, censuré. Le monde ignore la réalité irlandaise.

— Tu reviendras ?

— Certainement, si nous ne mourons pas en route. Et

j'espère qu'alors vous m'accepterez dans vos rangs, pour faire de l'Irlande un pays libre.

— Quand partez-vous ?

— Demain. Mon intention est de rejoindre un des ports de l'Ouest. Rapidement. Nous prendrons le tilbury. Et à ce propos...

— J'ai compris. Je ferai passer le mot. Aucun franc-tireur ne vous tirera dessus.

— Merci. Je n'aimerais pas être tué par mes propres balles...

— Tes propres balles ?

— Suis-moi, je vais te faire visiter l'armurerie.

Josephine et Sean Cusack demeurèrent seuls quelques minutes.

— Tu es Josephine Maloney, des basses terres du Mask, n'est-ce pas ? J'ai entendu parler de toi. On dit que tu fais des miracles...

— Mais non, j'ai de la chance, voilà tout.

Le métayer jeta un regard furtif à droite, à gauche, et s'agenouilla devant Josephine.

— Pose tes mains sur moi, Josephine... Bénis-moi.

Josephine posa ses paumes sur la tête du vieil homme. Il se mit à psalmodier des prières.

— Merci, dit-il en se relevant péniblement.

Des Cusack et William revenaient, les bras chargés de carabines et de fusils de divers calibres ainsi que de leurs munitions. Les armes furent étalées sur la table de la salle à manger. William expliqua le fonctionnement de chacune d'elles et puis le père et le fils se partagèrent le fardeau. William les reconduisit jusqu'à la porte, comme il l'aurait fait avec des invités venus prendre le thé.

— Bonne chance, les amis ! dit-il.

— A toi aussi ! dit Des Cusack.

— Dieu vous bénisse ! dit Sean Cusack.

— Ça, c'est une autre histoire, Sean !

Josephine les rejoignit sur le perron. Des Cusack ne se décidait pas à partir. Des mots qu'il voulait prononcer. Des mots qui ne sortaient pas. Des mots qu'il lui fallait extraire de leur gangue de haine. Des mots venus du cœur.

— Pardonne-moi de t'avoir tiré dessus. J'espère sincèrement que vous reviendrez, tous les deux.

— Merci, Des.

Un élan d'amitié poussa le jeune révolté vers l'ancien maître de son père. Avec gaucherie – un Irlandais n'a pas coutume de se livrer à des effusions –, il donna l'accolade à William, qui la lui rendit avec cette assurance virile des jeunes gens de bonne famille sur le terrain de sport. Emue, Josephine serra un court instant son compatriote dans ses bras, puis embrassa Sean Cusack. Le vieux métayer essuya une larme.

— Allons ! En route, fils ! Et tâchons d'éviter les patrouilles, avec cet arsenal qu'on transporte...

La nuit les avait amenés, la nuit les reprit. Du perron, William et Josephine suivirent leur progression le long du lac : à la faveur d'une trouée dans les saules, ici et là l'éclat de la lune montante sur un canon de fusil. William chassa son émotion d'une boutade.

— Il y aurait une chanson à écrire là-dessus... Quelque chose comme... voyons... A la lune montante brillent les canons des fusils... Tu m'y feras penser, Josephine ?

Ils laissèrent la porte ouverte. La jeune fille voulut éteindre les bougies dans la salle.

— A quoi bon ? dit William. Laissons cette maison vivre sa dernière nuit.

— Tu veux que je reprenne le cahier ?

— Je me sens en pleine forme. Et toi ?

— Je n'ai pas envie de dormir.

— Alors remettons de la tourbe dans la cheminée.

— Je vais refaire du thé.

Ils retournèrent s'installer au salon. William bourra sa pipe, l'alluma et plaisanta :

— J'ai l'impression d'être Shéhérazade qui retarde son exécution en racontant des histoires... N'hésite pas à m'interrompre, Josephine, si jamais je me trompe... Bon, tu es prête ?... Bien avant la famine...

La plume commença de chuinter sur le vélin comme un oiseau de nuit affirme sa présence dans son domaine hanté.

6

Bien avant la famine c'était déjà la disette. Fallait-il que je fusse aveugle pour n'avoir rien vu, jeune homme, quand je chassais et pêchais avec Desmond Cusack ? A ma décharge, oserai-je dire que les pauvres ont la misère discrète ? Sean Cusack ne vivait pas différemment de ces malheureux que j'ai interrogés, quand ils étaient en état de répondre, pendant ces derniers mois d'errance dans l'Irlande agonisante. Le budget annuel d'une famille de tenants – ou métayers – se comptait en livres, sur les doigts d'une seule main. Cinq livres et c'était la richesse. Cinq livres pour faire vivre une famille de dix personnes ou plus pendant une année quand nous, landlords, en dépensions le double pour la nourriture et le confort d'un seul cheval. Nous jetions sur les comptoirs des tailleurs des fortunes en souverains, nous remplissions nos carafes en cristal d'or liquide – je veux dire du meilleur claret des coteaux de Gironde – et nous tapissions l'estomac d'œufs d'esturgeons transportés de Bordeaux en même temps que le vin.

Avant la famine, sur le calendrier des nécessités du métayer impécunieux – un pléonasme –, s'inscrivaient des recettes et des dépenses en quarts de penny, ces farthings que les nobles jetaient aux gosses à la volée, pour le plaisir de les voir s'entre-déchirer. J'ignore si le métayer fêtait le Nouvel An. Je suppose que non ; s'annonçait pour lui l'époque de vider sa bourse de ses quelques piécettes. C'est en janvier qu'il payait au landlord le loyer du premier semestre à échoir. Il m'est intolérable aujourd'hui de songer que nos coffres se remplissaient de ces pièces pendant que nos gens, puisque l'usage était de les appeler ainsi, allaient vêtus comme des gueux et l'estomac jamais plein, sinon de pommes de terre. S'il restait quelques pence, le métayer achetait un peu de laine et de fil afin que son épouse et ses filles adolescentes tissent ou tricotent des vêtements pendant les longues soirées d'hiver.

Au printemps, il fallait s'atteler à deux tâches primordiales : couper la tourbe et planter les patates. Dès que le temps le permettait, toute la famille se rendait dans la tourbière. Nu-pieds, ils traversaient les prairies, trébuchaient dans les sillons d'eau stagnante des parcelles déjà exploitées au cours des décennies précédentes, et considéraient les lèvres noires et brillantes de cette manne immémoriale, le cœur empli de gratitude. Cette herbe mêlée de terre, pressée sous le pilon du ciel pendant des millénaires, allait leur permettre de se chauffer un hiver de plus. Le père se signait, empoignait sa houe et ouvrait une nouvelle saignée. Derrière lui, un bambin sur la hanche et parfois un ou deux autres accrochés à ses jupes, la mère ramassait les mottes légères, de la taille d'une briquette, et les jetait au bord de la tranchée. Les gosses en âge de le faire mettaient les mottes en tas.

Nouvelle prière, le soir venu ; pourvu qu'il ne pleuve pas tout l'été, que la tourbe sèche. Jusqu'au mois de septembre ils ne vivraient que dans cette attente, dans cette hésitation :

les jours de beau temps que nous avons connus sont-ils suffisants ? Il y avait de ces étés de grâce où le luxe était de choisir ses heures : le soleil brillait, la tourbe séchait, on la rentrait petit à petit, sac après sac, comme si on se promenait, et on croyait que c'en était fini des jours humides. Peut-être qu'il en serait ainsi, rien que de beaux étés, *ad vitam aeternam* ? Bien sûr, on ne se faisait guère d'illusions, les cieux apportaient vite leur démenti. Alors que la tourbe était presque à point, la poche des nuages crevait. Sous le déluge d'automne, vite, vite, il fallait rentrer sur son dos ce charbon des nécessiteux, le remettre en tas au pignon de la cabane et le couvrir de mottes d'herbe. On s'éreintait du matin au soir, mais enfin, voilà, la corvée était achevée, on ne mourrait pas de froid l'hiver prochain.

Entre-temps, on avait surveillé les pommes de terre. Dans le Sud, le long des côtes du comté Kerry baignées par des courants chauds venus des Indes occidentales, la tradition voulait qu'on les plantât le jour de la Saint-Patrick, le 17 mars. Peut-être cette tradition était-elle ici et là respectée, mais dans le Nord-Ouest, où les lacs gèlent encore en février, c'était au plus tôt mi-avril, quand ce n'était pas en mai, qu'à la houe, toujours, unique et précieux outil, on traçait les sillons dans une terre de bruyère, légère, poussiéreuse, que rarement du crottin ou de la bouse enrichissait. On déposait les semences, à un pied de distance, comme autant de diamants. Comme autant de truffes qu'il avait fallu tout l'hiver préserver aussi bien du gel que du cochon en liberté. Un porc ? Ils se nourrissaient donc aussi de lard et de saucisses ? Attendons voir…

Deux fois par jour, ensuite, le père ou la mère, ou les deux, plus les garçons et les filles parvenus à l'âge de raison – l'âge de l'inquiétude, de la peur du lendemain, pour les enfants de tenants – allaient guetter les premières pousses, surveiller la croissance des feuilles, examiner leur dessous, voir si n'apparaissaient pas les doryphores. Pour peu que ces insectes infectassent soudain le carré, les gosses en piaillant se munissaient de sacs munis d'un lacet et, pendant des jours entiers, picoraient un à un du bout des doigts ces grains de café jaunes rayés de noir.

La mère plus loin entretenait un feu de tourbe. Les sacs étaient vidés sur les braises qu'à l'aide d'un bâton on retournait vivement, afin que les insectes ne s'envolent pas. Ils grillaient, et les pommes de terre continuaient de pousser, buttées à plusieurs reprises.

A partir de juillet le père et la mère grattaient d'une main prudente sous un plant, tâtaient, supputaient la taille et le nombre de tubercules. C'est que parfois la patate réserve de mauvaises surprises : des fanes plantureuses n'annoncent pas forcément une récolte généreuse. Trop de verdure nuit aux racines. Enfin, les fanes cessaient de pousser, se rabougrissaient, la récolte s'annonçait.

Chantait-on, dansait-on, se réjouissait-on autour du champ comme les Siciliens honorent la mort du thon dans l'eau rougie de son sang ? Non pas. A l'instar de bêtes sauvages, les enfants se tenaient tapis dans les jambes de leurs parents, prêts à dévorer tout cru ces pommes de terre nouvelles, quitte à se tordre de coliques. Il aurait presque fallu les entraver. Pourquoi ? C'est que depuis le mois de mai les réserves étaient épuisées. Seules restaient des patates ratatinées, hérissées de germes aussi longs qu'un doigt de fourche qui avaient dévoré leur substance. Juste bonnes à donner au cochon. Et le porc lui-même, parfois obligé de fouailler du groin pour gober de rares vers de terre, devenait agressif, s'amaigrissait, comme ses propriétaires.

Si par malheur le père n'avait pas réussi à garder sous son matelas quelques pence pour acheter de la farine, la famille, durant deux ou trois mois, s'en allait mendier sur les routes. Ces tenants clochardisés, cependant que leurs landlords jouaient au croquet au milieu de jardins exotiques, protégés par des ombrelles, éventés par des nègres, on les appelait les mendiants d'été. Ces chemineaux de la faim rentraient chez eux en août, empoignaient leurs houes, transformaient leurs carrés en champs de bataille, retournaient la terre, cuisaient aussitôt une marmitée de pommes de terre et s'en repaissaient. Plus tard, les enfants à genoux peignaient le sol afin de récolter les plus petits tubercules, pas plus gros que des noisettes, ou que des perles.

Ma propre récolte fut plus facile. Il ne s'agissait que de collecter des informations, encore que j'éprouvasse une honte profonde à poser des questions, le ventre plein, à des gens au ventre vide. Je songeais à Karl Marx, me rappelais ses théories qui répondaient à mes propres interrogations. Pourquoi ces tenants, au lieu de regarder leurs vieilles pommes de terre germer et les nouvelles pousser, n'occupaient-ils pas leur temps à d'autres activités économiques ? Il fallait savoir que le loyer, cette misérable menue monnaie qu'on leur arrachait, ne constituait qu'une partie de leurs obligations de locataires. Ils devaient du travail en sus à leur insatiable landlord. Tailler ses haies, curer ses fossés, fendre son bois, crépir ses écuries, faire ses foins, organiser ses chasses et ses parties de pêche – accepte mon acte de contrition et pardonne-moi, Sean Cusack ! Une telle injustice dépasse l'entendement. En Afrique, aux Indes et en Asie, les empires s'accaparent les ressources naturelles et réduisent les peuplades en esclavage, mais le cas de l'Irlande est doublement unique ; c'est l'unique pays où l'on exige des autochtones qu'ils paient un loyer pour cultiver sur les terres qu'on leur a volées une subsistance unique, la pomme de terre !

Le *malum terrae*, ou fruit de terre, fut introduit en Irlande au XVIIe siècle. Cette plante se contentait d'un sol pauvre, exigeait peu de soins – laissant ainsi aux paysans beaucoup de leur temps pour entretenir les propriétés des landlords –, se stockait facilement. Elle restait comestible plusieurs mois après la récolte et contenait à elle seule assez d'éléments nutritifs pour maintenir debout un homme de peine, à condition d'en consommer plusieurs kilos par jour. Plante rustique, tubercule informe et crotté, la pomme de terre correspondait parfaitement à l'idée que les Anglais se faisaient des Irlandais : quelque chose de grossier. De même qu'on nourrit une vache d'herbe, l'occupant pouvait alimenter ses serfs d'un seul menu.

La science commençait à progresser, on introduisit de nouvelles variétés, pour en sélectionner une, encore moins exigeante, encore plus productive, la patate à chevaux, grosse comme une betterave. O miracle ! Puisque quelques rangs suffisaient à nourrir une famille toute l'année, libre aux propriétaires d'augmenter les loyers et d'obliger ainsi les locataires à vendre tout le reste : beurre, veau, volaille, œufs, cochon.

Le porc dont j'ai parlé plus haut, on ne l'élevait pas pour le manger. Le petit cochon acheté à l'automne et lui aussi engraissé de patates – il dévorait environ un tiers de la récolte familiale – était vendu en septembre. A Liverpool un jeune Irlandais m'a confié avoir mangé son premier œuf et sa première tranche de bacon à l'âge de dix-huit ans, en débarquant en Angleterre. Ce porc, c'était les économies des tenants. En le vendant ils se procuraient les biens de première nécessité : farine, sel et sucre, laine et fil, cuir pour réparer les chaussures. Je parle ici des plus nantis des pauvres. Car dans la misère il y a aussi des échelons.

Heureux le métayer dont les jours et les années se déroulaient ainsi, à subsister au service d'un landlord point trop gourmand. Quelques lueurs de bonheur éclairaient parfois sa vie. Ses enfants grandissaient, se mariaient, s'installaient, louaient leurs bras dans les riches fermes du Nord et de l'Est, ou bien en Ecosse ou dans les Midlands anglaises, ou émigraient aux Etats-Unis quand ils avaient pu, à force de privations et de travail acharné, économiser le prix du voyage. Tous n'avaient pas cette chance.

Reconnaissons que mon père n'était pas le pire des landlords. Il était myope, mais au moins aimait-il l'Irlande et avait-il pris à son service un intendant – Hillman – de bon caractère, un être humain, pas un chien de garde aux dents longues. Au contraire de nous autres les Benson qui aimions séjourner en Irlande, la plupart des landlords ne traversaient jamais le canal Saint-Georges.

La devise de ces éternels absents : *« Hivernia, terra incognita ! »* C'est à quelque garde-chiourme, pensionné de l'armée des Indes, qu'ils confient la gestion de leurs biens. Un ancien militaire, caporal ou sergent qui se fera appeler capitaine ou commandant, un homme à poigne, un homme de main, une brute maniant le stick et le nerf de bœuf, un intendant doté de tous les pouvoirs.

Aucun droit ne protège le métayer. Les baux sont non écrits, la loi est discrétionnaire, l'agent du landlord fait régner l'arbitraire. Le métayer ne parle qu'irlandais ? On s'adresse à lui en anglais ! Est-il analphabète comme le sont les trois quarts de la population ? Tant mieux, il ne comprendra pas les exploits des huissiers et réagira hors délai ! Tarde-t-il à payer son loyer ? Dehors ! Tombe-t-il malade ? Dehors ! Ses enfants meurent-ils ? Au trou, cadavres ! Et que les vilains n'érigent aucune croix dans mon paysage, sinon l'intendant en fera du petit bois !...

Pomme de terre, patate, fécule, racine... Remarquons la posture du ramasseur de patates à chevaux ! Courbé en deux, pour extraire de la terre sa subsistance il tire sa révérence, salue bien bas le landlord perché là-haut dans son donjon d'Angleterre, les pieds dans l'or et la tête dans les nuages de l'indifférence, moins inquiet du sort de ses tenants que des cours de la Bourse du commerce !

Les échanges mondiaux ne cessent de se développer. On commence à importer du guano du Pérou.

L'un des premiers navires chargés de ce puissant engrais décharge sa cargaison à Anvers, le guano est distribué en Belgique et c'est en Belgique, en juin 1845, il y a deux ans, que les fanes de pommes de terre commencent à dépérir. En terre, les tubercules déjà formés noircissent, pourrissent, mais seulement là où on a épandu du guano. Punition divine ? Comment ne pas y songer face à cette ironie du sort ? Ces fientes d'oiseaux marins hébergent un champignon qui détruit la pomme de terre. Le champignon produit des spores microscopiques, ces spores sont transportées par le vent et contaminent la Hollande, l'Allemagne, la France, l'Angleterre et bientôt l'Irlande.

Le mal se répand à la vitesse de l'éclair. A la fin de l'été 1845, un tiers de la récolte est fichu. En Europe continentale ce n'est pas un très grand malheur : on y cultive du blé, de l'avoine, de l'orge, du seigle et toutes les variétés possibles de légumes. Mais en Irlande où la pomme de terre constitue la seule nourriture des pauvres ? En Irlande où le climat est propice au développement du champignon ?

L'Angleterre regardera l'Irlande crever de faim. Et les landlords verront là l'occasion de débarrasser leurs terres de leurs métayers, cette lie de l'humanité improductive.

La loi est pour eux, ils en usent.

Les landlords qui piaffent d'impatience aux portes des tribunaux surchargés d'audiences tentent d'user de la persuasion : c'est la promesse d'une place dans un hospice, c'est une petite somme en échange d'une croix au bas d'une dénonciation de bail, somme doublée si le tenant aide la milice à démolir sa masure.

Quand la loi traînasse et que la persuasion ne suffit pas, on use de la force. J'ai vu de mes yeux cette scène... Un vieillard grabataire gît dans sa cabane... Comme il a piaffé devant le tribunal de Ballinrobe, le landlord trépigne devant cette cabane. Une cabane debout attire les errants comme la lumière les lucioles. Il faut la démolir. Il envoie ses hommes de main, généreusement abreuvés de stout et de mauvais whiskey. Ils déménagent le vieillard à l'intérieur de la soue, le couchent sur les excréments du porc mangé depuis longtemps et rasent la cabane. Ces abrutis croient avoir accompli au mieux leur mission. Leur patron ne leur a-t-il pas dit de démolir l'habitation du tenant ? Voilà qui est fait.

Survient le landlord. Devant les décombres, d'abord il opine, satisfait. Puis il fronce les sourcils. Cette soue, pourquoi l'avoir laissée debout ?

— Je vous avais donné l'ordre de tout raser !

Les terrassiers s'excusent :

— C'est que, monsieur, l'homme est âgé et malade, il ne peut pas marcher, c'était la soue ou le fossé. Or, il gèle...

Le landlord hésite à heurter de front ces hommes rudes.

Des dogues dressés il faut toujours se méfier. Leurs réactions sont imprévisibles. Il compose :

— Cette situation est bien fâcheuse, les amis. Cet homme a signé sa renonciation au bail, il faut qu'il parte, ainsi le veut la loi. Qu'y puis-je ?

Il ne dit pas, bien sûr, le fond de sa pensée, à savoir que cette soue, aussi décrépite soit-elle, risque d'attirer d'autres cloportes humains dont il aura le plus grand mal à se débarrasser. Il jette un coup d'œil à l'intérieur.

— Il a du mal à respirer, dans cette atmosphère confinée. Il lui faut de l'air. Avec de l'air il recouvrera ses forces et s'en ira. Enlevez le toit !

Exposé à la pluie glacée, le visage martelé de grêlons, le malheureux mourra en moins de deux jours.

La loi, la persuasion et la force, donc, pour vider l'Irlande de ses habitants. Mais à cette trinité de la duplicité il faut ajouter un quatrième instrument de nettoyage ethnique : l'émigration assistée. Jusqu'à ces derniers mois j'étais ignare sur le sujet de l'émigration. Au cours de mes pérégrinations, j'en ai acquis quelque connaissance. Je sais maintenant que depuis le début du siècle un million et demi d'Irlandais ont émigré, mais volontairement ceux-là, parce que moins attachés à leur lopin de terre ou en proie à des angoisses prémonitoires lors des disettes récurrentes. Des gens plus avisés, ou informés par des frères, des neveux, des cousins déjà installés aux Etats-Unis de la bienveillance des cieux d'outre-Atlantique.

Certains ont reçu des lettres : venez, n'attendez pas un jour de plus, vendez votre vache, votre porc, vos poulets, vos outils, vendez tout et partez, sinon la prochaine famine vous emportera ! Vendez tout et venez nous rejoindre, il y a du travail pour vous ici, n'ayez crainte, nous assurerons votre subsistance le temps qu'il faudra, venez, nous vous en supplions, vous êtes trop jeunes pour mourir de faim !

Les émigrants volontaires étaient jeunes et en bonne santé. Les émigrants de la famine sont des moribonds de tous âges, du nourrisson grêle à l'aïeul perclus de rhumatismes. Quelques-uns se sont souvenus de la lettre d'un cousin éloigné reçue dix ans auparavant ou l'ont retrouvée parmi les affaires d'une mère ou d'un père décédé. Ceux-là sont peu nombreux. Dans leur immense majorité les candidats à l'émigration ont été attirés dans les nasses portuaires par la publicité des landlords. Le béotien pourrait croire que ces bateaux sont ceux de lignes régulières qui se seraient développées à mesure que la famine s'aggravait. Des capitalistes ne se sont pas dit : les Irlandais vont quitter leur île, il y a un marché à prendre, multiplions les rotations ! L'investissement eût été périlleux. Avec quel argent les affamés auraient-ils payé leur passage ?

Ce sont les landlords, s'avisant de l'existence de cette bonde atlantique qu'il leur suffit d'ouvrir pour que s'écoule d'Irlande un flot supplémentaire d'indésirables, qui affrètent des navires et lancent une grande campagne d'information. A leurs intendants ils confient le rôle d'agents recruteurs. Dans les hameaux désolés résonnent leurs tambours. Oyez bonnes gens, votre landlord vous offre l'Amérique, renoncez à vos droits sur vos métairies et il vous paiera le voyage. Inscrivez-vous, il n'y en aura pas pour tout le monde ! Placardés sur les arbres, les poteaux de clôtures, les murs des masures, des affiches en deux langues annoncent la bonne nouvelle. Mots d'espoir, mots magiques, mots qui inoculent la fièvre du départ quand à la gratuité du voyage des esprits retors ajoutent deux promesses mirifiques. A ceux qui choisiront d'aller au Canada, ils s'engagent à fournir un bail sur cinq acres de terre arable ainsi que cinq livres pour les aider à s'installer, somme qui leur sera versée à l'arrivée. Comme à présent je ne doute plus de la rouerie et de la cupidité de la classe à laquelle je n'appartiens plus – répéterai-je assez que je l'ai reniée ? –, je me demande ce que cachent ces largesses. Nous le saurons bientôt et...

Un renard aboya du côté du lac, rappelant William à la réalité. Il s'étira.

— Quelle heure est-il ?

— Trois heures viennent de sonner.

— Tu aurais dû m'interrompre !

— Je t'écouterais toute la nuit.

— C'est assez pour ce soir.

Josephine voulut éteindre les bougies dans la salle.

— A quoi bon ? Je te l'ai dit, laissons cette maison vivre sa dernière nuit de fastes !

William prit un chandelier et ils montèrent se coucher. Devant la porte de sa chambre, Josephine frissonna, tête baissée.

— Tu veux dormir avec moi ? demanda William d'une voix douce.

— Je ne veux pas rester seule.

— Soit. Mais rappelle-toi... N'exige rien de moi comme je n'exigerai rien de toi. Tu as compris ? Plus tard... Suppose que la nature... Comment ferions-nous si tu attendais un enfant ?

Josephine sourit.

— A mon âge maman en avait déjà deux !

William l'entraîna vers sa chambre. De nouveau la

sensation de vivre un rêve envahit Josephine. Comment croire à ce bouleversement dans sa vie ? Comment aurait-elle pu imaginer qu'au bout de vingt-quatre heures elle se sentirait si proche de William que sa pudeur de jeune fille s'envolerait presque ? Elle avait l'impression de l'avoir toujours connu, d'être sa femme depuis la nuit des temps, aussi se déshabilla-t-elle sans éprouver aucune honte, tandis qu'allongé sur le lit il la regardait, émerveillé. Ce fut lui qui moucha les chandelles avant d'ôter ses vêtements. Il la rejoignit sous les couvertures. Ils se serrèrent l'un contre l'autre.

— Si nous devons mourir, chuchota-t-il, que notre destin soit de disparaître ensemble, Josephine.

— Pourquoi parles-tu toujours de mourir et non pas de vivre ensemble ? lui reprocha-t-elle.

Il la serra plus fort.

— Je le voudrais bien, Josephine. O comme je le voudrais !...

Il pleurait. Ses larmes coulaient sur la joue de Josephine. Quelle tristesse, quelle mélancolie, quel désespoir l'étreignait soudain ? Josephine caressa son visage jusqu'à ce que sa main retombe sur sa poitrine.

Elle se réveilla la première. Elle bondit hors du lit, s'habilla et descendit vivement l'escalier. L'atavisme ayant repris le dessus, elle se précipita pour allumer le feu dans la cheminée, mettre la table, préparer le petit déjeuner. Pour servir l'homme, son homme. Elle eut un mauvais pressentiment en voyant le couvercle brisé sur le carrelage à côté de la jarre de lait. Un rat s'y était noyé.

Plus de lait, pas de galettes. Elle se souvint : plus d'œufs. Ils ne pouvaient pas partir le ventre creux : elle mouilla la farine avec de l'eau et tant bien que mal fit cuire cette pâte peu ragoûtante. Lorsque William apparut dans l'office elle lui dit gaiement :

— Nos épreuves commencent ! Un rat s'est noyé dans le lait !

Il ne parut pas l'entendre. Il déposa deux bourses sur la table. Une pleine et une vide. Il fit deux parts du contenu de la bourse pleine et remplit l'autre, qu'il tendit à Josephine.

— Au cas où nous serions séparés... Prends bien garde à ce qu'on ne te la vole pas. Voilà tout notre bien, à présent. En principe, comparé à la misère ambiante, c'est une belle somme, qui pourrait nous permettre de voyager comme des nababs... Mais n'oublions pas notre billet de retour...

Pendant les préparatifs du départ ils n'échangèrent pas une parole. Dans la garde-robe de la sœur de William, Josephine s'équipa d'une tenue de dame, une de ces tenues que les châtelaines portent quand elles accompagnent la chasse, redingote en coton imperméable, chapeau de pluie, bottes en cuir. William se vêtit à peu près de la même façon. Il porta les bagages dans la malle du tilbury, attela le poney, aida Josephine à s'installer sur la banquette, resta un long moment à regarder Carra Hall, hésitant à s'en détacher comme on répugne à s'éloigner de la tombe d'un être cher. S'adressant à la bâtisse, il lui lança comme un défi :

— Eh bien, adieu Carra Hall ! Porte-toi bien ! Prends soin de toi si on doit se revoir un jour !

Il sauta sur la banquette et fit claquer les rênes. Le connemara démarra au galop. William le calma de la voix.

— Hooo !... La route est longue, mon ami !

Le cheval se mit au trot. Derrière le tilbury le paradis demeurait ouvert tandis qu'au-delà du massif boisé de Carra Hall commençait l'enfer. Entre les deux, point de purgatoire.

A peine eurent-ils franchi le poste de garde des deux lions assis au sommet des piliers du grand portail que le poney fit un écart. Deux cadavres pourrissaient dans le fossé. Hommes ou femmes ? Impossible de le dire. Des bêtes, pensa William, des créatures indéterminées.

— Des Irlandais, conclut-il à voix haute.

Habituée déjà à ce que les pensées de William, après maturation, viennent crever d'une bulle à la surface de ses lèvres, Josephine ne dit pas ce qu'aurait dit une sotte, à sa place : « Qui veux-tu que ce soit ? Des Anglais ? »

— J'aime tes silences, Josephine, apprécia William, ils en disent tellement long !

La plaine s'ouvrait devant eux : frênes clairsemés en bouquets, pâtures abandonnées, tourbières rousses, murets de pierres sèches que des landlords faisaient élever par les affamés. A droite, en haut d'un mamelon, s'élevait une pyramide en pierre de taille haute d'environ vingt pieds.

— Qu'est-ce que c'est ? demanda Josephine.

— Quoi donc ? Ah, la pyramide ? Elle commémore je ne sais quelle victoire de l'un de mes ancêtres sur les Turcs ou les Mamelouks, ou peut-être bien sur Napoléon Ier. On raconte dans la famille qu'une fois grimpé là-haut tout ce qu'on aperçoit aux quatre coins de l'horizon, à perte de vue, appartient aux Benson.

— Et c'est vrai ?

— Je le crains... Pas de regrets ? Il est encore temps de faire demi-tour.

Josephine secoua la tête, le regard fixé sur les montagnes de Partry et, derrière elles, leur but : Westport.

Sur un quart de mille le chemin allait en ligne droite.

Au bout de cette ligne droite, après le premier virage, les attendait un barrage de dragons.

7

Prévenus par le martèlement des sabots du poney et le grincement des roues du tilbury, les soldats anglais s'étaient alignés en travers de la route à la sortie du virage. Un sergent leva le bras. William tira sur les rênes. Le cheval se mit au pas. Josephine poussa un gémissement d'effroi.

— Oh non ! Non !...

William aperçut ce qu'elle avait vu avant lui. Il blêmit.

— Ne grimace pas, ne pleure pas. Rappelle-toi que tu es une dame. Feins l'indifférence. Laisse-moi leur parler.

D'un seul regard ils avaient pris la mesure de l'horrible tableau qu'on aurait cru composé pour eux. Le barrage, les chevaux des dragons attachés à des piquets, une tente dressée à l'écart, sous la tente un officier nonchalant assis dans un fauteuil devant une tasse de thé, un aide de camp à trois pas derrière lui, à vingt pas de la tente un chêne et, se balançant au bout d'une corde, pendus à une grosse branche du chêne, deux malheureux.

Un père et son fils. Sean et Desmond Cusack.

Josephine détourna la tête. Il y avait dans cette scène la même étrangeté, l'horreur en plus, que dans celle qu'elle avait vécue l'avant-veille au bord du lac : les officiers anglais pique-niquant au grand air, la nappe qui volait au vent, l'atmosphère de fête champêtre au milieu d'un pays dévasté et, surtout, la même indifférence. Les pendus, ici, remplaçaient les chandeliers et les aiguières en étain. Ils décoraient la table. William descendit du tilbury. Le sergent les salua.

— Bonjour, monsieur. Mes hommages, madame.

— Que se passe-t-il ? Qui sont ces deux branchés ?

— Des bandits irlandais, monsieur. Des terroristes.

— Eh bien, il me semble que vous leur avez réglé leur compte ! badina William. Ils ne risquent plus de terroriser grand monde.

— Ces deux-là, non. Mais ils allaient rejoindre une bande, certainement.

— Dois-je comprendre que la route n'est pas sûre ? C'est pour ça que vous barrez le passage ?

— Le major souhaite en informer les voyageurs. Si vous voulez bien me suivre... Madame voudrait sans doute prendre une tasse de thé ?

— Voulez-vous une tasse de thé, ma chérie ?

— Non, merci, mon ami, répondit Josephine d'une voix pointue, je préfère vous attendre dans la voiture.

— Reposez-vous, ma douce.

Le sergent accompagna William jusque sous l'auvent de la tente. L'officier se leva, s'inclina et se présenta.

— Major Wexley.

— William Browne, dit William avec un accent traînant.

— Américain ?

— Comment le savez-vous ?

— Votre façon de prononcer Browne.

— Nous sommes de Boston.

— Quel est le but de votre déplacement en Irlande ?

— Reportage. Je suis journaliste.

— Ah ! Un métier passionnant, n'est-ce pas ? Une tasse de thé ?

— Volontiers.

L'aide de camp, un gamin aux joues empourprées, servit William et se retira au fond de la tente.

— Asseyez-vous, je vous en prie, dit le major.

Les deux hommes se jaugèrent. Wexley était de ces Anglais quintessenciés dont l'exquise urbanité dissimule la vanité de prétendre avoir le droit de juger le reste du monde à l'aune des valeurs de l'empire britannique. Un individu soi-disant de race supérieure, du genre à dépouiller un mort de son linceul pour s'essuyer les bottes, tout en lui présentant ses excuses, bien évidemment. Un type dangereux, aux questions vipérines. Wexley plissa les yeux.

— N'est-ce pas un B sur la portière de votre tilbury ? Le blason des Browne ?

Sur ses gardes, William estima préférable de ne pas nier l'évidence.

— Des Benson de Carra Hall.

— Ah ! Je me disais aussi...

— Le fils Benson nous l'a aimablement prêté.

— On m'a dit qu'il était en Europe.

— Il est revenu. Nous avons fait un bout de chemin ensemble.

— Un ami à vous ?

— Nous nous sommes rencontrés à Londres et, ma foi, avons sympathisé. Nos conversations ont été pour moi des plus intéressantes. Il m'a beaucoup appris sur l'Irlande.

— Je suppose que vous avez passé la nuit à Carra Hall ?

— C'est exact.

— A quelle heure êtes-vous partis ?

Le ton était devenu plus sec. William ne se leurrait pas,

c'était à un véritable interrogatoire policier qu'on le soumettait.

— Oh ! Il y a un peu plus d'une heure.

— Rien à signaler ?

— A quel point de vue ?

— Hier soir, cette nuit... pas de problème ? Rien n'a troublé votre quiétude ?

— Quelque chose aurait dû nous déranger ?

Wexley donna un ordre à son aide de camp. Le giton souleva une couverture. William demeura de marbre en découvrant ses propres armes.

— Sur plusieurs crosses se trouve le B des Benson.

— Mon Dieu ! Je comprends. Ces deux hommes... Ne me dites pas... Ils ont cambriolé l'armurerie du château pendant la nuit ?

— Vous n'avez rien entendu ?

— Absolument rien. Quand je pense qu'ils auraient pu nous égorger dans notre sommeil...

— Vous tirer une balle dans la tête, plutôt. A moins que...

Wexley but une gorgée de thé, se tamponna délicatement les lèvres et afficha un sourire angélique.

— A moins qu'ils n'aient pas eu besoin de voler ces fusils.

William simula un haut-le-corps de jeune homme de bonne famille choqué par une idée saugrenue.

— Que voulez-vous dire ? Que Benson aurait pu les leur donner ?

— Vous comprenez vite, apprécia Wexley. Peut-être avez-vous entendu parler de ces landlords séduits par je ne sais quel idéalisme d'opérette, quel amour du peuple irlandais, au point de se ranger du côté des nationalistes ?

— Ecoutez, je ne suis pas assez intime avec Benson pour

connaître ses convictions profondes, mais a priori... s'il voyait ces deux bougres branchés ça ne lui ferait ni chaud ni froid.

— Et à vous ?

— Dans l'Ouest américain, on pend les voleurs de chevaux, savez-vous.

— Sans jugement ?

— Si jugement il y a, il est expéditif.

— Un journaliste doit être prêt à tout voir, n'est-ce pas ?

— Et à rendre compte de tout.

— Que comptez-vous écrire sur l'Irlande ?

— Ce que j'y ai vu, ce que j'y vois et ce que je verrai.

— Il n'y a rien dont l'armée anglaise puisse avoir honte.

— Vous pensez bien que je n'en doute pas, major.

Wexley soupira et acquiesça d'un sourire entendu. Sourire diplomatique, sourire britannique, sourire de gentleman qui rempoche les reparties mordantes qu'il avait à l'esprit et entend ainsi, par cette grimace de courtoisie, faire comprendre qu'il ne croit pas un mot de ce qu'on vient de lui dire.

— Oublions cela, dit-il.

Puis il lâcha d'un trait :

— Où allez-vous ?

— J'ai un article à écrire sur les bateaux d'émigrants. Nous nous rendons à Westport, où nous comptons embarquer.

— Je vous le déconseille formellement.

— Et pourquoi donc ?

— On ne voyage pas en première classe sur les bateaux qui partent de Westport.

— Nous nous contenterons d'une cabine de deuxième ou de troisième classe.

L'échange tournait au duel.

— S'il y en a ! Les capitaines ne souhaitent peut-être pas embarquer des… journalistes.

— Auraient-ils quelque chose à cacher ?

Wexley éluda la question d'une réplique, aimable en apparence, mais qui sonna aux oreilles de William comme une menace :

— Je vais vous faire escorter jusqu'à Westport.

— Inutile. Que risquons-nous ?

— De vous égarer en chemin. Et d'ailleurs, où espérez-vous loger avant de trouver cet hypothétique embarquement ?

— Dans une auberge, je suppose.

— Une auberge ? Elles sont toutes devenues de vrais coupe-gorge. Une escorte va vous accompagner à Westport Manor.

— Un hôtel ? feignit de demander William.

Il savait très bien ce que Wexley allait lui répondre.

— La demeure de lord et lady Ellington, marquis et marquise de Galway. Le marquis est à Dublin, la marquise de Galway ne peut se résoudre à quitter le manoir. Une compagnie de dragons assure sa sécurité. Je suis convaincu qu'elle se fera un plaisir d'accueillir des Américains.

— Vous êtes trop aimable.

— Je vous en prie.

Wexley se leva, toisa les pendus. Ses narines frémirent. Il regarda William dans le blanc des yeux et dit d'un ton amusé :

— Ils commencent à sentir, ne trouvez-vous pas ? Remarquez, ils devaient déjà puer le bouc, avant. Espérons qu'ils tiendront quelques jours avant de faisander comme des bécasses et de se décrocher d'eux-mêmes quand la tête se détachera du tronc...

William ne tomba pas dans le panneau de la provocation.

— Pour ma part je préfère les bécasses quand elles sont fraîches, disons le lendemain ou le surlendemain de la chasse.

— Chacun ses goûts... Mais permettez-moi d'aller saluer votre épouse.

— Elle est un peu souffrante.

— Rien de grave, j'espère ?

— Non. Une légère fatigue. Nous voyageons depuis plusieurs semaines.

— Elle se reposera à Westport Manor.

Josephine était pâle comme un linge. Elle donna sa main à baiser à l'officier anglais. Le regard de Wexley s'attarda sur son alliance, puis scruta son visage, ses cheveux.

— Pardonnez-moi, madame, juste une question. Puis-je connaître votre nom de jeune fille ?

— Vous êtes bien curieux, monsieur !

— Simple curiosité d'officier de Sa Majesté.

— Soit ! Josephine Beck. Cela vous convient ?

— Un nom des comtés de l'Ulster.

— Mes parents étaient toiliers à Drapertown.

— Une ville de loyalistes.

— Je vous l'accorde, monsieur.

— Protestante ?

— Quelle question !

— Mes beaux-parents ont créé un commerce florissant à Boston, dit William.

— J'en suis heureux pour eux, dit Wexley, mais ils auraient pu rester à Drapertown. Dans le Nord il n'y a aucun trouble.

— Qu'attendons-nous, mon cher ? fit mine de s'impatienter Josephine. J'ai hâte de pouvoir me restaurer et de me reposer dans une chambre digne de ce nom.

— N'aie crainte, ma chérie. Le capitaine vient de m'indiquer un endroit où loger. Et de me proposer une escorte.

— Une escorte ? La route serait-elle dangereuse ?

— Elle l'est à plusieurs points de vue, madame Browne. Excusez-moi un instant...

Le major retourna sous sa tente et s'assit à sa table. Il revint avec deux plis qu'il tendit au sergent.

— Celle-ci est une lettre de recommandation pour lady Ellington. Vous remettrez celle-là au lieutenant Dewitt. Prenez quatre hommes avec vous. Les meilleurs. Et en route, sergent. Filez droit sur Westport. Et ne vous arrêtez sous aucun prétexte.

Wexley émit un petit gloussement de gourmandise et répéta en regardant tour à tour Josephine et William :

— Sous aucun prétexte ! Ainsi, vous ne risquerez aucune mauvaise rencontre... Aucune mauvaise conversation.

— Vous êtes trop bon, major, je dirai un mot de vous dans mes articles.

— Ainsi que des pendus ?

— Une page entière.

— Je regretterai de ne pas pouvoir vous lire.

— Adieu, major.

— Vive l'Amérique !

— Longue vie à la reine Victoria !

William fit claquer les rênes. Le connemara partit au galop. L'escorte s'élança. Le sergent et deux cavaliers dépassèrent le tilbury pour le précéder. Les deux autres s'alignèrent derrière. Josephine éclata en sanglots.

— Ils les ont pendus ! Pendus !

— Ce type est un salaud. J'ai cru un moment qu'il allait m'arrêter. Mais il est beaucoup plus fin. Une escorte, voilà une manière de censure des plus originales. Une escorte pour nous empêcher de voir, d'entendre et de parler. Et une résidence à l'arrivée, gardée par la troupe... Je suppute que l'armée anglaise nous trouvera même un embarquement. Sur un de ses navires. Afin que je ne puisse témoigner de rien. L'imbécile !...

Les trois cavaliers de tête se mirent au trot. Le connemara régla son pas sur celui de ses devanciers. Josephine ferma les yeux et posa sa tête contre l'épaule de son compagnon.

— Tu as été parfaite, Josephine. Une vraie petite vipère de la gentry. Tu aurais fait une formidable actrice.

— J'ai été à bonne école, à Cranmore House. O mon Dieu, comme je les hais, ces Anglais !

— Dissimule ta haine, mais continue de les traiter avec mépris, comme tu l'as fait. Ils adorent ça. Tu comprends, ils se méprisent en cascade, du haut en bas de l'échelle sociale. Et le dernier, que lui reste-t-il à mépriser ? Pas les chiens, car il y a des chiens et des chevaux d'un rang très élevé... Non, il lui reste les Irlandais...

Les trois maisons qui formaient le hameau de Partry n'étaient plus que cendres fumantes. Seul le relais de poste était debout, mais aucune voiture ne stationnait dans la cour et rien n'indiquait qu'à l'intérieur il y eût de la vie. Le tilbury et son escorte tournèrent à gauche et franchirent le pont en bois sur la Keel River, un ruisseau par lequel les eaux vertes du Lough Carra s'écoulent lentement dans celles bleu de Prusse du Mask. L'espace d'une seconde, à travers un rideau de roseaux, ils aperçurent les cheminées de Carra Hall qui dépassaient de leur écrin boisé.

— On devrait rentrer, dit Josephine d'une voix dolente. Rentrer et se laisser mourir.

— C'est toi qui as de telles pensées, maintenant ? Cette nuit tu me reprochais...

— Se laisser mourir ou se faire pendre, comme Sean et Des Cusack.

— Allons, ils sont déjà là-haut...

— Tu crois au ciel, à présent ?

— Bah ! Parmi les martyrs...

— Sur la montagne, là-bas ?

Après avoir monté au petit trot pendant environ un mile une pente régulière, le cortège était parvenu dans une haute plaine, une tourbière désertique que la route coupait en plein milieu. Un mont arrondi, auréolé de nuages blancs, était apparu au nord-ouest.

— Le Croagh Patrick, dit William, la montagne sacrée d'Irlande.

— Elle existe donc ? Je croyais que c'était une invention des moines.

— Ils ont inventé l'histoire de saint Patrick ordonnant de là-haut aux serpents de quitter l'Irlande.

— Les serpents, murmura Josephine, il y en a de toutes sortes.

— De l'autre côté se trouvent Westport et Clew Bay... L'Atlantique et l'Amérique, Josephine !

Elle pâlit, porta son mouchoir à sa bouche. Il passa son bras autour de son cou.

— Qu'y a-t-il, ma chérie ?

— *Ma chérie*, reprit-elle. Tu le dis si bien.

Elle étouffa un hoquet, mordit les phalanges blanchies de son poing serré sur le carré de linon brodé du B des Benson.

William lâcha les rênes. Le connemara se mit au pas. Un cavalier se porta à la hauteur du tilbury.

— Un problème, monsieur ?

— Non. Mon épouse est fatiguée, simplement.

— Nous avons fait le plus gros de la route, monsieur.

William durcit les rênes. Le cheval se remit au trot.

— J'ai un mauvais pressentiment, William.

— Moi aussi je suis angoissé.

— Nous ne sommes plus nous-mêmes... Dieu punit ceux qui portent des masques.

— Allons ! Quelles drôles d'idées, tout à coup ! Remets-toi, petite Josephine ! On ne va pas abandonner si près du but !

— J'aimerais avoir ta force.

— Et moi la tienne ! Tu es bien plus forte que moi !

— Tu m'aimes vraiment ?

— Non, je te déteste !

Il frotta son front contre sa tempe et chuchota :

— De tout mon cœur, petite idiote.

Au-dessus du Croagh Patrick la spirale était aspirée par l'haleine des dieux couchés au-dessus de hautes nuées ocre et bleutées. Comme un cobra enchanté par le joueur de flûte se dresse de son panier, une colonne se formait, oscillait en s'élevant, ainsi que les fumerolles d'un volcan. La légende voulait que du sommet de cette montagne saint Patrick eût chassé les serpents d'Irlande. A son ordre les reptiles s'étaient noyés dans l'océan et avaient été dévorés par les congres géants qui hantent les grottes marines de l'essaim d'îlots de Clew Bay. Au bas du mont, une autre vermine grouillait. Pour les Anglais, cette vermine était irlandaise et il fallait la chasser. Pour les Irlandais, aux yeux aveuglés par les sanies, il n'y avait pas d'autre vermine que les puces et les poux qui leur suçaient le sang. Et pourtant, de toutes les vermines la pire était celle qui paradait sur les quais de Westport en bottes luisantes, redingote brossée et jabot de dentelle. Elle se prenait pour saint Patrick et jetait les descendants du prophète celte sous les crocs de l'Atlantique.

Un vent contraire balayait la baie. Depuis le matin un navire pataud, une sorte de péniche géante aux flancs lourds, essayait de tracer sa route entre les îlots. Il avait affalé presque toute sa toile et roulait de tribord à bâbord, bateau ivre aux prises avec un équipage inapte. Il y aurait des noyés et les congres feraient grise mine en se saisissant de proies déjà décharnées par la famine.

Le tilbury et son escorte entrèrent dans Westport.

8

Imposante, blanche comme un palais méditerranéen, la villa géorgienne du marquis et de la marquise de Galway était incrustée dans un parc verdoyant au milieu duquel coulait l'eau cuivrée d'un ruisseau dont les méandres surlignaient une promenade allant d'une rive à l'autre, pardessus des ponts en bois à dos d'âne signalés par de hautes touffes de bambous. Construite sur les ruines d'un château ayant appartenu à la famille des O'Malley, seigneurs du Connaught, la villa dominait le port et la baie de Clew à l'ouest, et à l'est la ville de Westport. D'un côté le désordre géographique – l'essaimage anarchique des centaines d'îlots de Clew Bay –, de l'autre le symbole même de l'ordre : la géométrie parfaite d'un centre-ville dessiné au XVIIIe siècle par l'architecte James Wyatt, avec pour lignes médianes la rivière Carrowbeg canalisée et, parallèle au canal, son *mall* ombragé de tilleuls, une ville créée par et pour la gentry britannique.

Carrée, incarnant les certitudes conquérantes des sujets d'Albion, la demeure de lord et lady Ellington regardait aussi vers le nord. Fièrement, sans crainte, elle opposait son front immaculé aux montagnes de l'île d'Achill qui barraient l'horizon de leur sombre rempart, tandis que vers le sud s'élevaient les montagnes de Partry bordées par le Lough Mask. A l'est s'étendait la plaine de Castlebar que coupait la route de Dublin, une route prise trois jours auparavant par le marquis de Galway pour aller réclamer au lieutenant-gouverneur des renforts de troupe face à la chienlit.

Westport Manor était un joyau autour duquel avaient soudainement poussé des buissons d'épineux. Epines morales : partout les gens mouraient de faim, on ne pouvait plus dîner en paix. A l'est et au sud la famine était patente. Au nord, il était heureux qu'elle se dissimulât : plus nécessiteux encore à cause de leur statut d'îliens, les habitants d'Achill crevaient sans se manifester. Il restait le quatrième point cardinal, l'ouest, Clew Bay, l'océan, l'émigration, l'évacuation, le lavement ! Enfin, entendait plaider le marquis de Galway à Dublin, qu'attend-on pour nettoyer le port de cette diarrhée humaine qui me gâche la vue et l'odorat et donc l'appétit ? Où sont les bateaux ? Qu'ils viennent et que cette chiennerie s'en aille claquer du bec ailleurs ! La semaine précédente, des bougres avaient osé pénétrer dans le parc. La troupe en avait fusillé deux. Ce n'était pas encore l'état de siège mais cela ressemblait fortement à l'état d'urgence.

Bien que discrète, la présence de l'armée n'en était pas moins manifeste. A travers le feuillage encore diaphane des bouleaux argentés, on devinait les taches bistre de toiles de tentes et les reflets de faisceaux de fusils. Devant les écuries, il y avait des débris de paille et du crottin non encore ramassé par la corvée.

Les cinq chevaux de l'escorte se mirent au pas et à leur suite le connemara de William. Le cortège s'arrêta au pied de l'escalier d'honneur. Le sergent descendit de cheval et pria William et Josephine d'attendre dans le tilbury. Il monta à la rencontre d'un lieutenant, le salua et lui remit les missives rédigées par Wexley. Le lieutenant lut la lettre qui le concernait, hocha la tête et vint claquer des talons devant le tilbury.

— Lieutenant Dewitt. Bienvenue à Westport Manor. Je m'occupe de votre accueil. Un instant, je vous prie...

Il grimpa les marches quatre à quatre et disparut à l'intérieur de la villa.

— J'aimerais bien savoir ce que ce foutu Wexley a écrit sur notre compte, dit William.

Dix minutes plus tard le lieutenant revint, accompagné d'une dame de compagnie, plus chambrière que gouvernante, une femme entre deux âges, avec deux pommes d'api à la place des joues, agitée de la tête et des jupons, caquetante et replète comme une grosse poule pondeuse.

— En voilà une au moins qui ne souffre pas de la faim, plaisanta William.

La dame enrubannée de dentelle comme une corbeille de mariée esquissa une révérence et lança d'une voix haut perchée, avec un fort accent londonien :

— B'jour m'sieur, b'jour m'dame, bienvenue à Wes'ort Manor... Madame la marquise a pas fini son courrier mais elle m'a demandé de vous installer, maintenant que j'ai tout le travail à faire pisque les Irlandais sont là-bas sur le quai à regarder vers l'Amérique, ah je vous dis, quelle époque ! Si ma sœur me voyait, j'ai à peine enlevé mon tablier de cuisinière qu'y me faut enfiler ces atours de la chambrière pour bassiner les lits, ah je vous dis c'est pus une vie ! Vous me direz qu'y a mon époux pour me donner un coup de main. Jardinier qu'il est, en temps normal... Mais le voilà valet de chambre et valet de pied, maître d'hôtel et aide-cuisinier.

Heureusement qu'il est là sans ça je sais pas comment j'y arriverais...

William lui fit un clin d'œil.

— Et heureusement que vous ne manquez pas de provisions, hein ?

— Ah pour ça on en manque pas ! Pour combien de temps ça si vous me posez la question je vous répondrai que je sais pas, mais ce qui est pris est pris !... Mais !... Ben voilà vos sacs qui s'en vont ! Hé les jeunots, attendez !

Pendant qu'elle discourait, deux hommes de troupe avaient pris les sacs de voyage et les avaient déposés sur le seuil. La dame voulut les empoigner.

— Laissez, dit Josephine, nous les porterons nous-mêmes.

— A l'américaine, hein ? Madame la marquise m'a dit que vous venez de là-bas. Aïe ! Aïe ! Aïe ! Bientôt on aura plus de boulot si tous y se mettent à faire pareil. Ma sœur me l'a dit. Elle est bonne chez des gros bonnets de New York. Ils se servent leur thé tout seuls ! Et y a pire ! Les domestiques logent au même étage que les maîtres ! C'est-y pas gênant ?

— Pour qui ? demanda William.

— Pour les deux ! On mélange pas les torchons et les serviettes. Les bonnes et les patrons, ça se promène pas dans les mêmes couloirs en chemise de nuit.

— Tiens donc ! Et quand le patron rejoint la bonne dans sa chambre ?

Le double menton de la dame tressauta sur son col de dentelle.

— Oh ben dites donc, vous alors ! Z'avez pas votre langue dans votre poche, vous autres les Américains !

Elle referma la porte derrière eux et les précéda. A travers le vitrail, William vit deux dragons se poster sur le perron. Il donna un coup de coude à Josephine.

— Tiens ! Tiens ! Serions-nous assignés à résidence ? Tu m'écoutes, Josephine ?

Elle ne l'écoutait pas. Elle venait d'entrer dans une autre dimension : lilliputienne au pays des géants. Chez les Bowers à Cranmore House, déjà, elle s'était sentie toute petite. A Carra Hall elle avait encore diminué de taille. Mais ici !... Elle n'était plus qu'un minuscule papillon qui battait des cils sur le seuil de ce hall gigantesque, d'une hauteur à vous donner le vertige. Dans ce volume auraient pu s'inscrire dix maisons de métayers, et ce n'était rien d'autre qu'une pièce inutile, un vide destiné à impressionner, à démontrer la fortune, à assener une évidence : le vrai luxe c'est de posséder de l'espace ; d'avoir à l'intérieur des pièces grandes comme des cathédrales et à l'extérieur des domaines de cent mille hectares. Et que dire de ces tableaux accrochés le long de l'escalier monumental ? S'extasier sur leur taille – aussi hauts et larges que les vitrines des commerçants de Ballinrobe ? Non, subir le regard de leurs personnages, marquis et marquises de Galway des temps révolus, et comme à Carra Hall se faire petite souris et trottiner le long des murs vers les chambres de l'étage.

Josephine s'écroula sur le lit.

— Vot' dame a l'air bien fatiguée, dit la servante en se retirant. Faites donc un somme. Je vous appellerai quand ce sera l'heure du dîner.

Josephine ferma les yeux pour ne pas voir le baldaquin, les commodes, les tableaux, les tapis d'Orient, et murmura :

— C'est affreux !

— Affreux ? s'étonna William.

— Nous sommes venus à Westport pour partager le sort des malheureux et voilà qu'on nous loge dans un luxe inouï.

— Une prison dorée. A chacun son enfer, ma douce. Repose-toi pendant que je fais le tour du propriétaire, voir comment on pourra se tirer de là.

William connaissait l'architecture de ce genre de palais pour les avoir fréquentés durant son enfance : issues de service, portes dérobées, portes-fenêtres d'où il était facile de sauter. En disant qu'ils étaient prisonniers il avait quelque peu exagéré. Hormis les deux soldats sur le perron de l'escalier d'honneur, aucune sentinelle ne gardait les autres issues. On les tenait en laisse, voilà tout.

Le connemara avait été dételé et probablement installé dans une stalle lambrissée. Le tilbury était garé sous un appentis. William en avait fait son deuil. Au milieu d'une foule en hardes, l'attelage se serait vu comme le nez au milieu de la figure.

Le jeune homme entra dans la bibliothèque. Il parcourut des yeux quelques titres, promena son index sur les reliures en vélin, préleva un cigare dans une boîte en ébène et le fuma tranquillement, assis dans un profond fauteuil en cuir. Le fait qu'ils aient échoué, si l'on pouvait dire, dans cette demeure prouvait bien qu'il ne servait à rien d'échafauder des plans. A n'en point douter l'armée anglaise, qui devait compter autant d'agents de renseignement que d'officiers, les avait inscrits sur la liste des indésirables. Dans quel but ? L'alternative était la suivante : allait-on oui ou non les autoriser à embarquer ?

Corollaire du non : ils seraient reconduits sous escorte à Dublin et déclarés persona non grata en Irlande, ce qui ne les empêcherait pas, sans doute, de partir de Liverpool, à moins qu'ils ne fussent déclarés persona non grata sur tous les navires britanniques. Dans ce cas il leur faudrait rejoindre le continent.

Corollaire du oui : les considérant non seulement indésirables en Irlande mais encore sur les bateaux d'émigrants où il n'était pas souhaitable d'héberger un *journaliste américain* (William sourit), peut-être le contre-espionnage britannique leur concoctait-il en ce moment un embarquement *particulier*, dans des conditions *particulières* qui les priveraient, comme il l'avait dit à Josephine, de la moindre possibilité de témoigner ?

William essaya de se mettre dans la peau d'un espion de Sa Majesté la reine Victoria. A la courtoise perfidie des Anglais – qui les rend capables de dire avant de vous planter une épée dans le cœur : « Prenez votre temps, je vous en prie, finissez donc votre tasse de thé, j'espère que vous ne souffrirez pas, et en tout cas pardonnez-moi si je vous fais un peu mal, et ne vous inquiétez pas, aucun risque d'infection, la lame est propre, je viens de la passer à la flamme » –, oui, à cette courtoise perfidie devait se superposer, dans une telle tentative d'empathie, la duplicité sur laquelle se fonde la nature même de l'espion.

William tira sur son havane avec volupté. Cette idée de se faire passer pour un journaliste américain engendrait forcément un crescendo de réactions « diplomatiques », à partir des critères qui forgeaient le caractère britannique : a) l'Angleterre est soucieuse de l'opinion internationale ; b) les Etats-Unis sont les principaux partenaires commerciaux de l'Angleterre ; c) l'Angleterre craint particulièrement l'opinion américaine ; d) un journaliste américain, aussi indésirable soit-il, doit être traité comme un ministre plénipotentiaire, autrement dit endormi d'attentions et de faveurs, voire couvert de cadeaux clinquants ou de verroterie comme un roi nègre. William sourit plus largement ; ce raisonnement que Wexley avait tenu, il en était persuadé, les avait menés à Westport Manor. Mais après ?

En se livrant aux Anglais dont il admirait en secret les mœurs, Napoléon espérait finir doucettement ses jours dans le confort d'un manoir du Kent ou du Devonshire. On lui destina bien mieux ; une île entière, en lui assurant qu'il y jouirait d'un climat sain et de la sympathie de la population locale. Ce fut Sainte-Hélène, sinistre prison maritime. William bondit sur ses pieds et conclut, guilleret ; ils nous colleront aux fers dans la cabine de luxe d'un transatlantique en compagnie d'une poignée d'émigrés triés sur le volet – d'aimables lettrés, voire des agents anglais déguisés en émigrants, capables de discourir sur le pour et le contre et d'anesthésier la malsaine curiosité d'un journaliste.

Au moment où il écrasait son cigare dans un bloc de marbre, il entendit la servante frapper là-haut comme un forgeron à la porte de leur chambre et piailler :

— Vot' dîner va être servi à sept heures !

Josephine avait passé la seule robe qu'elle avait emportée, une petite robe d'après-midi, un vêtement de voyage, une robe d'Américaine qui se fiche de l'étiquette. En revanche, elle avait assemblé ses cheveux en un savant et seyant chignon des plus aristocratiques. William la serra dans ses bras, amoureux.

— Tu es parfaite pour jouer la grande scène du dîner, ma chère !

Il frappa trois fois du talon sur le plancher marqueté.

— Que le rideau s'ouvre !

La marquise trônait à l'extrémité d'une table longue comme l'autel de communion d'une basilique. C'était une dame âgée, la soixantaine sans doute, sèche comme une cravache. Privée de femme de chambre, elle s'était poudrée elle-même, et à l'excès. William s'inclina et lui baisa la main.

— Merci de votre accueil, madame. L'abri de votre toit est des plus précieux, en ces temps troublés.

Josephine esquissa une révérence, comme elle avait vu les jeunes filles de Cranmore House le faire. La marquise les toisa de derrière son face-à-main.

— Prenez place, je vous prie. Ce ne sera pas un dîner à cinq plats mais un simple pique-nique. Asperges, rôti froid et flan aux œufs. Madame Browne à ma gauche, monsieur Browne à ma droite.

— Appelez-moi William, madame la marquise.

— Vous servirez le vin, William, puisque les domestiques ont déserté. Goûtez-le, voir s'il n'est pas piqué. Sally a pris une bouteille au hasard à la cave.

William goûta le vin et servit les dames.

— Un excellent bordeaux. Léger, mais avec du corps et de la cuisse, comme disent les Français.

— Votre charmante épouse ne m'a pas dit son prénom.

— Je m'appelle Josephine, madame.

— Tiens donc ! Un prénom à la mode, aux Etats-Unis ?

— Je suis d'origine irlandaise. Mes parents étaient toiliers à Drapertown.

La marquise rajusta son lorgnon.

— Je me disais aussi... Vos cheveux, votre teint... Et en renonçant à servir la Couronne ils ont fait de vous une Américaine ?... J'avoue que je ne comprends pas très bien, mais bon, pourquoi pas ? Les attraits de l'aventure, sans doute ? En tout cas, je suis heureuse de voir que pour des jeunes gens d'outre-Atlantique vous avez une éducation parfaite, très britannique. Je vous en félicite.

— Me pardonnerez-vous un brin d'impertinence ? demanda William.

— Vous n'êtes pas si vieux que je ne puisse vous y autoriser, jeune homme !

— Voyez-vous, madame, notre bonne éducation vient du fait qu'à Boston, parfois, lors de dîners volontairement guindés, on s'amuse à s'astreindre à un protocole suranné, un peu comme on se déguise pour une soirée costumée. Ce soir nous sommes en situation, si l'on peut dire.

La marquise eut un haut-le-corps et laissa tomber son lorgnon.

— Vous frisez là l'insolence, mon jeune ami !

— C'était pour vous donner un exemple de la liberté d'esprit d'un Américain. Et journaliste, qui plus est.

— Je ne l'ignore pas. La lettre du major Wexley m'en informait. Quel métier que le vôtre... Colporter les ragots... Enfin !... Le marquis, qui aime les conversations scabreuses, aurait été enchanté d'échanger avec vous à propos des événements actuels, mais il a dû partir en hâte à Dublin pour régler certaines questions. Quoi qu'il en soit, je partage ses opinions quant aux relations entre nos deux pays. Nous nous sommes combattus loyalement mais nous voilà alliés à présent. N'oublions pas que vous étiez à l'origine des sujets britanniques.

— Très vite gagnés par un prurit d'indépendance, dit William.

— C'est un mystère qui me dépasse, que cet empressement des peuples à vouloir voler de leurs propres ailes. De la part des Irlandais c'est encore plus incompréhensible.

— N'est-ce pas un désir bien naturel de la part d'un peuple colonisé ? fit semblant de s'interroger Josephine avec une naïveté bien simulée.

— Colonisés et colonisateurs sont des mots que le marquis et moi-même récusons.

— Et par lesquels les remplacez-vous ? demanda William. Civilisateurs et civilisés ?

— Parfaitement, monsieur ! Nous avons apporté la civilisation à ces gens-là et voyez ce qu'ils en font ! Une mauvaise récolte de pommes de terre et les voilà incapables de se subvenir à eux-mêmes.

— Ces asperges étaient délicieuses, dit William.

— Nous les faisons venir de Belgique à la bonne saison et Sally les met en conserve, n'est-ce pas, Sally ?

— Un rud' travail, m'ame la marquise, mais qui mérite la peine qu'on se donne. Je peux servir le rôti froid ? Quelqu'un prendra des pickles ?

— Et de la moutarde, Sally, s'il vous plaît.

— C'est peut-être après vos conserves qu'en avaient les révoltés de l'autre jour, dit William.

— Vous ne voudriez pas que nous les nourrissions d'asperges ?

— De la farine et du pain suffiraient.

— L'Irlande a faim, madame, surenchérit Josephine.

La marquise tendit son verre.

— Vous m'oubliez, jeune homme... Un doigt de claret, je vous prie...

Elle but une gorgée et s'essuya les lèvres.

— Que cherchcz-vous ? A me couper l'appétit ? A me culpabiliser ?

— A connaître votre opinion sur la question irlandaise.

— Pour votre journal ?

— Pour ses lecteurs.

— Ses lecteurs irlandais, je suppose, se gaussa la marquise, puisque à force d'en accueillir ils vont vous envahir, comme le chiendent envahit les blés et finit par les étouffer.

— Comment voyez-vous l'avenir de la gentry en Irlande ?

— Son avenir devrait-il être différent de son présent ?

— La misère engendre la révolte.

— Insinuez-vous que nous devrions prendre la fuite ?

— Négocier avec les partisans d'O'Connell, pour le moins.

— Vous voulez me pousser à bout, n'est-ce pas ? Eh bien je vais vous dire ce que vous aurait dit le marquis s'il avait été parmi nous. Jamais nous ne céderons un pouce de terrain en Irlande. Jamais nous ne partirons. Et savez-vous pourquoi ? Par humanisme, jeune homme. Pour la simple raison que si nous partons ces gens-là retourneront à l'état sauvage. L'Irlande redeviendra la jungle qu'elle était avant que nous la défrichions. Les Irlandais redeviendront des bêtes qui partageront leur lit avec les porcs. Voilà pourquoi nous sommes obligés de rester, monsieur. Parce que nous avons une mission humanitaire à remplir en Irlande.

— On parle d'un million de morts de faim, madame.

— S'ils meurent de faim c'est parce qu'ils refusent la soupe qu'on leur donne. Quand ils ne mordent pas la main qui les nourrit ! Patience, bientôt ils se dévoreront entre eux.

— M'autorisez-vous à écrire tout cela en vous citant ?

— Voulez-vous insinuer que je devrais en avoir honte ? Pas du tout. Comment pourrait-on avoir honte de dire la vérité ?

— J'ai vu des enfants dévorés par des chiens, madame.

— Il suffit ! Brisons là, monsieur, quittons ce terrain et parlons d'autre chose. Sally, vous servirez le thé au salon des dames. Les circonstances étant ce qu'elles sont, vous serez autorisé à y fumer un cigare, monsieur, si vous le désirez.

Au salon, la marquise voulut porter la conversation sur des sujets littéraires. Ses hôtes avaient-ils entendu parler de cet affreux auteur français ?...

— Un certain Hougo, ou Hugo, Victor si je ne me trompe pas. Il paraît qu'il choisit pour héros des gens du peuple et des malandrins. Comme si la vie des voleurs et des pauvres était un sujet de romans !

Une fois que William eut fumé son cigare, Josephine demanda la permission de se retirer. La marquise leur souhaita une bonne nuit.

— La nuit porte conseil, dit-elle à William. Réfléchissez à ce que je vous ai dit. Dans vos articles, ne vous contentez pas des apparences. L'Irlande doit tout à l'Angleterre.

— Avez-vous lu Platon ?

— Je crains que non.

— Les gens qui vivent dans une grotte, les ombres qu'ils voient ? Ça ne vous dit rien ? J'ai remarqué les *Dialogues* dans votre bibliothèque. Lisez cet ouvrage. Pour moi, voyez-vous, les Anglais se trompent de réalité. Passez une bonne nuit, madame la marquise.

Portant une bassinoire comme un lancier brandirait devant lui sa pique, Sally les accompagna dans leur chambre. Tandis que Josephine défaisait son chignon et que William fumait une pipe sur le balcon, elle aéra le lit, promena la bassinoire sur les draps, referma le lit prestement et s'attendrit :

— Un bon lit bien chaud pour des tourtereaux !... Ah c'est-y pas beau la jeunesse !... Madame veut-elle que je l'aide à se déshabiller ?

— En Amérique ce sont les maris qui déshabillent les femmes ! dit William du balcon.

La bonne femme s'empourpra.

— Alors faudra que j'émigre moi aussi ! gloussa-t-elle en refermant la porte avec des airs de mère maquerelle.

— Remets ton manteau, nous sortons, chuchota William. Je veux vérifier quelque chose...

Ils descendirent sur la pointe des pieds, passèrent devant la porte de la cuisine d'où parvenaient des bruits de vaisselle, jetèrent un coup d'œil dans la bibliothèque – la marquise ronflait, les *Dialogues* de Platon ouverts sur ses genoux – et se faufilèrent par une porte de service simplement entrebâillée. Sur le seuil ils se tinrent aux aguets, à l'affût de la rumeur nocturne du parc : le gazouillis du ruisseau, plus perceptible que pendant le jour ; un raclement de sabots sur le plancher de l'écurie ; assourdi, un brouhaha de voix du côté d'un rougeoiement de braises visible à travers les fourrés.

— Que cherches-tu ? demanda Josephine.

— Rien. J'écoute. Je regarde. Descendons...

Il lui prit la main. Ils firent une dizaine de pas dans l'allée qui menait au portique de l'entrée de la propriété, à environ cinq cents yards de la villa. Deux soldats surgirent de l'obscurité. Un instant plus tard un troisième les rejoignit en brandissant une torche. Le lieutenant Dewitt.

— Puis-je savoir où vous allez ? demanda-t-il très aimablement.

— Ah ! Lieutenant ! Vous nous avez fait peur !... Où nous allons ? L'envie m'a pris d'aller boire une pinte de stout en ville.

— Impossible, monsieur. La ville n'est pas sûre et le port encore moins.

— Et le parc ?

— En principe vous y êtes en sécurité, mais on ne sait

jamais... Il vaudrait mieux rester à l'intérieur de la villa, monsieur. Nous allons vous raccompagner.

William enlaça Josephine par la taille et lui chuchota à l'oreille :

— Nous sommes consignés, retournons travailler...

Ils avaient laissé la fenêtre ouverte. La fraîcheur de la nuit avait envahi la chambre. Josephine enveloppa ses épaules d'un châle et s'installa devant le secrétaire massif, en bois noir.

— Prends donc une des plumes de lord Ellington... J'aurai le sentiment de lui faire rendre gorge en décrivant d'ici, de chez lui, une réalité dont il est coupable.

Des feux brillaient sur le port.

— La mer, murmura William. Oui, continuons par la mer avant de la prendre... Ecris, je te prie, Josephine...

9

J'avais appris que les cavales emballées du haut mal avaient sauté l'obstacle du ressac des grèves du Kerry. J'ai trouvé deux hommes vaillants pour m'emmener en curragh sur une île que sépare de la Grande Terre un détroit d'un mille de large. Au retournement des marées, ce couloir est balayé de courants contre lesquels une barque de huit rameurs n'est jamais sûre de gagner. Lors des marées d'équinoxe, la traversée est impossible. Mes rameurs étaient habiles et avaient une connaissance précise du flux et du reflux, mais si les marées n'étaient pas allées vers l'époque des mortes-eaux, ils n'auraient pas tenté l'aventure à deux, même pour une guinée. Il m'a semblé que nous avons franchi la passe d'un seul trait, d'un seul coup de rames, sur une mer lisse à l'heure de l'étale.

Iles d'Irlande, postes avancés de fières populations qui constituent autant d'ethnies qu'il y a de ces îlots altiers, riches de traditions qui leur sont spécifiques et que transmettent de génération en génération de savants conteurs en gaélique. Les patriarches y portent le nom de rois, sans la moindre parcelle de dérision dans ce titre, je vous prie de me croire. Leur couronne est tressée de sagesse et pèse son poids de connaissances. Mille ans d'histoire ! Mille ans d'histoires d'anges de mer géants, de homards plus gros que les bateaux, de béliers enlevés par des aigles dont les ailes sont des nuages. Aux bonheurs des jours présents et aux fléaux d'antan, ces derniers inventés, traduits ou interprétés des évangiles colportés par les moines navigateurs perchés dans leurs huttes en forme de ruches au sommet de rocs désolés : déluge, raz-de-marée, océan qui s'ouvre en deux, nuées de locustes – à ces sombres récits destinés à faire frissonner l'auditoire des veillées, hommes bouche bée, femmes serrant leurs châles autour de leurs épaules, il nous faut désormais ajouter une plaie inconnue, inimaginable, celle de l'air empoisonné par les vents de terre chargés de mildew. Mais de cette plaie-là, sur les îles il ne restera plus personne pour faire le récit. Les îles sont devenues des cimetières marins.

Sur celle où j'ai débarqué – les rameurs ont refusé de m'accompagner plus loin que la plage –, j'ai compté sept maisons. Toutes les portes étaient ouvertes. Trois bâtisses étaient vides. Dans les quatre autres des morts, hommes, femmes et enfants se desséchaient, en quelque sorte embaumés par l'air salin. Des portions de morts, devrais-je dire. Car des chiens erraient entre les ruines. Ils étaient gras, leur ventre traînait par terre : faut-il que j'explique pourquoi ? Dans le cimetière, la dernière couche de morts affleurait. Dans un pré minuscule où poussait une herbe étrange, fine comme des cheveux, le cuir et les os d'une vache et de son veau. Probablement crevée en mettant bas, en expulsant son petit, déchet flasque comme une outre vide.

Dans l'espoir de rencontrer quelqu'un de vivant, j'ai arpenté l'île en tous sens, et puis je me suis décidé à gravir la pente de l'immense glacis au pied duquel vivaient les îliens. Longue d'un mille et large de la moitié d'un, l'île, côté Grande Terre, n'est tout d'abord qu'une grève en forme de croissant allongé que recouvrent les marées. Si l'on compare le sable au tranchant d'une serpe, la terre en pente douce à laquelle s'adosse la plage est le reste d'une lame épaisse. Ensuite l'île s'incurve en hauteur, de plus en plus à pic, jusqu'au sommet d'une falaise haute de cent mètres contre laquelle viennent se briser les colères de l'océan.

C'est à l'abri de ce heaume occidental, dans l'orient des creux herbus, que s'étaient installés des hommes, il y avait de cela plusieurs centaines d'années. Les sbires de Cromwell leur avaient souhaité bon vent. Observé du désert atlantique, ce rempart ressemblait à la carapace d'un rhinocéros aux pattes plantées dans l'écume, d'autant que, à l'extrémité nord, s'élevait un éperon, une corne limée par les précipitations et les vents. Mon esprit a préféré y voir les vestiges d'un clocher et faire de l'île une cathédrale côtière.

J'étais parvenu sur la crête de sa nef. Tout en bas l'eau bouillonnait. Pendant la courte traversée, mes guides m'avaient confié que jamais personne ne s'aventurait de ce côté-là en curragh : la légende, ou la mémoire collective, prétendait que se prélassaient dans les rouleaux des squales nonchalants, longs de trente ou quarante pieds. Le sommet de la falaise était constitué de curieux éboulis. L'air sifflait à mes oreilles. Je me suis reposé à l'abri d'un rocher. Le poète vous dira que le vent vous parle. Il est vrai que n'importe quel cerveau en éveil, échauffé par le vin ou tournicoté par l'angoisse, peut entendre des voix, des chants de sirènes, des discours de chimères, inscrits sur l'invisible portée de l'air. J'ai cru entendre une plainte, comme un chant funèbre qui venait de l'autre côté du rocher. Mes cheveux se sont dressés sur ma tête. Etaient-ce les âmes tourmentées des défunts dévorés par les chiens ? J'étais à deux pas de l'à-pic. Moi, parfait mécréant taillé dans le marbre de l'incrédulité, j'ai eu peur que le diable me pousse dans l'abîme. Mais il fallait que je voie la face cachée de ce rocher. J'ai rampé et j'ai vu.

Le répéterai-je assez ? Ma chance a été de naître fortuné. Alors que j'étais encore en âge de souiller mes culottes, gouvernantes et précepteurs m'ont entouré, appris à marcher dans les musées, appris à lire dans les bibliothèques. Aussi, juché sur le dos de cette île-pachyderme, me suis-je rappelé ce rare récit d'un intrépide explorateur découvrant sur un sommet des Andes, nichée dans une anfractuosité, drapée dans une robe de neige éternelle, les bras croisés par des chaînes en or, la momie d'une jeune princesse inca.

Assis sur un semblant de trône taillé dans le roc, ce n'était pas une jeune princesse, mais un vieux roi, le vieux roi de l'île, et au lieu de chaînes d'or il tenait entre ses mains, comme en guise de chapelet, un bout de corde de chanvre. Il psalmodiait une prière incompréhensible. Son regard était si fixe, si droit, si farouchement braqué sur son village, en bas, que j'ai dû m'agenouiller devant lui pour qu'il cille enfin, que j'ai dû insister pour qu'il prononce ses premiers mots. Tout au long de sa vie il avait traversé le *sound* pour se livrer au troc avec les gens de la Grande Terre – poissons et crustacés contre de la viande boucanée –, aussi comprenait-il l'anglais et en parlait-il quelques mots. Mots détachés un à un, séparés par les silences que comblaient les répons du vent.

Comme ton père, Josephine, il avait vu le mal emporter tous les siens. A la différence de ton père, aucun de ses enfants n'était resté en vie pour l'enterrer. La dernière à mourir fut la plus jeune de ses filles, la dernière du nom, celle qui aurait dû devenir la reine de l'île. Affaibli, à demi paralysé par la maladie qui lui rongeait les entrailles, les bras et les jambes déjà raidis, il assistait depuis plusieurs jours au repas des chiens. Femme, fils, gendres, brus, petits-enfants, frères, sœurs, neveux, nièces, voisins, déchiquetés par les chiens. Repoussant l'intolérable, refusant d'imaginer que sa fille, la reine !, puisse être à son tour démembrée à coups de crocs, à force de je ne sais quelles contorsions, au moyen de la corde qu'il tenait entre ses mains, il s'était attaché le corps sur le dos et avait décidé d'aller l'enfouir sous les pierres, tout là-haut où les chiens n'iraient pas. Il avait rampé pendant deux jours et deux nuits.

Du regard il m'a désigné le monticule sous lequel gisait sa fille et a esquissé un sourire. Voulait-il que je l'aide à redescendre ? Non, bien sûr. Il mourrait sur son trône, au sommet de sa tour d'angoisse. Ses ossements sont blanchis, à présent. J'ai dévalé la pente. Six heures s'étaient écoulées, un frémissement des eaux indiquait la fin de l'étale de basse mer. Mes rameurs étaient sur le point d'embarquer. Effrayés à l'idée de rester prisonniers de l'île six heures de plus et d'être obligés de traverser de nuit, à l'étale de haute mer, ils allaient m'abandonner à mon sort.

Abandonner au sort ! Voilà une proposition exclamative qui pourrait être le titre générique de ce récit. L'Angleterre abandonne l'Irlande à son sort. Les landlords abandonnent leurs tenants à leur sort. Poussés à la folie, enragés à survivre, réduits à l'égoïsme, des malheureux abandonnent d'autres malheureux à leur sort. Et le climat lui-même abandonne l'Irlande à son sort.

L'hiver 1846-1847 fut le plus rigoureux que cette génération eût connu. La glace enveloppa les comtés du

Nord-Ouest d'une gangue fatale, prit les sans-abri dans son mortel étau, laissa sur les membres déjà gourds d'asthénie des morsures bleuies. Des esprits optimistes, à Dublin et à Londres, se dirent que cette froidure allait tuer le mildew en terre, que les semences de pommes de terre, s'il s'en trouvait encore, allaient guérir du chancre. Comme on le sait aujourd'hui, il n'en fut rien. A peine plantées ces dernières semaines, les rares semences importées d'Angleterre et d'Europe continentale ont été infectées. L'année 1847 s'annonce comme l'année noire.

Dans son dernier discours prononcé aux Communes le 8 février, Daniel O'Connell a imploré la Grande-Bretagne d'aider l'Irlande, sinon le quart de la population périra. Le quart ? Je dirais la moitié dans la mesure où, sur une population de huit millions de personnes, un million de gens travaillent ou attendent de travailler sur les chantiers d'intérêt général. Trois millions errent sur les routes ou attendent d'embarquer dans les ports. Ils ne survivent que de cette charité qu'on lésine à leur faire en la soumettant à des lois absurdes.

Pourquoi exiger, par exemple, que devant les cambuses des soupes populaires toute la famille – grand-père, grand-mère, père, mère, enfants y compris les nourrissons – fasse la queue ? Pour les faire mourir plus vite ? Je soupçonne l'Angleterre d'avoir saisi l'occasion de la famine pour nettoyer l'Irlande de ses habitants. A l'heure où des norias de vaisseaux devraient inonder de vivres tous les ports d'Irlande, on ratiocine à propos de recette de soupe. Consulté dans les formes, et à coup sûr rémunéré, un grand chef de cuisine anglais établit les proportions suivantes, qui seront appliquées : pour obtenir un gallon de soupe dont le prix de revient sera de une livre, mettre dans deux gallons d'eau quatre onces de jarret de bœuf, deux onces de gras, huit onces de farine, une demi-once de sucre brun et du sel. Point de légumes, ils sont trop chers. On débat à l'Académie des qualités nutritives de ce bouillon. La science s'oppose à la morale. La morale rejette d'emblée qu'on puisse espérer maintenir des gens en vie grâce à ce brouet. La docte science étudie. On s'accorde sur les conclusions objectives d'un médecin proche de la reine Victoria. A raison d'un quart par jour, la soupe fournit trois onces de nourriture consistante. Les pragmatiques ne songent pas, bien sûr, puisque aussi bien tout ce qui n'est pas science exacte les indiffère, que la *consistance* du contenu du quart dépend de celui qui manie la louche et de la profondeur à laquelle il la plonge dans la marmite. Bref, on conclut doctement que cette soupe convient parfaitement aux enfants, aux vieillards et aux adultes convalescents mais on relève – tout de même ! – qu'un tel régime, trop liquide et trop vite digéré, ne peut suffire aux travailleurs des chantiers. Hypocrisie culinaire ! Hypocrisie religieuse ! Morale abjecte ! Subtile torture ! Aux guichets de certaines soupes populaires tenus par des extrémistes protestants, on exige des catholiques qu'ils abjurent avant de tremper leurs lèvres gercées dans le bouillon clairet. Ces conversions forcées, ou du moins leurs tentatives, font que des esprits simples, ou simplement égarés par la faim, ne se rendent plus aux distributions par crainte de l'enfer qui leur est promis par des extrémistes de l'autre bord. Entre l'enfer immanent et les flammes éternelles, ils choisissent la famine.

Comté Sligo, au cœur de l'hiver... Des parents, de crainte de n'avoir pas la volonté de refuser l'échange entre leur foi et un quart de soupe, se sont enfermés chez eux avec leurs enfants. Leur aîné, un gamin d'une douzaine d'années, s'échappe. C'est qu'à cet âge on se fiche de la géhenne – la famine forgera des légions d'esprits athées. Il s'en va rejoindre une queue, campe plusieurs jours à proximité des marmites au contact des malades, finit par contracter les fièvres, est admis – on le croit orphelin – à l'asile de bienfaisance où, contre toute attente, il guérit au bout de quelques semaines. Se sentant coupable d'avoir déserté le foyer familial, il rentre chez lui en portant deux seaux de brouet aigre. Il frappe à la porte de la masure. On ne lui ouvre pas. Il insiste :

— Ouvrez ! C'est moi, Thomas !

— Où étais-tu passé depuis tout ce temps ?

— A l'asile, répond le gamin.

Que n'a-t-il avoué là ? Il a sûrement contracté les fièvres.

— Oui, mais j'ai guéri ! se lamente le garçon.

— On ne guérit pas des fièvres ! grogne le père. Va-t'en, mais va-t'en donc !

— J'ai deux seaux de soupe, proteste le garçon.

La porte s'entrouvre, la mère empoigne les seaux. Son fils tente de forcer le passage. Impossible. Derrière, le père se tient arc-bouté. La porte se referme. La nuit tombe. Le gamin s'assied contre la porte. Il se met à neiger. A l'aube, à l'endroit de ses narines, aucune haleine ne fait plus fondre la neige qui le recouvre. Il est mort.

Une autre masure, un autre cabanon en pierres sèches couvert de mottes de terre, d'ajonc et de fougère. Une étroite fenêtre close par un volet intérieur, une porte fermée. Aucune fumée ne sort par le trou au milieu du toit...

Depuis deux jours j'errais dans le comté Clare. J'étais parvenu dans le décor fantastique du Burren, ce grand désert de pierraille où s'achèvent au bord de l'Atlantique ces terres desquelles les îles d'Aran se sont détachées. Les trois îles – du sud au nord : Inisheer, Inishmaan et Inishmore – étaient ancrées au large, en face de moi. Elles me semblaient à portée de voix, j'ai appelé leurs habitants. Mes cris n'ont pas porté plus loin que le ressac. Je crois bien que j'étais près de la folie. Las de la vision de tous ces cadavres jonchant les bords des routes, j'avais désiré me retirer dans ce désert où je savais que vivaient très peu de gens.

La nuit précédente, j'avais dormi dans une grotte. De l'eau gouttait de la voûte calcaire, douce, délicieuse. Au petit matin ma jument s'était régalée de jeunes pousses d'ajonc et m'avait réveillé en me soufflant sur la joue l'air de ses naseaux. Cette jument, c'est celle que j'ai abattue d'un coup de pistolet devant l'hospice de Ballinrobe. Extraordinaire jument, qui partageait mes pensées : elle traversait le Burren d'un pas funèbre, la tête basse, aussi basse que l'était mon moral. Atone, anesthésié de tristesse, j'ai dépassé la masure sans la voir. Bâtie avec la pierre du désert, elle se confondait avec lui. La jument, elle, l'avait aperçue. Elle s'était dressée d'elle-même à s'arrêter devant les maisons, ayant deviné que c'était là le but de nos circonvolutions erratiques. Un volet intérieur condamnait la fenêtre, et la porte était fermée. J'ai toqué. Aucune réponse. D'un coup d'épaule j'ai fait sauter le loquet. Malgré cela, la porte refusait de s'ouvrir. Quelque chose, un poids, un sac, un meuble, m'empêchait de la repousser vers l'intérieur. J'ai pesé de toutes mes forces et suis parvenu à repousser cette chose. A l'intérieur, l'odeur était pestilentielle. Mon mouchoir sur le nez, je suis allé ouvrir le volet. Par terre, décomposés, gisaient les corps d'un homme et de cinq enfants. C'était celui de la mère qui bloquait la porte. Il était en meilleur état. La mort l'avait saisie il y avait moins d'une semaine. Elle avait repoussé le loquet et s'était adossée à la porte afin que nul ne voie ses morts. J'ai refermé ce sépulcre et suis remonté à cheval.

La jument a henni. Avant moi elle avait perçu le galop de sabots ferrés et le ferraillement de roues cerclées sur la roche du sentier. Emmenée par un aspirant, c'était une escouade de soldats anglais, une dizaine de cavaliers et un chariot. Le jeune officier a éperonné sa monture et l'a fait se cabrer devant moi. L'imbécile, se croyait-il au cirque ? M'adressant un regard soupçonneux, il m'a demandé ce que je trafiquais dans cette solitude. C'est en sa présence que pour la première fois j'ai eu l'idée de me faire passer pour un journaliste américain. Ils craignent l'Amérique.

— Avez-vous jeté un coup d'œil dans cette bâtisse ? Il y a quelqu'un ? m'a demandé l'aspirant.

— Sept personnes.

— Mortes ou vivantes ?

— On ne peut plus mortes.

— Parfait !

Ce sous-lieutenant commandait à une équipe du génie. Des croque-morts ambulants. Ils arpentaient la campagne à la recherche des morts qu'ils enterraient en trois coups de pioche et deux coups de pelle, dans le but d'éviter ou de réduire les épidémies.

— Louable occupation, ai-je observé.

La suite a été moins louable. Pendant que je conversais avec le sous-lieutenant, les hommes du chariot avaient déchargé un bélier. Deux paires de poteaux en croix de Saint-André installés en parallèle, une solide corde tendue entre les deux, attaché à la corde le bélier proprement dit, à savoir un autre poteau de mine armé d'un embout métallique. On fait osciller ce boutoir et les murs de pierre et de terre s'écroulent sans qu'il soit nécessaire de grandement répéter les coups. En moins de dix minutes les dépouilles des sept personnes ont été enterrées sous les décombres.

— Voyez-vous, monsieur, pour nous c'est la situation idéale. Mes hommes détestent creuser.

Ils sont repartis au grand galop. Lorsqu'ils ont disparu à ma vue, j'ai confectionné une croix avec deux branches d'aubépine et l'ai plantée au sommet de la ruine.

Il faudrait planter des croix partout.

Il faudrait faire souffler le vent des quatre points cardinaux à la fois, de façon à remodeler les nuages.

Qu'une croix flotte au-dessus de l'Irlande en permanence.

1847, l'année noire, se préparait à accoucher d'un million de morts sur un lit de blancheur. Je promenais ma désolation de comté en comté, mais comme il était dérisoire, mon spleen de nanti, comparé au destin de tous ces émigrés et défunts en puissance. Entre les cuisses ouvertes de Gé, vers la Noël que personne ne fêterait, près de cinq cent mille hères travaillaient à creuser des routes qui ne menaient nulle part. Je me suis arrêté au bord d'un chantier. Dans un état voisin du délire – plus d'un soir, alors qu'au crépuscule l'angoisse m'envahissait, j'ai songé à me tirer une balle dans la tête –, j'ai noté fiévreusement des bribes de phrases coupées et recoupées par mes observations des semaines passées, dans je ne savais plus quel comté, quel village, quel hameau. J'avais la cervelle en bouillie, tant mon désespoir d'appartenir à la classe des bourreaux grandissait, je m'enfonçais dans la folie jusqu'à ce que je trouve cet étai moral qui m'a empêché de me détruire : rendre leur liberté à tous les tenants de Carra Hall, abandonner la propriété, émigrer et vivre pour témoigner.

J'ai noté dans mon carnet :

Image récurrente : les hospices sont pleins.

Travailler aux chantiers : c'est cela ou crever.

Travailler et crever malgré tout ?

Impitoyable libéralisme : ajustés sur les prix de l'Angleterre et du continent puisque la loi interdit de les en détacher, les prix des céréales ont monté en Irlande. Les salaires sont restés les mêmes. La pièce qu'on donne chaque soir aux manœuvres perd chaque soir de sa valeur. Une assiettée de bouillie d'avoine, une demi-assiettée, un tiers, un quart, un huitième, une cuillerée pour chaque membre de la famille et bientôt une cuillerée à partager entre tous les membres de la famille.

Les hommes sont si faibles qu'ils sont incapables de piocher, peuvent à peine tenir une pelle ou pousser une brouette vide.

Avec l'aube glaciale le camp s'éveille mais, entre le sommeil et cette torpeur qui l'assomme et ne cesse de s'épaissir, où est la différence ? Ce ne sont que silhouettes courbées, fantômes hâves, épouvantails desquels les os saillent qui sortent un à un des baraquements en bois construits à la hâte, frissonnent, croisent les bras, relèvent des cols râpés, s'entourent la tête, le cou et les épaules de châles effilochés, s'isolent vers des tranchées, leurs latrines à ciel ouvert. Comme à la messe, les hommes vont d'un côté et les femmes de l'autre. Les enfants se soulagent où l'envie leur prend. Entre leurs jambes quand ils sont malades, et beaucoup le sont. La soupe du chantier ne tient pas au ventre.

Les femmes soufflent sur les braises des feux du camp. Au début, on a brûlé les débris du bois d'œuvre des cabanes, et puis au fur et à mesure que le temps a passé, les femmes et les enfants ont dû élargir le cercle de leur quête de branches mortes, de bruyère séchée, de briquettes de tourbe qu'un affamé n'a pas pu rentrer, de crottes de mouton et d'improbables bouses de vache. Ils sont maintenant contraints à gratter la couche superficielle d'une tourbière en cours de maturation – il s'en faudra de quelques millénaires avant qu'on puisse l'exploiter et alors les gens vivront dans la lune ou à l'intérieur de vaisseaux en orbite autour du soleil. Cette terre herbue, ils la mettent à sécher autour du feu, la jettent dans le feu, et ainsi de suite.

Des femmes plus fortes, que la nature a dotées de plus de résistance aux privations, gardent le feu. Pas tant le feu sans doute que les récipients suspendus à des trépieds. Elles en partageront le contenu avec parcimonie. Les hommes d'abord, les enfants après et elles-mêmes en dernier.

Près d'un feu un homme tourne sur lui-même comme un derviche en bavant des mots incompréhensibles. Tout d'un coup il cesse de tourner, vacille, retrouve un semblant d'équilibre. Les yeux blancs, il s'éloigne droit devant lui, en direction de la route par laquelle apparaît et disparaît tous les jours à midi la charrette chargée des marmites de soupe. Son épouse le rattrape, l'installe près d'un feu, lui lève les mains pour qu'il les tende vers la chaleur. Il demeure ainsi, aussi immobile qu'un modèle qui tiendrait la pose sous le crayon d'un peintre désireux de croquer l'une de ces figures destinées à peupler les cauchemars des landlords en villégiature à Majorque ou Florence où ils dépensent les deniers de Judas que leur ont remis Russell et consorts.

A l'intérieur de son cabanon où un poêle rougit vingt-quatre heures sur vingt-quatre, où sur la rondelle centrale de ce poêle frémit en permanence l'eau de son thé, où sur le pourtour il grille délicatement son bacon et ses tartines, le contremaître, intendant recyclé dans le gardiennage de la chiourme et la tenue de la caisse, ouvre le cadenas et ôte la chaîne qui barre sa porte. Il dort avec un fusil au pied de son lit. Qu'a-t-il à craindre de ces gens qu'il pourrait balayer de son souffle ? Rien, sinon que pendant la nuit il leur vienne l'idée de mettre le feu à son logis. Aucun ne l'a eue et ne l'aura jamais. Un prostré ne pense plus à rien, sauf à manger.

Impayable administration : seul un membre de la cellule familiale est autorisé à travailler. Au chef de famille l'honneur ineffable d'être le premier à s'épuiser. Rappelons-nous les grandes batailles d'antan, les armées face à face, composées de la même manière, en premier les archers à genoux, debout derrière eux les fantassins et à l'arrière les cavaliers. De part et d'autre les archers décochent une volée de flèches, de part et d'autre ils sont décimés ; une deuxième ligne prend la relève, décimée à son tour ; puis une troisième peut-être, jusqu'à épuisement des carquois et des hommes. Ici il en va de même, sauf que des deux armées en présence il y en a une qui porte des pioches et des pelles et l'autre aucune arme, sinon sa propre masse, sa force d'inertie, sa propre dureté. Je veux parler de la roche du Connaught, grise, coupante, solide comme de l'acier, contre laquelle les pics rebondissent, les bêches s'ébrèchent, les pelles se plient.

Alignés face à la muraille, les quidams considèrent l'ennemi dont ils n'auront pas la peau. C'est le Titan qui aura la leur. Au coup de sifflet du contremaître, le bataillon hétéroclite s'aligne, pioche ou pelle en main. Le gel colle les manches à la peau crevassée d'engelures. Au second coup de sifflet, les fantassins attaquent. Pour quel assaut ? L'apathie et l'abrutissement ralentissent les gestes. Ces combattants ont l'allure de bœufs atones allant au-devant du coup de merlin. Quel uniforme pour ces soldats de l'inanité ? En guise de bottes, des godillots à la gueule ouverte ou fermée par un bout de ficelle ; en guise de guêtres, des chiffons enroulés autour des mollets ; en guise de capotes, des vestes rapiécées ; en guise de képi, quelques casquettes informes, quelques bonnets, une manche de vieux lainage transformée en passe-montagne, ou rien que des cheveux prématurément blanchis, ou des crânes nus lorsque ces cheveux, après s'être dressés devant l'horreur, sont tombés par touffes. Voilà la première ligne de cette compagnie de combat perdu d'avance.

Quant à la seconde... Derrière chaque homme, une femme, la sienne ou une veuve. La relève ! Chacune guette les gestes de son chacun. En silence. Laquelle oserait hurler des cris d'encouragement ? On ne parle pas quand on vient recueillir le dernier souffle d'un moribond. Oui, il règne une atmosphère de veillée funèbre le long de cette ligne de pleureuses dont les larmes depuis longtemps ont tari. Elles savent que leur homme est à bout. Ce n'est pas sur son visage qu'elles vont lire l'annonce de sa fin, mais sur son dos voûté, sur ses bras soudain de flanelle, sur ses jambes flageolantes, sur sa nuque raidie. Les mains lâchent l'outil, les bras retombent le long du corps, les jambes cèdent, l'homme s'affaisse, s'ouvre le front sur la roche réfractaire. Deux, trois, quatre femmes se précipitent, le relèvent, le traînent auprès du feu où les enfants demeurent serrés les uns contre les autres, comme une nichée de petits lapins, de souris, de rats, diraient leurs tortionnaires. L'épouse du défaillant espère qu'il n'est pas mort, juste inanimé, et qu'à midi il aura la force d'avaler sa gorgée de soupe.

Pas le temps de l'examiner, de voir s'il respire encore. Un regard en direction du contremaître. Le garde-chiourme opine. La femme empoigne la pioche ou la pelle. Derrière elle une autre femme la remplace sur la ligne des suppléantes. Car des femmes aussi, au cours de la journée, tomberont la tête en avant. Lorsqu'elles ne seront plus assez nombreuses pour assurer la relève, ce seront les plus grands des enfants qui se mettront en ligne derrière les pères ou les mères. Peu importe que ces poupées de chiffon aux membres grêles arrachent ou non à la roche quelques éclats. L'essentiel est que quelqu'un tienne un outil durant le jour pour que la pièce puisse être donnée le soir, échangée le lendemain contre un quart de soupe et remise dans la caisse.

La loi est la loi, le règlement est respecté. Il ne le sera plus bientôt sur certains chantiers. Des contremaîtres au cœur moins endurci iront plaider la cause des malheureux auprès des autorités, diront qu'il ne sert à rien d'exiger d'eux qu'ils travaillent puisqu'ils en sont incapables, que ces travaux inutiles les achèvent. Soit ! Qu'ils cessent de travailler, dans ce cas. Dilemme auquel se trouvent confrontés les administrateurs et dont ils discutent dans leurs bureaux, cigare au bec et verre de brandy à la main : doit-on les nourrir néanmoins, ces invalides ? On tranche. Jugement de Salomon : les rations seront diminuées de moitié. Quand il aurait fallu les décupler. Les baraquements deviennent des hospices dépourvus de personnel soignant où la soupe est rationnée. Les gens s'y enferment pour mourir. On alignera les morts dans les tranchées des latrines que les valides ont creusées à l'ouverture du chantier. Les fossoyeurs de l'armée viendront les recouvrir d'éboulis.

Dans d'autres endroits les gardes-chiourme demeurent insensibles à la détresse et continuent d'appliquer l'ancien règlement à la lettre. Autour de ces lieux de torture commencent à rôder des loups efflanqués au regard de braise : des justiciers de la Jeune Irlande, dague à la ceinture, fusil à la bretelle, quand ils ont pu en voler un. Dans les environs de Tuam, comté Galway, non loin de la cathédrale construite en 1837 et dédiée à monseigneur McHale, ami d'O'Connell et comme lui champion de l'émancipation des catholiques, un chef de chantier parade sur un tertre. Il incarne cette catégorie de reîtres qui continuent de forcer les épaves à tenir un outil en contrepartie du bol de soupe. A chaque fois qu'un homme tombe à genoux, il crache de dégoût.

Avec la régularité d'un métronome il éructe des encouragements aux condamnés aux travaux forcés. Des opportunistes ont décidé qu'ils traceraient une route à travers des marais. Ici, il ne s'agit donc pas de tailler dans le roc mais, pis encore, de trancher la boue. Au froid s'ajoute l'humidité. Trempés de la tête aux pieds, les mains bleuies, les bagnards soulèvent des pelletées de terre liquide. A peine creusés, les trous se remplissent d'eau. Comment ne pas évoquer ici Sisyphe condamné à rouler son rocher pour l'éternité ? La neige recouvre la plaine, le mercenaire des libéraux est vêtu de noir, sa silhouette se détache sur le ciel et forme une cible idéale. Un loup solitaire a progressé dans son dos. Enfoncé jusqu'à mi-cuisse dans une vasière, caché derrière un bouquet de saules, il glisse le canon de son fusil entre les branches, épaule, prend sa cible en mire, retient sa respiration, appuie sur la détente. Le chef de chantier s'écroule, visage contre terre. Le coup de feu n'a fait sursauter personne. On ne sursaute pas quand on est déjà stupéfié.

Des regards vides se tournent vers la colline. Un homme s'extrait de son socle de boue et se met à marcher d'un pas lourd. Un deuxième le suit, lui-même suivi par d'autres.

Une douzaine de fantômes, terriblement indifférents, monstrueusement silencieux, entourent le gisant. On le retourne d'un coup de pied. Il n'est pas mort. Les yeux grands ouverts, arqué comme un poisson arraché de l'onde, le dos et les jambes paralysés par la balle, il gobe l'air en haletant. Une houe s'abat et lui tranche le cou. A moitié détachée du tronc, sa tête tombe sur le côté. Cette houe, certainement une hache dans l'esprit de celui qui l'a maniée, cette lame à décapiter brandie haut sur le ciel puis abattue sans ahan sur la gorge du bourreau, dans le marécage a donné le signal du pillage.

On marche vers la cabane du chef de chantier, des mains dispersent le thé à la volée, des bouches édentées déchiquettent le bacon cru, des bras s'emparent du matelas, de la table, de la chaise qui seront jetés dans le feu. Les femmes prennent la vaisselle et s'en repartent voûtées sur leur larcin, qui avec une théière en fer-blanc, qui avec une assiette ébréchée, qui avec deux tasses dépareillées. La plus chanceuse s'est emparée de la lampe à paraffine et la serre contre sa poitrine comme si elle avait volé les joyaux de la Couronne. Hagards, tous se regroupent autour du feu où flambe le mobilier. D'avance, ils courbent la tête, dans l'attente du bourreau. Ils ont transgressé l'ordre, ils seront punis.

Abominables représailles. On ne s'abaisse pas à chercher le coupable ou à s'assurer les services d'un mouchard qui le désignerait. Tous coupables ! Un détachement des Royal Fusiliers investit le camp, son major ordonne la fermeture du chantier, suspend la distribution de soupe et fait brûler les baraquements pour obliger la populace à se disperser. « Dispersez-vous ! » Vocabulaire de l'ordre, langage de policier ! Où iraient-ils, ces gueux ? Ils n'ont nulle part où se réfugier. Alors, bercés de la fierté collective d'avoir égorgé la bête, ils se massent autour du feu. Les braises s'éteindront au fil des heures et avec elles les vies. La neige, huit jours plus tard, recouvrira un cercle de corps assis, soudés les uns aux autres par le gel et la fraternité.

Leur sacrifice ne sera pas inutile. Ce suicide collectif amènera les autorités à revoir leur copie : à ne plus exiger de travail, à fournir de la nourriture aux affamés là où ils se trouvent, et non plus seulement à l'intérieur des hospices ou aux abords des chantiers. Louable décision, mais qui surviendra trop tard. Trop tard : enclins et encouragés à fuir le labyrinthe de la mort, les survivants se dirigeaient vers les ports, autres labyrinthes de la mort.

— Labyrinthes de la mort, répéta William.

Il quitta l'embrasure de la fenêtre d'où il venait de prononcer ces derniers mots. Plus aucun feu ne brillait dans la ville basse. Une pendule sonna minuit, quelque part, très loin dans le hall de Westport Manor.

— Il faudra que nous soyons à l'aube sur le port, Josephine. Essayons de dormir un peu...

Josephine referma le cahier. Dans la penderie, elle choisit la plus légère des chemises de nuit. Elle alla la passer dans le cabinet de toilette. Plus nue qu'elle ne l'aurait été entièrement dévêtue, elle revint se glisser entre les draps encore tièdes, tout contre William. Au lieu de la serrer contre lui, il demeura les mains croisées derrière la nuque.

— Alors, elle t'a plu, cette marquise ? On aurait dit ma mère et mes tantes. Tu sais maintenant par quel genre de femmes j'ai été élevé.

Josephine noua ses jambes autour de celles de William.

— Pourquoi ne veux-tu pas me rendre femme ?

— Plus tard, je te l'ai dit. Dors. Il faut que nous partions avant le lever du jour.

— Pourquoi ? insista-t-elle d'une voix de petite fille.

— La fin de la nuit est le moment où les sentinelles somnolent...

— Ce n'est pas ça que je te demande, gémit-elle en enfonçant ses ongles dans ses reins.

— Je suis impur, dit-il d'une voix rauque.

— Impur ? Tu es fou !

— Le corps peut devenir impur... et redevenir pur. Il faut attendre.

— Je ne comprends pas...

Elle laissa sa main errer. Il se crispa. La serra avec violence dans ses bras.

— Connais-tu ton corps ?

Il glissa sa main entre ses cuisses, la força à les ouvrir.

— William !

Cri d'amour, cri de surprise, cri de détresse, presque, lorsqu'elle défaillit. Ressentit comme une salve d'éblouissements – le seul mot qu'elle trouva dans son esprit pour qualifier la violence de ce plaisir.

Il lui prit la main, la guida, l'initia. Et bientôt elle recueillit dans sa main le mystère du plaisir de l'homme.

— Maintenant tu sais, chuchota-t-il.

— Mais je ne suis pas encore femme.

Il sourit.

— A demi. Plus tard...

— Quand ?...

— Bientôt...

Il resta éveillé à guetter la sonnerie de la pendule.

10

Il faisait encore nuit noire quand William boucla les sacs de voyage. Josephine finissait de s'habiller.

— Que vont-ils faire de ton poney ?

— Un si beau cheval ? Le traiter comme coq en pâte. Un officier l'adoptera, et promènera sa dame en tilbury. Mon cadeau d'adieu à la reine Victoria. Joli cadeau, non ?

L'étage résonnait de ronflements. Embarras nasal de la bonne ou de la vieille marquise ? En descendant l'escalier leurs bottines à la main, ils étouffèrent un rire, pourtant rien moins que de circonstance. Ainsi que l'avait prévu William, entre loup et chien, juste avant l'aube, la sentinelle postée sur le perron avait cessé de lutter contre le sommeil. Sans doute à l'entrée de la propriété les gardes, tenus à plus de vigilance, étaient-ils bien éveillés. Le jeune couple ne prit pas le risque d'aller le vérifier. Ils se faufilèrent entre les arbres et les massifs, longèrent le ruisseau vers l'amont, s'écartèrent de deux ombres assises près de braises mourantes, traversèrent une prairie et se retrouvèrent dans les rues de la ville après avoir franchi une brèche dans un mur éboulé par les pluies. Ils descendirent vers le port.

Une atmosphère d'exode régnait dans les rues désertes :

carrioles abandonnées, paillasses éventrées, vitrines condamnées et partout de gros rats noirs rasant les murs, le dos courbé comme des moines coupables, ou accrochés la tête en bas comme des chauves-souris, immobiles, l'œil vitreux, sous les marquises décrépites de commerces dévastés. Le vent d'ouest poussait vers le fond de la ria des odeurs de fumée et de varech. La marée était basse et les premières lueurs de l'aube faisaient luire des filets d'eau et des mares sur la mate carapace de la vasière.

Josephine et William dépassèrent des entrepôts dont les portes massives étaient solidement cadenassées. Le temps d'effectuer quelques pas de plus le long de la rive et la paupière du ciel s'ouvrit comme la capote d'une berline. Le jour éclaira d'abord la mer puis nimba les quais d'une lumière rosée. Une bien douce lumière, une couleur bien chaude pour un spectacle à vous coaguler les sangs. Josephine saisit la main de William, la serra entre les siennes, contre elle, sur sa poitrine, entre leurs deux cœurs de nouveau transpercés par l'affliction alors qu'ils auraient dû être cuirassés.

Des centaines de larves maculées de boue gisaient sur le quai. Sous une lumière peu à peu plus blanche, plus froide, plus en harmonie avec ce qu'elle éclairait, ces vers humains sortirent de leurs cocons – couvertures tendues par des piquets de bois, planches réunies au-dessus de vieux tonneaux, dos de tortues de caisses retournées –, se mirent à grouiller, à s'étirer, à se lever, mais avec lenteur, en silence.

— Encore, toujours ce silence ! souffla William. Ce silence m'assourdit ! Ce silence nous rendra fous ! Qu'ils crient ! Mais qu'ils crient donc !

Josephine regarda William avec anxiété. Qu'il se répétât

l'effrayait. Elle se souvenait de sa mère, de son père. Peu après qu'ils s'étaient mis à ressasser les mêmes mots, la mort s'était approchée, avait soufflé sur leur regard une buée d'hébétude. Elle secoua le jeune homme.

— Ne deviens pas fou, je t'en supplie !

Ses yeux brillèrent de nouveau. Fixèrent l'horizon. Comme posé sur une ligne d'étocs – on aurait dit une maquette fixée sur un socle crénelé – se détachait un trois-mâts. Un émigrant aperçut aussi la longue silhouette noire et la toile d'araignée de ses drisses. Il en demeura un instant bouche bée, puis avança la lippe pour murmurer le mot « bateau », répéter ce même mot sans article défini ou indéfini comme s'il avait perdu l'essentiel de la parole, non pas « un bateau » ni « le bateau » et encore moins « le bateau est arrivé pendant la nuit », non, deux syllabes grommelées, et enfin criées :

— BATEAU !

Hommes, femmes et enfants se dressèrent, à genoux, debout, de guingois. Le mot moutonna sur le dos de la foule, fut répété par des bouches édentées et des lèvres gercées. Les plus valides se hâtèrent vers le bord du quai comme s'ils pouvaient ainsi rapprocher d'eux le navire, d'autres esquissèrent un pas de danse, des couples se congratulèrent, des femmes en larmes pressèrent leurs petits sur leur sein. La rumeur d'allégresse augmenta encore lorsqu'on vit apparaître un second bateau dont les grands-voiles furent affalées. Il jeta l'ancre à une encablure du premier. L'agitation retomba d'un coup, les mines redevinrent soucieuses. Ces deux bateaux étaient-ils pour eux ? Qui embarquerait ? Les gens détachèrent leurs regards de l'horizon et, avec des gestes automatiques, sans doute répétés à de multiples reprises depuis des jours et des jours, commencèrent à réunir leurs balluchons pendant que des femmes ranimaient les feux pour faire chauffer de la bouillie d'avoine.

Vêtus confortablement, lestés de riches sacs en cuir, William et Josephine détonnaient au milieu des émigrants. Des regards furtifs se posaient sur eux, des coups de menton les désignaient, des sourcils froncés semblaient leur reprocher leur présence. Enfin un solide gaillard en gilet de corps crasseux sous un veston élimé s'avança vers eux. Se balançant d'un pied sur l'autre, il se gratta la tête, mi-déférent, mi-ironique.

— Mes hommages jeune dame, bonjour mon beau monsieur... Mes excuses, vous feriez pas partie du bureau du port par hasard ?

— Pas du tout, dit William.

— Ah bon ? Excusez encore, mais qu'est-ce que vous fichez là au milieu de notre misère dans ce cas ?

— Nous sommes venus chercher un embarquement, dit Josephine.

L'homme en resta bouche bée.

— Un embarquement ? Nom de Dieu !... Oh mille pardons, ma jeune dame, par les temps qui courent les jurons viennent plus facilement sur la langue que les jolis mots... Vous voulez *embarquer* ? Vous savez, il n'y a pas de cabines de luxe sur les bateaux qui partent d'ici.

— Les Anglais nous l'ont déjà dit, et je l'espère bien, dit William.

— Vous n'êtes pas anglais ?

— Nous sommes américains, dit Josephine.

Incrédule, l'homme se gratta le poitrail.

— Je suis journaliste, dit William. Je viens de parcourir toute l'Irlande, il ne me reste plus qu'à accompagner des émigrants pour achever ma mission. Rendre compte à l'Amérique de l'inhumanité des Britanniques en Irlande.

— Américains ? Américains ? répéta l'homme, sidéré. Ça alors !

Il prit la main de William et la secoua vigoureusement.

— Que pensez-vous de cette partie du monde ? plaisanta-t-il. Je m'appelle Liam O'Toole.

— William Browne. Josephine, ma femme...

— Je peux l'embrasser ?

— Demandez-le-lui.

Il embrassa Josephine sur les deux joues, essuya ses yeux embués et tonna :

— Ecoutez-moi ! Je vous présente William et Josephine Browne. Ils vont voyager avec nous. Ils sont américains ! Vous m'entendez ? Américains !

Comme tout à l'heure le mot « bateau », le mot « américains » fut sur toutes les lèvres. Une ribambelle de gosses et d'adolescents s'agglutinèrent autour de William et de Josephine. Des femmes aux yeux enfiévrés tendirent la main pour effleurer leurs vêtements et se signèrent. Un vieillard allongé sur des sacs retroussa ses lèvres sur ses gencives à vif et crachota :

— Des Américains ? Alors nous sommes sauvés !...

— Que diriez-vous d'une tasse de thé ? leur demanda O'Toole avec entrain.

— Volontiers, répondit Josephine.

Il héla une jeune femme accroupie près d'un feu.

— Deirdre ! Une tasse de thé pour nos invités ! Je vous préviens, ajouta-t-il, c'est au moins la centième fois que ces feuilles de thé trempent dans l'eau bouillante...

Dans les cuisines de Westport Manor, William et Josephine avaient subtilisé du pain. A la vue de ce pain, des enfants s'approchèrent, muets, farouches, des gosses à qui on avait interdit de quémander.

— Comment dois-je faire ? demanda Josephine à O'Toole. Je n'aurai même pas une miette pour chacun d'entre eux.

— Mangez votre pain ! Nous autres on est habitués à jeûner. Et ces gosses vont avoir leur bouillie d'avoine.

— Vous n'êtes pas sérieux. Nous n'allons pas manger ce pain qu'ils dévorent des yeux.

— Bon ! Donnez-le-moi. Je le partagerai entre les malades. Deirdre ! Une assiette de bouillie pour nos Américains ! Installez-vous, faites comme chez vous.

— Je vois que vous n'avez pas perdu le moral, dit William.

— Si, je l'ai perdu. Depuis longtemps. Mais ça sert à quoi de s'apitoyer sur son sort ? Ceux qui se laissent aller à ça deviennent vite complètement dingos. Ou se couchent et ne se relèvent pas.

— Comment ça se passe ?

— Quoi donc ?

— L'embarquement. Les formalités. Que faut-il faire ?

— Très simple. Il n'y a qu'une seule chose à faire...

O'Toole planta sa cuiller dans sa bouillie d'avoine et avala une bouchée.

— Une seule et unique chose. Attendre...

Leur groupe était arrivé un soir au crépuscule. Trois nuits et deux jours qu'ils attendaient. Attendaient la soupe promise. Attendaient que s'ouvre le bureau des inscriptions. Attendaient un bateau.

— En voilà un, il y a de l'espoir. Un semblant d'espoir. Le premier matin, aussi, il y avait un navire ancré au même endroit. Plein à craquer, déjà, de gens qu'il avait embarqués du côté du Donegal. Il était venu se mettre à l'abri de la tempête. Il est reparti trop tôt. Il a sombré quelque part entre ces îlots. Hier la mer a rejeté un tas de cadavres. Les Anglais les ont emportés je ne sais où. Il y a eu une dizaine de survivants. C'est le petit groupe, là-bas. Des gens du comté Leitrim.

— Vous avez parlé de bureau des inscriptions... N'êtes-vous pas déjà inscrits ?

— Par nos landlords ou leurs agents recruteurs. Ça ne suffit pas aux bureaucrates de l'immigration. Il va falloir qu'on défile tous les uns après les autres dans le bureau, la baraque que vous voyez au début de la jetée. Elle est fermée depuis qu'on campe sur ce foutu quai.

— Défiler dans le bureau ? reprit Josephine. Mais alors Will, nous...

William hocha la tête.

— Hum ! Oui, j'ai bien peur que l'affaire se présente mal.

— Un problème, les amis ?

— Oui, une sorte de probl...

William n'eut pas le temps d'achever sa phrase. Trois cavaliers arrivaient au trot, avec à leur tête le lieutenant de dragons Dewitt.

— Bon Dieu ! Je suis sûr qu'ils nous cherchent !

Josephine jeta des regards éperdus autour d'elle.

— Je vois le problème, dit O'Toole. Allongez-vous par terre, vite, et excusez si on s'assoit sur votre dos...

Ils se couchèrent entre les sacs, O'Toole les recouvrit d'une couverture, attrapa deux gosses qui traînaient par là et les fit asseoir sur le dos de William et de Josephine en leur intimant l'ordre de ne pas bouger de là.

Les trois dragons ne descendirent pas de cheval. En selle, la main sur le pommeau de leur sabre, ils se sentaient plus en sécurité. Cette foule leur inspirait de la répulsion et de la crainte. O'Toole dominait le groupe de sa stature. Le lieutenant Dewitt s'adressa à lui.

— Ho ! Toi ! Le grand Paddy !... Est-ce que...

— Mon nom est Liam O'Toole, lieutenant. Pour vous servir, milord !

— Ne fais pas le malin ou bien je t'expédie sur une galère en Australie.

— Logé et nourri, qui s'en plaindrait ?

— Réponds-moi sans faire de commentaires : tu n'aurais pas vu des Américains dans les parages ?

Liam O'Toole éclata d'un rire à faire trembler le Croagh Patrick.

— Des Américains ? Ma foi j'avoue que j'ai hâte de voir de quoi ils ont l'air. Quand est-ce qu'on embarque, camarade ?

Le lieutenant dégaina son sabre à demi, puis se ravisa. Il fit se cabrer sa monture.

— Tu me sembles un peu trop vieux pour être l'un de ces terroristes de la Jeune Irlande... Tâche de rester à ta place, sinon ce bateau partira sans toi !

— Sans blague ? Il est pour nous ?

— Tu verras bien !

Les cavaliers repartirent au trot mais n'allèrent pas bien loin. A cinq cents mètres du campement ils rejoignirent un tilbury qui venait de la ville – le tilbury de William, auquel était attelé un solide cheval de l'armée – et l'accompagnèrent jusqu'au cabanon près de la jetée, où ils mirent pied à terre. Un gros bonhomme cravaté descendit lourdement de voiture. Le cocher l'aida à transporter son matériel – de lourds registres, des plumes et un encrier – à l'intérieur du cabanon où pénétra également le lieutenant. Les émigrants observaient tout cela en silence, n'osant trop y croire : le fonctionnaire de l'émigration, les registres, le bateau... Allaient-ils enfin embarquer ? William montra sa tête de sous la couverture.

— Que se passe-t-il ?

— Ne bougez pas, répondit O'Toole, ils sont toujours là.

Les deux dragons attachèrent leurs chevaux à des anneaux et se postèrent de chaque côté de la porte du cabanon. Dewitt remonta en selle, éperonna son cheval, revint s'adresser à Liam O'Toole.

— L'enregistrement va commencer. Préparez les documents que vous ont remis les landlords. Vous vous mettrez en file et vous entrerez un par un dans le bureau de l'agent. Sauf les familles, qui seront regroupées. Préviens tes gens, bonhomme : à la première marque d'irrespect, au premier désordre l'enregistrement sera annulé et vous serez renvoyés dans vos tourbières ! Compris ?

— Haut et clair, mon beau lieutenant ! ironisa O'Toole.

— Attention à toi, bougre ! Je te l'ai dit, tu as la langue trop bien pendue. Il se pourrait qu'elle pende encore plus, quand tu te balanceras au bout d'une corde !

— Vous avez déniché vos Américains ?

— Tu les as aperçus ?

— Là-bas !

— Où ça ?

O'Toole mit ses mains en visière et fit mine de scruter l'horizon.

— En Amérique.

— Imbécile !

Le lieutenant fila au galop. O'Toole libéra William et Josephine.

— Ils vous recherchent ?

— Ils nous surveillent, dit William. J'ai l'impression qu'ils veulent nous empêcher d'embarquer. Comme s'il y avait des choses qu'un journaliste ne devait pas voir. N'importe comment, on est fichus. On n'a aucun papier pour se faire enregistrer.

— J'ajouterai qu'habillés comme vous êtes... Ne vous cassez pas la tête, on va arranger ça. Une minute...

Quelques instants plus tard O'Toole revenait avec des vêtements et tirait de sa poche des promesses d'émigration au nom de Brigitte et George McArdle, natifs du Donegal.

— Si ça ne vous dérange pas d'endosser les vêtements de morts...

— Encore une nouvelle identité, dit Josephine à voix basse, bientôt nous ne saurons plus qui nous sommes.

— Vous ne vous appelez pas Browne ?

William hésita un bref instant. Fallait-il dire toute la vérité à cet homme ? A voir. Pour l'instant, moins il en saurait, mieux ça vaudrait.

— On n'est pas mariés, dit-il.

— Ah ! Eh bien maintenant vous l'êtes ! Et père et mère qui plus est. A moins que vous n'y voyiez un inconvénient. Approche-toi, Aideen, viens ma belle, n'aie pas peur...

La petite fille devait avoir dans les cinq ans, mais elle était tellement amaigrie qu'elle en paraissait deux de moins. Ses épaules étroites, sa poitrine creuse et son cou gracile lui donnaient un air de colombe blessée. Ses grands yeux bleus mangeaient son visage maculé de crasse. Ses longs cheveux bruns étaient parsemés de paillettes blanches, translucides comme des grains de riz quand ils commencent à cuire : des lentes, des dizaines de lentes pondues par les poux dont sa tête était envahie. Josephine s'accroupit devant elle.

— Tu veux bien qu'on s'occupe de toi ? Il faudra

m'appeler maman et tu appelleras ce monsieur papa. D'accord ?

Aideen cilla, prit la main de Josephine, la serra et s'y agrippa avec la ferme intention de ne plus la lâcher. Elle consentit cependant à desserrer les doigts le temps que Josephine et William se changent derrière une couverture tendue en paravent.

Métamorphose : Josephine revêtit une jupe épaisse et un manteau râpé, vestiges d'habits du dimanche légués par une aïeule née au milieu du siècle passé. Elle s'entoura les épaules d'un châle qui sentait le suint et chaussa des bottines éculées. William quant à lui chaussa des brodequins dont les lacets avaient été remplacés par des bouts de ficelle, après avoir enfilé un pantalon déchiré et une veste rapiécée aux coudes. O'Toole lui tendit une casquette qu'il s'enfonça sur le crâne.

— Vous voilà déguisés en parfaits émigrants !

— Déguisement est un mot qui me répugne, dit William.

— On est tous déguisés, dit O'Toole. Par les Anglais, princes de l'hypocrisie, sur la grande scène de la théâtralité. En revanche…

Il posa ses mains à plat dans une flaque de boue et vivement les plaqua sur les joues de William.

— Il vous manquait le grimage.

William s'étonna de ce changement de vocabulaire qui ne cadrait plus avec le personnage.

— Bien observé. Ça m'a échappé. On ne se refait pas. Pas plus que vous n'êtes américains – dites-moi si je me trompe – je ne suis un pauvre métayer. Ma promesse d'émigration est aussi fausse que la vôtre.

— Qui êtes-vous ?

— Ne le répétez pas. Un curé. En délicatesse avec

l'Eglise. Mais prenons place dans la file, où nous continuerons de nous faire des confidences.

Josephine avait plié et rangé leurs vêtements dans les sacs en cuir autour desquels elle avait noué des morceaux de drap, à la façon de balluchons.

— Ils nous auraient trahis, dit-elle.

— Espérons que rien d'autre ne nous trahira, dit William.

— Ayez foi en le Seigneur, dit O'Toole.

— Une boutade ?

— Non. Je n'ai pas perdu la foi. Je crois encore en la religion. Connaissez-vous la différence entre un bon et un mauvais chrétien ?

— Vous allez me le dire.

— Un mauvais chrétien pense à la pêche pendant qu'il est à la messe. Un bon chrétien pense à Dieu pendant qu'il est à la pêche. Avançons...

L'agent de l'émigration se contentait de demander d'une voix ennuyée : « Nom, prénom », de les écrire dans son grand livre ainsi que sur un formulaire qu'il tendait en répétant d'un ton monocorde :

— Le perdez pas, vous ne pourriez pas embarquer. Suivants.

Le bureaucrate ne leva même pas la tête sur William, Josephine et la petite Aideen agrippée des deux mains au manteau de sa mère adoptive.

Munis du précieux formulaire plié en quatre dans une poche intérieure ou glissé dans un corset, les émigrants se réinstallaient docilement sur le quai. Lorsque les derniers eurent défilé devant l'agent, le soleil avait atteint le zénith. Le tilbury vint rechercher le bureaucrate. Pendant ces trois heures une masse nuageuse était apparue au-dessus d'Achill et, poussée par un vent du nord-ouest, courait occuper le ciel au-dessus de Clew Bay. Soudain tout vira au gris. Les émigrants boutonnèrent leurs vestes, remontèrent leurs cols, enveloppèrent les petits enfants dans des couvertures. William, Josephine, Aideen et le prêtre s'étaient adossés à des caisses. Josephine nota à la mine de plomb dans le cahier de William ce que lui dicta le jeune homme.

— « L'attente est le plus subtil des supplices que les autorités infligent aux émigrants. Au dénuement, à la faim, au malheur, il faut ajouter le découragement. Le simple découragement. L'épice qui relève le plat qu'on ne leur sert pas, la pincée de sel qui avive les plaies. Qui devrait aviver les plaies. Or, le paradoxe de cette attente, c'est qu'au lieu de susciter de l'impatience elle engendre l'indifférence. Ce même abattement que j'ai vu partout sur les visages des gens des tourbières. Tout à l'heure, pendant que Josephine et moi nous habillions d'habits de défunts, personne ne s'est intéressé à nous. Terrible, tragique indifférence. Contagieuse indifférence : je commence à la ressentir moi-même. Je me sens plus impuissant qu'un chien enfermé au chenil. Mon sort dépend du bon vouloir de mes maîtres, de leurs ordres contradictoires, de leurs décisions hermétiques. Sur les quais de Westport les Anglais ont recréé le purgatoire… »

— Qui diffère de l'autre à ceci près, commenta le prêtre, qu'on y refuse les indulgences sous quelque forme que ce soit.

— Vous êtes un drôle de curé, père O'Toole, chuchota Josephine.

— Oui, légèrement hérétique, luthérien sur les bords. Je suis contre les indulgences, une manière bien pratique de faire rentrer de l'argent dans les caisses de la papauté.

— Vous finirez défroqué, dit William.

— Je le suis déjà, puisque je ne porte plus ma soutane. Et je le serai de toute façon à la fin du voyage.

Il montra son pantalon déchiré. Ils sourirent. Aideen s'était endormie dans le giron de Josephine.

— Faisons comme la petite, essayons de dormir un peu...

Ils n'eurent pas le temps de s'assoupir. Les sabots de trois chevaux résonnèrent de nouveau sur le quai. Le lieutenant Dewitt et les deux hommes de ce matin, tous vêtus de capes par-dessus leur uniforme.

— Espérons qu'il ne va pas se mettre à pleuvoir, dit O'Toole.

Les dragons allèrent au pas jusqu'au bout de la jetée.

A la rencontre – intrigués, William et O'Toole se redressèrent, ainsi que d'autres émigrants –, à la rencontre, mais oui, d'une barque venue du bateau. Quatre hommes aux avirons et un cinquième debout à l'arrière. A la suite d'un bref dialogue entre le lieutenant et ce marin, la barque se détacha du quai et remit le cap sur le navire.

On entendit un bruit de gamelles. Le ferraillement d'une cantine roulante qui bringuebale sur le pavé.

— La soupe ! Très bon signe, dit O'Toole.

— Pourquoi donc ? demanda William.

— On sert un repas aux gens avant d'embarquer. Une exigence des compagnies maritimes, ou des capitaines : ils n'ont pas à nourrir leurs passagers avant le lendemain midi. Et le lendemain midi beaucoup ne peuvent pas se nourrir, à cause du mal de mer.

Un dragon vint au petit trot chercher O'Toole.

— Toi, ramène-toi en vitesse, le lieutenant veut te causer !

— Pourquoi ne vient-il pas me parler ici ?

— Cherche pas à comprendre, ramène ton cul !

— Le bateau ! hurla un garçonnet. Le bateau, il s'en va !

Le navire, en effet, avait levé l'ancre et s'en allait vers le sud sous un bout de voile. Des femmes se mordirent les lèvres. Des hommes grognèrent, poings serrés. Le dragon tira son sabre.

— Du calme, soldat ! cria O'Toole. Du calme, vous autres ! Le bateau va simplement se mettre à l'abri.

Il ajouta à l'intention de Josephine et de William :

— Mon Dieu, faites que ce ne soit pas un mensonge...

— Alors, tu te ramènes ou quoi ? s'impatienta le dragon.

O'Toole se saisit de la bride.

— Permettez-moi de vous guider, mon général ! ironisa-t-il.

Dix minutes plus tard il n'avait plus le cœur à plaisanter. L'épaule basse, le teint blême, la bouche tremblante, il ne trouvait plus ses mots. Il déglutit et parvint à balbutier :

— Mon Dieu, là vous m'en demandez trop... Comment voulez-vous que je leur annonce une nouvelle pareille ?...

William le secoua.

— Quoi ? Quelle nouvelle ?

Le regard vide, le prêtre regarda le bateau longer les roches.

— Si ce putain de lieutenant n'a pas voulu venir me l'annoncer sur le quai c'est parce qu'il craignait l'émeute. Il avait peur de se faire écharper, égorger, découper en morceaux. Savez-vous ce qu'ils ont inventé ? Ces Anglais sont des salopards...

11

— D'immondes salopards, continua O'Toole, des avatars de Caïn…

Les mots prononcés par le lieutenant Dewitt lui encombraient la gorge, embrasaient ses yeux, gonflaient sa poitrine de sentiments qui n'avaient plus rien de chrétiens.

— Si j'avais eu une hache, un couteau, une fourche, une bêche, n'importe quoi, je crois bien que je l'aurais tué sur place.

D'un ton détaché, le lieutenant Dewitt lui avait annoncé : « Lord Lucan, commissaire à l'émigration de Sa Majesté la reine pour le comté Mayo, se trouve dans l'impossibilité de venir à Westport signer les formulaires d'embarquement. Il est retenu à Delphi House. Vous allez vous y rendre. Le bateau sera ancré à Killary Harbour, où vous embarquerez. Réunissez vos bagages et prenez la route immédiatement. Je vous souhaite une bonne promenade. »

— Une bonne promenade !… Le Seigneur m'a donné la force de ne pas l'étrangler comme j'ai étranglé… Allons bon, qu'ai-je dit là… Tant pis… Autant vous le dire, qui que vous soyez. Vous êtes recherchés, je le suis aussi. Oui, ces mains ont étranglé un agent sur le chantier de l'une de ces impasses qu'on empierre au fin fond des tourbières. Ils recherchent un curé mais quel que soit l'habit que je porterai à l'avenir, ils ne risquent pas de me trouver : disparu le serviteur de l'Eglise ! Et vive le franc-tireur de Dieu !...

— Delphi House ! murmura William.

— Où est-ce ? demanda Josephine. Loin d'ici ?

— De l'autre côté des montagnes. C'est abominable.

— Ils poursuivent leur tactique. Après l'attente, la marche forcée. Plus il en crèvera, plus les landlords économiseront sur le prix du passage...

Les émigrants avaient lapé leur soupe. O'Toole pria William et Josephine, ainsi que quelques hommes, de l'aider à faire passer un message édulcorant la réalité. Dire que le bateau avait dû lever l'ancre pour se mettre à l'abri dans le fjord de Killary. Qu'il fallait s'y rendre. Et se hâter.

— La vérité clouerait bon nombre d'entre eux sur place.

Malgré ce mensonge, il se trouva un bon tiers de malheureux pour refuser de bouger. Parmi ceux-là, les malades, les mères avec des bébés, les femmes grosses et des gens point trop éclopés mais qui connaissaient la région et n'ignoraient rien des affres probables de la « promenade ». O'Toole dut les haranguer. Il aurait aimé leur servir un sermon, leur rappeler la Bible, la fuite en Egypte, la traversée du désert, la mer Rouge s'ouvrant devant le peuple d'Israël, le martyre du Christ, les martyrs de Rome, mais ce faisant il aurait dévoilé son identité à d'éventuels mouchards, à un Judas prêt à vendre un compatriote pour un bol de soupe supplémentaire. Il se contenta de les encourager, de fouetter ce qu'il pouvait leur rester de fierté, de réveiller en eux un ultime espoir, de leur promettre la fin de leurs souffrances... Il organisa le départ, donna des ordres afin que les plus faibles soient soulagés. Les ballots les plus lourds furent chargés dans deux carrioles à bras que tireraient quatre hommes. On porterait les plus jeunes enfants, à tour de rôle. Donnant l'exemple, il jucha un petit garçon sur ses épaules, installa deux fillettes sur ses bras et prit la tête du cortège.

— Le Seigneur est notre berger, suivez votre bélier ! maugréa-t-il entre ses dents.

Seul William l'entendit. Ce fut à son tour d'éprouver à l'égard du prêtre le même sentiment que Josephine avait à plusieurs reprises éprouvé à son égard : effarement, inquiétude, angoisse de voir sourdre la folie du fond des yeux. Les plus sensés sont les premiers à devenir fous, parce qu'ils cherchent à donner un sens à l'insensé.

Josephine fit grimper Aideen sur son dos, William prit un bébé sur chaque bras. De nombreux hommes firent de même, si bien qu'on aurait dit, dans la grisaille qui s'épaississait, que des calvaires s'étaient mis en branle : croix brisées des bras pliés sur leurs fardeaux ; de part et d'autre des enfants en guise de saints ou de gargouilles ; bloc des deux jambes presque solidaires, comme entravées, tant les pas sont courts, lents et pesants sous la charge... Suivaient les deux carrioles, qui rappelaient à tous les endeuillés le charroi de parents morts vers la fosse commune. Derrière ces figures fantomatiques, ils étaient presque trois cents à traîner les pieds, droites les femmes enceintes tirées en arrière par leur gros ventre, courbés les vieillards, se balançant d'un côté et de l'autre les éclopés, abattus les adolescents qui auraient dû, comme tous les enfants de leur âge vivant dans les pays du bonheur, chanter, jouer, se poursuivre, se hâter devant, se cacher derrière un buisson de fuchsias, surgir en éclatant de rire pour provoquer les cris d'orfraie de leurs camarades faussement épouvantés, mais leur jeunesse avait été anéantie. Jamais une foule ne ressembla plus à un cortège de damnés en marche vers l'Achéron.

Il s'agissait bien d'une longue descente. Environ vingt miles, une distance que parcourent en une journée des fantassins bien entraînés. Cynique, le lieutenant avait laissé le choix de l'itinéraire : soit prendre le chemin direct par l'est du Croagh Patrick et les hauteurs des Sheeffry Hills ; soit passer par Louisburgh et le Doo Lough. Après un bref conciliabule avec William, c'est ce second itinéraire qu'avait choisi O'Toole. Le premier était trop périlleux, le sentier trop mauvais, sans doute inexistant par endroits, peut-être coupé cet hiver par les crues de l'Owenmore. Au contraire, jusqu'à Louisburgh la route principale longeait la côte. Ensuite, elle descendait doucement vers Delphi House et Killary Harbour.

Plate, la route côtière était balayée par le vent de nord-ouest. Fallait-il regretter de l'avoir empruntée ? Par l'autre voie le Croagh Patrick les aurait un temps protégés, mais ensuite, sur le plateau, quels frimas auraient-ils endurés ? La température baissait de façon sensible, mais par bonheur il ne pleuvait pas. La chaleur n'eût pas été plus souhaitable. Cette fraîcheur qui fouettait les sangs, à tout prendre, était préférable à un trop beau temps. Sous un soleil de plomb la marche se serait arrêtée là, au pied du Croagh Patrick autour duquel ils avaient l'impression de tourner. La montagne sacrée se découvrait et se couvrait tour à tour, sous les bourrasques de noroît, à un moment trapèze bas, socle tronqué de quelque déité debout dans les nuages, à un autre fier sommet taché ici et là du blanc de chutes de neige printanières.

Régulièrement, O'Toole, William et une douzaine de volontaires se laissaient remonter par le cortège, marchaient quelques minutes en queue, aidaient les retardataires, décidaient une halte pour permettre le regroupement. Sans eux la marche se serait étirée sur un mille, ce qu'il fallait absolument éviter. Hors la vue de leurs bergers, les brebis se seraient égarées, des femmes à bout de forces se seraient couchées derrière un rocher, des hommes se seraient dirigés comme des somnambules vers des trous d'eau au milieu des joncs ou bien vers la grève proche où grondaient les rouleaux et grenaillaient les graviers sassés par le ressac, et se seraient jetés dedans. Une fois la pause terminée, les vigiles encourageaient les parias à se remettre debout, à avancer un pied, puis l'autre, et la marche reprenait, chaotique, hésitante, engourdie. O'Toole remontait la file en répétant :

— Courage, mes amis, nous avons parcouru la moitié du chemin… Faites passer le mot… Nous allons nous reposer cette nuit… Demain soir nous serons à bord du bateau… Courage ! Courage ! Faites passer le mot !…

Josephine marchait en tête, droite malgré l'enfant accrochée à son cou, vierge noire en habits de misère, mais le visage lumineux comme une madone, une sainte rebelle à la fatigue et aux souffrances, une élue de Dieu choisie pour aller jusqu'au bout du chemin. Elle entra la première dans le hameau de Louisburgh.

Ils n'auraient pas à solliciter l'abri de granges ou de bergeries. Louisburgh était un village mort. Ses onze maisons bâties de chaque côté de la rivière Bunowen avaient été désertées. Des tombes fraîches dans une prairie témoignaient que la famine et les fièvres avaient sévi ici comme ailleurs.

— Si près de la côte, s'étonna William, près d'une mer poissonneuse et de grèves où pullulent les coquillages ?

— Vous n'en savez pas le pourquoi ? répondit O'Toole. Je vous expliquerai. Mais organisons d'abord notre troupe pour la nuit.

Dressés à la discipline des camps à proximité des chantiers, soumis par des séjours dans des hospices, les émigrants se répartirent d'eux-mêmes dans les maisons. Femmes, jeunes filles et enfants d'un côté, hommes et garçons de l'autre. On mit en commun les restes de soupe économisés par les plus prévoyants après la distribution sur le quai de Westport. Cela faisait peu, juste de quoi interrompre pendant une heure ou deux les tiraillements dans l'estomac des malades. Les corps sains, aussi affamés qu'ils fussent, se passeraient de nourriture.

Tandis que Josephine s'occupait des enfants, William alla se pencher à la rambarde du pont sur la Bunowen. C'était un petit fleuve côtier, large d'environ quinze pieds. En amont du pont, une eau couleur de thé fort, à cause des tourbières qui la filtraient, cascadait en droite ligne de palier en palier sur des pierres noires comme du jais. En aval, c'était la ria, un estuaire miniature, à l'échelle du cours d'eau. Le pont marquait la limite de l'emprise des marées. En bas, sous les yeux de William, le petit fleuve traçait des méandres dans des prairies sablonneuses envahies d'oyats et disparaissait entre des dunes que plus loin l'océan sapait. Pour l'heure, la Bunowen n'occupait qu'un quart de son lit, au fond de la cuvette que la marée montante remplirait avant minuit.

Cette eau brune et cependant limpide, ces bulles couleur de cidre rappelèrent à William les pêches au saumon de son enfance, en Ecosse, au pays de Galles et dans le Devonshire.

En Irlande il n'avait jamais pêché que la truite sur le Lough Carra. C'était un plaisir différent, plus pur, une vraie jouissance d'esthète que de tromper les truites blanches avec un minuscule bout de plume dans ses eaux cristallines. La pêche au saumon était une satisfaction brute, provoquée par le poids de la bête et la puissance de sa défense. Mais, décidé à mordre, le saumon prenait n'importe quoi. Une pêche passive, donc, peu glorieuse, puisque c'était le poisson qui attaquait et la solidité du matériel qui décidait ou non de la victoire. William avait échoué son premier saumon à l'âge de neuf ans, en Ecosse, au bord de la Kircaig, non loin d'Ullapool. La Bunowen ressemblait à la Kircaig...

William connaissait parfaitement ce genre de cours d'eau que dans le langage des pêcheurs on appelle une rivière à crue. Dès octobre elles se gonflent des pluies d'automne et restent grosses pour accueillir les puissants saumons d'hiver, les spécimens de quinze, vingt, trente livres, qui viennent pondre sur les graviers des frayères. En mai commencent de remonter les jeunes saumons d'été après une année ou deux de vie en mer. Nombreux, fantasques comme des gamins délurés, ils se présentent en bancs devant les estuaires. Ensuite, une fois remontés, à l'instar des gros ils entrent en léthargie, ne mordent plus, sauf lorsqu'un orage transforme la rivière en torrent. A la crue, les pêcheurs accourent au bord des rivières.

C'était tout cela que William revoyait sur ce pont, en songeant qu'il n'aurait jamais imaginé pouvoir acquiescer, à vingt-cinq ans, à ces mots de vieillard – ma vie s'est écoulée en un instant, mon enfance c'était hier, tout cela me semble irréel... – et les reprendre à son compte. Chapeau bas, à genoux monsieur, saluez le destin qui vous a si vite expédié de la vulve d'une femme au trou dans la terre. Il se redressa : s'agenouiller ? N'avait-il pas dominé son destin, décidé de son sort ? A l'apitoiement sur soi, à l'effarement devant le mystère d'une vie, il préféra, pour expliquer ses sentiments présents, cette phrase prononcée par l'un de ces poètes français rencontré dans une taverne : « J'ai plus de souvenirs que si j'avais mille ans ! »

La marée montait en même temps que tombait le crépuscule. Le flux poussait devant lui la frange d'écume d'un court mascaret. La ria scintillait de hachures qui progressaient vers le pont de trait en trait. En aval de la vague, William crut voir des éclaboussures. Il dévala la berge. Des saumons d'été ! Des dizaines et des dizaines de *grilses*. Ils marsouinaient dans le flux saumâtre, se laissaient porter par le mascaret, bondissaient pour se débarrasser de leurs poux de mer. William demeura quelques secondes bouche bée. Puis il prit ses jambes à son cou et fit irruption dans la maison où logeaient les hommes.

— O'Toole ! s'écria-t-il à bout de souffle. Des saumons d'été !

— D'été ? Nous sommes en mai ! Et d'ailleurs on se croirait en novembre...

— Les premiers saumons d'été, O'Toole ! Je n'ai pas rêvé, croyez-moi !

— Doux Jésus !

— Un banc ! Des dizaines, peut-être des centaines de saumons ! Vite ! Vite ! Il doit bien y avoir des filets à traîner quelque part. Cherchons ! Vite ! Vite ! Il faut les coincer avant qu'ils ne filent sous les cailloux.

Garçons, jeunes filles, hommes, femmes, tout le monde se mit à fouiller les appentis, les greniers, les soues, les étables, les bancs-coffres, les tas de fumier, les dépôts d'ordures au pignon des remises. La quête dura plus d'une demi-heure. Enfin, dans une soupente, un groupe de gosses dénicha un filet grossier. Ils coururent montrer leur trouvaille. Filet était un bien grand mot pour cette maille de chanvre usée qu'aucune main n'avait ravaudée depuis un lustre.

— Ça devrait aller, dit William. Beaucoup passeront au travers mais on en attrapera bien quelques-uns... Un bout de corde, maintenant.

Les hommes valides se divisèrent en deux groupes pour maintenir le filet tendu de chaque côté de la rivière à l'aplomb du pont. Garçons et filles retroussèrent robes et pantalons et entrèrent dans l'eau une cinquantaine de mètres plus bas. Il n'y avait plus de mascaret mais une sorte de longue houle qui portait la manne. Les traqueurs frappèrent l'eau, crièrent, jetèrent des pierres. Des saumons fusaient entre leurs jambes. D'autres se prenaient dans les mailles. On releva le filet. Il contenait trente-sept saumons. Le flux avait atteint le pont. Il faisait nuit noire. Des poissons se faufilaient entre les roches, insaisissables.

— Trop tard pour un deuxième coup de filet, regretta William. Mais bon, tout le monde aura sa part.

— Direz-vous encore que Dieu est mort ? lui demanda O'Toole.

— Ces poissons l'auraient ressuscité, c'est ça que vous voulez dire ?

— Le poisson était l'emblème des premiers chrétiens. Jésus-Christ nous a envoyé ces saumons.

— Comme il multipliait les petits pains ? Je croirais au miracle s'il nous les avait servis vidés et déjà grillés, avec en sus une bonne provision de pommes de terre pour la route.

O'Toole lui donna une bourrade amicale.

— Ne blasphémez pas. Contentez-vous d'être agnostique. Et d'affûter votre couteau.

Découpés en darnes enfilées sur des tisonniers et des fils de fer, les saumons furent grillés au-dessus des feux allumés partout dans les âtres des maisons abandonnées. Autour de ce repas de fête, une communauté s'était reformée, le village revivait et s'animait d'images de contes de fées, d'illustrations en couleurs d'un moment de bonheur : le sang revenait sur les joues livides, les yeux brillaient braqués sans ciller sur les braises, l'éclat des bougies se reflétait dans les plats tendus pour recueillir le jus des tranches de saumon.

— Mangez lentement, dit un O'Toole à la fois grave par le geste et enjoué par la parole, comme s'il donnait la communion. Rappelez-vous que lorsque le Seigneur a créé le temps, il en a fabriqué bien plus qu'il n'en fallait. Il y en aura pour tout le monde, du temps et du poisson ! Dégustez, laissez fondre ce cadeau de la mer et de Dieu sur votre langue, faites-en des miettes pour les petits enfants, et attention aux arêtes !

William et O'Toole s'assirent côte à côte à l'angle d'une cheminée.

— Alors comme ça mon cher William vous ignorez pourquoi des gens vivant au bord de l'océan ont crevé de faim comme les autres ? Plusieurs raisons à cela. Tout d'abord, la pêche n'a jamais été pour eux plus qu'une activité complémentaire. Très difficile à exercer. La côte est dangereuse, il y a très peu d'abris naturels et encore moins de jetées. Leurs bateaux sont de simples curraghs, des barques en bois léger et cuir bitumé, comme vous le savez. Comment lutter contre les vents dominants avec de telles embarcations ? Et le mauvais temps est plus fréquent ici que le ciel bleu. A ces raisons s'ajoutent des superstitions idiotes : on peut sortir en mer certains jours et pas d'autres. Pour peu que quelqu'un ait entendu une cloche sonner dans le lointain ou vu dans le ciel un nuage de telle ou telle forme, les barques restent sur la grève, et tant pis si à moins d'un demi-mille des sternes piquent sur des bancs de lançons sous lesquels chassent les maquereaux, les harengs ou les cabillauds. On laisse le banc passer. Aussi bien que les gens de la campagne, cette population côtière dépendait de la pomme de terre. Lorsque la famine est apparue, des clans ont divisé les pêcheurs. Ils ont défendu leur territoire, interdit aux voisins de venir pêcher dans leurs eaux. Ces attitudes égoïstes accompagnent toujours les malheurs. Voyez ce qui se serait passé ici ce soir si nous n'avions pas été en quelque sorte reconnus comme chefs de ce groupe constitué par le hasard. Il ne s'agit pas de nous prendre pour des apôtres ou des saints, mais de regarder la réalité en face : n'est-il pas probable que les plus forts auraient volé leur part aux affaiblis ?

— Vous doutez donc de l'humanité de l'homme ?

— Joli paradoxe... Oui, quand sévit la famine. Mais revenons à des choses plus tangibles. Au moment où les réserves de pommes de terre ont été épuisées, qu'ont fait ces pêcheurs pour essayer de se procurer de quoi subsister ? Pour payer leurs arriérés de loyer afin de retarder les évictions ? Ils ont vendu leurs barques et tout leur matériel.

— Vendu ? Mais à qui ?

— A l'armée anglaise. Aux officiers et aux hommes de troupe. Vous n'avez pas eu le temps de visiter Westport. Ces dernières semaines s'y est tenu un marché à l'encan, une sorte de souk où le marchandage était roi et les rires et les quolibets les chœurs. D'un côté la plupart de ces pauvres gens qui nous entourent, silencieux, humiliés, assis par terre devant de menus objets. De l'autre la valetaille de Victoria, proposant aux vendeurs dix fois moins que le prix annoncé qui était déjà dix fois inférieur à la valeur de l'objet. Quels objets ? Toutes leurs richesses à eux, héritées de leurs aïeux. Un couteau dont la lame est réduite à un fil à force d'avoir été affûtée. Un portrait naïf, exécuté par un voisin doué ou quelque jeune homme ou jeune fille de passage qui avait ainsi payé le prix de son hébergement, peinture inestimable, valant bien plus que les chefs-d'œuvre exposés à la National Gallery. Une robe de baptême brodée, transmise de génération en génération, dont un soldat se coiffait par dérision, ou faisait mine d'enfiler comme un caleçon en s'esclaffant, en supputant que sa bonne amie ou sa prostituée attitrée d'un bordel de Liverpool pourrait dans cette robe sacrée se tailler une culotte. Les officiers, plus avisés, recherchaient les faïences. Vieux plats dans lesquels on servait le repas de Noël, objets précieux cédés contre un penny, et qu'on retrouvera dans les vitrines des antiquaires de Chelsea et plus tard sur les manteaux de cheminée des appartements bourgeois de Kensington. A côté des souvenirs d'Afrique, des souvenirs des Indes... Les curraghs, ce sont aussi les officiers qui les ont achetés. Pour faire de l'aviron dans la baie de Galway, en se rappelant Eton et Cambridge. Pour le sport, vous comprenez. Il y a huit jours un banc de harengs a frôlé la côte. Les pêcheurs ont dû se contenter de le regarder.

— Une variante du supplice de Tantale.

— Auraient-ils toujours eu leurs barques qu'ils n'auraient pas eu la force de ramer.

— Et les coquillages ?

— Les stocks ont été très vite dévastés. Et des gens sont morts d'en avoir trop consommé. Voilà, mon cher, de la matière supplémentaire pour votre futur récit, persifla O'Toole.

— Vous m'accusez de voyeurisme ?

— Non, puisque vous partagez notre misère. Mais je voudrais vous mettre en garde contre deux tentations : l'autocensure et la partialité.

— Inutile. Je retiendrai tout, le meilleur comme le pire.

— Le pire est encore à venir, je le crains.

— Qu'est-ce qui vous faire dire cela ?

— Un mauvais pressentiment.

— La prémonition n'est-elle pas l'antithèse de la foi, mon père ?

— Chut ! Pas de mon père, sacré nom de Dieu ! Mais écoutez... Ecoutez comme il suffit de peu de chose pour réjouir les cœurs.

Des chants commençaient à résonner dans les masures. Ballades, berceuses, complaintes, chansons d'amour, chansons d'adieu. Le son clair d'un violon s'éleva au-dessus du hameau. A ses accents, on devinait un archet tenu d'une main ferme, un pied battant la mesure, un regard tour à tour enjoué et ému.

— J'ai oublié de vous dire, à propos de cet ignominieux marché de Westport... Il n'y avait aucun violon, aucune flûte, aucun bodhran à vendre. Même moribond, un Irlandais ne se sépare jamais de son instrument de musique.

Après qu'on eut jeté des bouts de planches, des restes de portes ou de fenêtres cassées dans les âtres, après que des flammes claires eurent bondi jusqu'en haut des foyers, les feux rougeoyèrent et le hameau s'endormit.

Le lendemain, le ciel était plombé d'un gris blanchâtre. Le vent, orienté plein nord, charriait de l'air arctique. Les pèlerins de la faim sortirent péniblement de l'ankylose dans laquelle cette nuit au chaud, sous un toit, les avait plongés. Cet engourdissement n'était pas seulement physique : alors même que le festin et la nuit de repos avaient reconstitué en partie leurs forces, un bon nombre se réveillèrent étourdis de lassitude morale, qui refusèrent de se lever, pensant avoir trouvé à Louisburgh le havre qu'ils appelaient de tous leurs vœux. Des hommes, rien que des hommes composaient cette compagnie de déserteurs. En de telles circonstances, les femmes vont toujours jusqu'au bout. O'Toole fut obligé d'user de l'ascendant qu'il avait acquis sur eux. Il s'en servit de toutes les manières possibles : il pria, supplia, argumenta. Que pouvaient-ils espérer en s'installant dans ces maisons abandonnées ? Un toit ? Certes, mais l'ardoise ne se mange pas. Savaient-ils pêcher, avaient-ils du matériel pour prendre le poisson, auraient-ils la force d'utiliser ce bout de filet, étaient-ils assez fous pour croire que les saumons allaient perpétuellement remonter dans la Bunowen ? Rester signifiait vouloir mourir sur place. Avaient-ils fait tout ce chemin pour cela, pour s'arrêter sur le seuil de l'émigration ? Non. Des paroles dignes de son ancien ministère lui échappèrent :

— Debout les damnés de l'Irlande ! Laisserez-vous les femmes vous porter ? Debout et suivez-moi !

On ramassa tout le bois mort, tous les bouts de planches dont on pouvait s'encombrer, et le cortège s'ébranla, cahin-caha, dans le même ordre que la veille, sous la conduite de ses bergers et de ses madones aux bras encombrés de bébés. O'Toole regarda le ciel. Il semblait que le jour ne se lèverait pas.

— Ce vent glacial aura au moins le mérite d'alléger nos pas.

De Louisburgh aux contreforts des Sheeffry Hills, la route traçait une ligne presque droite vers le sud. Le vent du nord hurlait à leurs oreilles et ne mordait pas leurs visages ; au contraire il les poussait dans le dos, faisait voler les pans des manteaux, les capuches et les cheveux, à l'horizontale pointés comme des flèches vers la vallée de la Delphi et le fjord de Killary.

— Savez-vous comment s'appelle la montagne qui domine le fond de l'estuaire ? demanda O'Toole à William. La Mère du Diable... Ces sifflements du vent, ce sont les ricanements de Satan. Aujourd'hui Dieu a perdu la lutte. Le démon le maintient épaules contre terre. Espérons qu'il se relèvera avant ce soir.

Les heures se succédèrent, identiques à celles de la veille. Les hommes et les femmes valides étaient à la peine. Pendant quelques centaines de mètres ils soulageaient les faibles de leurs fardeaux, regroupaient les traînards. Au découragement ils opposaient leurs encouragements. Et la horde avançait, avec peine, mâchoires serrées, yeux baissés. Vers la fin de l'après-midi le Doo Lough fut en vue. Pendant toute la journée, tandis que Josephine, Aideen accrochée à ses jupes, flanquait le groupe des femmes chargées de bébés et d'enfants en bas âge, William avait marché aux côtés d'O'Toole. En découvrant le lac, ce dernier marqua le pas.

— Dieu tout-puissant, souffla-t-il, quel sinistre paysage avez-vous créé là ! Quel supplice allez-vous nous infliger encore ?

En guise de réponse il se mit à pleuvoir.

12

La pluie était glacée. Une véritable pluie d'hiver. Tout allait donc de travers ? O'Toole ôta son bonnet, leva son visage vers le ciel et tomba à genoux, bras ouverts.

— Mais à quel jeu vous amusez-vous donc, ô Seigneur ? Délivrez-vous de l'emprise de Satan ! Et toi, saint Georges, qu'attends-tu pour transpercer le démon de ta lance !

Pris en tenaille entre les Sheeffry Hills et les monts Mweelrea, le lac était cinq à six fois plus long que large. Cette longue vessie, que remplissait une eau blanchie par le reflet des nuages, se vidait dans une rivière au bord de laquelle, à un mille de là, se trouvait le manoir du commissaire à l'émigration. Taillé dans la rocaille, surplombé par elle – une roche couleur de houille qui suintait de centaines de ruisselets –, un sentier s'enfonçait dans l'abysse pour longer la berge orientale du lac et mener à Delphi House.

Comme si le Malin s'amusait à manipuler les températures célestes, en l'espace de quelques minutes la pluie glacée se transforma en grêle, puis la grêle en neige. Non pas en ces gros flocons duveteux comme des papillons de nuit qui vous frôlent, vous caressent et semblent réchauffer l'air, mais une neige fine, dure, une vraie mitraille d'aiguilles tirées par les mousquets du vent du nord. Les lichens et les mousses perdirent leur peu de couleur. Le paysage devint noir et blanc. Noirs le lac et le ciel, blanc le rideau qui en tombait et remplissait comme un bouchon de cire le fond de la sinistre vallée. Un seul couloir permettait d'y accéder et d'en sortir : le sentier.

— Le couloir de la mort, murmura William.

Des bribes de mots traversaient la neige battante portées par les hurlements du vent. Il était question de camper sur place.

— Camper ? hurla l'abbé. On mourrait tous de froid ! En avant ! Delphi House n'est plus qu'à un mile ! Il faut que nous y soyons avant la nuit !

Les femmes déboutonnèrent leurs manteaux, serrèrent leurs enfants contre leur poitrine et refermèrent leurs hardes. Ceux et celles qui disposaient de quelques chiffons dans leurs ballots se les enroulèrent autour de la tête et des mains. Ils s'engagèrent dans le défilé. Des chevaux de frise balayaient le lac de barbelés d'écume. Une barque folle, amarre rompue, dérivait vers le sud. Sur cette barque, la veille ou l'avant-veille, quelque officier supérieur, ou peut-être bien le commissaire à l'émigration lui-même, avait trempé son fil, tout entier préoccupé par le sport et la gloriole de prendre un saumon d'hiver venu pondre dans le lac. Pendant que les forçats, moins vite que la barque, avançaient pas à pas vers l'extrémité du lac, à Delphi House les cuisiniers préparaient le dîner. Un butler et ses aides passaient de pièce en pièce pour allumer les bougies des candélabres et des suspensions. Ce sont ces lumières que les miséreux virent apparaître une à une à travers le rideau de neige.

— Nous avons gagné, se réjouit William, nous sommes arrivés avant la nuit.

— Que croyez-vous, lui répondit sèchement O'Toole, qu'ils vont nous héberger au château ?

— Mais...

William demeura coi. Dans l'instant, il venait de se rendre compte que, suggestionné par sa naissance et son éducation, influencé aussi par la nuit passée à Westport Manor, oui, transi jusqu'aux os, moulu, claquant des dents, oublieux de la horde en tête de laquelle il marchait, il s'était imaginé, aberration entre tous les fourvoiements, qu'on allait l'accueillir au manoir, lui proposer des serviettes chaudes, des vêtements secs et un brandy au coin du feu avant le dîner.

— Vous viendrez avec moi parlementer. Il faut qu'ils nous laissent nous installer dans les écuries.

William chercha Josephine des yeux. Elle l'aperçut, lui fit un signe. Il fut rassuré : tourneboulé par sa méprise, par son retour à sa conscience de classe, une seconde il avait craint de l'avoir perdue.

Le manoir était situé en contrebas du chemin. Ses hautes cheminées fumaient au milieu d'un bouquet de pins écossais reconnaissables à leurs houppes allongées et aplaties en forme de béret. Comme pour narguer la foule des malheureux assaillis par la nuit glaciale et déjà frigorifiés après cinq minutes de halte, il n'y avait pas une fenêtre du manoir qui ne fût éclairée. Guidés par ces lumières, William et O'Toole franchirent une barrière et s'enfoncèrent dans l'obscurité d'une allée. Une sentinelle, ou plutôt son ombre, leur barra le passage.

— Halte ! Qui va là ?

— Les émigrants qui doivent embarquer à Killary,

répondit O'Toole d'une voix ferme. Nous venons faire signer les autorisations d'émigration au commissaire.

— Il vous attendait à midi.

Ils devinaient à peine les traits du soldat.

— A midi ? s'exclama O'Toole. Nous avons voyagé à pied, soldat, pas à cheval. Des vieillards, des femmes et des enfants...

— Il leur faut un abri, dit William. Nous devons parler à lord Lucan.

— Qui êtes-vous ? Vous n'avez pas ce foutu accent irlandais.

— Un journaliste américain !

Trois mots à valeur de sésame. Et tant pis si en les prononçant il trahissait sa présence parmi les émigrants.

— Ah ? Pourquoi vous êtes-vous déguisé en crève-la-faim ? Bon, on va voir... Marchez devant et arrêtez-vous à vingt pas du perron. Pas de blague, hein !

Ils entendirent le cliquetis du chien d'un fusil que l'on arme. Devant le perron, dans le halo de lumière qui entourait le manoir, le soldat – un caporal – appela des hommes de troupe.

— Palpez-moi ces oiseaux-là voir s'ils sont pas armés et tenez-les à l'œil pendant que je cause au sergent.

Il entra dans un poste de garde, le sergent en sortit, entra dans le manoir, y resta à peine deux minutes.

— Lord Lucan a commencé à dîner, il examinera votre problème plus tard.

— Plus tard ? s'écria O'Toole. Qu'est-ce que ça veut dire *plus tard* ?

— Il a dit qu'on pouvait gagner du temps. Réunissez tous les papelards et ramenez-moi le paquet. Il les signera quand il aura un moment. Au fait, c'est lequel de vous deux le journaliste amerloque ?

— Moi.

— Lord Lucan veut bavarder avec vous. Il vous invite à dîner et à coucher au château.

— Vous lui direz que je vais réfléchir.

Le sergent se gratta la tête.

— Vous préférez coucher dehors ?

— Il n'est pas question de coucher dehors, dit William.

— Ah bon ? fit mine de s'étonner le sergent.

— Ecoutez, sergent, continua William, il y a là au bord de la route près de trois cents personnes, vieillards, femmes, enfants, tous tombant de fatigue et presque tous malades.

— Que voulez-vous que j'y fasse ?

— Ils se contenteront de partager l'écurie avec vos chevaux.

— C'est pas prévu au programme.

— Vous voulez les tuer ?

— Pas la première fois qu'ils passeront la nuit à la belle étoile, non ?

— Je vous signale, sergent, au cas où vous seriez aveugle, qu'il *gèle* et qu'il *neige.*

— Les gosses pourront fabriquer des bonshommes.

Les soldats ricanèrent.

— C'en est trop ! rugit O'Toole.

Il empoigna le sergent par le col et se mit à le secouer :

— Démon ! Démon d'Anglais ! Dans quel égout as-tu jeté l'âme humaine que Dieu t'a donnée en naissant ?

Les soldats se jetèrent sur O'Toole. Il fut roulé dans la neige à coups de crosse.

— Ça devrait lui suffire, les gars, dit le sergent.

O'Toole se releva, les yeux hors de la tête.

— Bande de fumiers !

Il se rua de nouveau en avant. Fut bloqué par les canons des fusils, chiens levés. William lui chuchota à l'oreille :

— Je vous en supplie, l'abbé... Le combat est inégal. Calmez-vous ou ils vont vous tirer dessus...

Tremblant de tous ses muscles comme un cheval emballé qu'on vient de maîtriser, O'Toole tourna le dos aux soldats.

— Je vous rapporte les formulaires, dit William.

— Rien ne presse, mon prince, plaisanta le sergent, lord Lucan prend tout son temps pour se remplir la panse.

— Votre réplique figurera telle quelle dans l'article que je publierai aux Etats-Unis.

— Si tu y arrives, mon pote !

Les émigrants accueillirent la nouvelle qu'il leur faudrait camper au bord de la route dans la plus totale sidération. Excepté quelques hommes qui, avec des gestes d'automate, s'occupèrent de réunir le bois transporté de Louisburgh ainsi que de ramasser du bois mort sous les pins, nul ne protesta. Beaucoup avaient des regards de chiens qui réclament le coup de grâce. Nombre d'entre eux étaient incapables de comprendre ce que leur demandaient O'Toole, William et Josephine, en quête des formulaires. Il leur fallut fouiller des poches, déboutonner des vêtements, dénouer des ficelles serrant des loques autour des poitrines pour réunir ces papiers probablement inutiles, qu'un ou plusieurs sous-fifres signeraient à la place du commissaire ; car on s'imaginait mal ce haut fonctionnaire, lord par-dessus le marché, perdre son temps et se salir les mains à manipuler ces documents qui sentaient les corps privés d'hygiène depuis des semaines ou des mois. O'Toole ne prononça plus une parole de réconfort. Il avait sombré dans ce silence inquiétant dont William avait maintes fois parlé dans son récit. Un Irlandais muet est un Irlandais mort ou au bord de la démence. O'Toole oscillait entre raison et déraison. Il recouvra la parole pour intimer à William, sur un ton presque inamical, l'ordre de lui remettre les formulaires.

— Je vais y aller.

— Je vous accompagne.

— Non ! J'irai seul !

— Pas question.

— Je pèse au moins soixante livres de plus que vous, ne m'obligez pas à vous assommer.

Josephine s'accrocha au bras de William.

— Qu'importe, lui ou toi...

O'Toole s'éloigna de quelques pas, défit son ballot et en tira un vêtement. Sa soutane, qu'il revêtit. Il passa une croix en bois autour de son cou et s'éloigna en serrant la liasse de formulaires sur sa poitrine, comme s'il était Moïse, retour du mont Sinaï avec les Tables de la Loi.

Le feu crépita, des flammes claires s'élevèrent. Elles éclairèrent le chemin, les arbres, le dos du prêtre et les malheureux que sa soutane stupéfia, les balluchons répartis en tas ici et là, et parmi eux le ballot de William. Le drap était dénoué, le sac ouvert. William fouilla fébrilement à l'intérieur.

— Il a pris mes pistolets ! Ho ! L'abbé ! Minute !...

Josephine le retint.

— Non ! Laisse-le ! Tu n'y peux rien !

— Il a sûrement l'intention de tuer quelqu'un !

— N'y va pas, je t'en supplie !

— Ils vont le pendre !

— Ils te pendraient aussi !

— Tu voudrais vivre avec un lâche ?

— Ce n'est pas de la lâcheté ! Pense à nous, William, je t'en supplie.

Il fléchit.

— Je te promets de ne prendre aucun risque inutile, murmura-t-il. Je vais juste voir…

Il s'écarta de l'allée et traversa le bosquet. Caché derrière un pin, il vit O'Toole écarter du bras les soldats impressionnés par sa soutane, monter les marches du perron, ouvrir la porte…

William compta – un, deux, trois, quatre… Compta les pas de l'abbé O'Toole à l'intérieur de Delphi House. Hall, antichambre, salon, fumoir, salle à manger. Les serviteurs reculent devant sa ténébreuse stature de justicier divin. Le commissaire à l'émigration – comment l'imaginer autrement qu'en rougeaud obèse à la figure graisseuse ? – lève sur lui un regard courroucé, puis amusé…

— Tiens donc ! Nous avons de la visite ! Bienvenue à la prêtrise irlandaise, communiez donc en notre compagnie, curé !

Et après ? Quelles étaient les intentions d'O'Toole ? Balancer les formulaires sur la table ? Exiger un hébergement ? Face au refus essuyé, dégainer ? Abattre lord Lucan ? Et se tirer la balle du second pistolet dans la tempe ?

William sursauta quand retentirent simultanément un coup de feu et un fracas de verre brisé. Cris, bruits de bottes, ordres aboyés, injures et malédictions de l'abbé. Deux soldats le traînèrent dans la neige, trois autres l'attachèrent à un tronc en tournant une corde autour de lui, le sergent arriva pistolet au poing, forma un peloton d'exécution et à peine six soldats eurent-ils épaulé qu'il donna l'ordre de tirer. La rafale cloua l'abbé à l'écorce du pin écossais. Sa tête mit une éternité à retomber sur sa poitrine.

D'autres hommes de troupe surgirent des écuries en se boutonnant. Armés de pelles – pourquoi de pelles ? –, ils s'élancèrent au pas de course dans l'allée, sous le commandement du sergent. William les suivit d'arbre en arbre. Les soldats se ruèrent à travers la foule des affamés, sans plus de ménagement qu'un troupeau de taureaux furieux piétinant un champ d'orge. A coups de coude, de pied, de manche de pelle, ils tracèrent dans cette masse humaine un chemin pour le sergent. Parvenu près du feu, ce dernier y jeta les formulaires, attendit que les flammes les aient dévorés, puis hurla :

— Où est l'Américain ? Lord Lucan veut lui parler !

Lord Lucan ! O'Toole avait donc raté son coup ? William vit Josephine tourner la tête à droite et à gauche, scruter la nuit. Il était aisé d'imaginer les pensées qui se bousculaient dans la tête de la jeune fille. Le premier coup de feu, puis la rafale, William ?... Mort ?... Non, puisque ce sergent l'appelait. Pour l'arrêter ?

— Ho ! L'Américain ! Montre-toi ! Le commissaire veut t'accorder une interview !

Josephine se redressa en tenant la petite Aideen dans ses bras.

— Il est parti à Leenane chercher une maison où loger ! cria-t-elle.

— A Leenane ? maugréa le sergent. Grand bien lui fasse. M'étonnerait qu'on lui ouvre une porte. Il se gèlera le cul comme les autres ! C'est bon les gars, allez-y !

Ils empoignèrent leurs pelles. Pour cet ouvrage qu'au manoir on leur avait ordonné d'exécuter, le mot outils rimait avec fusils. Des fusils à tuer lentement. A petit feu. En noyant le feu sous des pelletées de neige. Les braises grésillèrent, un nuage de vapeur d'eau s'éleva du foyer, la chaleur s'évanouit en même temps que la vapeur s'effilochait à sa périphérie. En représailles à l'acte de folie, quel qu'il fût, de l'abbé O'Toole, lord Lucan avait condamné les miséreux à mourir de froid.

— Soyez prêts à débarrasser le plancher à l'aube, gueula le sergent. Le bateau montera avec la marée et descendra avec le reflux. Si vous ne vous pointez pas à l'heure, vous n'aurez plus qu'à agiter vos mouchoirs.

Une fois les soudards partis, William rejoignit Josephine. Ils s'étrcignirent.

— Que s'est-il passé ?

— Ils ont fusillé O'Toole.

— Mon Dieu ! Pourquoi ?

— Il a dû tenter d'assassiner le commissaire...

La petite Aideen blottie entre eux, ils se serrèrent sous une couverture.

— Surtout, ne pas s'endormir, chuchota William. Si on s'endort, on est fichus. Pour rester éveillés on va parler, se réciter des poèmes, je vais t'apprendre des mots de français, tu vas me réciter l'alphabet gaélique...

La neige avait cessé de tomber. Le ciel sc remplit d'étoiles. Un froid polaire s'abattit sur la vallée. Des ombres rampèrent les unes vers les autres pour bâtir un rempart contre le froid. Rempart dérisoire, car il n'y avait plus guère de chaleur dans ces corps. De ces sacs d'os s'échappaient des gémissements et des pleurs étouffés qui s'estompèrent au fil des heures, au fur et à mesure que des visages bleuissaient, que des narines cessaient de souffler de la buée, que l'acharnement à vivre cessait d'habiter ces corps et qu'ils chutaient sur le côté, dans un bruit mat. Toute la nuit la mort joua aux quilles avec ces boules que lui fournissait le froid. William et Josephine interrompaient leurs chuchotis à chaque fois qu'un tel bruit se faisait entendre.

Juste avant l'aube, ils durent dormir un peu puisqu'ils eurent l'impression de se réveiller quand résonna au petit jour, venu de Delphi House, le roulement d'un tambour.

Soudain les survivants furent pressés de toute part par la soldatesque. Debout ! Debout ! En route ! Pas le temps de compter les morts ! Pas question de soutenir les moribonds ! Seuls ceux capables de tenir encore sur leurs jambes furent poussés dans la descente qui longeait le Fin Lough puis la rivière Bundorragha, tributaire du fjord de Killary. William, Josephine et la petite Aideen ouvrirent la marche. Le brouillard de l'aube avait verglacé la pierraille. Les pieds dérapaient, les jambes se dérobaient : les survivants, affamés, fiévreux, certains toussant et crachant du sang, avançaient à pas prudents, comme une troupe de paralytiques.

Les sommets du Ben Gorm et du Mweelrea étaient couverts de neige. Le soleil brillait, la rivière scintillait. En s'élargissant sur des radiers, elle devenait de moins en moins profonde, courait en friselis, pour se jeter enfin dans une échancrure de Killary Harbour que bon nombre de miséreux confondirent avec une anse de l'Atlantique. Ils tombèrent à genoux devant l'icône promise : le bateau, ancré au milieu du fjord.

Adossés à trois chaloupes aussi grandes que des baleinières et tirées au sec sur la grève, des marins fumaient la pipe. Plusieurs d'entre eux crachèrent à la vue de ces épouvantails portés par leurs jambes raides – raides comme les membres en bois de marionnettes pendant au bout de ficelles que n'agitait plus aucune main céleste. Près d'une pierre plate qui s'avançait dans l'eau pour former une courte jetée naturelle, une tente d'état-major avait été dressée.

William et Josephine eurent la surprise d'en voir sortir, flanqué de deux dragons, main sur le pommeau de leur sabre, l'agent de l'émigration qui les avait enregistrés sur le quai de Westport. Il portait sous le bras son grand registre. D'un ton monocorde, parfaitement indifférent, il annonça :

— A l'appel de votre nom vous vous mettrez en file devant la tente. A l'intérieur se trouve un médecin qui va vous examiner avant l'embarquement. De même qu'à Westport les célibataires, veufs et veuves sans enfants se présenteront seuls, un à un. Les familles se regrouperont.

Sans marquer guère de pause ni laisser aux gens le temps d'enregistrer l'information, il continua :

— Patrick Tornton !

William estima le groupe du regard. Combien de morts avaient-ils abandonnés dans le défilé du Doo Lough ? L'appel allait le dire...

— Patrick Tornton ?

Pas de réponse. L'agent biffa le nom à la mine de plomb.

— Bernadette Tornton !

— Ils ont crevé de froid tous les deux, lança une voix éraillée, là-haut, à cause de vous.

— Pas de commentaires ! grogna un dragon.

L'agent biffa le nom de Bernadette Tornton.

— Madeleine McGahern !

Une vieille femme s'avança en traînant son balluchon.

— Vous êtes Madeleine McGahern ?

— Si c'est pas moi alors c'est mon fantôme, marmonna la vieille.

William ne put s'empêcher de sourire. Au cours de son périple il en avait croisé quelques-unes, de ces aïeules que rien ne semblait pouvoir abattre. Elles incarnaient Aisling, la figure féminine symbolisant l'Irlande, non pas l'Irlande du

Parnasse, vierge drapée dans ses voiles poétiques, mais celle des tourbières, âpre virago, louve capable à elle seule de nourrir douze petits du lait de son courage.

— Ronan O'Connor !... Ronan O'Connor ?...

L'appel se faisait dans l'ordre de l'enregistrement à Westport. William et Josephine s'étant présentés les derniers, ils furent les derniers à être appelés.

— George McArdle ! Brigitte McArdle ! Aideen McArdle !

Ils rejoignirent la file. William avait compté cinquante-sept absents. Ils avaient laissé cinquante-sept cadavres derrière eux. Cinquante-sept morts à porter au débit de lord Lucan, dont la fortune était incommensurable. La capacité de pardon de Dieu et des hommes l'était-elle aussi ?

La visite médicale commença. Il s'avéra très vite qu'au sortir de la tente deux files se formaient : l'une composée de gens habités, autant que faire se pouvait, d'un semblant de sérénité ; l'autre d'affligés, s'ils pouvaient l'être encore plus qu'ils ne l'étaient. A leur démarche, à leur âge, à leur situation – la femme grosse de huit mois ou plus – il était inutile de s'interroger : la sélection rejetait sur le carreau les moins valides. Inutile de s'interroger non plus sur leur sort : ils mourraient dans ce paysage hostile où, malgré le ciel clair et une visibilité exceptionnelle, le regard ne distinguait aucun toit, aucun feu de cheminée, de l'est à l'ouest du fjord.

Ce fut au tour des McArdle d'entrer dans la tente. Elle était divisée en deux par un pan de toile. Le médecin, ou l'infirmier, ou tout bonnement l'individu sans capacités médicales chargé d'apprécier l'état de santé des émigrants, bref le sélectionneur, le juge ayant droit de vie et de mort sur les malheureux, se tenait debout, les mains dans les poches d'une blouse blanche. Le trio s'aligna devant lui. Il leur examina d'abord les dents. La petite recula.

— N'aie pas peur, lui dit Josephine, ce monsieur est un docteur.

Il leur examina les yeux. Ceux de William et de Josephine étaient parfaitement sains.

— On dirait que vous n'avez pas beaucoup souffert de la famine, dites-moi.

— Par bonheur, non, monsieur, balbutia William, nous étions dans un bon hospice.

Il leur demanda de tendre les mains devant eux.

William et Josephine échangèrent un regard éperdu. Ils avaient oublié d'ôter leurs alliances. Elles brillaient sur leurs doigts crasseux comme des pépites dans de la poussière de charbon.

— Hum-hum ! fit l'homme. Belles bagues !

— Nous ne les avons pas volées, monsieur.

— C'est ma maîtresse qui nous les a données, dit Josephine.

— Personnellement, je m'en contrefiche... Major !...

Une main souleva la toile de séparation. Un visage aux mâchoires carrées apparut, souriant, aimable, enjoué. Celui du major Wexley. Il avait troqué son uniforme contre des vêtements civils.

— Quel drôle d'accoutrement ! se moqua-t-il. Je n'ai pas entendu dire qu'on donnât un bal masqué dans les parages. Enfin, très heureux de vous revoir, cher William Benson. Mes hommages, madame. Mais qui est donc cette jeune personne ?

— Une orpheline, répondit Josephine.

— Que vous avez recueillie, n'est-ce pas ? Félicitations ! Passez donc de ce côté, je vous prie. Vous prendrez bien une tasse de thé ? Allez-y, madame. Suis ta nouvelle maman, ma petite...

Wexley retint William par l'épaule, lui montra une corde lovée par terre et lui confia à voix basse :

— Elle n'a jamais servi. Je ne voudrais pas qu'un Benson ait le cou sali par une corde crasseuse. J'espère que vous m'en saurez gré. Mais bavardons un peu avant de dresser le gibet...

DEUXIÈME PARTIE

13

Désormais ce seront mes propres observations et mes propres pensées et non plus celles de William qui guideront ma plume sur les pages de ce cahier.

Par où commencer ? Il me faut revenir au bord de l'estuaire de Killary, à la fin de cette affreuse sélection opérée par un maquignon sadique qui se réjouissait de voir les inaptes non seulement se lamenter mais jeter des regards envieux et haineux vers la file des chanceux. Pourtant, un instant auparavant, ils étaient de leurs amis. Les Anglais, j'en suis sûre, friands de joutes de toutes sortes, auraient aimé organiser un combat entre ces fantômes, comme on dresse des coqs les uns contre les autres. Le pugilat aurait remplacé la sélection, les plus forts auraient mis à mort les plus faibles. C'était une idée de William : l'Angleterre, un jour, divisera les Irlandais et ils se tueront entre eux. Je ne peux pas le croire.

Lorsque le major Wexley nous a interpellés, nous nous sommes crus perdus. Il ne paraissait pas animé de mauvaises intentions à notre égard, bien que, en me rejoignant de l'autre côté de la tente, William fût pâle comme la mort. Que lui avait dit le major en aparté ? Je ne le saurais que plus tard. Le jeune homme efféminé qui se tenait aux ordres de Wexley sur la route de Partry nous a vraiment servi le thé. Pour nous distinguer de la masse ? Pour nous culpabiliser vis-à-vis de nos compagnons de misère ? Pour nous humilier ? Cette tasse de thé, le verre de rhum du condamné ? Qu'allait-on faire de nous ? Le major Wexley n'était pas pressé de nous le dire. Il jouait au chat et à la souris.

Un chat qui parle :

— Vous prenez du sucre ? Un nuage de lait ?

Et des souris muettes, dont une, la petite Aideen, complètement effrayée, cachée derrière mes jupes.

Le major Wexley a pris plaisir à nous raconter que, déjà, sur la route de Partry, il avait douté de notre identité. Une incursion à Carra Hall et il avait été fixé à ce sujet. S'il n'avait pas trouvé de portrait de William adulte, par contre en l'enfant d'une dizaine d'années figurant sur un tableau aux côtés de sa mère il avait reconnu mon William. Une escarmouche avec des partisans de la Jeune Irlande l'avait empêché d'arriver à Westport Manor avant notre fuite. Informé de notre désir d'embarquer, il avait attendu son heure, la dernière heure, la dernière minute.

— Pour vous laisser le temps de goûter aux joies de l'émigration, puisque aussi bien c'était votre souhait, a-t-il dit. Alors, ça vous a plu ?

J'ai craint que William ne lui saute à la gorge. Non, il n'a pas pipé mot. Tout à coup le major s'est frappé le front.

— Ah ! J'oubliais...

Il s'est penché et a tiré d'un sac de voyage à ses pieds les pistolets de William. J'ai cru défaillir.

— Des armes superbes... Pardonnez-moi de ne pas pouvoir vous les rendre.

Un éclair de cruauté a brillé dans les yeux de Wexley. Cette même cruauté qui habitait son regard sur la route de Partry, près de l'arbre où Sean et Des Cusack se balançaient au bout d'une corde. Sur le visage de William j'ai lu comme un adieu. Sa main a pressé la mienne, furtivement – mais je crois bien que Wexley l'a vu.

— Assez tourné autour du pot, William Benson. Vous me plongez dans un profond embarras. Mettez-vous à ma place. Mettez-vous à la place de l'officier de renseignement chargé d'identifier et de liquider les terroristes de la Jeune Irlande. Vous êtes intelligent, le temps que ce thé tiédisse vous avez, j'en suis persuadé, déjà fait l'inventaire de mes griefs contre vous. Allons, je vous laisse me les exposer... Non ? Vraiment, vous ne voulez pas ? A Westport Manor vous avez été plus disert, m'a confié la marquise de Galway... Premier élément de suspicion : un long séjour sur le continent dans des milieux qu'agitent d'ineptes théories révolutionnaires. Deuxième élément : votre retour en Irlande au moment où se déclenchent des troubles – je ne parle pas de la famine mais des assassinats de landlords. Coïncidence ? Troisième élément : la dissimulation de votre identité. Pourquoi ? D'accord, il n'y a pas là l'ombre d'une preuve. Pas encore !... Abordons des choses plus palpables, si vous le voulez bien... Qu'avez-vous fait en revenant à Carra Hall ? Vous avez rendu sa liberté à tout le personnel et fait grâce des loyers à tous vos métayers. Vous avez déclaré le domaine terre ouverte. Collectivisé vos terres, en quelque sorte. Vous les avez rendues aux descendants de ceux auxquels l'Angleterre les avait volées. Ce sont vos propres mots. Nous avons partout des informateurs. Et vous le savez bien, car vous connaissez aussi bien que moi le péché mignon de certains Irlandais, enclins à moucharder. Nous les y encourageons, il faut bien l'avouer. Alors bon, quand nous prenons des terroristes les armes à la main et que sur les crosses des fusils qu'ils transportent est gravé l'écusson des Benson, que devons-nous penser ? Que ces deux bougres branchés les ont volés ? Peut-être. Mais vous aviez passé la nuit à Carra Hall : nous y avons trouvé quatre couverts que madame Benson n'a pas jugé bon de laver. Qui plus est, l'armurerie n'était pas fracturée. De là à en déduire que les Cusack, père et fils, ont dîné en votre compagnie et que vous leur avez généreusement livré fusils et munitions, il n'y a qu'un pas qu'un enquêteur est bien forcé de franchir. Surtout quand un énergumène en soutane tente d'assassiner un lord avec deux pistolets – que par bonheur il ne savait pas manier – portant également la marque des Benson.

— C'est faux ! ai-je crié. L'abbé O'Toole avait pris ces pistolets dans le sac de mon mari.

— S'il vous plaît, madame, la plaidoirie après le réquisitoire... Et je n'ai pas encore requis.

— J'exige de passer en jugement, a dit William d'un ton égal. Votre justice expéditive est contraire aux lois de la Grande-Bretagne.

— Et allons donc ! Vous en appelez maintenant à la loi ? Permettez-moi de m'en étonner, de la part d'un partisan de la chienlit.

— D'un humaniste, major, pas d'un anarchiste.

— Je n'ai pas le temps de me complaire dans ces subtilités.

Soudain, William a recouvré toute sa fierté, une fierté qui m'a fait peur, la fierté de quelqu'un qui va jusqu'à abattre son cheval bien-aimé. Jusqu'à monter seul sur l'échafaud.

— C'est bon, dans ce cas faisons vite. Je ne vous demande qu'une faveur : être fusillé plutôt que pendu.

— Que diriez-vous d'avoir la tête tranchée ? Vous aimez la France, vous devez apprécier ses coutumes.

La petite Aideen a poussé un hurlement. Elle ne parlait presque pas anglais, mais avait compris ces deux mots horribles, tête tranchée. Le major Wexley s'est attendri. Il lui a chatouillé le menton.

— Le monsieur plaisantait, mignonne. Lieutenant, donnez donc un biscuit à cette enfant...

C'est moi qui ai dû le lui donner. Elle ne voulait rien accepter de la main de l'aide de camp. Wexley l'a regardée croquer dans le biscuit.

— Vous avez des enfants, major ? lui ai-je demandé.

Son regard m'a traversée, me rappelant l'indifférence des dragons de Cushlough Bay, et, de but en blanc, semblant sortir d'un rêve, il a dit :

— D'accord, William Benson, douze balles dans la peau.

Je me suis évanouie. Oh pas longtemps, quelques secondes, juste de quoi m'affaisser contre le dossier de ma chaise. William m'a relevée. L'aide de camp m'a tendu un verre de brandy. Je l'ai refusé. William l'a avalé d'un trait.

— Allons-y, major !

Wexley n'a pas semblé l'entendre. C'est à moi qu'il s'est adressé.

— Tu es irlandaise, n'est-ce pas ?

— Je ne vous permets pas de tutoyer ma femme !

— Vous êtes cocasse, William Benson. Pourquoi nier l'évid...

— Quand vous serez décidé, l'a coupé William avec ce sourire qui lui va si bien, entre dérision et désespoir.

Wexley a considéré William comme un personnage tombé de la lune.

— Qu'est-ce que vous cherchez ? Que je vous admire ?

Que je rende hommage à votre courage ? Vous n'en manquez pas. Normal, vous êtes un Benson. Le petit canard noir de la famille, mais un Benson quand même. Vous avez vraiment cru que j'allais vous faire fusiller ? Ce serait beaucoup d'honneur. Permettez-moi de vous faire observer que vous n'êtes pas un soldat.

— Un franc-tireur, alors !

Je me suis retenue de supplier William de se taire. Il ne me l'aurait pas pardonné. Il ne voulait personne, ni fausse épouse, ni amante, ni conseillère entre lui et celle qu'il appelait de tous ses vœux : la mort. Il a fait un pas de plus vers elle en disant :

— J'avoue. J'ai trahi ma classe. Je suis un des chefs de l'armée secrète irlandaise.

Wexley a secoué la tête d'un air exaspéré.

— Menteur ! Vous n'êtes qu'un doux rêveur, un petit idéaliste qui veut entrer dans la légende. Vous aimeriez, n'est-ce pas, qu'on écrive des chansons sur vous, des chansons que beugleraient les Irlandais ivres devant leurs abreuvoirs ? Désolé, je ne recommencerai pas la bourde que nous avons commise avec Wolfe Tone. La plus grande erreur qu'une armée puisse commettre en se battant contre des partisans est de leur donner des héros à glorifier. Vous ne serez ni fusillé ni pendu. Vous vouliez partager le sort des émigrants, eh bien vous allez émigrer !

Je ne sais quelle folie m'a poussée à saisir la main de Wexley et à la baiser. William m'a violemment tirée en arrière.

— Josephine ! Garde ton rang, je t'en prie. Ce sont les soudards qui se mettent à genoux devant les dames et non l'inverse ! De quoi le remercies-tu ? De nous envoyer au bagne en Australie ?

Au bagne ? Voilà une chose qui ne m'avait pas effleuré l'esprit. Effarée, j'ai répété :

— Au bagne ? En Australie ? C'est vrai, major Wexley ?

Il a éludé ma question de façon incompréhensible : il nous a accordé cinq minutes pour nous débarrasser de « ces loques puantes » et nous vêtir décemment. Que faire d'autre sinon obéir ? J'ai dit que je n'avais pas de vêtements de rechange pour la petite Aideen.

— Nous nous occuperons d'elle tout à l'heure... Changez-vous.

Derrière le rideau que Wexley avait tiré, nous avons remis nos habits de voyage, sous le regard ébahi d'Aideen.

— Vous êtes des Anglais ? m'a-t-elle demandé en gaélique.

Je n'ai pas eu le temps de lui répondre. Elle a écarté le rideau pour nous fuir. De l'autre côté elle a crié. William et moi nous sommes précipités. Le médecin, ou celui qui se prétendait tel, la tenait fermement.

— C'est bon, a dit Wexley, mettez cette gosse dans la dernière chaloupe.

Qu'est-ce que cela signifiait ? Pourquoi la séparer de nous ? Parce qu'on n'envoie pas une enfant au bagne ? Mais Wexley venait de nous affirmer que nous allions émigrer.

— Nous avons adopté cette pauvre gosse, a dit William.

— Elle sera mieux au milieu des siens, a répliqué Wexley.

— A bord du bateau ?

— Vous la retrouverez au débarquement, si ça vous chante.

— Nous partons aussi ?

— N'est-ce pas ce que je vous ai dit ? A présent, ne m'interrompez plus. Ma patience est à bout et la marée ne va pas tarder à se renverser. Ce bateau ne se rend pas aux

Etats-Unis mais au Canada. C'est un navire britannique. Le capitaine a reçu des ordres : vous serez consignés dans votre cabine. A Québec, une escorte vous conduira à la frontière avec les Etats-Unis. Vous la franchirez. Définitivement. D'ores et déjà vous êtes déclarés persona non grata sur le territoire britannique.

— Vous nous expédiez en exil ?

— Vous m'avez parfaitement compris. En exil aux Etats-Unis. Votre patrie supposée. J'ai préféré déclarer au capitaine que vous étiez ce que vous prétendiez être, un journaliste américain, accompagné de son épouse. Nous y trouverons vous et moi un avantage : vous, d'être mieux traité que ne le serait un renégat socialisant et moi, qu'il vous surveille plus étroitement. Ce capitaine n'a pas très bonne réputation – de votre point de vue, pas du mien –, il ne laissera pas un journaliste fourrer son nez dans les affaires du bord.

Ses dernières paroles, le major Wexley les a prononcées avec un sourire craquant, un sourire de *sportsman* qui lance un défi.

— Et nous espérons bien que vous contaminerez l'Amérique avec vos idées révolutionnaires. Adieu, William Benson. Mes hommages, madame ou mademoiselle. Je doute que vous soyez mariés, je pense que vous êtes l'une de ces Irlandaises qui se sont éduquées au service de familles anglaises. Vous devriez voyager avec les vôtres, mais bon, d'une part j'ai toujours répugné à séparer un couple de pigeons voyageurs, et d'autre part j'ose espérer que votre influence sur votre ami, ou amant, saura lui éviter des désagréments pendant la traversée. Je vous souhaite un bon voyage. Adieu !

Là-dessus il a claqué des talons, de façon incongrue puisqu'il n'était pas en uniforme.

Ancré au milieu de Killary Harbour, le navire ressemblait à un bateau fantôme. Alors que le transbordement des émigrants était terminé, on ne distinguait aucune silhouette sur le pont, hormis celles de matelots occupés à tirer sur les cordes de palans qui remontaient les chaloupes. Sur la grève il ne restait plus qu'un canot et deux marins. Nous nous sommes assis sur le banc à la proue, l'aide de camp du major Wexley a donné une poussée et les marins ont commencé à ramer en cadence. Tout cela sans un mot. Etions-nous de nouveau prisonniers de ce silence qui tourmentait William ? Non. Une lugubre rumeur brisait ce silence. Des soldats repoussaient la foule des refusés en direction des montagnes de Mweelrea, vers l'ouest, vers des terres presque inhabitées où ils se disperseraient, mourraient et se dessécheraient, où leurs os blanchis se mélangeraient aux graviers des plages et seraient pilés par le ressac pour former au crêt des vagues une écume blanche et noire, celle de la mémoire et de l'oubli.

Nous sommes montés à bord par l'échelle de coupée. Devant nous se dressait de toute sa hauteur la silhouette massive d'un homme botté, vêtu d'une redingote d'un bleu très sombre et coiffé d'une casquette plate, presque informe, ornée d'une ancre de marine dorée. Il a gardé les mains dans le dos, n'a pas esquissé le moindre geste pour nous aider. Lorsque nous nous sommes retrouvés debout, il nous a considérés de ses gros yeux globuleux et injectés de sang, des yeux de poisson dans un visage bouffi d'alcoolique. Il a dit :

— Je suis le capitaine Millar ! Je ne vous souhaite pas la bienvenue car votre présence à bord de l'*Antigonish* n'était pas souhaitée. Mon second, monsieur Coudray, va vous conduire à votre cabine où vous serez consignés quand le panneau de cale sera ouvert. Vous serez libres de vous promener sur le pont quand il sera fermé. Pas de contacts avec les passagers de l'entrepont. Respectez cette règle et vous n'aurez pas d'ennuis.

Il nous a tourné le dos et a tonné des ordres à l'équipage occupé aux manœuvres dans le gréement. Monsieur Coudray était un homme dans la trentaine, aux membres fins, presque fluet comparé au capitaine. Comme on le voit souvent chez les hommes très bruns, ses cheveux grisonnaient déjà. Il a pris mes deux sacs et nous a priés de le suivre à la poupe. Devinant que nous nous interrogions, il nous a dit :

— Ils sont tous là-dessous.

En passant devant la seule ouverture pratiquée dans le pont – une écoutille, devait-on dire, comme je l'ai appris depuis, dont la porte basculante, sorte de panneau de cave comme j'en avais vu à Cranmore House, était levée –, nous avons aperçu des taches claires. Des visages, des yeux dirigés vers la lumière.

Et nous avons perçu l'odeur.

L'odeur des hospices.

L'odeur de la mort qui rôde.

Maintenant j'en suis sûre, absolument sûre, le major Wexley, tout en ayant l'air de nous accorder la grâce de l'exil, en son for intérieur a formulé un vœu : que nous n'arrivions pas vivants au terme de ce voyage.

Ce vœu est en voie d'être exaucé. A peine avions-nous gagné le grand large que William est tombé malade.

14

Oui, malade, brûlant de fièvre et se consumant d'angoisse à l'idée qu'il ne pourra jamais achever son récit.

— Où en étions-nous, Josephine ? n'a-t-il cessé de répéter.

J'éludais ses demandes, il insistait d'une voix rauque :

— Dis-moi où nous en étions !

— Oh Will, n'y pense plus. Dicter te ferait trop de mal. Garde tes forces, je t'en prie...

— Non. Je n'en ai plus pour longtemps. Relis-moi la dernière phrase.

— J'ai égaré le cahier.

— Comment ? Je t'avais dit que ce cahier était plus précieux que la prunelle de mes yeux ! Finalement, tu ne vaux pas mieux que tes semblables, bougresse d'Irlandaise ! Je te hais !

Il délirait.

— Ce n'est pas vrai, Will !

— Que je te hais ?

— Que j'ai égaré le cahier...

Il a voulu rire, il a été pris d'une quinte de toux. Je lui ai donné une gorgée de thé froid.

— Je le savais bien. Tu n'es qu'une méchante petite fille. Allons, relis-moi la dernière phrase, espiègle Josephine…

J'ai essuyé son front moite et j'ai cédé. C'était hier. Il s'est redressé sur sa couche, a saisi ma main et l'a serrée à faire blanchir les jointures de mes doigts.

— Tu me fais mal, Will !

— Je t'en supplie…

Cette main qui broyait la mienne était celle qui m'avait procuré cette jouissance fulgurante, dans la chambre de Westport Manor… Après qu'il m'eut dicté cette dernière phrase, que j'ai lue d'une voix nouée par l'émotion :

— « Trop tard : enclins et encouragés à fuir le labyrinthe de la mort, les survivants se dirigeaient vers les ports, autres labyrinthes de la mort. »

… il a laissé retomber sa tête sur le linge plié qui épongeait sa sueur, vidé ses poumons, aspiré une grande goulée d'air vicié de la cabine, plissé le front, cherché en lui toutes les forces nécessaires à la réflexion et dit en grinçant des dents :

— Ecris, écris… Toi seule peux désormais sauver tout cela de la nuit de l'oubli…

Le ton monocorde de sa voix affaiblie avait les accents tragiques d'un monologue de moribond. Un long frémissement m'a parcourue. Dans un état second – il me semblait que j'aurais pu écrire les yeux fermés sans que les lignes se chevauchent –, j'ai commencé de former sur le papier les mots que William arrachait à son cerveau enfiévré, ses dernières phrases que – est-il besoin de le dire ? – j'ai dû mettre en forme et achever quand il les laissait en suspens, sautant d'une idée à l'autre et restant bouche bée au milieu d'une description.

Oui, trop tard... Trop peu et trop tard sont les deux mots-clés de ce véritable nettoyage ethnique d'une île où les druides situaient le paradis des Celtes.

Au paradis n'y a-t-il pas d'animaux ? Il y en a, certes. De nombreux et d'espèces variées. Mais quand les dieux ivres décident de transformer l'Eden en enfer, les animaux, aussi, en sont chassés. Pas chassés d'un doigt vengeur. Chassés, au sens propre. Traqués. Tués. Mangés. A commencer par les moutons, pas très difficiles à attraper. D'autre gibier ? Oh que oui !

J'ai vu des métayers pister une bête à cornes. Un buffle ? Ah ! Ah ! Ah ! Non !... Non, une pauvre vache, survivante elle aussi, aussi sèche de lait que les femmes se relevant de leur lit d'accouchées, un enfant mort-né entre les jambes. Cette vache était celle d'un fermier. D'un riche ? Tout est relatif. D'un homme moins démuni. La bête errait dans une grande prairie abandonnée qui séparait une tourbière de la berge d'un fleuve. Elle se méfiait, inquiète. Devant, derrière, tout autour d'elle des têtes hirsutes apparaissaient et disparaissaient dans les hautes herbes mêlées de ciguë géante. Reparaissaient, plus proches. Encerclaient la proie. Elle beuglait. Une corde jaillit de la savane, s'accrocha à ses cornes. Des mains saisirent sa queue. Elle rua. Une autre corde lui entrava les pattes de derrière. Une troisième l'une de ses pattes de devant. La vache renonça à lutter. Elle chuta lourdement sur le flanc. Allait-on l'égorger et la dépecer sur-le-champ ? J'assistai alors à une épouvantable scène que je n'aurais pu imaginer. Quel instinct, quel atavisme ranimé par la faim avait prescrit à ces gens de revenir dans les âges obscurs ? Des mains expertes palpèrent une patte de la bête couchée, trouvèrent une grosse veine, l'incisèrent d'un coup de couteau. D'autres mains, d'autres griffes, d'autres serres avaient calé un seau sous la patte, dans l'herbe humide. Le sang gicla et frappa le fond du seau en faisant le bruit du lait qui gicle du pis. Rien ne m'inspire plus d'horreur que la vue du sang. Il moussait. De la vapeur s'élevait au-dessus du seau. Allaient-ils saigner la vache à blanc ? Non. Je compris. Ils en tirèrent environ un demi-gallon et vivement les mains du chirurgien, du saigneur, compressèrent la veine au moyen d'un morceau de tissu autour duquel il noua une ficelle. Le tissu rougit, puis l'hémorragie s'arrêta. La vache fut relâchée. J'allais apprendre qu'on peut tirer deux litres de sang d'une vache sans trop l'affecter. Et recommencer plus tard. Le sang est nourrissant, il n'y avait qu'un nanti de mon espèce pour l'avoir oublié. Quelques instants plus tard les pisteurs firent cuire dans le sang tout ce dont ils purent remplir le seau : débris de pommes de terre sauvées de la pourriture, baies de prunellier, épluchures, copeaux d'écorce de saule, feuilles de pissenlit. Hommes, femmes et enfants avaient les lèvres et les dents barbouillées du mélange sanglant. Comme ils ne se lavaient pas, le sang séchait tout autour de leur bouche qu'ils ne pouvaient plus fermer. Avec leurs yeux enfoncés dans leurs orbites et cette bouche entrouverte soulignée d'un ovale brunâtre et craquelé, ils avaient l'air d'idoles de ces peuplades cannibales du Pacifique qui ont dévoré Cook et ses amis.

Les ânes et les chevaux volés subirent le même sort. Saignés avec mesure, puis exagérément saignés, saignés à mort et dévorés. Depuis longtemps il n'y avait plus un cochon dans une soue ni une volaille dans un poulailler. Restaient les chiens. Ce sont, dit-on, les meilleurs amis de l'homme, et j'en suis persuadé, moi qui en ai eu de bons et de fidèles dans mon enfance et mon adolescence, épagneuls fantasques, retrievers au regard doux, bassets parfaits comédiens jouant de la paupière lourde et de l'oreille tombante pour qu'on les prenne en pitié mais cabochards comme pas un. Les chiens des campagnards ne sont pas vraiment des animaux de compagnie. Ils aident à la tâche et sont payés en nature, d'un os, de déchets de table, quand il y en a. Les chiens ont été les premiers à souffrir de la famine ; à être obligés de chasser pour leur compte. Pourquoi ces animaux qui font une absolue confiance à leur maître n'ont-ils pas tous été mangés avant qu'ils ne commencent à errer et ne se résolvent à se repaître des cadavres ? Pourquoi la plupart d'entre eux n'ont plus obéi à leurs maîtres ? N'ont pas répondu à l'appel, ne se sont pas couchés aux pieds ? Qui n'a pas remarqué que le plus amical des chiens grogne et montre les dents en présence d'un pauvre d'esprit ? Les chiens sentent la folie. Ils ont lu la démence dans les yeux des humains et se sont tenus à distance, la queue basse. Alors les maîtres, ces hommes, ces femmes et ces enfants qui naguère le caressaient, l'accueillaient sous la table et l'autorisaient à leur tenir chaud au lit, se sont mis à lui tendre des chausse-trapes.

Les enfants le distraient – viens, viens mon chien –, essaient de l'attirer sur le seuil de la cabane, la pauvre bête hésite, fait un pas en avant, recule, avance de nouveau en remuant la queue et l'homme surgit par-derrière, l'assomme d'un coup de bâton, lui serre une corde autour du cou et le pend au crochet où l'on accrochait jadis les volailles au cou coupé. Un chien pendu semble s'allonger démesurément, il gigote peu, ses yeux sont aussitôt exorbités et le trait que dessinent ses babines soudées par la mort lui donne une extrême douceur de faciès, comme un sourire de bonté, de pardon. Pendant son exécution, toujours ce silence, cet affreux silence de l'homme, de la femme et des enfants conscients de l'horreur de leur crime. J'ai vu des hommes pleurer en dépiautant leur chien.

Une fois la faune domestique, les porcs, les poules, les moutons, les ânes, les chevaux, les vaches et les chiens mangés, les affamés ont dû apprendre à chasser vraiment. A inventer des pièges à passereaux, à déterrer les blaireaux et les portées de renardeaux, à pêcher la grenouille, à ramper sous les buissons d'aubépine pour trouver des hérissons. L'hiver fut fatal à un grand nombre de mammifères : dans la neige, il était aisé de les suivre à la trace.

Une fois la faune sauvage presque éliminée est venu le temps de l'ultime cueillette. Sous la neige, on a gratté l'humus à la recherche de noisettes, de châtaignes et de faines. Une fois tout épuisé on a mangé des herbes, un terme générique désignant tout ce qui poussait au bord des routes et dans les fossés. Herbes comestibles et herbes vénéneuses, comment faire la différence ? La plupart des anciens étaient morts. On regrettait d'avoir ri quand de leur vivant ils radotaient sur les herbes, disant celle-ci est bonne à ceci, celle-là est bonne à cela, celle-ci vous rendra malade, celle-là vous tuera. Bonnes ou mauvaises, les herbes tuèrent de la même façon, en perforant de leur acidité les estomacs vides, en décapant les intestins qui ne retenaient plus rien. Les mêmes symptômes atteignaient les gens malades de la dysenterie et des herbes.

La férocité de certains intendants ne faiblissait pas. Je m'approchais de Ballinrobe, au mois de mars, quand on me raconta cette histoire. Dans le champ abandonné d'un landlord privé de sa main-d'œuvre – morte ou en sursis au bord des routes, dans les hospices ou à proximité des chantiers –, ici et là repoussaient quelques minuscules pommes de terre qui avaient échappé au mildew et aux furtifs glaneurs de l'hiver. Une femme, une veuve dont quatre enfants sur sept étaient déjà morts, repéra ces regains parmi la saleté. Elle se leva à l'aube, se faufila dans le champ et se mit à arracher les pieds. On la vit revenir avec la poche de son tablier gonflée, on la dénonça. A midi la porte de son logis fut forcée par l'intendant. Elle était penchée sur une marmite où cuisait un rata.

— Je te prends la main dans le sac, voleuse ! Tu as pris des pommes de terre, je le sais ! hurla l'intendant. Soulève ce couvercle !

Dans la marmite pleine cuisaient des peaux, une poignée de lambeaux de ce que le tubercule laisse après en avoir tiré sa substance pour germer. Mais ce qui remplissait la marmite, c'étaient des souris. Elle le lui dit :

— Ce ne sont que des souris, monsieur...

— Des souris ! Qui t'a permis de les piéger ? Ces souris ne t'appartiennent pas ! Elles appartiennent à lord Coyle !

L'intendant l'enleva à ses enfants et la conduisit chez le juge de Ballinrobe. Qui la sermonna, mais n'osa pas l'envoyer en prison.

Peut-être le brave homme était-il surmené ? Outre les évictions prononcées à tour de bras, banals jugements, routine lassante pour des maîtres du droit, la courbe de ce que le code nommait la « criminalité » montait vers des sommets, parallèle à celle de la mortalité. « Criminels » le glaneur, le voleur de navets, le braconnier de rats. Bon nombre mouraient avant leur procès, dans des geôles plus insalubres encore que les hospices. Les plus résistants, ceux qui se présentaient debout face aux juges, seuls ou maintenus par deux soldats, étaient condamnés à la déportation, aux travaux forcés dans la lointaine Australie.

A beaucoup cette peine parut plus douce que l'agonie promise. Apparut alors une nouvelle race de criminels, des volontaires, jeunes hommes célibataires commettant des larcins de manière à être déportés. Sur le passage de soldats un ladre brandit sa houe et crie des insultes : déportation. Un sacrilège pénètre dans l'enceinte d'un tribunal et urine devant le prétoire : déportation. Un iconoclaste force la porte d'un manoir à l'heure du dîner et se jette sur le rôti que le butler vient de découper en tranches : déportation. Dans le pré d'un pasteur jouxtant une caserne, un assassin égorge un mouton en le faisant bêler à fendre l'âme afin d'alerter les soudards. Celui-là manque son but. Le ministre du culte protestant refuse de porter plainte, autorise l'égorgeur à emporter la bête et protège sa fuite de ces paroles :

— Dieu lui pardonnera comme je lui ai déjà pardonné. Oseriez-vous aller contre Sa volonté ?

Dans le comté de Galway voisin du nôtre, au pied des Slieve Augh Mountains, entre le reg du Burren et les plaines de Portumna où serpente le Shannon, en compagnie d'un dessinateur de l'*Illustrated London News*, j'ai visité un asile de bienfaisance qui m'a semblé pire encore que celui de Ballinrobe auquel je t'ai enlevée. Parce qu'il n'y avait pas de nonnes pour maintenir un semblant d'ordre et de propreté ? Sans doute. Je nous y vois encore, l'Anglais effaré croquant l'innommable d'une main tremblante et moi qui n'avais pour toute écritoire que mon cerveau où se sont incrustées à jamais ces images…

La salle d'admission est humide et décrépite. Elle sent le rat.

Dans un coin, une balle de paille a été répandue où se couchent, et se vident, les nouveaux arrivants.

Aux fenêtres, toutes les vitres sont cassées. Dans les trous, des poignées de paille souillée.

La cuisine – le sol, l'évier, les ustensiles – est d'une saleté repoussante. Un système de pompage doit normalement permettre de faire venir de l'eau du Lough Rea. Tout cela est cassé. Les tuyaux sont démanchés, les pompes rouillées. Une noria de femmes parmi les plus valides va puiser dans le lac l'eau nécessaire à la cuisine et au nettoyage. Leurs guenilles sont tellement déchirées qu'on dirait qu'elles sont nues.

Dans la salle de jour – autrefois l'atelier, où elles tissaient ou tricotaient, quand le contrat d'admission les y contraignait – les femmes sont serrées les unes aux autres pour se réchauffer.

Le plancher des dortoirs est rongé par l'urine et les excréments. Celui des femmes est rincé plusieurs fois par jour. Celui des hommes est plus dégoûtant qu'une soue. Sous chaque bat-flanc, des flaques et des tas d'excréments.

Dans une pièce se massent les orphelins, bouche bée, yeux écarquillés, dévorés par les puces et les poux.

On les appelle des orphelins par commodité. En éructant contre « ces cochons d'Irlandais », le directeur de l'hospice nous dit :

— Qui a cassé ces vitres, croyez-vous ? Autrefois la nuit l'établissement était fermé, et il ne l'est plus, à quoi bon ? Non seulement des célibataires ou des veufs, mais aussi des veuves, et même des couples s'enfuyaient la nuit en brisant les carreaux, abandonnant leurs portées après eux. Qui adoptera ces enfants ? En restera-t-il à adopter ? Quels noms porteront-ils ? Certains sont trop jeunes pour connaître leur nom de famille et les plus âgés l'oublient, quand ils tombent dans la prostration.

Toute cette misère a fini par transpirer à l'extérieur de l'île. Les Irlandais qui gagnent Liverpool en espérant trouver un embarquement pour l'Amérique du Nord parlent, ou leur état de total dénuement parle pour eux. Il en va de même à New York où commencent à arriver des bateaux d'émigrants. En Grande-Bretagne les bonnes âmes s'émeuvent, sur le continent et au-delà l'opinion se révolte. Partout où la Société des Amis de George Fox est représentée, les quakers se mobilisent. Afin de ne pas contrevenir aux lois du marché auxquelles les libéraux s'accrochent toujours, ils organisent des expéditions de riz, fournissent du matériel de cuisine, procurent des aides diverses. En me gardant bien de faire de l'ironie facile à leurs dépens car les quakers, si l'on met à part leur puritanisme excessif, méritent notre estime, la Société des Amis et le libéralisme sont conjointement les auteurs de la recette originale de ce rata que les Irlandais appelleront *stirabout* : deux tiers de maïs et un tiers de riz cuits dans la même eau. J'ai vu des pères indignes, ou absolument désespérés – alors, que Dieu leur pardonne –, troquer leur part de stirabout contre de l'alcool.

Des dons en espèces parviennent en Irlande de différents horizons, mais ce ne sont que cautères sur jambes de bois, tisanes contre le haut mal, façon pour beaucoup d'apaiser leur conscience. Entre autres généreux donateurs notoires de quelques milliers de livres, le tsar de Russie, un prince hindou, le banquier Rothschild versent leur obole. Sa Majesté la reine Victoria ponctionne sa tirelire personnelle de deux mille livres.

Il y a deux manières de qualifier ces dons : commisération ou mépris. Pour ma part, considérant la modestie des sommes comme disproportionnée par rapport aux besoins, je choisirai le mépris. Ces oboles n'étaient que miettes de pain qu'on jette aux oiseaux. Oiseaux aux ailes brisées, au bec ouvert, à la respiration pantelante. A l'heure où je dicte ces lignes, cinq cent mille personnes agonisent dans des montagnes éloignées de tout et qu'ils n'ont pas voulu ou qu'ils n'ont pas pu quitter. Trois millions attendent chaque jour leur pitance de la charité publique ou privée. Malgré l'urgence, la bureaucratie, l'odieuse bureaucratie freine ces secours, qui exige qu'on recense les besoins et les personnes, qu'on imprime des carnets de charité et des tickets. Lors de révoltes dérisoires et facilement réprimées, des affamés non encore titulaires de carnets mettent à sac des soupes populaires. D'autres réclament, ô suprême paradoxe, la réouverture des chantiers, puisque aussi bien, là, travail rime avec nourriture, une soupe que nul fonctionnaire paperassier ne peut leur contester. Egalement à l'heure où je dicte ces lignes la récolte de céréales promet, hélas gageons que les moissons ne seront pas engrangées en Irlande mais de nouveau exportées vers l'Angleterre au nom de la sacro-sainte loi du marché tandis que nous verrons de plus en plus de parents pleurer leurs enfants morts et de plus en plus d'enfants aux yeux secs, médusés, sourds et muets s'agripper aux cadavres tuméfiés de leurs parents décédés.

Au cours de mes six mois d'errance, j'ai vu tout cela et bien d'autres horreurs encore que je n'ai pas dites parce que les dire me dessécherait la bouche et la gorge, transformerait ma langue en morceau de plomb. Cavalier de l'apocalypse, j'ai partout erré, honteux de pouvoir me nourrir quand autour de moi tant d'hommes, de femmes et d'enfants mouraient.

Je me maudis, je me fais horreur. Je suis responsable. Rendre compte m'exonère-t-il de la peine que je mérite, la relégation dans les limbes de l'inhumanité de ma classe ? Non. Je mérite la mort.

— Non ! Je ne veux pas écrire cela ! ai-je protesté. Nous devons rester en vie, c'est toi qui l'as dit, rappelle-toi !

— Ne m'interromps pas, je t'en prie, a balbutié William. Laisse-moi terminer...

Il a caressé mes longs cheveux, les a emmêlés entre ses doigts, les a démêlés, les a lissés contre mes tempes pour dégager mon visage qu'il a pris dans la conque de ses mains brûlantes.

— J'ai présumé de mes forces. J'ai présumé de ma froideur. J'ai eu l'illusion de pouvoir observer sans être touché. Les fièvres m'ont saisi et c'est tant mieux. Je ne le prends pas comme une punition mais comme un acte de contrition. Je suis coupable, le moment est venu de payer.

— Mais tu as abattu ta jument, annulé les loyers de tes métayers, ouvert ta maison !

— Trop tard et trop peu, je te l'ai dit. J'ai mérité les fièvres. Je guérirai si j'arrive à laver mon âme de voyeur qui du haut de sa selle se regardait regarder. La tâche semble insurmontable. Qui pourrait respirer normalement et attendre de mourir de sa belle mort après avoir vu ce que j'ai vu et n'avoir pas déchargé ses pistolets sur le premier officier rencontré en chemin ?

Il a enfoncé son visage dans mes cheveux et m'a parlé comme il aurait parlé à travers la croisée d'un confessionnal.

— Ecris... Je m'étais arrêté pour une courte pause à la lisière d'une tourbière. Mon cheval broutait l'herbe d'un talus. L'endroit était désert. Pas un toit, pas une fumée à perte de vue. Dans un désert semblable j'avais vu cahoter un chariot de quakers qui transportaient du riz. Vêtus de semblable façon – d'une redingote et d'un pantalon bleu foncé, d'une chemise de toile blanche et d'un chapeau noir à large bord –, ils étaient quatre à arpenter les solitudes. Dans l'espoir de découvrir quelqu'un à qui distribuer leurs vivres ? Un espoir vain, n'est-ce pas ? Je vis les deux chevaux marquer le pas puis s'arrêter. Il y avait deux quakers à l'avant, sur le banc. L'un tenait les rênes, le second lisait – la Bible, pouvait-on supposer. A l'arrière, un troisième se tenait assis sur le plancher du chariot, les bras ballants. Le quatrième s'était mis debout. Les mains en porte-voix, il se mit à crier : « *Rice ! Rice !* » On aurait dit le cri d'une buse planant sous les nuages. Ces quakers étaient-ils fous ? Non, ils savaient que leurs appels seraient entendus.

A ma stupéfaction des ombres ont surgi du néant. En quelques minutes le chariot a été entouré de cadavres animés, de marionnettes démantibulées, de morts-vivants. Muets, souligne-le, Josephine. Une fois qu'elles eurent reçu leur ration de riz, ces poupées s'en sont retournées dans leurs coulisses, sous la scène, dans les cintres, dans le trou du souffleur. Sans doute le souvenir de cette scène d'un noir onirisme m'habitait-il quand j'ai décidé d'une pause près de cette vieille tourbière creusée de drains profonds, de noires saignées partout où la croûte de tourbe, épaisse de deux pieds, avait été enlevée. Tourbière, pain de la terre, qui met des millénaires à rassir... Je me suis rappelé les parties de chasse de mon adolescence. J'ai décidé de faire quelques pas sur cette croûte tranchée de grands coups de couteau. Des bécassines se sont levées du fond d'un fossé en m'adressant des bruits de baisers. Elles ont zigzagué, pris de la hauteur et se sont laissées retomber un peu plus loin comme des feuilles mortes. Les bécassines, si difficiles à tirer, sont probablement les seuls oiseaux à n'avoir pas été mangés, ai-je songé.

Continuant de marcher, j'ai perçu des grognements. Quelque part des chiens se disputaient de la nourriture. En m'approchant, j'ai tiré mon pistolet de ma ceinture. En meute, ces chiens repris par la sauvagerie peuvent être dangereux. J'ai entendu un bruit dans mon dos. Un grand bâtard efflanqué cherchait à s'extraire d'un fossé. Ses pattes postérieures grattaient la tourbe à la recherche d'un appui. D'un coup de reins il a fini par sortir. Il n'avait pas senti ma présence. Il s'est dirigé vers moi. Il tenait dans sa gueule la queue d'un cheval, longue, soyeuse, presque rousse, au bout de laquelle pendait un morceau de cuir arraché. Ainsi un cheval était-il venu mourir dans la tourbière ? A moins qu'il ne se fût perdu, qu'il ne se fût cassé une patte et que la meute l'eût achevé ? Je m'avançai. A une vingtaine de pas le chien courant s'était couché sur sa queue de cheval et grognait sourdement en me fixant, comme si j'allais la lui disputer. Je me penchai. Au fond de la tranchée ce n'était pas un cadavre de cheval que les autres chiens se disputaient – indifférents à ma présence, sauf que deux ou trois me montrèrent les crocs – mais celui d'une jeune femme dont on devinait encore la robe grise, le châle mauve, le sarrau noir. Epouvanté, j'ai visé le chien qui se tenait toujours à vingt pas et l'ai abattu d'une balle en pleine tête. Pourquoi ? Pour qu'il abandonne ce qu'il avait prélevé. Le scalp de la jeune femme, la peau de son crâne et, attachés à cette peau sanguinolente, tous ses beaux cheveux, roux, longs et soyeux comme les tiens, Josephine.

Il a éclaté en sanglots.

— Tes beaux cheveux, Josephine... Prends garde à toi, les chiens vont te scalper...

— Oh Will, je t'en prie, je t'en prie...

On a frappé à la porte de la cabine.

— S'il vous plaît, madame Josephine ! Hi ! Hi ! Hi ! Le

dîner est servi ! Et j'apporte le potage de monsieur votre mari !

C'était la voix hilarante de notre chef cuisinier, monsieur Othello, un nègre américain plus noir que le diable.

15

Au début, j'ai cru que William avait le mal de mer. Mais on ne délire pas quand on a de simples nausées. C'était une de ces maladies que j'allais apprendre à connaître, une de ces fièvres qui hantent les bateaux et déciment les émigrants. Trop faible pendant ses phases de lucidité, trop exalté pendant ses délires, William ne sera plus capable de me dicter. Mon devoir est donc de raconter cette traversée à sa place. Si je le peux, si les fièvres m'épargnent. Il faut que je me dépêche d'écrire l'essentiel, c'est-à-dire le pire. Vite, vite ! plume d'oie, hâte-toi de noircir les pages de ce carnet ! Mais elle ne veut pas aller de l'avant, recule, me somme de revenir sur mes pas car, me dit-elle, le départ appartient au pire et ce serait indigne de ne pas le narrer, quand bien même voudrais-je aller plus vite encore, au détriment du témoignage tant désiré par William effacer ces heures néfastes de ma mémoire, d'un trait toucher les côtes de l'Amérique du Nord, alors qu'à bord de ce navire je suis la seule à pouvoir ajouter cette pièce au dossier de l'Histoire. Vanité ? Oh que non ! Je me passerais bien volontiers de revivre par l'écriture ces moments d'affliction.

Dans le couloir étroit, long de presque huit milles, du

fjord de Killary, deux fleuves, l'Erriff et le Bundorragha, opposent leurs fronts de béliers au boutoir des marées. A l'étale de haute mer, les deux forces s'équilibrent. Au renversement de la marée, le fjord redevient un fleuve immense où se conjuguent les eaux recueillies par les Sheeffry Hills et les montagnes de Mweelrea et de Partry. Il se met de nouveau à couler vers l'estuaire, et l'esprit, auparavant choqué de voir un fleuve remonter dans les terres, retrouve son entendement.

Profitant du reflux, l'*Antigonish*, puisque tel est le nom de ce bateau-cercueil, a levé l'ancre au début de l'après-midi. Il a d'abord pris le courant par le travers, a dérivé un instant, jusqu'à ce que le vent du nord gonfle le peu de voile nécessaire et suffisant, ou recommandé, pour naviguer entre deux côtes rocheuses rapprochées, dans la descente vers l'océan. Le panneau de cale avait été fermé, nous étions sur le pont et regardions, pour la dernière fois sans doute, à bâbord, ces magnifiques montagnes du Connemara qu'on nomme les Douze Bens. Mains dans le dos – son attitude habituelle –, le capitaine Millar se tenait aux côtés de monsieur Coudray, lui-même à la barre. Nous avons entendu Millar maugréer, non sans une gaieté sadique dans la voix :

— Ha ! Ha ! Ha ! Les voilà donc, ça m'aurait étonné ! Ils m'ont déjà fait le coup à Sligo !

Nous retournant vers tribord, nous avons aperçu... O mon Dieu ! aperçu des gens que le sélectionneur avait radiés de sa liste alignés le long du chemin taillé dans la roche surplombant la rive. Un premier s'est jeté à l'eau, assez loin devant la proue, comme dans l'espoir de couper l'erre du navire et d'être par charité hissé à bord. L'eau du fjord, j'y avais trempé la main, en embarquant sur le canot. Elle était glaciale. Le malheureux, qu'il sache nager ou pas, allait mourir de congestion. *Les* malheureux allaient mourir de congestion et couler à pic, dois-je écrire. Encouragés par l'exemple du premier, d'autres sautaient à l'eau.

— Appuyez donc sur tribord, Coudray, a dit Millar, qu'ils aient au moins une chance de s'écraser sur le pont.

Un jeu, ce n'était qu'un jeu pour ce capitaine, un jeu auquel il avait déjà joué. Le second n'a pas cillé.

— Appuyez sur tribord, monsieur Coudray ! a hurlé Millar.

Le second n'a pas dévié d'un pouce de son cap. Il regardait droit devant lui, les mains crispées sur la barre. D'un coup d'épaule Millar l'a repoussé. Il a tourné la barre à tribord, en criant :

— Préparez-vous à écoper, matelots !

L'*Antigonish* s'est rapproché de la côte à la frôler.

Alors, là-haut, des gens ont pris autant d'élan qu'ils le pouvaient. Pour sauter. Se fracasser contre le flanc du navire et couler à pic. Se briser les membres sur le pont, être aussitôt saisis par deux matelots et balancés par-dessus le bastingage. William a voulu intervenir.

— Surtout ne bougez pas, lui a dit monsieur Coudray, ils vous jetteraient aussi par-dessus bord.

Nous avons vu la femme grosse d'au moins huit mois se laisser tomber à son tour et, lestée du poids de son enfant, disparaître dans l'eau noire.

— Assez rigolé ! Reprenez la barre et naviguez en sécurité ! a bougonné Millar.

Monsieur Coudray a repris la barre. Ses yeux étaient mouillés, tout comme les nôtres.

Voilà comment s'est passé notre départ.

Plus loin, vers l'embouchure, près d'un îlot qui divisait

l'estuaire en deux chenaux, j'ai cru voir partout des têtes de noyés.

— Des phoques, m'a dit William.

Plus loin encore, alors que nous laissions Inishturk à tribord et Inishbofin à bâbord, j'ai pensé aux colonnes d'Hercule décrites dans les livres de madame Bowers. Une fois cette porte franchie, plus aucune terre ne nous séparait de l'Amérique. Derrière nous, l'Irlande du Connemara, d'Achill, des comtés Mayo et Sligo, allongeait son corps meurtri, vert et ocre. Son corps odorant exhalait un parfum de tourbe. A cette distance, comment était-ce possible ? Ce n'étaient que les fumées, rabattues par le vent du nord, de trois cheminées : une à la poupe, celle du poêle du château où se trouvent les cabines du capitaine, du second et la nôtre ; une à la proue, celle du réduit où loge l'équipage ; une au milieu, celle de l'âtre autour duquel les émigrants doivent se masser, et parmi eux la petite Aideen, qui me manque terriblement.

Une fois de plus il me faut souligner cette ironie du sort : malgré tous nos efforts, nous sommes empêchés de partager le destin de ceux que nous voudrions tant aider. William m'a dit quelque chose comme ceci, que je vais essayer de retranscrire : les tyrans ne se reconnaissent ni Dieu ni maître et n'ont peur de rien, sinon de l'intelligence d'esprits qu'ils jugent supérieurs au leur. Ils les redoutent, aussi les tuent-ils. Quand cela leur est impossible, ils les isolent de la masse. Nous sommes en quarantaine dans cette cabine équipée de deux couchettes de chaque côté d'une table qui me sert d'écritoire. Au-dessus et sous les couchettes, des rangements. Dans le fond, un meuble de toilette. Les boiseries sont en pitchpin. J'ai eu envie de comparer cette cabine à un luxueux pigeonnier pour deux pigeons qui sont libres d'entrer et de sortir, sauf à certaines heures.

Toutes ses voiles hissées, l'*Antigonish* filait à allure régulière, poussé par le vent du nord. Il y avait un léger clapot. Le bateau roulait un peu. C'était la première fois que je naviguais et force est d'avouer que j'ai eu l'impression de flotter dans un autre monde, un ailleurs situé entre rêve et réalité. Je le confesse comme un péché : pendant le reste de l'après-midi, au sein de ce silence – peut-on appeler « bruits » le sifflement du vent dans les drisses, le claquement des voiles et le glissement de l'eau sur la coque ? –, j'ai tout oublié, mes parents, mes frères et sœurs, l'hospice de Ballinrobe, la famine, les morts, les Anglais, tout. Y compris les lambeaux du troupeau enfermé dans la cale, où rien ne semblait bouger.

A la fois épuisés de fatigue et gavés d'espérance, ils devaient dormir. Je me suis moi-même assoupie, en proie – oui, en proie ! puisque je ne le méritais pas – au bonheur de faire route vers l'Amérique. N'était-ce pas là le but recherché par le major Wexley et ses supérieurs ? Faire en sorte qu'on oublie, qu'on se sente étrangers à nos compatriotes ? J'ai réveillé William pour le lui demander. Les mains croisées sous la nuque, le regard braqué sur le hublot, il a souri et s'est moqué :

— Tes pensées font leur chemin, petite Josephine. Tu iras loin !

Plus sérieusement, il a ajouté :

— Sans les avoir étudiés, tu découvres ce qu'il y a deux mille ans les philosophes ont écrit en marge des procès qu'ils ont intentés aux princes sanguinaires de l'Antiquité... Oui, tu as raison, la victoire des tyrans est complète lorsqu'on en vient à mépriser leurs victimes, à penser qu'elles n'ont pas su se défendre et que par conséquent elles méritaient leur sort.

On a toqué à notre porte. C'était monsieur Coudray. Il nous priait de venir dîner.

Raconter ce premier dîner à bord équivaut à les raconter tous, du moins tous ceux de la courte période pendant laquelle nous avons vogué sans heurts d'aucune sorte. En entrant dans le carré qui tenait lieu de salle à manger, monsieur Coudray nous a dit à voix basse :

— Sachez que je suis très heureux d'avoir de la compagnie. Je ne redoutais rien tant que de faire cette traversée dans l'autre sens seul à la table de ce maudit capitaine.

Millar était déjà assis et ne s'est pas levé pour nous saluer. J'ai pris place à sa droite, William à sa gauche et monsieur Coudray à sa place habituelle, en face de lui, dos au hublot. Il y avait quatre bouteilles de vin rouge au milieu de la table. L'une d'elles était déjà largement entamée. Millar s'est servi une rasade, l'a bue et a éructé, en s'excusant de telle manière qu'on a bien compris qu'il était allé chercher exprès ce rot au fond de son estomac gonflé par les excès de nourriture et de boisson. Souriant benoîtement, il a croisé les mains et baissé la tête comme pour réciter le bénédicité. Il a dit :

— Merci, ô généreuse Victoria, reine de Grande-Bretagne et d'Irlande, de payer le voyage sur l'un de tes glorieux navires à ce couple d'indésirables, amen.

Il a pouffé. William s'est levé pour le gifler.

— Restez assis, monsieur, lui a dit monsieur Coudray. Le capitaine Millar est un joyeux drille, il ne faisait que plaisanter.

— De quel côté êtes-vous, Coudray ?

— Vous me l'avez déjà demandé hier, capitaine.

— Eh bien je vous le redemande !

— D'aucun quand je navigue, capitaine.

— Vous êtes un sage, Coudray ! Parfait ! Mangeons et buvons, maintenant !

Millar a rempli nos verres et porté un toast :

— A la Couronne ! A l'Amérique !

C'était le signal qu'attendait le cuisinier dans sa cambuse voisine. Il est apparu, portant un faitout et souriant de toutes ses dents éclatantes. C'était un grand nègre, affublé d'une toque blanche de chef.

— Alors, Othello, quelle tambouille ce soir ?

— Comme d'habitude, mon papapitaine, de la bonne viande et du bon riz.

— Du cochon ou du bœuf ?

— Du cochon hier, du bœuf aujourd'hui, mon papapitaine.

— Le menu vous convient-il, milady ?

— Que mangent les passagers ? ai-je répondu.

Millar a fait mine d'être interloqué.

— Les passagers ? Mais vous le voyez bien, ce que notre ami Othello vient de poser sur la table.

— Ma femme parlait des émigrants, sous le pont.

— Ah ! Vous vouliez dire le lest ?

— Qu'ont-ils à manger ? ai-je insisté.

Millar a frappé du poing sur la table.

— Pas de questions sur la cargaison ! Contentez-vous de répondre aux miennes. Le menu vous convient-il, milady ?

— Je vous le dirai quand j'y aurai goûté.

— Eh bien, goûtez ! Bouffez pendant que c'est chaud !

Millar a gonflé ses joues et ses lèvres pour se faire une grosse lippe de nègre et en imitant son accent est allé jusqu'à dire :

— Vous étonnez pas de trouver le riz un peu collant. Othello il crache et il pisse dedans. Bon appétit.

— Vous de même ! a dit William en avalant une bouchée.

— Mangez madame, faut pas croire ce que dit le papapitaine, Othello il crache pas et il pisse pas dans le riz.

On aurait pu craindre que Millar, compte tenu de ce qu'il nous avait montré de lui, entrât dans une rage folle à se voir ainsi contredit. L'insolence du cuisinier ne lui a fait ni chaud ni froid. Il s'est contenté de se pencher sur son assiette et de commencer à manger, ses gros yeux de batracien mi-clos, en alternant bouchées et gorgées de vin. Tout occupé à manger et à boire, et y prenant semble-t-il un plaisir de bête, il avait dressé une sorte de mur entre lui et nous, comme un chien ou un chat à la gamelle, que ni les paroles du maître ni ses caresses n'intéressent plus, voire importunent.

Ceci m'amène à préciser son portrait, de façon à n'avoir pas à y revenir et afin, aussi, que la suite des événements s'éclaire d'elle-même. Son dialogue graveleux donne une fausse idée du personnage. L'homme était plus complexe qu'il n'y paraissait. Impudent et grossier, il l'était certainement de nature. Mais catégorique et tyrannique, il ne l'était qu'à ses heures, entre les repas, entre deux excès de boisson. Dans l'immédiate ivresse d'après le petit déjeuner (il arrosait généreusement son thé de rhum), d'après le déjeuner et d'après le dîner, il se montrait encore plus grossier, mais avec un certain enjouement, qui faisait qu'il acceptait les répliques d'assez bon cœur, en ayant l'air de se féliciter et de féliciter ses contradicteurs d'oser le contrer et surenchérir dans la trivialité (seul monsieur Othello s'y risquait). C'était en fin de matinée et en fin d'après-midi qu'il se déchaînait, mais toujours en exagérant ses paroles et ses gestes, si bien que tout cela était vain. Ses excès masquaient son impuissance, dont il était conscient. N'eussent été son grade de capitaine et ses sursauts d'orgueil pendant ses heures de semi-sobriété, il se serait imprégné d'alcool tout le jour durant et serait resté allongé sur sa couchette, à cuver. Il finirait probablement ainsi, capitaine fantoche et alcoolique au dernier degré. D'ailleurs, monsieur Sterling, le maître d'équipage, ne prenait ses ordres qu'auprès de monsieur Coudray.

Comme dessert, monsieur Othello nous a servi des pommes. Deux à chacun, des pommes du Canada, ridées puisqu'elles provenaient de la récolte de l'année précédente, mais encore juteuses. Je n'en avais jamais mangé.

— Mangez-les comme vous prendriez un médicament, nous a dit monsieur Coudray, à défaut de légumes, avec le jus de citron c'est le seul aliment qui peut nous préserver du scorbut.

Et puis, pour en terminer avec ce rituel – viande, riz et pommes, quatre bouteilles de vin dont trois bues par le capitaine –, monsieur Othello a posé sur la table du sucre, une bouteille de rhum et un pot d'eau chaude. Millar, assommé, n'avait plus la force – n'aurait jamais la force, pendant toutes les soirées à venir – de se servir. Monsieur Othello a rempli son mug aux deux tiers de rhum et a rajouté de l'eau et du sucre. Millar a avalé sa tasse d'un trait. Il a émis une sorte de rot de satisfaction et a repoussé sa chaise. Monsieur Othello l'a traîné dans sa cabine, a débarrassé la table et refermé la porte du carré. Monsieur Coudray nous a servi un doigt de rhum allongé d'eau et de jus de citron – un vrai grog, comme en faisait madame Bowers quand quelqu'un était enrhumé, une boisson qui vous fait monter le feu aux joues et dormir comme une souche. Il a choqué nos mugs.

— Ça ne peut pas nous faire de mal, dosé avec mesure. Le capitaine, c'est autre chose. S'il arrêtait de boire, il en crèverait. Il faut faire avec. Ce sera comme ça tous les soirs... Ça a des avantages. Quand il est ivre mort, on peut commander. Et parler, si vous le souhaitez.

Parler ? William n'a pas acquiescé avec l'enthousiasme que j'attendais de sa part. Il avait pâli, et monsieur Coudray s'en est rendu compte aussi. Le mal de mer ? s'est-il inquiété. Non, a répondu William, il n'y avait jamais été sujet. Le repas, peut-être ? a continué le second. Non plus. Un coup de fatigue. Voulions-nous aller nous coucher ? Il n'en était pas question. William a frissonné et dit qu'il reprendrait bien un autre grog.

— Avec beaucoup de citron, j'ai dû prendre froid dans la neige, à Delphi.

— D'accord. Accordons-nous une autre douceur... Vous le méritez et je le mérite aussi. Je viens de passer près de cinq semaines en tête à tête avec Millar. Grâce à vous, le voyage du retour sera plus agréable... Si les vents nous sont favorables...

Finalement, ai-je songé ce soir-là, ce serait offenser le Seigneur que de nier qu'en embarquant à bord de ce bateau nous avons eu une certaine chance. Et cette chance a pour nom monsieur Coudray.

Né de père français et de mère anglaise, et bien qu'il soit citoyen britannique puisque canadien, il possède en quelque sorte cette double nationalité qui fait l'originalité, et le malheur peut-être, des Québécois. La plupart d'entre eux sont anglophones par raison et francophiles de cœur. Monsieur Coudray est marié et père de trois enfants. Il y a plusieurs mois qu'il n'a pas rejoint sa femme et leurs trois enfants sur les îles de la Madeleine, dans l'estuaire du

Saint-Laurent, où ils habitent. Depuis 1846 il ne cesse de faire des allers et retours entre le Canada et l'Irlande. Auparavant, il cabotait dans le bois, les fourrures et le blé sur le grand fleuve, entre Québec et Gaspé, à bord du même bateau, l'*Antigonish*, qu'il commandait. Comment et pourquoi ce navire a-t-il été transformé en transport d'émigrants, cela monsieur Coudray nous l'a expliqué dans le détail au cours de ces premiers dîners avant que William ne doive garder le lit.

La famine a été si soudaine, a provoqué en si peu de mois un tel flux d'émigration que la flotte de navires transatlantiques s'est révélée insuffisante. Les compagnies régulières anglaises et américaines ont été débordées. Les Irlandais disposant d'un peu d'argent se sont inscrits sur les listes d'attente. Mais les autres, à qui il fallait payer le passage ? Les landlords ont crié à la ruine. Comment évacuer à moindre coût et très vite la lie du royaume de Grande-Bretagne et d'Irlande ? se sont-ils interrogés. Une seule solution : s'adresser aux armateurs de cargos et leur proposer le transport au Canada de ce fret un peu particulier. Leur suggérer d'armer pour une campagne, en quelque sorte, comme on arme pour la pêche au thon ou à la morue.

L'*Antigonish* représente le modèle parfait de ces navires marchands transformés à la va-vite dans les chantiers navals qui bordent le Saint-Laurent. Construits pour transporter des marchandises, ces cargos étaient la plus simple expression de ce qu'on appelle un navire : une coque, un mât, le minimum de voilure, un château à l'arrière pour le commandement, un autre à l'avant pour l'équipage, et entre les deux une large ouverture béant sur l'intérieur d'une coque sans compartiments. Les travaux ont consisté à installer un plancher sur les membrures et à combler le vide entre les deux châteaux. De cette façon on a créé un entrepont seulement éclairé et aéré par une ou deux écoutilles qu'il faut fermer par mauvais temps. Hauteur sous plafond : deux mètres à peine. Sur le plancher de l'entrepont, de chaque côté, contre la coque, une rangée de couchettes qu'il faut plutôt rebaptiser châlits. Parfois, au milieu, comme c'était le cas pour l'*Antigonish*, une troisième rangée. Dans cette cave, dans cet égout, on entasserait plusieurs centaines de personnes. Afin de parachever la transformation de ces sortes de barges en transatlantique, on ajoutait un second mât, des gréements et de la voilure.

— Mais un sabot reste un sabot, a dit monsieur Coudray. Vous pouvez toujours ferrer et seller un bœuf, vous n'en ferez pas un pur-sang.

Il nous a parlé de ces grands voiliers qu'il rêve de commander, maintenant qu'il a pris goût au large océan. Vergues, drisses, cargues, artimons, hunier, voiles aux noms d'oiseaux exotiques – perruche, perroquet, cacatois –, il nous a soûlés de notions et de descriptions qui appartiennent à un autre univers – le sien, celui des marins, où se confrontent seulement deux éléments, l'air et l'eau – avec dans les yeux et dans la voix ce vague à l'âme des amoureux éconduits. Après l'avoir écouté, je ne me demande plus pourquoi, en anglais, le mot « bateau » est du genre féminin. Shooners de Chesapeake, leurs deux mâts inclinés vers l'arrière et leur gréement de goélette : pour lui des jeunes filles marchant sur les eaux cheveux au vent, avec au coin des yeux deux traits de khôl pour en allonger l'amande. Grands clippers de Baltimore aux lignes élancées et aux fines attaches, et leurs milliers de mètres carrés de voilure gonflés comme des mamelles au-devant de leurs trois ou quatre mâts : pour lui une bande d'amazones chevauchant la même cavale dans d'immenses prairies fleuries d'embruns.

La bouche de monsieur Coudray s'est plissée d'amertume. Les épousailles morganatiques avec ces naïades ne lui seraient jamais accordées. Au lieu de ces déesses aux corps cuivrés, il fréquentait une maritorne cacochyme, une mégère obèse, une marie-salope difforme. Encore devait-il s'en estimer heureux. L'armateur aurait très bien pu l'obliger à mettre sac à terre et le confiner dans un travail de bureau. En raison de sa double origine, il était quelque peu suspect. Le transport des émigrants vers le Canada exigeait une allégeance sans faille à la Couronne, ainsi qu'une sécheresse de cœur de général qui se fiche de dénombrer les pertes. Aussi avait-il dû accepter, s'il ne voulait pas perdre son emploi, d'être rétrogradé au grade de second pour se mettre aux ordres de ce Millar, alcoolique notoire, mais qui avait fait ses preuves au service de Sa Majesté la reine Victoria. Dans le passé, cet homme avait condamné à la pendaison plus d'un matelot simplement récalcitrant. Monsieur Coudray pouvait avancer une excuse à cette acceptation du grade de second : il n'avait pas l'expérience de la navigation au long cours. Millar, lui, avait navigué sur toutes les mers du globe, mais la lanterne de son expérience n'éclairait plus que le chemin parcouru. Et il le savait bien, que son commandement était usurpé, d'où son agressivité, pour lui le seul moyen de se protéger, de prétendre à des qualités qu'il n'avait plus. Comme s'il voulait se déprécier encore, associer sa propre personne et le bateau dans le même mépris, monsieur Coudray a conclu :

— L'*Antigonish* n'est qu'une grosse barcasse qui a les officiers qu'elle mérite. Et ne parlons pas de ses matelots...

Une douzaine d'hommes, heureusement commandés par

un maître d'équipage d'exception, monsieur Sterling. D'après monsieur Coudray, presque tous des bons à rien, excepté trois marins anglais de Liverpool et un Ecossais. Les autres : un repris de justice et des ivrognes ramassés sur le port de Québec.

— Allons, il faut que j'arrête de noircir le tableau. Malgré tout ça, le voyage aller s'est bien passé. Mais nous ne transportions que des marchandises... Le problème avec ces bateaux armés à la hâte, c'est qu'ils ne sont pas faits pour la haute mer. Ils ne naviguent que par vent portant. Tirer des bords est impossible. Ma hantise est de subir une longue période de vents contraires. Prions que ça n'arrive pas, sinon...

Je n'ai pas saisi ce qu'il voulait dire par « tirer des bords », mais en revanche j'ai parfaitement perçu la sombre inquiétude que contenait ce « sinon ». J'ai prié monsieur Coudray de s'en expliquer.

— Oh, des chiffres, rien que des chiffres, madame Browne...

Des chiffres formant des nombres pour un très court inventaire qui semblait effrayer le second.

Neuf mille gallons d'eau.

Quatre mille livres de nourriture (pommes de terre et salaison de porc).

Trois cent vingt-huit passagers dans l'entrepont.

Trois cent vingt-huit passagers ? Comment était-ce possible ? Ils étaient à peine cent cinquante à avoir survécu au froid dans le dédale du Doo Lough puis satisfait à la sélection sur la rive de Killary, ai-je dit à monsieur Coudray.

— Bien sûr, madame Browne, mais quand l'*Antigonish* a mouillé dans le fjord il abritait déjà son quota. Ou presque. Des émigrants embarqués à Sligo. Et notre quota ce sont deux cents places sur les châlits – à raison de soixante-dix centimètres par personne – et des vivres et de l'eau en proportion.

— Mon Dieu ! Mais alors ?

— Vous avez deviné notre problème...

Monsieur Coudray a refait son inventaire, pour une traversée censée durer un mois.

Neuf mille gallons d'eau ? En principe cela pouvait suffire. Entre trois et quatre litres par passager et par jour. Mais si le voyage se prolongeait ?

Quatre mille livres de nourriture ? Le contrat établi entre l'armateur et le gouvernement précisait : sept livres par personne et par semaine. Pour trois cent vingt-huit passagers pendant trente jours il en aurait fallu plus du double. Selon l'usage, l'armateur avait facturé le tout à la Couronne et Millar en avait revendu la moitié.

— C'est du vol !

— Du vol qui pourrait tourner au meurtre si jamais les vivres venaient à manquer. Espérons que ce vent de nordet continuera de souffler jusqu'à Terre-Neuve.

— Sinon ? n'ai-je pu m'empêcher de demander.

Monsieur Coudray n'a pas vraiment répondu.

— Ils sont livrés à eux-mêmes, savez-vous ? Exactement comme des balles de coton. Et encore, des balles de coton, on doit s'en inquiéter, voir si elles ne chauffent pas... Personne à bord n'est supposé s'occuper des émigrants, ni les officiers, ni le maître d'équipage, ni les matelots. Personne n'est censé avoir de contacts avec eux, et personne ne le souhaite. Personne n'est même tenu de les regarder lorsque ceux qu'ils ont désignés viennent le matin et le soir sur le pont vider leurs seaux. Les gens de Sligo étaient affamés en embarquant, ceux de Killary Harbour ne l'étaient pas moins. On peut supposer qu'ils se sont jetés sur la nourriture... Or, un jour ou l'autre il faudra bien leur dire de s'organiser, de se rationner, sinon... nous aurons de gros ennuis.

— Je descendrai dans l'entrepont.

— Vous n'y êtes pas autorisée.

— Qui me l'interdirait ? Millar ? Cet ivrogne ? Il dort la moitié de la journée.

— Moi.

— Vous ? Pourquoi ?

— Pour votre sécurité.

— Qu'est-ce que je risque ?

— Vous êtes une dame. Comment prévoir la réaction de cette foule enfermée à fond de cale ?

Nous étions seuls. William dormait. Soudain, j'ai eu besoin de me libérer du poids de tous ces mensonges, d'être moi-même et de proclamer : je suis Josephine Maloney, née dans les basses terres du Mask où tous les miens sont enterrés. Oui, j'ai éprouvé l'impérieuse nécessité de me confier.

— Je ne suis pas une dame, monsieur Coudray. Je ne suis pas américaine. Je ne suis qu'une pauvre Irlandaise, comme ceux de l'entrepont. Et William est un fils de landlord.

Et le reste a suivi. De la mort de mon père à notre embarquement à Killary. Monsieur Coudray en est demeuré abasourdi. Et puis il a dit :

— C'est incroyable ! Vous êtes tellement jolie, comment vous imaginer vêtue de loques, pouilleuse, fiévreuse, affamée comme les autres ? Bon Dieu, comment avez-vous pu échapper à tout cela ?

J'ai parlé de l'hospice de Ballinrobe, des sœurs qui me baisaient les mains et les pieds.

— Elles n'avaient pas tort, vous êtes une sorte de miraculée, Josephine, pardon, madame Browne.

— Non, appelez-moi Josephine, je vous en prie.

— Peut-être que votre présence à bord est une bénédiction... Bon, puisque vous n'avez pas peur de descendre... Eh bien vous serez mon agent de liaison entre le pont et l'entrepont. Maintenant excusez-moi, le ciel est clair, je vais en profiter pour faire le point sur les étoiles.

Une étoile nous guide-t-elle ? Demain je descendrai me mêler à ceux qui ne voient pas les étoiles. Mauvaises étoiles sous lesquelles ils sont nés. Qu'ils tentent d'oublier en jouant du violon... Dansent-ils aussi dans leur prison ?

16

Depuis longtemps les violons se sont tus.

Mon intention première était d'enrichir chaque soir ce cahier, de tenir jour après jour mon journal de bord. Jour après jour ! Quelle naïveté ! Comme si on pouvait être à la fois au four et au moulin !

Je retire cette expression. Elle est bien trop triviale. Trop gaie. La cuisson du pain est une image heureuse et les meuniers sont des hommes joviaux. Ils chantent en travaillant. Tournent, tournent les ailes de mon moulin.

Pourtant, l'entrepont est une sorte de four... Et que serait le moulin, alors ? Ma plume, aux ailes cassées ? Elle grince, brise les mots plutôt qu'elle ne les moud finement. Ma farine donnera une bouillie pleine de grumeaux. Le projet de William était insensé. Témoigner réclame une nature impassible, or mes émotions m'emmènent aux antipodes de la froideur.

Toutes ces réflexions contradictoires m'ébranlent. Je suis perdue, ma tête est le labyrinthe qu'évoquait William, je me heurte à des portes fermées, j'ai l'impression d'avoir épuisé tous les mots que je connais, je voudrais pouvoir en inventer de nouveaux pour décrire cette réalité de l'entrepont où je suis enfin descendue.

C'était il y a plus de deux mois !

Oui, cette traversée qui devait durer quatre semaines s'éternise. Dix semaines que nous sommes partis de Westport et toujours aucune côte en vue. La *cargaison*, le *lest*, comme disait Millar, s'est allégée. Plus de la moitié des émigrants sont morts... Et je crois que nous mourrons tous à bord de ce bateau. Avant de rendre l'âme, il me faut essayer de résumer, au moins résumer, ces deux mois de calvaire. Mais tout se brouille dans ma tête. Comment faire ? J'aurais dû prendre des notes au lieu de m'écrouler le soir, recrue de fatigue et assommée de tristesse. Des notes m'auraient servi de fil d'Ariane qu'il m'aurait suffi de rembobiner pour parcourir à rebours le labyrinthe. Il ne me reste qu'une solution : presser mes poings sur mes yeux fermés, me transporter dans les principaux couloirs du dédale et arracher à ma mémoire des scènes devant lesquelles elle voudrait tant dresser des paravents.

Je croyais avoir tout vu dans les asiles, j'ignorais que l'enfer eût un sous-sol, un cul-de-basse-fosse, ses oubliettes réservées aux plus déchus d'entre les damnés : un hospice flottant, duquel vous êtes prisonnier, où l'espace, l'air et la lumière vous sont mesurés ; où, bien que de l'eau et rien que de l'eau vous entoure, vous ne pouvez rien nettoyer, sauf à accepter de vous coucher sur un plancher humide et d'ajouter à vos tortures celle du sel enflammant les escarres.

Sous le regard méfiant de l'équipage, accompagnée des commentaires goguenards de Millar, je suis descendue dans... Je n'ose le dire... Dans cette fosse d'aisances, il faut bien l'écrire. A l'intérieur de ces latrines de Lucifer, l'odeur était insoutenable. Matin et soir l'équipage ouvrait en grand l'écoutille et un défilé d'émigrants, contenus entre deux cordes qu'il leur était interdit de franchir, allait à la poupe vider les seaux. Mais l'odeur persistait, à l'intérieur. Et au premier coup de vent à l'odeur des excréments s'ajouterait celle du vomi...

A peine descendue j'ai entendu Aideen m'appeler. Elle se trouvait sous la protection de gens de Sligo. Elle partageait la paillasse de leurs enfants. Je l'ai serrée dans mes bras, ai voulu la faire sortir. Sur le pont, l'Ecossais nous a repoussées.

— Désolé, ma belle dame. Vous la redescendez et vous remontez, ou bien vous restez là-dessous avec elle. A vous de choisir.

La peur des maladies. Pendant plusieurs jours, après que j'eus pris l'habitude de passer des heures dans l'entrepont à dispenser des soins et à réconforter les esprits, l'équipage s'écarterait de moi. Même monsieur Othello, à table, éviterait de venir de mon côté, jusqu'à ce qu'ils comprennent, néanmoins incrédules, que les miasmes ne vous sautent pas dessus comme des chats énervés, quand par ailleurs vous êtes correctement nourrie, habillée de propre et que vous disposez d'eau pour vous laver.

Aideen est redescendue et s'est nichée dans son recoin, exactement comme un petit agneau se couche pattes pliées contre un mur de pierres sèches, pour s'isoler dans cet état de prostration annonciateur de la fin. Elle ne mourrait pas, elle ! Je me le suis juré. Pour les quelque trois cents autres, que pouvais-je faire de plus que les encourager à tenir ? Intercéder en leur faveur quand les vivres viendraient à manquer ? Intercéder en vain, car monsieur Coudray, malgré sa compassion, serait dans l'obligation de me répondre :

— Le bateau a besoin d'un équipage en bonne santé, Josephine. Il faut que les marins mangent à leur faim. Et d'ailleurs, qu'y aurait-il à partager ? La ration d'un ou deux hommes entre deux cents ? Chacun n'aurait qu'une bouchée.

Alors, oui, j'ai voulu sauver Aideen. J'ai distrait pour elle une partie de mes repas, que je lui donnais en cachette – mais je voyais des narines frémir dans la pénombre et par moments j'avais l'extravagance de craindre que des affamés ne me mangent les mains. Devoir choisir est cruel. Pourquoi Aideen et pas telle autre petite fille ? Avoir été choisie par le sort n'est pas moins cruel. Je le sais, cette idée d'injustice me hante et je la ressasse sans cesse, mais comme l'a dit monsieur Coudray pour que je me sente moins coupable :

— Si vous pouvez partager le sort des malheureux et les aider, c'est bien parce que la Providence vous a élue pour le faire...

Il n'empêche, pourquoi moi dans une cabine et à la table du capitaine et pas telle autre jeune fille ? Pourquoi, dans de soudains accès d'égoïsme, la santé de William m'importe-t-elle plus que la destinée de l'univers tout entier ? Parce que je l'aime plus que tout.

Mon amour... Je ne saurais dire si tu es entre la vie et la mort. J'écoute ton souffle, je guette tes râles, je ne me réjouis pas quand tu vas mieux ; ces périodes de rémission sont éphémères.

Le mal dont souffre William depuis deux mois est étrange. A des heures d'agitation extrême succèdent des jours et des jours de langueur. Sur dix semaines il en a passé au moins six à sommeiller sur sa couchette. Au cours des trois autres, il s'est levé, s'est habillé parfois, a fait quelques pas sur le pont accroché à mon bras, comme un infirme, comme un vieillard. S'il avait été en pleine possession de ses moyens, comment aurait-il réagi ? Aurait-il enfoncé dans la gorge de Millar ces biscuits rances dont les émigrants sont censés se nourrir ? Aurait-il fracturé l'armurerie pour abattre d'un coup de fusil ce capitaine indigne ?

Aurais-je contracté la maladie de William ? Un chancre serait-il en train de me dévorer la cervelle ? Je me rends bien compte que mon esprit renâcle à narrer ces dix semaines de navigation. Il le faut, pourtant !

Recommençons. Retournons au commencement. N'est-ce pas le premier mot de la Genèse ? Au *commencement...* Dieu créa le ciel et la terre. Et ce n'est que le lendemain qu'il sépara les eaux sous le firmament de celles qui étaient sur le firmament. Il créa les lacs, les mers et les océans... Il a créé l'Atlantique pour que l'*Antigonish* le traverse...

Dieu a créé le monde en six jours, et c'est très exactement le nombre de jours pendant lesquels il ne nous a infligé que des épreuves mineures. Le vent soufflait du nord-est, la mer était à peine formée, l'air était vif, le navire avançait à une allure régulière, à table Millar se montrait guilleret :

— Hé ! Hé, si ce vent continue nous allons battre le record de la traversée ! J'ai bien fait de n'embarquer que la moitié des vivres.

Capitaine de malheur, oiseau de mauvais augure ! Le septième jour le vent a changé. Au cours de la journée il est passé du nord-est au nord, puis au nord-ouest, pour s'installer plein ouest en donnant de la voix. Peu à peu le visage de monsieur Coudray s'est assombri de tracas. Ce vent d'ouest, tout mon corps l'a reconnu à sa fragrance iodée, à ses ululements, à sa couleur – couleur des ciels de batailles navales sur les tableaux de madame Bowers. C'était le vent dominant du Connemara, celui qui se heurte aux montagnes de Partry, les dévale et zèbre les eaux noires du lough de longues lignes blanches que rasent les oiseaux de mer venus se réfugier dans les basses terres du Mask.

Nous n'avions nulle part où nous réfugier.

Ramenés par la main de Dieu au sein du chaos originel, nous allions subir l'épreuve des trois éléments primordiaux tour à tour mélangés comme si le Créateur, pusillanime, revenait à son hésitation première, avant qu'il ne décide de les séparer : l'air, l'eau et le feu.

L'air, ce vent qui forcissait, agitait les voiles en tous sens, semblait vouloir pousser le navire vers le ciel comme un gros cerf-volant.

L'air dont monsieur Sterling s'emplissait les poumons et les joues pour faire tourner la bille de son sifflet, faire vibrer ses cordes vocales, pour hurler des ordres, des formules incantatoires avec des mots pour moi ésotériques, des noms de voiles, de mâts, de manœuvres, et des injures, aussi, quand les marins protestaient qu'ils allaient y laisser leur peau, refusaient de monter dans la mâture et y allaient finalement, araignées à quatre pattes prises dans leur propre toile de haubans qu'ils avaient tissée par beau temps.

Le vent et l'eau, sa complice, ont lancé à l'assaut du navire leur armée de soldats ivres, fous de fringale, affamés de voiles déchirées, de bordés brisés et de chair blanche de noyés. D'abord les fantassins, rangs serrés de courtes vagues hachées à peine plus hautes que celles des tempêtes du Mask, facilement taillés en pièces par l'étrave de l'*Antigonish.* Dans leurs sillons, une heure plus tard, la cavalerie est apparue à l'horizon, bondissante et hurlante. Les cavaliers échevelés chevauchaient des licornes sur le front desquelles étaient plantés en guise de rostre des cors, des clairons, des buccins et des trompes, et tous ces instruments sonnaient la charge et le glas de l'hallali. L'*Antigonish* roulait bord sur bord pour éviter leurs coups de sabre. Et puis enfin, en vue de préparer le festin des dieux des abysses, se sont dressées des langues titanesques d'un vert blafard marbré de noir, encapuchonnées d'une bave blanche qu'elles crachaient sur nous comme des serpents.

Par une fente du volet, du château arrière où nous étions calfeutrés, j'observais monsieur Coudray, de qui notre salut dépendait. Arc-bouté à la barre, noyé sous des trombes d'eau, il faisait des efforts désespérés pour maintenir le navire face aux déferlantes. Nous montions à des hauteurs inouïes, redescendions dans des gorges et à chaque fois croyions que l'océan allait nous engloutir. L'équipage s'était enfermé à l'avant, panneaux fermés. Je n'osais penser aux malheureux bouclés dans l'entrepont, à leur lente agonie, quand le bateau coulerait. A quelle profondeur l'eau finirait-elle par envahir la cale ? Au bout de combien de temps le bateau exploserait-il sous la pression ? Au moins avions-nous, nous sur le pont, cette chance, cette liberté de nous jeter dans le chaudron, pour en finir plus vite. C'est ce que clamait dans mon dos Millar, affalé ivre mort au fond du carré. Il beuglait *Plus près de toi mon Dieu*, mais en remplaçant les mots du cantique par des termes obscènes que William, enfiévré, approuvait en retroussant les lèvres pour les répéter, ce qui lui valait les compliments du capitaine :

— Bravo, l'Américain ! Allez tous en chœur ! En anglais ! *Nearer to thee my pot, ô my dear chamber pot* !...

Dans la bourrasque obscure – à midi on se serait cru au crépuscule –, sous les rafales et les paquets de mer, j'ai vu monsieur Sterling progresser vers monsieur Coudray, disparaître dans une vague déferlant sur le pont, resurgir d'un torrent d'écume, s'agripper enfin à la barre lui aussi. Monsieur Coudray la lui a laissée et, debout, à genoux, rampant, ruisselant, il s'est dirigé vers nous. J'ai ouvert le loquet. La porte a failli me renverser. Il l'a refermée en pesant sur elle de tout son poids. Il a regardé Millar, d'un œil méprisant. Il a considéré les bouteilles vides qui roulaient dans le carré, a serré les poings et crié, hurlé plus fort que les éléments :

— Il faut mettre en fuite, capitaine !

— En fuite ? Tiens donc ! Et fuir quoi, monsieur Coudray ? Ce léger coup de tabac ?

— Ce foutu bateau n'est pas une goélette ! Il faut virer lof pour lof !

— Commencez donc par virer de bord un peu vous-même...

Millar a lampé une large gorgée de rhum au goulot et a tendu la bouteille à monsieur Coudray.

— Buvez un coup ! Ça ramollira le manche à balai que vous avez dans votre cul de mormon !

J'ai vu les phalanges de monsieur Coudray blanchir.

— J'ai réduit les voiles au maximum, mais nous ne tiendrons plus longtemps bout au vent.

— Réduit ? Donnez de la toile, au contraire, bougre d'animal ! Il faut qu'elle ait quelque chose à bouffer, cette tempête !

— Si nous prenons une de ces lames par le travers, jamais nous ne nous redresserons !

— Eh bien nous nous coucherons ! Nous entrerons dans la légende, Coudray, dans la légende des capitaines courageux !

— Vous êtes saoul comme une vache !

— Buvez un coup, Coudray ! Tétez-moi cette divine mamelle !

D'un revers du bras, monsieur Coudray a fait voler la bouteille de la main de Millar. Le flacon de rhum a explosé sur le coin de la table. Dans un grondement épouvantable l'*Antigonish* a embroché une lame. Un instant, je le jurerais, le bateau tout entier s'est trouvé sous l'eau. Il s'est redressé presque à la verticale, est retombé, et monsieur Coudray a été projeté sur Millar.

— Dans mes bras, mon ami !

Les traits révulsés, à bout de nerfs, monsieur Coudray l'a repoussé et s'est rencogné dans un angle du carré, à l'opposé de William, qui souriait aux anges.

— Pour l'amour de Dieu, capitaine !

— Et de la dive bouteille !...

— Pour l'amour de Dieu, capitaine, il faut virer de bord !

Les petits yeux porcins de Millar ont semblé s'enfoncer dans leurs orbites. Il m'a fait peur. Ivre mort, il l'était sûrement, mais on lisait dans son regard qu'il avait gardé cette lucidité méchante, égoïste et impitoyable que j'avais connue, enfant, chez certains hommes des basses terres du Mask, chez certains de ces pères drogués de poteen et qui, pour sacrifier à leur péché, gardaient par-devers eux l'argent de la vente des agneaux et affamaient leurs enfants. Deux lames nous ont pris en tenaille. Le bateau a tangué et roulé en craquant de toutes ses membrures. De l'entrepont s'est élevée une clameur d'épouvante.

— Pensez à tous ces pauvres gens, là-dessous, capitaine !

— Virer lof pour lof, et pour que faire, pouvez-vous me le dire, monsieur Coudray ?

— Par vent arrière le bateau souffrira moins.

— Par vent arrière nous rebrousserons chemin.

— Justement ! Je n'ose même pas imaginer dans quel état se trouve l'entrepont. Retournons au port ! Complétons les vivres ! Réparons ce qu'il faut réparer !

Le triple menton de Millar a tressauté de rire. Il a débouché une autre bouteille de rhum.

— Au port ! Moi, capitaine Millar, retourner au port après une semaine de navigation...

— Il n'y a pas de honte à ça !

— Retourner au port !... Vous rêvez, mon jeune ami. Ils ne nous laisseront pas accoster.

— Je ne vois pas pourquoi.

— Il faut vous tenir informé, mon cher !... Parce que le mois dernier un bateau de Belfast s'est trouvé dans la même situation que nous. Il est revenu à quai. Seulement voilà, la moitié de la cargaison avait le typhus. Ils ont provoqué une épidémie dans le quartier portuaire. Depuis, tout navire qui largue les amarres est condamné.

— A quoi donc ?

— A toucher terre de l'autre côté de l'Atlantique !

— Ou à sombrer dans la tempête...

— Je ne vous le fais pas dire. Un bateau qui quitte l'Irlande avec ce genre de lest est interdit de retour. Vous l'ignoriez ?

— On dirait que ça vous amuse.

— Pas vous ?

— Notre mission de marins est de maintenir ce bateau à flot.

— Nous le maintiendrons à flot aussi longtemps que nous n'aurons pas envie de nous saborder !

— Que voulez-vous dire ?

— Imaginez que l'on fasse des ronds dans l'eau pendant des semaines. Vous avez entendu parler du radeau de la

Méduse ? Personnellement je préfère crever noyé que dévoré tout cru par les crève-la-faim qui nous tiennent lieu de cargaison.

— Vous êtes complètement fou ! Je prends le commandement !

— Ah ? Et de quel droit ?

— Le droit maritime. Je considère que vous êtes empêché, que vous n'avez plus toutes vos facultés. A partir de maintenant vous êtes prié de rester dans votre cabine. Monsieur Othello vous y portera vos repas.

— Savez-vous quelle est la sanction prévue dans un tel cas ?

— C'est vous qui risquerez la corde avec ce que je vais consigner dans le livre de bord.

— J'écrirai le contraire.

— J'aurai des témoins !

— Ces espèces d'espions américains ? Quel tribunal les écoutera ?

— Monsieur Sterling est avec moi.

— Peut-être, mais pas l'équipage.

— Qu'en savez-vous ?

— Le vent !

— Le vent ?

— Le vent à la barre ! Hé ! Hé ! Hé ! Oui, oui, oui !

— Vous délirez !

— Ecoutez-moi bien, Coudray. A supposer que nous nous en sortions... Eh bien, quand les hommes, à la barre du tribunal, lèveront la main pour jurer de dire toute la vérité et rien que la vérité, ils mouilleront d'abord leurs doigts, et prendront le vent. Ils se rappelleront tout à coup qu'il soufflait de l'est et non pas de l'ouest, que cette tempête n'était qu'un petit coup de vent. Le vent vous soufflera en pleine gueule, Coudray ! Face aux juges les matelots seront de mon côté, pas du vôtre !

— Rejoignez votre cabine !

— A votre aise ! D'ailleurs, j'ai envie de dormir...

Millar s'est levé en chancelant. Monsieur Coudray l'a poussé sans ménagement et l'a enfermé dans sa cabine.

— Et maintenant à la grâce de Dieu ! m'a-t-il lancé en ressortant.

Il est allé chercher les hommes dans le château avant. Si j'ai bien compris la manœuvre, il s'agissait de hisser un bout de voile supplémentaire pour permettre au navire de virer très vite, entre deux lames.

Une fois ce bout de voile hissé, monsieur Coudray a repris la barre. Dans un creux, il a viré à bâbord. Le bateau s'est couché. J'ai cru que les mâts allaient s'enfoncer dans l'eau. La vague suivante nous a poussés par le travers mais à la proue le foc s'est gonflé d'un seul coup en claquant comme un fouet et la voile a tiré le navire en avant. Nous étions en fuite. Aussitôt la tempête a paru moins puissante. L'*Antigonish* semblait voler à la crête des vagues. Il ne roulait plus, ou à peine. Nous repartions vers l'est, privés de capitaine, commandés par un mutin, et j'en étais réconfortée. La tempête n'a duré que deux jours, mais en deux jours nous avons parcouru la moitié de la route qui nous avait éloignés de l'Irlande. Lorsque le vent a molli, monsieur Coudray a repris le bon cap. Comme l'avait prévu Millar, l'équipage, solidaire de la décision du second quand nous étions menacés de sombrer, a changé d'opinion en même temps que tournait le vent. Monsieur Coudray m'a dit :

— Je compte sur votre témoignage, Josephine. Millar avait raison. Maintenant que nous sommes sauvés les hommes m'ont fait comprendre qu'ils me laisseront tomber.

Bah ! Nous verrons bien. En attendant, nous sommes débarrassés de la présence de Millar à table. Rien que pour cela ça valait le coup d'arracher les galons de cet ivrogne.

L'air, l'eau, le feu...

Le feu attendra. L'air se repose. Nous sommes loin d'en avoir fini avec l'eau...

Mal arrimés dans l'entrepont, des barils d'eau douce s'étaient brisés pendant la tempête. J'ai fait l'inventaire des réserves, en ai rendu compte à monsieur Coudray et ensemble nous nous sommes livrés à des calculs.

— Occupez-vous de trouver dans l'entrepont des gens qui ont de l'ascendant sur les autres... Ils seront responsables du rationnement. Sévère, très sévère.

— J'ai l'impression d'être tellement inutile, en bas...

— Vous ne l'êtes pas. Rien que de vous voir, de vous entendre, d'être touchés par vous les réconforte.

— Les matelots devraient descendre aider au nettoyage.

— Autant leur demander de se pendre.

— C'est un désastre... Tous ces blessés qui baignent dans les déjections...

— Je suis désolé, Josephine, mais ils n'obéiront pas à un tel ordre. Entrer en conflit avec l'équipage serait pire que tout... Personne n'ira dans l'entrepont, à part vous.

Je m'interromps un instant. J'humecte les lèvres de William. L'eau nous est tellement comptée que nous nous contentons de presser sur notre languc un linge humide. Monsieur Coudray ne cesse d'entretenir l'espoir. Ses calculs prouvent que la côte n'est plus très loin. Pourtant, il me semble qu'elle recule à mesure que nous avançons.

J'essaie de lire dans les lignes de ma main, comme quand

j'étais petite fille. Je compte mes doigts. Un, deux, trois, quatre, cinq...

Cinq, le nombre de nos premiers morts, après la tempête. Une femme au crâne fracassé, un bébé étouffé par son vomi, trois vieilles personnes dont le cœur n'a pas résisté à l'angoisse. Nous avons inauguré une longue série d'obsèques maritimes.

Que je narre une fois pour toutes ce qui sera, ce qui depuis a été notre routine journalière. Ficeler les corps dans leurs hardes, les hisser en haut de l'escalier. Tandis que l'équipage se tient à distance, monsieur Coudray et monsieur Sterling les lestent aux pieds d'un bout de chaîne, en allongent un sur une planche, la planche bascule, le corps flotte un instant et peu à peu coule dans notre sillage. Le plus fort possible, afin d'être entendue de mes frères et sœurs massés sous le soupirail de l'écoutille, je lis ce passage que j'ai choisi dans l'Evangile de Luc, le sermon sur la montagne, puisque aussi bien nous nous languissons tous des hautes collines du Connemara et que l'océan est tour à tour plaine assagie et montagne en mouvement. A force de le réciter, je le sais par cœur...

« Alors, Jésus, les yeux levés sur ses disciples, dit : "Bienheureux, ô pauvres, parce que à vous appartient le royaume de Dieu. Bienheureux, vous qui maintenant avez faim, parce que vous serez rassasiés. Bienheureux, vous qui pleurez maintenant, parce que vous rirez. Vous serez heureux lorsque les hommes vous haïront, vous éloigneront, vous injurieront et rejetteront votre nom comme mauvais à cause du Fils de l'homme. Réjouissez-vous en ce jour-là, et tressaillez d'allégresse, parce que votre récompense est grande dans le ciel ; car c'est ainsi que leurs pères faisaient aux prophètes.

“Cependant, malheur à vous, riches, parce que vous avez votre consolation. Malheur à vous qui êtes rassasiés, parce que vous aurez faim. Malheur à vous qui riez maintenant, parce que vous gémirez et vous pleurerez. Malheur, quand les hommes vous loueront, car c'est ainsi que leurs pères faisaient aux faux prophètes.

“Mais je vous dis, à vous qui écoutez : Aimez vos ennemis, faites du bien à ceux qui vous haïssent. Bénissez ceux qui vous maudissent, et priez pour ceux qui vous calomnient. A quiconque vous frappe sur une joue, présentez encore l'autre. Et pour celui qui vous prend votre manteau, laissez-le prendre votre tunique.” »

S'il avait à ma place tenu le rôle du prêtre, William n'aurait pas dit cela. Il aurait dit : Haïssez vos ennemis, maudissez ceux qui vous maudissent. Frappez celui qui vous frappe. Et pour celui qui vous prend votre manteau, arrachez-lui la peau et faites-vous-en une tunique.

Il n'aurait pas récité le *Notre Père* et de l'entrepont on ne lui aurait pas répondu *Amen*.

« Dieu est mort », m'a-t-il fait écrire lorsqu'il était en état de dicter. Lequel de nous deux a raison ? Faut-il que les Irlandais prennent les armes ? Peut-on mener une guerre sans tuer Dieu ?

Sous la coupole renversée de la cathédrale océane, couler dans les grands fonds est pour nos morts leur façon de monter au ciel. Autour de leurs pieds la chaîne les maintient debout pendant leur interminable descente et c'est debout qu'ils se fixent sur le fond, comme des cierges, que j'imagine phosphorescents. A des pèlerins des abysses ils permettraient de suivre notre chemin, tel le Petit Poucet retrouvant le sien dans les bois de l'ogre assassin.

Un, deux, trois, quatre, cinq…

Combien de mains pour compter les jours ?

Combien de fois deux mains pour compter les morts ?

Quelque soixante-dix jours jusqu'à ce soir où j'ai repris la plume.

Et plus de deux cents morts.

Morts égrenés un par un tout au long de ces trois semaines de navigation routinière qui ont suivi la tempête. S'il n'y avait pas eu les restrictions d'eau et de nourriture, les relents de fosse d'aisances et l'infâme promiscuité, notre progression sous une bonne brise aurait presque paru idyllique, en comparaison de ce qui nous attendait.

Des morts par fournées entières quand les trois éléments, l'eau, l'air et le feu, bientôt se conjugueraient.

Prenons-les à rebours. D'abord le feu. Quel feu ? Oh pas celui qui aurait embrasé le navire, c'eût été une mort trop douce, trop rapide... La fumée vous étouffe, vous perdez connaissance, le feu vous réduit en cendres. Non, je veux parler du feu du ciel. Des feux du soleil ! Comment ? Du soleil ? Que craindre de l'astre du jour qu'en Irlande nous implorions de briller ? Nous n'étions plus sous les mêmes latitudes... Nous avions dérivé vers le sud, vers des contrées maritimes où le soleil grossit jusqu'à emplir le firmament, où l'océan se couvre d'une couche d'huile qui apaise les vagues comme le fer brûlant efface les plis d'un vêtement. Nous venions de violer le territoire des sorcières marines dont les chevelures aux couleurs vives flottaient entre les reflets gras, longues de plusieurs milles. Là, les sorcières avaient le pouvoir de faire voler les poissons. Par bancs entiers ils crevaient la surface, déployaient leurs ailes transparentes, planaient sur une distance de dix pas et ricochaient sur l'eau. Ou retombaient sur le pont. Il y en eut quelques-uns. Ils furent mangés crus par l'équipage.

Monsieur Othello ne voulut pas en cuisiner, de peur d'attirer sur lui le mauvais œil.

L'air, maintenant... Il était immobile. Les voiles pendaient, inertes, nous n'avancions plus, prisonniers de la fournaise, redoutant l'heure du zénith où les ombres se réduisaient jusqu'à s'affûter comme des lames de couteau. Dans la cabine, j'appliquais des linges humides sur le visage et le torse de William. Dans l'entrepont, je recommandais à mes frères et sœurs de misère de faire de même. Sur le pont, nous respirions à peine, alors au-dessous... Toujours en cachette, j'ai donné une gourde à Aideen, en lui recommandant d'attendre la nuit pour boire, afin que personne ne la lui arrache des mains. Je ne sais si elle m'a entendue : depuis la tempête elle ne me répondait plus, se contentant de me fixer de son regard apathique.

Le deuxième jour de canicule, trois malheureux sont morts de suffocation. Il a fallu lester les corps plus lourdement, afin qu'ils coulent à pic, qu'ils ne restent à flotter entre deux eaux autour du navire, ainsi que des remords.

Nous appelions la nuit de tous nos vœux. Les flammes s'éteignaient, et, comparée à leurs morsures, la tiédeur de l'air semblait aussi glacée que le souffle d'un torrent. La nuit, monsieur Coudray observait les constellations, reportait ses observations sur le livre de bord, essayait de lire dans la poussière d'étoiles – jamais je n'en avais vu autant – l'annonce du retour du vent. A l'aube l'équipage léchait les voiles où s'était déposée une légère rosée.

Huit morts, dont cinq enfants, le troisième jour.

A l'aube du quatrième jour, monsieur Coudray a pris la décision de faire découper des ouvertures dans le pont. Il en a discuté avec monsieur Sterling. Ils sont convenus des endroits où pratiquer ce qui serait des lucarnes pour l'entrepont et comment assembler ensuite les planches en panneaux de façon à pouvoir refermer en cas de nouvelle tempête. Ils ont demandé des volontaires. Sans succès. Aucun matelot ne voulait respirer l'air qui monterait d'en bas lorsque la première planche sauterait. Monsieur Coudray et monsieur Sterling ont dû manier eux-mêmes la scie et le marteau. Je suis descendue. Déjà les malheureux se bousculaient pour respirer et lever vers la lumière leurs visages et leurs membres blancs comme des racines. Je suis aussitôt remontée sur le pont et j'ai demandé à monsieur Coudray de faire tendre des bouts de toile au-dessus de ces puits inondés de soleil.

Les cinquième et sixième jours, l'air et la relative fraîcheur de la nuit ont fait reculer la mort. Nous n'avons immergé que trois cadavres.

Mais le septième jour l'incendie a éclaté pour de bon. Tout là-haut, non loin sans doute de notre Créateur, un ouragan s'est mis à souffler sur les forges solaires. La température a monté d'un coup, au-delà de l'imaginable. Le pont, le bastingage, les voiles inertes, tout est devenu brûlant, et l'air a fini par embraser l'eau.

Comment l'eau peut-elle prendre feu ? Il s'agit encore d'un autre feu. Plus terrible, plus sournois. Celui des miasmes qui se repaissent de chaleur, enflent, se multiplient !

Il était déjà trop tard quand je m'en suis aperçue. Sidérée qu'en moins d'une journée des dizaines de malheureux aient attrapé les fièvres, je me suis penchée sur un tonneau. L'eau n'était plus qu'une purée de larves. Dans plusieurs caisses les biscuits grouillaient d'asticots. Mes jambes, nues jusqu'aux genoux, étaient couvertes de puces. J'ai hurlé,

hurlé : NE BUVEZ PAS ! NE TOUCHEZ PLUS A CETTE EAU ! Tremblante de dégoût, je me suis enfuie.

Contre ce feu il fallait allumer des feux : faire bouillir cette bouillie de larves.

— Bouillir, où, comment ? s'est écrié monsieur Coudray. Dans cet air sec, une étincelle et le bateau se transformera en bûcher !

— Ils mourront tous de soif !

— De soif ou des fièvres, quelle différence ?

— C'est vous qui dites cela, monsieur Coudray ?

— Pardonnez-moi.

Je l'ai de nouveau supplié de partager nos réserves avec mes frères et sœurs de l'entrepont.

— Je vous l'ai déjà dit, Josephine, c'est impossible. Les matelots sont au bord de l'épuisement. Comment ferons-nous s'ils sont incapables de manœuvrer lorsque le ciel nous délivrera d'ici ?

— Le vin, le rhum, il faut leur donner le vin et le rhum de Millar !

— Ce serait les achever tous sûrement... Voyez ce qui est arrivé aux matelots. L'alcool n'a fait qu'accélérer leur fin...

Trois étaient morts, quatre autres déliraient dans le réduit avant. Il ne restait plus que cinq hommes à la manœuvre, dont l'Ecossais, apparemment indestructible.

Et bientôt ce serait à notre tour, nous les valides, nourris et abreuvés, de sombrer dans la stupéfaction. Pendant que l'incendie ferait rage, nous resterions, monsieur Coudray, monsieur Sterling et moi, roulés en boule sous l'auvent d'une toile tendue entre la barre et le château arrière. L'équipage se tiendrait le plus loin possible des bouches par lesquelles s'échappait l'haleine pestilentielle de la morgue flottante. Et tous nous regarderions, médusés, des désespérés – ils furent une dizaine, mais jamais plus d'un à la fois – apparaître de l'écoutille, se diriger d'un pas vacillant vers le bastingage, l'enjamber et se jeter à l'eau, aller au diable, puisque Dieu dénie aux hommes le droit de s'ôter la vie. Nos oreilles bourdonnaient de chaleur, nous n'entendions même pas la mer les déglutir. Chaque soir, pendant presque une semaine, au crépuscule je descendrais recenser les morts avec le sentiment de m'enfoncer dans un sépulcre pour y déterrer les cadavres. Très vite nous n'aurions plus de quoi les ficeler dans leurs hardes ni les lester. Voilà pourquoi nous attendrions la nuit pour nous en débarrasser : de façon qu'ils aient le temps de couler avant le lever du jour.

Mer aux Sorcières, mer des Trépassés, table dressée pour les carnassiers. Des centaines d'ailerons croiseraient bientôt autour du navire et c'est aux requins qu'il m'a fallu livrer, ô mon Dieu, le corps de la petite Aideen, pourtant indemne de tout stigmate de fièvre. Comme bien d'autres en Irlande dans les hospices, dans les fossés, sur les chantiers, sur les quais, et puis à bord des bateaux-cercueils, elle s'était laissée mourir, comme je le craignais. Et ma hantise est que William ne soit touché par la même désespérance, que son cerveau ordonne à son cœur d'arrêter de battre. J'ai détourné mon regard de l'océan pour ne pas voir l'eau bouillonner et rougir du sang de ce petit être que je n'avais pas su protéger. J'ai levé les yeux au ciel pour voir son âme s'envoler. Le ciel s'est obscurci. Etais-je en train de devenir aveugle ? Ou bien le monde prenait-il le deuil comme le vendredi où le Christ est mort en croix ?

Un éclair a zébré le firmament, du zénith à l'horizon. Le tonnerre a grondé. Un deuxième éclair, puis un troisième suivis d'un long roulement de tambour. Là-haut accueillait-on l'âme de la petite Aideen ? Pleur des saints affligés que cette goutte d'eau ? Une goutte ? Un galet liquide, qui a frappé le pont comme une balle. O le doux projectile ! Comme j'aurais aimé qu'il m'écrasât le front !

Soudain les saints n'ont plus retenu leur chagrin. Les gouttes se sont multipliées. Une pluie diluvienne, lourde, droite, inouïe. Un rideau opaque à travers lequel j'ai vu les matelots ôter leur chemise et offrir leur torse à cette pluie bienfaisante. En un instant ma robe m'a collé au corps. A la verticale des deux puits des bouches édentées béaient, des mères aux membres grêles levaient leurs enfants nus vers le torrent tombant du ciel. J'ai couru aux cuisines et jeté par l'écoutille tous les ustensiles que j'ai pu – cuvettes, timbales, marmites – afin que les malheureux puissent recueillir cette eau bénite. Ma précipitation serait bien inutile : le déluge durerait jusqu'au matin suivant, de quoi remplir plusieurs barils d'eau fraîche.

— Paré à larguer ! a crié monsieur Sterling.

Les matelots, fouettés par la douche, ont grimpé comme des singes dans les haubans. Dans la lumière crépusculaire de l'orage, les voiles, toutes ces voiles aux noms pour moi si mystérieux, se sont gonflées, l'*Antigonish* a frémi, l'océan a recommencé de courir en murmurant le long de sa coque. Rassasiés de mortels, l'air, l'eau et le feu du ciel brisaient enfin nos chaînes. Monsieur Coudray a mis le cap sur le nord-ouest.

C'était il y a environ trois semaines.

J'ai passé toute la nuit à écrire. Le jour éclaire notre cabine. Je souffle ma bougie. William dort. Il règne à bord un calme de chambre funéraire et malgré ma réticence à établir ce macabre bilan, il me faut bien admettre que dans ce caveau sont morts les deux tiers des passagers de l'entrepont. Il en reste une centaine, en sursis, tout comme nous, car l'eau est de nouveau rationnée, la cambuse de monsieur Othello est presque vide et dans l'entrepont il n'y a plus rien à manger excepté des biscuits infestés de vermine crevée.

La dernière viande que monsieur Othello a cuisinée, c'était celle, il y a une huitaine de jours, d'un grand oiseau qui s'est pris dans les vergues. Il est tombé sur le pont en battant des ailes, des ailes immenses desquelles il ne pouvait se dépêtrer. En un tournemain, les matelots l'ont égorgé, plumé et vidé.

— Un albatros, ai-je dit à William.

Je persistais à lui parler pour maintenir son cerveau éveillé. Ses lèvres gercées se sont retroussées sur cet affreux rictus qui lui tient lieu de sourire. Il m'a pris la main et a bredouillé, mais assez gaiement :

— Sers-nous donc une pinte de porter bien fraîche, ma jolie.

Où se croyait-il ? Dans quel café de Paris ou de Bruxelles ? En compagnie de qui ?

— Dis-moi, Charles, l'autre jour tu ne m'as pas parlé d'une histoire d'albatros ? Attends un peu que je me souvienne... Ses ailes de géant... Ses ailes de géant l'empêchent de marcher, c'est bien ça que tu as écrit hier ou avant-hier, hein ?

Je n'ai éprouvé aucune pitié pour ce grand oiseau massacré. J'ai bien peur d'avoir atteint à mon tour ce bas-fond des sentiments où s'évanouit toute compassion, où règne l'indifférence, la terrible et odieuse impassibilité du berger et l'apathie du mouton quand ils marchent ensemble à l'abattoir.

Que je sois le mouton ou la bergère, ou les deux, qu'importe : aucun d'entre nous n'arrivera à l'abattoir. Le chemin est trop long.

Alors, que ne viennent-ils, les fossoyeurs océaniques ? Qu'ils sapent l'eau sous le navire ! Qu'ils creusent notre fosse dans l'eau comme mon père a creusé nos trous à tous dans le cimetière d'Inishconga !

Qu'y a-t-il ? J'entends des cris ou est-ce mon cerveau qui se joue de ma raison ? Terre ? *Terre ?* TERRE !...

La porte de la cabine s'ouvre à toute volée.

— Tenez bon, Josephine ! me crie monsieur Sterling. La côte est en vue !

— Laquelle ?

— A votre avis ?

— Nous sommes dans le golfe du Saint-Laurent ?

Il m'a embrassée sur les deux joues.

— Je l'espère bien !

17

Monsieur Coudray a fait le point. Son visage s'est rembruni. Cette terre, cette ligne d'un bleu un peu plus foncé que l'horizon aperçue un instant, c'était la Nouvelle-Ecosse. Le vent nous a repoussés vers le large. Les yeux hors de la tête, les matelots ont envahi le carré. Ils voulaient que l'on mette le cap sur Sydney.

— Pas question, a dit monsieur Coudray, cap au nord, sur le Saint-Laurent.

— On gagnerait au moins une semaine de navigation, a grogné l'Ecossais.

A moi aussi, après avoir jeté un coup d'œil sur la table des cartes, cette idée m'a semblé pertinente, aussi n'ai-je pas compris que monsieur Coudray la refuse sans tergiverser.

— Ou bien on en perdrait deux, a-t-il répondu.

Ses raisons ? Des courants et une mer hachée, souvent, dans ces parages. Une côte inhospitalière qu'il serait dangereux de longer ; pour un bateau, le plus grand danger n'est pas la mer mais la côte, surtout avec un tel navire, presque impossible à manœuvrer dans l'urgence, et plus encore quand on ne peut plus compter que sur un équipage de cinq hommes valides capables d'affaler ou de hisser les voiles, de prendre ou de larguer un ris. Enfin, et surtout, de l'avis de monsieur Coudray nous serions refoulés de Nouvelle-Ecosse.

Monsieur Sterling l'a admis sans discuter. Lui aussi savait, et tous deux pouvaient bien me le dire, à présent, que les Irlandais n'étaient pas accueillis à bras ouverts au Canada anglophone et protestant. Déjà à Québec et Montréal, où la population est catholique, et donc a priori ouverte à des coreligionnaires, il y a dans ces villes, m'a dit monsieur Coudray, des quartiers irlandais. Parce que les Irlandais désirent se regrouper et tenter de tirer le meilleur parti du pot commun de la solidarité ? Il y a de cela, bien sûr. Mais la véritable explication à l'existence de ces quartiers réservés est que les Irlandais, ces mal-aimés, ne trouvent à se loger que dans les taudis, le long des rues les plus insalubres, où les bonnes gens ne vont pas se promener. Dans l'attente de leur improbable installation sur les arpents promis dans les grandes prairies, ils reproduisent outre-Atlantique leurs conditions de vie dans les faubourgs déshérités de Dublin, Cork et Limerick. Alors, qu'en serait-il à Halifax, Sydney ou Port Hawkesbury ?

Non, il nous fallait être accueillis par des officiels, tenant des registres, des fonctionnaires à qui l'ordre avait été donné de drainer le flot de l'immigration. La population, elle, n'obéissait à aucun ordre de mission. Elle n'obéissait qu'à son instinct, et son instinct lui dictait de repousser les intrus, sales, malades, fainéants, ne sachant rien faire hormis gratter la terre – point de charron, de menuisier, de charpentier, d'ébéniste, de maçon, d'horloger, de brasseur, de mécanicien, rien que des métayers incultes et analphabètes, qui par conséquent leur ôteraient le pain de la bouche, les voleraient, les assassineraient peut-être. Refoulé des ports de

Nouvelle-Ecosse, l'*Antigonish* devrait remonter au nord pour retrouver le Saint-Laurent – des jours et des jours de perdus – ou filer vers le sud, l'inconnu, toujours, des ports américains, où l'état du navire lui vaudrait d'être mis en quarantaine – et quoi qu'il en soit, encore des jours et des jours de navigation perdus. Non, la Nouvelle-Ecosse n'était vraiment pas une destination souhaitable et monsieur Sterling en était aussi convaincu que monsieur Coudray. Nous étions attendus à Québec, nous irions à Québec. Et dans l'estuaire du Saint-Laurent nous pouvions espérer être secourus pendant notre remontée du fleuve.

— Mais enfin, a protesté l'Ecossais, demain on y serait, en Nouvelle-Ecosse !

— Tu veux prendre le commandement ? lui a répondu monsieur Coudray.

— Pourquoi pas ? a répliqué l'Ecossais avec un regard sournois.

— On se calme, les gars ! a dit monsieur Sterling.

Aussi entêtés qu'ils fussent, le maître d'équipage a réussi à leur faire rengorger leur hargne. Cependant, il fallait s'en méfier. Un verre de rhum de trop et ils perdraient définitivement le sens de la hiérarchie.

Voilà pourquoi depuis hier l'équipage se cantonne à l'avant et nous à l'arrière. Un épais brouillard est tombé, qui a mis fin à l'esclandre. Le navire n'est plus vraiment commandé. C'est le vent qui dirige l'*Antigonish*, tantôt dans une direction qui plaît à l'équipage, tantôt vers celle qui nous permet de rêver.

Oui, rêvons qu'une bonne brise du sud-est nous pousse vers le nord-ouest. Dans la brume, je trace sur la carte notre route idéale. Nous sommes à la hauteur de la péninsule d'Avalon, l'extrémité de Terre-Neuve. Si la brume se levait nous pourrions apercevoir la ligne grise de Cape Pine.

Dans quelques heures, ou quelques jours, nous laisserons à main droite les îles françaises de Saint-Pierre-et-Miquelon. D'un coup de barre à tribord nous pourrions nous y rendre, mais il serait également illusoire d'espérer y aborder, plus illusoire encore que d'espérer aborder en Nouvelle-Ecosse. Néanmoins, de même qu'au départ nous avons franchi une porte entre les îles d'Inishbofin et d'Inishturk, ces bouts de terre française marquent, avec le Cap-Breton au sud, l'entrée du large détroit de Cabot, nouvelle porte, immense celle-là, s'ouvrant sur le golfe du Saint-Laurent. Là, nous laisserons les îles de la Madeleine à bâbord – monsieur Coudray s'arrangera sans doute pour passer au plus près, essayer d'apercevoir sa maison –, puis à tribord l'île d'Anticosti. Enfin, nous entrerons dans le fleuve proprement dit, comme dans un lit aux draps frais, entre lesquels l'*Antigonish* glissera son long corps émacié. A regarder la carte on s'y sent déjà. Songer que ce calvaire aura une fin s'apparente à un rêve, d'autant que cette fin ne sera qu'un recommencement, impossible à imaginer puisqu'on ignore quelle forme prendront cette fin et le renouveau. William sera-t-il toujours en vie ? Je prie, je prie jour et nuit. Je suis sûre, mon esprit me le dit, mon cœur m'adjure de croire qu'avec des soins appropriés il peut survivre. Egoïstement, je pense à lui, à nous. Mais dans les prochains jours, combien de morts supplémentaires, même si, au grand dam des matelots, nous partageons les dernières gorgées d'eau et les derniers biscuits avariés avec les moribonds de l'entrepont. Avec parcimonie, puisque sur le second plateau de la balance qui nous sert à peser les aliments la prudence pèse plus lourd que la fonte des poids.

Monsieur Coudray et monsieur Sterling se relaient à la barre. Dès qu'il a fini son quart, monsieur Sterling regagne le château avant, afin d'assurer aux hommes sa solidarité de marin, et dans le but aussi, en sa qualité de maître d'équipage qu'ils respectent encore, de les écouter, d'apprécier leurs changements d'humeur, de tuer dans l'œuf des velléités de véritable mutinerie. Le pire serait de les laisser livrés à eux-mêmes. Il n'empêche qu'il se couche avec un couteau sous son oreiller.

Quand monsieur Coudray est de quart, je monte la garde, un fusil à portée de la main. J'ai ordre de tirer sans sommation en cas d'agression. Comment oserai-je ?

Quand ils doivent intervenir sur la voilure de poupe, les matelots longent la lisse en courant, un linge sur le visage. En outre, ils ont installé un cordage de façon à délimiter un espace à l'intérieur duquel les émigrants doivent demeurer – sinon les marins refusent de passer –, assis pour la plupart, les jambes ballantes et le menton sur la poitrine, au bord des trous creusés dans le pont pendant la canicule.

Voilà bien deux semaines que Millar n'a pas montré le bout de son nez. Peut-être est-il mort, sans doute s'est-il tué à force de boire. S'il est en vie, s'il est conscient, par son hublot, a-t-il comme moi aperçu à travers le brouillard ce navire qui traîne derrière lui un panache de fumée ? Monsieur Coudray m'a parlé de bateaux en feu : bougie qui choit entre les châlits, braises d'un foyer qui roulent sur le plancher, la cale s'embrase, l'équipage sans scrupules ferme les écoutilles, actionne les pompes, au risque de noyer les malheureux de l'entrepont tente d'éteindre le feu, mais le sinistre s'étend, le pont s'embrase à son tour, on descend les chaloupes, les marins abandonnent le navire, le bateau coule avec sa cargaison de passagers étouffés, brûlés, noyés.

William dort d'un mauvais sommeil. Il faut que j'aille rejoindre monsieur Coudray à la barre. A nos malheurs présents devrons-nous ajouter celui de recueillir les passagers d'un bateau en feu ? Comment ferons-nous ? Comment les nourrirons-nous ? En écrivant ces derniers mots avant de poser ma plume, ma main tremble.

18

Que d'événements contradictoires, que de cheminements erratiques depuis que je n'ai pas rouvert ce cahier !

Tout d'abord, ce fut un sourire, à la fois amusé et bienveillant, sur les lèvres et dans les yeux bleus de monsieur Coudray.

A bord, cela faisait bien longtemps qu'un sourire n'avait pas illuminé un visage. Par conséquent, je l'ai accepté avec bonheur, quand bien même était-ce un sourire à mes dépens. M'ayant vue accourir, m'ayant entendue lui faire part de mes inquiétudes à propos de ce bateau en feu à l'horizon, monsieur Coudray m'a tendu sa lorgnette, a souri et m'a dit :

— Un trois-mâts barque. Il ne brûle pas, il brûle son charbon. Regardez...

C'était un assez grand bateau, à la ligne effilée. Entre le premier et le deuxième mât, une épaisse fumée noire sortait d'une haute cheminée. Quelles cuisines, quels fournils, quels feux de forge nécessitaient une telle cheminée ?

— Un moteur à vapeur, Josephine. Une invention qui va supprimer bien des aléas de la navigation.

Si je connaissais le mot « vapeur », j'ignorais celui de

moteur. Comme on apprend à un enfant le cycle de l'eau – l'évaporation, les nuages, la pluie –, monsieur Coudray m'a expliqué cette merveille que des esprits supérieurs avaient inventée. La vapeur capable de soulever le couvercle de la marmite c'était de l'énergie à emprisonner, à produire grâce à une énorme chaudière, puis à répartir dans des tuyaux pour actionner d'énormes pièces de métal très compliquées et pour finir faire tourner des roues semblables à celles des moulins des rivières, ou bien une hélice, quelque chose qui ressemble à trois graines de sycomore réunies, si j'ai bien compris. En brassant l'eau comme la graine de sycomore brasse l'air dans sa chute, cette pièce de métal, minuscule par rapport à la taille du navire, le propulse en avant. Les chantiers navals d'Amérique et d'Europe perfectionnaient ces techniques de mois en mois, de jour en jour, presque d'heure en heure. Le peu de navires jusqu'à présent équipés d'un moteur à vapeur se contentaient de l'utiliser par temps calme.

Monsieur Coudray a prédit un futur proche où tous les voiliers auraient un moteur, où on traverserait l'Atlantique en deux semaines, où on irait de New York en Australie en moins d'un mois. Le long de la côte américaine, il avait croisé plusieurs de ces bateaux construits à Glasgow pour une compagnie anglaise. Ils portaient tous des noms anciens glorifiant le Royaume-Uni : *Britannia*, *Cambria*, *Caledonia*, *Hibernia* – l'ancien nom de l'Irlande. Il avait visité un bateau en construction à Baltimore, américain celui-là, un futur cargo mixte qui embarquerait trente passagers en cabines de première classe, véritables bonbonnières en acajou mouluré, marqueté et sculpté de feuilles d'acanthe, ornées de tous côtés de glaces vénitiennes biseautées, encadrées d'or. En comparaison, traiter l'*Antigonish* de sabot ou de péniche c'était lui faire bien trop d'honneur.

— Un bateau-lavoir ou mieux un ponton flottant, un navire-prison.

Tout entier absorbé par ses explications et ravi de constater l'étonnement qu'elles provoquaient chez son élève – nous sommes restés comme cela une demi-heure hors du temps, ou du moins plus dans le futur que dans le présent –, monsieur Coudray en avait oublié le voilier à vapeur. Il n'était plus qu'à environ un demi-mille et sa vitesse constante produisait l'impression que l'*Antigonish* n'avançait pas. Monsieur Coudray a repris sa longue-vue et juré sur un ton enthousiaste :

— Bon Dieu ! Regardez, Josephine, regardez le nom de ce bateau ! Vérifiez que je n'ai pas la berlue ! *Acadia* ! Il se dirige tout droit vers la Nouvelle-Ecosse ! Il va croiser notre route, Josephine !

Acadia, cela ne me disait rien. Monsieur Coudray m'a éclairée. L'Acadie est l'ancien nom d'une vaste province qui couvrait les territoires maritimes de la Nouvelle-Ecosse et du Nouveau-Brunswick, au temps du Canada français. Après que la France eut perdu la guerre contre les Anglais, les Acadiens refusèrent de prêter serment d'allégeance à la Couronne. Près de vingt mille d'entre eux furent déportés dans d'autres colonies britanniques, la plupart en Louisiane, une région en grande partie insalubre, perdue aussi par la France au profit de l'Angleterre. L'histoire recommençait donc ! L'émigration organisée des Irlandais était le calque parfait de la déportation des Acadiens, mais sur une échelle multipliée par cent !

Monsieur Sterling nous a rejoints. A la poupe, l'équipage était survolté. L'Ecossais s'époumonait en adressant de grands signes au vapeur. Ce navire représentait au minimum l'espoir de secours immédiats et peut-être l'autorisation de le suivre jusque dans un port de Nouvelle-Ecosse. Monsieur Coudray a appuyé sur tribord, afin d'être sûr que l'*Acadia* ne se déroute pour éviter l'*Antigonish* au dernier moment. Ce n'était pas l'intention du vapeur. Le panache de fumée s'est redressé à la verticale, si épais que la brise parvenait à peine à l'ébouriffer. Appuyés au bastingage, marins, passagers et officiers du vapeur considéraient l'*Antigonish* comme une bête curieuse. Comme une bête maléfique : ils avaient bien sûr identifié un bateau d'émigrants. A l'aide d'un porte-voix, monsieur Coudray a expliqué notre situation et demandé de l'aide : vivres, eau fraîche et quelques hommes d'équipage pour aider à la manœuvre. Nous avons vu trois officiers entrer en conciliabule et, apparemment, intimer l'ordre de se taire à des marins qui protestaient. Tout cela n'était pas bon signe. Monsieur Coudray a hurlé :

— Avez-vous un médecin à bord ?

Pas de réponse. C'est alors que nous avons entendu derrière nous la porte d'une cabine claquer et la voix de Millar tonner :

— Descendez une chaloupe, je vais aller leur parler !

Othello lui avait ouvert. Le nègre roulait de gros yeux.

— Le papapitaine il m'a dit qu'il allait nous sauver tous, alors Othello qu'est-ce qu'il pouvait faire, hein ?

Millar ! Capitaine Millar ! Amiral Millar ! Rasé de près, l'œil vif, en grande tenue, chemise blanche immaculée, cravate noire, décorations, redingote et casquette neuves. Monsieur Othello a ricané :

— Hihihi, le papapitaine il a presque pas bu vin rouge et grog depuis trois semaines !

C'était donc cela ? Le monstre avait de la ressource. Afin de préparer son heure, il s'était mis au régime sec, ce qui avait dû exiger de la part de sa carcasse d'alcoolique un terrible effort de volonté.

— Demandez-leur des vivres, de l'eau et une demi-douzaine de matelots, capitaine, a dit monsieur Coudray.

— Qu'est-ce que vous croyez, imbécile ? Que je vais leur demander le temps qu'il fait ?

— Je vais avec vous.

— Pas question !

Les cinq marins se sont disputés pour emmener Millar. Monsieur Sterling a réussi à les séparer et à désigner deux Anglais. La chaloupe a été mouillée à la hâte. Les deux hommes ont tiré sur les avirons comme des forcenés, jusqu'à venir à contre de l'*Acadia*. C'était éprouvant de devoir se contenter d'un seul de nos sens, la vue, pour tâcher de comprendre ce qui se tramait en face. Tendus, mâchoires serrées, monsieur Coudray et monsieur Sterling n'ont pas quitté l'*Acadia* du regard.

Millar parlemente avec son homologue. On l'autorise à monter à bord. Rude épreuve, pour un homme de sa corpulence, aux muscles avachis, que de grimper à l'échelle de corde qu'on déroule. Brève discussion de Millar avec les officiers réunis autour de lui. On imagine que sa tenue, sa bonne mine et sa morgue impressionnent. Hochements de têtes. Millar se penche sur le plat-bord, parle aux deux matelots avec force gestes qu'on interprète comme des gestes de renvoi. Les marins agrippent l'échelle de corde et commencent à monter. Agitation au-dessus d'eux. Regroupement de matelots contre la coupée. Les deux marins de l'*Antigonish* sont repoussés. Ils s'accrochent. On voit luire un sabre. On perçoit des cris, des bribes d'injures.

Les deux marins redescendent dans la chaloupe, défont l'amarre, lèvent le poing, se mettent à ramer vers nous, attrapent bientôt le filin contre la coque.

— Qu'est-ce qu'il se passe ? leur hurle monsieur Sterling.

— Ce fumier de Millar a décidé de jouer la fille de l'air. Il reste avec ce tas de salauds. Pas d'eau, pas de vivres, pas d'hommes ! Ils veulent rien nous donner. Par contre...

L'expression de leurs regards a changé. De leurs visages aussi. Une espèce de jubilation sournoise. Nous nous sommes retournés. Les trois autres hommes, armés de fusils, tenaient en joue monsieur Coudray et monsieur Sterling.

— Désolés, messieurs, va falloir passer la main ! a ironisé l'Ecossais qui, semble-t-il, s'était autoproclamé chef de la mutinerie.

— Par contre, a continué le rameur d'un ton railleur, ils nous ont dit... Ho ! L'Ecossais, tu m'entends ?

— Je t'entends, l'Anglais !

— Ils nous ont dit tu sais quoi ? De mettre le cap sur un endroit que tu dois connaître, vu que c'est tes ancêtres qui l'ont baptisé !

— La Nouvelle-Ecosse, hein ?

— Ben ouais !

— Qu'est-ce que vous en dites, messieurs ? s'est rengorgé l'Ecossais. Si vous nous aviez écoutés on n'aurait pas perdu tout ce temps.

— On ne pourra pas débarquer, a dit monsieur Coudray.

— Attends un peu, t'es dingue ou quoi ? Et pourquoi qu'on pourrait pas ? Vu que les autres nous conseillent d'y aller. Ils savent ce qu'ils disent, non ?

— Ils veulent se débarrasser de nous à bon compte, a

répliqué monsieur Coudray. Ils espèrent qu'on se perdra en route ou qu'on se brisera sur des récifs.

— Allez-y et vous verrez bien, a dit monsieur Sterling. Mais ne venez pas vous plaindre, après.

— Ta gueule, toi ! C'est exactement ce qu'on va faire ! Y aller et voir. Sans vous !... Pas la peine de remonter la chaloupe, les gars !

Mon Dieu, ai-je pensé, ils vont abandonner monsieur Coudray et monsieur Sterling sur la chaloupe au milieu de l'océan.

— Attention, l'Ecossais, on a besoin d'eux, a dit l'un des matelots.

— Qu'est-ce que tu crois ? Je sais lire une boussole !

— Tu connais pas le coin. Eux, ils le connaissent.

— D'accord, d'accord... a maugréé l'Ecossais.

S'en sont suivies des palabres interminables, pendant lesquelles les mutins ont essayé de concilier l'inconciliable : laisser monsieur Coudray et monsieur Sterling commander, et donc exécuter les manœuvres qu'ils ordonneraient, tout en les gardant enfermés dans le château arrière. Monsieur Coudray a fini par leur proposer un modus vivendi : il acceptait de jouer au service de l'*Antigonish* le rôle de pilote chargé de conduire le navire en Nouvelle-Ecosse et, considérant qu'il n'était plus le maître à bord, renonçait à toutes ses prérogatives sauf à celles concernant la manœuvre. Dans cette tâche de pilote, monsieur Sterling serait son second, et tous deux donnaient leur parole d'honneur qu'ils ne consigneraient pas ces événements, qu'il fallait bien appeler mutinerie, sur le livre de bord, n'en diraient pas un mot aux autorités portuaires, quelles qu'elles soient, et ne tenteraient évidemment rien pour reprendre le commandement du navire par les armes.

L'Ecossais a eu quelques mots fort grossiers à propos de leur honneur, qu'il situait très bas. Avec une patience infinie, monsieur Coudray s'est adressé aux cinq marins. Tout d'abord, que risquaient-ils à six contre deux ?

— Trois contre cinq, a dit l'Ecossais. Le nègre compte pour du beurre et on sait bien de quel côté est cette jolie dame.

Et quand bien même ? a continué d'argumenter monsieur Coudray. Ne dépendions-nous pas tous les uns des autres ? A supposer que par un quelconque tour de force nous nous emparions des fusils, par quelle menace obligerions-nous les marins à monter dans les gréements ? La menace d'une balle ? Un homme mort n'a jamais aidé à la manœuvre. Bien que d'opinions contraires, nous étions tous solidaires, par la force des choses. Pour terminer, monsieur Coudray a assené cet argument en forme de paradoxe :

— Le meilleur moyen de mener ce bateau à Québec c'est de vous emmener d'abord en Nouvelle-Ecosse. Parce qu'il faudra bien aller à Québec, vous verrez.

Là-dessus, l'Ecossais a fanfaronné :

— Crois-moi mon pote, une fois en Nouvelle-Ecosse moi je bougerai plus mon cul de là.

Pour ne pas s'avouer battu, il nous a cantonnés à l'arrière et, arguant que j'avais moi-même monté la garde près de la barre, a désigné un homme armé pour nous surveiller, ce qui n'avait aucun sens mais satisfaisait sa bêtise et son amour-propre.

Bien lui en a pris d'avoir signé cette sorte de paix des braves. En fin d'après-midi, longtemps après que le panache de fumée de l'*Acadia* nous eut distancés, nous sommes entrés dans l'épais brouillard coutumier de cette zone où, au dire de monsieur Coudray, de nombreux doris se perdent chaque année, qui ne peuvent rejoindre leurs morutiers. Les pêcheurs meurent de faim, de soif et de froid dans la purée de pois. Tous les navigateurs canadiens de ces parages redoutent de rencontrer l'une de ces barques fantômes, annonce de futures catastrophes, où se balancent deux corps momifiés, aux orbites béantes, forées par les goélands pour vider les crânes de leur cervelle.

Avec l'arrivée du crépuscule le vent a molli. Je me suis couchée après avoir fait la toilette de William. J'ai gardé un seau d'eau de pluie que je mets à fraîchir dehors dès que la nuit vient. Eau précieuse, eau bénite qui le lave de sa sueur et lui procure un moment de paix avant le sommeil. Ses côtes saillent, ses bras sont plus maigres que mes poignets, mais son corps semble avoir cessé de jaunir. Le contraste entre la blancheur de sa chemise et la couleur et la texture de vieux papier de sa peau paraît s'atténuer. Est-ce de bon augure ? Par obligation séparée de lui – les couchettes sont trop étroites pour qu'on puisse y dormir à deux ; amants, sans doute aurions-nous pu nous serrer l'un contre l'autre, mais William a besoin de toutes ses aises –, allongée sur le côté, tout comme lui, chaque soir je le fixe dans les yeux, tout en sachant que ses yeux, qu'il garde ouverts sur je ne sais quelles images, ne me voient pas. Lequel de nous deux les ferme en premier ?

A la proue, un homme s'est mis à donner des coups de trompe à intervalles réguliers. Un bruit sinistre à vous glacer les sangs. Il m'a rappelé ce cri que je croyais entendre, à Inishconga, quand les âmes s'envolaient des défunts, shriek ! shriek ! Mais rien ne peut plus m'effrayer. Je veux dire : rien, aucun cri ne pourra plus me faire hurler de peur ni reculer. Si William meurt je rejoindrai les émigrants dans leur catatonie et me laisserai abattre. Mais il vit ! Tout à l'heure, il m'a dit « maman ». Hier, il me prenait pour sa sœur Beatrice. Demain, qui serai-je ?

Je serai le témoin de nouvelles turpitudes humaines. Elles sont infinies. Libres d'agir à leur guise, bercés de l'illusion de quitter le navire dans moins de vingt-quatre heures, l'Ecossais et ses quatre complices – pardon, ses *cinq* complices, car Othello, qui aurait pu penser cela de lui ?, s'est associé à leur commerce – ont imaginé délester les survivants des quelques piécettes qu'ils pouvaient avoir encore sur eux. Ils ont ouvert boutique au bas de l'échelle, y ont transporté une bonne part de ce qu'il nous restait de biscuits à peu près secs et d'eau de pluie et ont appâté les malheureux à grand renfort de réclames. Des ombres se sont rendues à ce guichet de camelots. Les marchands du temple ont liquidé leur stock. En début d'après-midi, alors qu'à l'horizon une côte ne cessait de s'étendre et de s'élever, ils se sont partagé la recette : pièces de un penny, gourmettes, médailles. Tout cela, à les entendre, sera dépensé en stout et en ale dans des cafés du port.

Quel port ? Celui que l'*Acadia* nous avait enjoint de gagner : Louisbourg. Ironie du sort que notre destination – provisoire, monsieur Coudray n'en démordait pas – portât le même nom que ce hameau où nous avions dormi, régalés de saumon, dans le Connemara. Mieux valait Louisbourg que Sydney, m'a dit monsieur Coudray.

Sydney est un grand port fondé à la fin du siècle dernier, il y a quelque soixante années, par des loyalistes américains, fidèles à la Couronne britannique. Un port plus anglais que Liverpool ou Bristol, par conséquent. Louisbourg, au contraire, était à l'origine une place forte française qui avait vaillamment résisté aux assauts britanniques, avant de capituler sous le nombre. De rage, les Anglais avaient rasé un fort magnifique. Monsieur Coudray était enclin à penser que parmi les descendants des Français subsistait un sentiment anti-anglais qui nous vaudrait plus de charité. Nous n'allions pas tarder à le savoir. A l'aube, quand le brouillard s'est levé, la côte était toute proche.

Cris des oiseaux venus à notre rencontre, mystérieuse odeur de la terre, intuition ? Un par un des corps décharnés ont gravi l'échelle. Des têtes sont apparues hors de l'écoutille. Une vingtaine de ces malheureux, certains que j'avais soignés les jours passés et crus moribonds, se sont agenouillés, agrippés à la corde qu'il leur était interdit de franchir. Ils ont pleuré devant ces collines verdoyantes, qu'on devinait échancrées d'un tas de rivières, semblables à celles de l'Irlande. Ils pensaient sûrement que c'était le terme de notre voyage. Nous n'avons pas eu le courage de les détromper ; nous aurions bien voulu nous-mêmes être leurrés, ne serait-ce qu'une heure, une minute, un instant par cet alignement de maisons en bois, pimpantes, de couleurs vives, nichées au fond de la baie de Louisbourg autrefois défendue par le Fort aux Français. En virant au près de roches où se dressait un phare, nous avons aperçu un léger panache de fumée soufflé par la sibylle qui tenait notre sort entre ses mains. Ancré devant le port, l'*Acadia* nous barrait le passage. A son bord, notre arrivée a provoqué un véritable branle-bas de combat. Le vapeur a hissé un pavillon. L'*Antigonish* a viré bout au vent, les voiles ont faseyé. Monsieur Coudray a donné l'ordre de les affaler et de mouiller l'ancre. Furibond, l'Ecossais l'a empoigné par le col.

— Mouiller l'ancre ? Tu rigoles ? On a assez d'erre pour atteindre le quai !

— Fais ce qu'on te dit, lui a ordonné monsieur Sterling. Tu n'as pas vu le pavillon ?

— Quoi ? Quel pavillon ?

— Interdiction d'accoster.

— Tu te fous de moi ? Qu'est-ce qui me prouve que ce bout de chiffon veut pas dire bienvenue les gars, amenez-vous, la bière est tirée ?

— Va consulter le livre des signaux. Il est dans la cabine de Millar.

— Je m'en balance, de ton livre. D'ailleurs, je sais pas lire !...

Il a hélé ses compères.

— Allez les gars, on mouille l'ancre et on se tire !

Ils ont mis la chaloupe à l'eau et se sont littéralement jetés dedans, l'Ecossais à la barre franche, les quatre autres aux avirons. Monsieur Othello n'a pas voulu les suivre. A peine parvenus à mi-chemin de l'*Acadia*, les fuyards ont essuyé une salve de coups de fusil. Les balles ont frappé l'eau à dix mètres devant eux. Ils ont continué. Nouvelle salve. Les balles ont frappé l'eau à deux mètres devant eux. Ils ont continué, mollement, à coups de rames incertains. Troisième salve. Les balles ont encadré la chaloupe. Ils ont fait demi-tour. Pendant qu'ils regagnaient le bord, l'*Acadia* a poussé ses feux, craché de grosses volutes de fumée noire et levé l'ancre pour venir mourir à notre hauteur, à vingt yards de distance. Des soldats, et non plus des marins, étaient alignés le long du bastingage. Le capitaine et ses seconds se tenaient derrière. Millar n'était pas avec eux. Il avait déjà débarqué, ou se cachait, mort de honte, si tant est qu'un tel homme peut en éprouver. Il y a eu un échange, au porte-voix, entre monsieur Coudray et le commandant de l'*Acadia*. L'accès au port nous était refusé pour raison sanitaire, le vapeur allait nous remorquer à un peu plus de dix milles au nord, sous le vent d'une île, Scaterie, dans la baie de Mira, où nous mouillerions et recevrions bientôt des instructions.

— Les fumiers ! a éructé l'Ecossais.

Monsieur Sterling a interpellé les mutins.

— Ho ! Vous tous ! Acceptez-vous de vous remettre aux ordres de monsieur Coudray ?

— Bien obligés, a maugréé l'Ecossais.

Trois heures plus tard, l'*Acadia* nous laissait dans le refuge qui nous avait été imparti. Hormis un hameau d'une dizaine de maisons qui donnait son nom à la baie, la côte était inhabitée. Une section de soldats avait déjà dressé des tentes au bord de la grève, pour nous refouler au cas où nous voudrions débarquer. Nous étions autorisés à enterrer nos morts sur l'île – Millar les avait certainement informés qu'il ne se passait pas un jour sans décès. J'en ai fait le tour avec monsieur Coudray. Elle était complètement abandonnée aux oiseaux et aux lapins. D'une source sourdait de l'eau douce. Au moins, quelle que soit la durée de cette quarantaine, nous ne mourrions pas de soif. Mais de faim ? L'essentiel de nos réserves avait été dispersé, vendu aux émigrants, et c'était tant mieux si cela avait pu contribuer à redonner un peu de forces à quelques-uns – auxquels l'Ecossais allait pouvoir rendre leur argent et leurs modestes bijoux, maintenant que l'espoir de s'enivrer dans un pub s'était évaporé avec ses illusions de mutin.

Ce détour par la Nouvelle-Ecosse était un véritable non-sens, une continuation du tragique absurde qui semblait une constance dans le traitement de la question irlandaise par les Anglais. Le capitaine de l'*Acadia* avait-il été sincère en nous conseillant de prendre ce cap ?

Espérait-il réellement que nous accosterions ? A terre, à Louisbourg, qui décidait de notre sort ? Qui avait ordonné cette proscription sous le vent de Scaterie ? Pour l'heure, inutile de le nier, ce mouillage était paradisiaque : un bateau enfin immobile, une île où nous promener et guérir pas à pas de ce curieux mal de terre qui nous faisait un peu chanceler. J'ai aidé William à se redresser sur son séant afin qu'il voie à travers le hublot la couleur de l'eau : sur les fonds de sable, une étendue vert anis marbrée ici et là du bleu outremer de roches coiffées d'herbiers. Il a murmuré le nom de son lac du Mayo. M'a-t-il entendue, m'a-t-il comprise quand je lui ai dit non, ce n'est pas le Lough Carra, mais nous le reverrons un jour, William chéri ? En tout cas, cette vision s'est épanouie sur son visage comme une fleur de rêve. Et je crois bien qu'à son instar tous, à bord, y compris l'équipage, oui tous ont passé leur première nuit paisible depuis plus de deux mois.

Au petit matin je suis descendue dans l'entrepont visiter les malades. Nous n'aurions aucun corps à enterrer sur l'île : personne n'avait trépassé pendant la nuit ; la proximité de la côte avait ranimé chez les moribonds une étincelle de vie. Mais avec l'aube se sont réveillées nos angoisses. Tant que nous naviguions nous pouvions avoir l'illusion de la liberté : libres de tenir notre cap ou de mordre dans les rênes du vent, libres d'atteindre Québec, libres de nous laisser porter vers l'équateur, d'affaler les voiles et, en proie au désespoir qui rend la mort plus douce que la vie, attendre les tempêtes ou le soleil de plomb, une façon de se saborder, d'en finir avec les tourments. Ici, nous dépendions à nouveau d'obscures autorités, de déités administratives, de maîtres aux ordres incompréhensibles.

L'*Acadia* est revenu mouiller à proximité. Il s'est tapi comme un chien de garde dans le chenal entre Scaterie et la côte. Au bout d'une demi-heure environ une chaloupe s'en est détachée, transportant quatre hommes : deux rameurs et, assis sur le banc de poupe, deux hommes à l'allure de clergymen, vêtus de redingotes noires et coiffés de chapeaux à large bord. Des croque-morts ? C'étaient des médecins, mais des disciples d'Hippocrate soucieux de ne pas approcher de trop près l'humanité souffrante. De la chaloupe, ils ont parlementé avec monsieur Coudray. Ils sont convenus d'un protocole qui a été appliqué à la lettre. L'équipage s'est retiré à l'avant, les médecins sont montés à bord et se sont installés à une table – de simples planches sur des tréteaux – sur la plage arrière. Face à l'écoutille, ils ont ouvert leurs sacoches et je suis descendue chercher un petit groupe de passagers capables de tenir sur leurs jambes. Lorsque les médecins ont vu apparaître, sortant de la pénombre de la cale, marche après marche, essoufflés comme s'ils gravissaient l'un des Douze Bens du Connemara, ces visages émaciés aux yeux caves, ils se sont dressés d'un bond et ont crié : « Qu'ils redescendent, qu'ils redescendent ! » Les malheureux se sont immobilisés sur la dernière marche et je ne doute pas que les médecins ont vu en ces effigies du mal les spectres de victimes venues hanter leurs bourreaux. Ils ont empoigné leurs sacs et enjambé le bastingage. J'ai accouru, je les ai suppliés – ô mon Dieu, pardonnez-moi mon égoïsme –, les ai suppliés d'examiner mon mari.

— Qui êtes-vous, madame ?

J'ai répondu, ô mon Dieu, mon Dieu, pardon, pardon, mille fois pardon, j'ai répondu :

— Lady Benson.

Lady Benson ? Que faisais-je à bord de cette galère ? Je leur ai dit que ce serait une histoire bien trop longue à raconter et, perdant toute ma dignité d'Irlandaise, les ai implorés de me laisser les conduire au chevet d'un landlord. Seul le plus jeune des deux s'est laissé fléchir. Et encore, à demi. Il n'a pas ausculté William. Le regarder lui a suffi.

— Jaunisse à rechutes, a-t-il dit.

Une maladie contagieuse. Tout comme me l'avait fait observer madame Bowers, à Cranmore House, il m'a dit que j'avais dû l'attraper dans ma tendre enfance et être de ce fait immunisée. Une chance. Une chance inouïe, aussi, que nous voyagions en cabine et que William n'ait pas quitté sa couchette depuis que la maladie s'était déclarée. Sinon, tous les passagers auraient été contaminés. Mais ce qui m'intéressait le plus de connaître, c'était quels soins dispenser à William.

— Il n'y a rien à faire. Le malade s'en sort seul ou ne s'en sort pas. On peut juste l'aider, en lui donnant des légumes frais à manger.

Des légumes frais ! Autant vouloir décrocher la lune !

— Soyez confiante, a dit le médecin.

Il a rejoint son confrère et ils ont regagné l'*Acadia*, qui a levé l'ancre. Notre sort demeurait plus que jamais incertain.

Monsieur Coudray et monsieur Sterling ont prévenu l'équipage que nous devions nous préparer au pire : une quarantaine qui durerait jusqu'à ce que le dernier survivant enterre le dernier mort sur l'île, ou bien...

— Ou bien quoi ? a repris l'Ecossais.

Monsieur Coudray a haussé les épaules et répondu qu'il ne savait pas. Néanmoins, revenus à de meilleurs sentiments, conscients de la nécessité de ne plus contester les ordres ou suggestions de monsieur Coudray, les marins et monsieur Othello, pendant toute la journée, n'ont pas cessé de faire des allers-retours entre l'*Antigonish* et Scaterie pour reconstituer nos réserves d'eau douce. Un travail de bénédictins, car de la source ne coulait qu'un mince filet d'eau. Monsieur Sterling a tiré plusieurs lapins que nous avons écorchés et mis à cuire, agrémentés d'herbes odorantes ramassées par monsieur Othello, à la broche sur un foyer entre des pierres. J'en ai descendu une marmite dans l'entrepont. Surmontant mon dégoût, j'en ai mangé pour donner l'exemple.

William s'est endormi de bonne heure. Probablement est-ce de ma part de l'autosuggestion, mais son regard m'a semblé moins vitreux, son front moins moite et sa respiration plus régulière. Je me suis attardée sur le pont en compagnie de monsieur Coudray, de monsieur Sterling et des hommes d'équipage, dans une atmosphère d'amicale veillée, propice aux confidences. Le temps y était-il pour quelque chose, en plus du silence et du calme de la baie ? Il faisait toujours aussi beau, mais plus frais. J'ai dû aller prendre un châle. Scintillant de millions d'étoiles, le ciel était magnifique. Monsieur Sterling tirait sur sa pipe, remplie de tabac de Virginie parfumé. Monsieur Othello nous a raconté qu'il était le fils d'esclaves, et comment et pourquoi il avait fui les champs de coton, autres champs de misère dont j'ignorais l'existence. L'Ecossais a regretté de n'avoir pas une cornemuse. Il nous aurait donné l'aubade, un de ces airs mélancoliques que les sonneurs égrènent du haut des Highlands. L'Anglais de Liverpool a parlé de la fiancée qu'il avait laissée au pays. Leur révolte avait été salutaire, qui avait épuré leurs esprits. Je suis descendue voir si tout allait bien dans l'entrepont. Illusion, sans doute, aussi : une sorte de paix semblait présider au repos des émigrants. Personne n'était agenouillé, personne ne veillait pour recueillir le dernier souffle d'un mourant. Désormais, tous paraissaient devoir survivre. C'est ainsi, dans l'oubli de la précarité de notre situation, que nous avons passé une deuxième nuit dans la baie de Mira.

Le lendemain matin, l'*Acadia* a de nouveau mouillé l'ancre au milieu du chenal. Comme la veille, une chaloupe est venue à portée de voix : quatre rameurs et un maître d'équipage. Celui-ci nous a transmis les ordres de l'administration portuaire. Il a soufflé le chaud et le froid dans nos cœurs. Le froid : pestiférés, nous l'étions, et il nous faudrait larguer les amarres pour rejoindre Québec, où les passagers seraient soignés avant de débarquer. Le chaud : l'*Acadia* apportait des vivres pour nous permettre de tenir pendant cet ultime trajet. Le froid, encore : la procédure adoptée pour le transfert des vivres d'un navire à l'autre. Puisque aussi bien le moindre contact avec nous était prohibé, les chaloupes de l'*Acadia* ont déposé les vivres sur la grève de l'île de Scaterie, où nous avons dû aller les chercher avec nos barques. Voilà comment les protestants de la Nouvelle-Ecosse s'étaient arrangés avec leur conscience : ils nous chassaient, mais pour tâcher de se faire pardonner cet acte moralement répréhensible ils nous aidaient à gagner le paradis supposé de Québec en nous fournissant des vivres. J'ai pensé que cette façon de verser ces sortes d'indulgences ressemblait fort à une livraison de fourrage à du bétail ou de viande à des lions en cage. Déverser du foin sur une pâture en regardant du coin de l'œil les taureaux susceptibles de charger, ou jeter de la viande avariée à des fauves sous la protection d'une forêt de piques. Cependant, quand j'ai vu les vivres, mes sentiments se sont adoucis. J'ai rendu grâce à ces gens pour leur générosité et admis leurs craintes de la contagion.

Les vivres ! Crésus ne devait pas plonger ses bras dans le fleuve Pactole avec plus d'avidité que nous avons plongé les nôtres dans ce tas de victuailles.

Poisson séché, riz, maïs, farine de froment, pommes de terre nouvelles à la peau fine, légumes de toutes sortes aux feuilles encore humides de rosée, et des sacs et des sacs de pommes fraîchement cueillies, à la peau grise, en apparence une méchante couleur, mais enveloppant une chair juteuse et sucrée dans laquelle nous avons croqué en riant de toutes nos dents. Une fois ce moment de folie passé, nous avons réparti ces provisions entre les châteaux arrière et avant et l'entrepont, où l'Ecossais, véritablement métamorphosé, a accepté de descendre m'aider à distribuer des pommes, deux par personne, dans un premier temps. Il fallait laisser le temps aux organismes de s'habituer à cette nourriture. Monsieur Othello a remis ses fourneaux en route et nous avons allumé le feu dans l'âtre de l'entrepont. C'est une véritable cuisine flottante qui a levé l'ancre, saluée par les coups de trompe de l'*Acadia*. Le vapeur nous a ouvert la route du chenal, a viré de bord et mis le cap vers le sud et Halifax tandis que sous focs et grand-voile nous prenions la route du nord pour un ultime trajet de quelques jours.

— Une croisière, a plaisanté monsieur Coudray, le cœur rempli d'allégresse.

Je lui ai lu ces pages que je venais d'écrire.

— Pourquoi Crésus plongeait-il ses bras dans le Pactole ? m'a-t-il demandé.

— Parce que ce fleuve charriait des paillettes d'or.

— Ah ! Bientôt vous verrez tous les ors de l'automne illuminer le Québec, m'a-t-il promis.

19

A l'heure où je reprends la plume, nous venons de laisser à bâbord les îles de la Madeleine et leurs falaises de grès rouge. Monsieur Coudray s'est approché le plus près possible du port de Grande-Entrée. Il a chargé l'Ecossais, qui s'était vanté d'avoir le souffle des joueurs de cornemuse, de donner des coups de trompe sans discontinuer. Ont-ils été entendus de l'île ? Toujours est-il que dans la longue-vue, devant la maison en bois de monsieur Coudray, joliment peinte en vert et rose, les silhouettes de son épouse et de ses filles nous ont adressé des signes. En remettant le cap au nord-est, sur le détroit d'Honguedo entre l'île d'Anticosti et la Gaspésie, de but en blanc il m'a demandé :

— Avez-vous ensuite où aller, Josephine ? Quels sont vos projets ?

Je lui ai livré la vérité telle quelle : déclarés par le major Wexley persona non grata dans tout l'empire britannique, à Québec nous serions attendus par la police ou l'armée et conduits à la frontière des Etats-Unis.

— Hum ! Ça m'étonnerait que quelqu'un se préoccupe de vous... Le Canada doit être sens dessus dessous, les autorités bousculées par cet afflux d'émigrants. Et puis

Québec n'est pas l'Angleterre ni l'Irlande, ni tout à fait le Canada... Même si par extraordinaire le courrier de ce major Wexley est parvenu à Ottawa, ça m'étonnerait que la police s'intéresse à vous. Je pense que vous pourrez filer. Alors, pourquoi ne viendriez-vous pas avec moi dans les îles de la Madeleine ? Vous pourriez y rester le temps que vous voudrez, en attendant que votre mari se rétablisse et que s'annoncent pour vous des jours meilleurs.

— Je pense que William sera d'accord. Je vous remercie mille fois de votre proposition.

— Eh bien alors n'en parlons plus. Considérons la chose comme réglée !

Quel plaisir de voir monsieur Coudray aussi enjoué ! Devant un visage affichant un tel bonheur, qui semblait avoir retrouvé toute sa jeunesse, ses yeux de gamin espiègle, son sourire de bon Samaritain, comment douter de notre futur ?

L'art de la narration, avec lequel je commence à me familiariser grâce aux conseils de William – oui, autant le dire tout de suite, il a recouvré sa lucidité, ah quel bonheur, encore ! –, m'oblige à revenir sur notre passé récent.

Pour une fois, je le fais avec plaisir. Plaisir est un mot faible. William m'en suggère d'autres. S'il continue à lire ainsi par-dessus mon épaule et à vouloir m'empêtrer dans mes phrases, eh bien il recommencera à me dicter. Te voilà prévenu, mon amour ; et l'amour en question, oh dois-je vraiment l'écrire, tel Eros bandant son arc, de me décocher une flèche, de m'embrasser dans le cou et de me chuchoter à l'oreille de venir me coucher, quelle impudence, ne croyez-vous pas ? Oui, disais-je, William me suggère des mots plus forts que « plaisir »... Régal, euphorie, volupté, jouissance...

Monsieur Coudray n'avait pas cru si bien dire en parlant de croisière. Brise régulière, ciel clair, douce chaleur le jour, fraîcheur matinale et vespérale : un temps typique de la fin de l'été et de l'arrivée, soudaine en cette partie du monde, de l'automne boréal.

Il y a quelques jours, juste avant l'événement que je veux raconter, nous étions entrés dans le golfe du Saint-Laurent. C'est une véritable mer intérieure, large de plus de trois cents milles. A cause de la luminosité du ciel et d'une brume de beau temps, les côtes de Terre-Neuve et de la Nouvelle-Ecosse se confondaient avec l'horizon dans le même bleu sombre et profond. Entre la pureté de l'air et la qualité de notre nourriture, j'hésite à choisir : quel levier a peu à peu soulevé notre moral jusqu'au zénith ?

Dans l'entrepont, presque un pont à ciel ouvert tant il était criblé d'ouvertures que nous n'avions nul besoin de refermer par ce temps, l'archet d'un violon a cherché les notes d'un accord. Un effleurement, une main osseuse tourne une éclisse, un nouvel effleurement, le violon se gratte la gorge. C'est un de ces fiddles légués par un mort à un fils ou à une fille gisant sur le châlit. Le légataire à l'approche du but retrouvant son allant s'est relevé, a déplié son précieux mouchoir de batiste, l'a ajusté sous son menton, et voilà que soudain résonne la musique entraînante d'une gigue sur notre radeau que le Ciel a cessé de maudire. Certes, personne n'a la force de danser, mais c'est tout comme. Devant les yeux émerveillés, des talons frappent le plancher d'une salle de bal, les volants des robes tourbillonnent, bras dessus bras dessous, en place pour le quadrille !

Cette musique a réveillé mon prince charmant. Il s'est dressé sur son séant et m'a dit :

— Josephine, nous allons nous marier pour de bon !

Que pouvait répondre à cela la bergère ?

— Mon Dieu, William chéri, tu délires ?

Son regard était aussi clair que l'azur et ses pensées moins insensées que sa déclaration. Le capitaine d'un navire, m'a-t-il affirmé, a le droit et le devoir de rédiger tous les actes d'état civil : naissance, mariage et décès. Il aurait sûrement aimé inscrire sur son livre de bord une naissance. Il y avait inscrit des dizaines et des dizaines de décès. Qu'on lui donne la joie de parapher un acte de mariage ! Incrédule, j'ai interrogé monsieur Coudray. Il a confirmé l'assertion de William. Rien ne pourrait lui faire plus plaisir que de nous unir non pas devant Dieu, puisqu'il n'y avait pas de prêtre à bord, mais devant les hommes, devant le droit de la Couronne.

Mis au courant de ce projet, et sans s'interroger ou vouloir s'interroger sur son aspect paradoxal – pourquoi des gens qu'ils avaient crus mari et femme voulaient-ils s'épouser à bord ? –, les marins ont exigé sa mise à exécution immédiate ! C'est qu'ils avaient là l'occasion de vider les réserves de vin et de rhum de Millar ! Comme le caractère humain peut être changeant, versatile, insaisissable ! Hier dangereux mutins que leurs égarements auraient pu mener jusqu'à pendre monsieur Coudray à une vergue, aujourd'hui joyeux garçons d'honneur, ces hommes ont fouillé dans leurs affaires, déniché ici une chemise blanche, là un pantalon propre, afin de nous honorer. Monsieur Coudray et monsieur Sterling m'ont confié leurs tenues numéro un pour que je les aère et en efface les plis. Quant à nous, il nous restait dans nos sacs des vêtements propres, notamment, en ce qui me concerne, cette robe que William avait choisie pour moi dans la penderie de sa sœur Beatrice.

Monsieur Othello a parachevé les préparatifs en me confectionnant, avec des feuilles de légumes et des pommes artistiquement découpées, un bouquet de mariée, exact contraire de la dérision car, présenté par ses mains d'esclave marron, il valait la plus riche des corbeilles de roses blanches et de lys immaculés.

Echanger deux « oui » ne prend que quelques secondes. Il n'était pas question de se contenter de cela. Chacun a fait appel à sa mémoire pour aider monsieur Coudray à prononcer les mots qu'il fallait. Chacun a émis des idées sur la façon de donner à la cérémonie de l'ampleur, une majesté bon enfant, une gaieté à la fois profane et religieuse, où se mêleraient cantiques et chants de marins, pour rappeler la présence de Dieu et dire adieu à l'océan.

Deux fauteuils ont été déménagés de la cabine de Millar. Quelques instants plus tard, monsieur Sterling est venu me chercher dans notre cabine. C'est à son bras que j'ai rejoint William. Je me suis assise à ses côtés, face à monsieur Coudray et à l'équipage réuni autour de lui en arc de cercle. Si nous étions impressionnés, que dire de nos invités ? A l'instar de ses collègues, l'Ecossais sautillait d'un pied sur l'autre en triturant sa casquette. Monsieur Coudray, intimidé, nous a priés de nous lever et nous avons entonné le *Je crois en toi, mon Dieu*, ce cantique universel, connu de tous, même des impies. J'aurais aimé que tous les survivants nous entourassent, mais il ne fallait pas demander l'impossible. Cependant, aux accents du chant œcuménique, quelques émigrants, surtout des femmes, se sont assemblés au bas de l'échelle d'écoutille et ont levé vers nous des visages émerveillés, visages de jeunes femmes prématurément ridées, aux cheveux blanchis par les épreuves. Se souvenaient-elles de leurs églises des comtés

Mayo, Galway et Sligo, des chapelles privées nichées au fond des parcs où les commères, autorisées pour la circonstance à y pénétrer, se rassemblaient peureusement à la sortie des messes de mariages d'héritières, commentaient la tenue de la mariée, le soutien du tissu de sa robe, la longueur de son voile, les fleurs de son bouquet et lui enviaient la prestance d'un époux riche et titré à qui elle venait, la tête baissée sous sa voilette mais le regard empli de la promesse des charmes à lui révéler le soir des noces, d'accorder sa main et la lui redonnait pour monter dans un cabriolet et s'en aller voyager aux antipodes ? N'étais-je plus une bergère ? A cette seconde précise, j'ai songé que ce mariage me séparait à jamais de mon peuple. Une nouvelle fois j'ai songé aussi à l'injustice de ce destin qui, depuis mon départ de l'hospice de Ballinrobe, après que j'eus enterré mon père, m'avait accordé tous les privilèges. Privilège de trouver un abri à Carra Hall ; privilège d'être prise en charge par William Benson ; privilège d'avoir pu singer, grâce au privilège antérieur d'avoir connu les Bowers, les manières de la classe dominante ; privilège, malgré les détours empruntés par le sort, d'avoir embarqué *sur* le pont et non *sous* le pont d'un navire, comme pour me donner un statut supérieur, faire de moi une dame d'en haut, étrangère au monde d'en bas dont les maladies ne voulaient pas. Pourtant, au fond de mon cœur, j'étais toujours la pauvresse des basses terres du Mask.

Monsieur Coudray, en butant sur les mots, a rappelé les charges et devoirs réciproques des époux. Et puis :

— Josephine, Mary, Brigitte Maloney, voulez-vous prendre pour époux William, George, Edward Benson, ici présent ?

— Je le veux.

— William, George, Edward Benson, voulez-vous prendre pour épouse Josephine, Mary, Brigitte Maloney, ici présente ?

— Je le veux.

— Je vous déclare unis par les liens du mariage, jusqu'à...

D'une voix légèrement chevrotante, il a bégayé la phrase rituelle.

— Jusqu'à... jusqu'à... ce que... jusqu'à ce que la mort vous sépare.

Il a dégluti. J'ai lu dans ses yeux qu'il redoutait encore la fin du voyage. L'Ecossais s'est ébroué, a secoué la tête et craché comme s'il avait avalé une pinte de vinaigre. Il a tapé dans ses mains et déclenché une série de hourras. Tous ont serré la main de William, tous m'ont embrassée, tous ont signé le livre de bord ainsi qu'un extrait de mariage que monsieur Coudray nous a donné à chacun, pour valoir certificat officiel si un jour besoin était. Aussi prestement qu'elles ont été ouvertes, trois bouteilles de vin blanc ont été vidées. Trois autres subiraient bientôt le même sort.

— Attendez, a dit monsieur Coudray, un dernier chant digne de ce nom avant que vous ne soyez fin saouls... Vous connaissez le *Auld Lang Syne* ?

— Tu parles si on le connaît ! a répondu l'Ecossais. A ton avis, qu'est-ce qu'on chante à chaque fois qu'on laisse notre chérie sur le quai ?

— Moi je connais pas, a dit monsieur Othello.

— Eh ben tu feras comme si ! T'auras qu'à remuer les lèvres comme moi pendant la grand-messe à la cathédrale de Glasgow !

Etrange choix de la part de monsieur Coudray, que *Ce n'est qu'un au revoir*. Madame Bowers me l'avait appris, en me disant que le poète écossais Robert Burns en avait écrit les paroles sur un air qu'il avait entendu un vieux mendiant chanter dans la rue. Chant d'espoir ou de désespoir ? D'espoir puisqu'il dit que nous nous reverrons. De désespoir, par sa mélodie à vous briser le cœur, et aussi parce que l'espoir n'est qu'une forme atténuée de l'incertitude. Le fiddle de l'entrepont s'est joint à nos voix, ainsi que les femmes massées au bas de l'escalier. Elles se sont écartées pour lui laisser de la place. A ma grande surprise, le violoniste était ce vieillard qui était demeuré recroquevillé sur son châlit pendant toute la traversée et que j'avais cru mort à plusieurs reprises. D'un mendiant il avait toute l'allure. Etait-ce le fantôme de celui qui avait composé cet air sous un porche de Londres ? Un fantôme bien vivant, qui jouait merveilleusement ce qui était finalement un message d'espoir puisque lui, ce vieil homme, avait survécu. Monsieur Coudray était tourné vers la poupe, vers le levant, vers l'océan à qui il dédiait cet au revoir.

Ce n'est qu'un au revoir, mes frères...

Je les quittais pourtant, mes frères, en épousant un fils de landlord...

L'Ecossais s'est ébroué et a craché encore plus fort que tout à l'heure.

— Tu nous files le bourdon, Coudray, avec tes chansons à la noix ! Qu'est-ce que vous diriez, les gars, de quelque chose de plus gai ? Vous en avez à votre répertoire ?

Il a défié ses collègues. Double défi du gosier : rasades de rhum et chants de marins. *Les Filles de Dublin*, *Sonnez la cloche*, *Tous les taureaux sur le pont*, *Les vagues sont plus hautes que les Highlands*, *Amiral râleur*, et alors que le concert semblait toucher à sa fin, il a hurlé en pointant le doigt à tribord : *The Whale* ! *La Baleine* ! Aussitôt les membres du chœur ont mimé l'affolement et des jets de harpon tout en reprenant un refrain à la gloire d'un fameux baleinier...

Et de la baleine qui venait d'apparaître en surface à quelques brasses du bateau. Jamais je n'aurais pu imaginer un animal de cette taille. Elle a soufflé un jet d'eau aussi haut que le grand mât avant de replonger en dressant son énorme queue à la verticale. Une autre est apparue plus près. En fait, il y en avait tout un troupeau.

— Nous sommes dans le Saint-Laurent, a dit monsieur Coudray. Elles vont nous accompagner au moins jusqu'à l'embouchure du Saguenay.

Les marins ont hurlé des hourras et célébré cette bonne nouvelle comme il convenait, c'est-à-dire d'une rasade de rhum.

Nous avons demandé la permission de nous retirer. L'Ecossais nous a dit, en des termes que je ne peux reprendre ici, qu'à la place du marié il aurait filé avec la mariée depuis belle lurette. J'ai rougi, ils nous ont jeté du riz, porte-bonheur et gage de future prospérité.

William m'a déshabillée. Il m'avait déjà vue nue, à Carra Hall, dans mon bain, et je n'en avais éprouvé aucune honte. Fallait-il que je sois désorientée pour avoir perdu toute pudeur... Il est vrai que je croyais mourir le lendemain... Cependant, par la suite, je n'avais pas hésité à lui exposer mon corps et à me blottir contre lui, toute frémissante de l'espérance d'être possédée. Il m'avait repoussée. Allait-il recommencer ? Il s'est dénudé et nous nous sommes allongés sur ma couchette.

— Vas-tu me faire femme ? lui ai-je murmuré.

— Oui, Josephine.

Je me suis moquée :

— Parce que nous sommes mariés ?

— Non. Parce que je suis guéri.

— Je l'espère bien, mon amour.

— Je ne parle pas du mal des bateaux, mais d'une autre maladie, celle qui m'empêchait de...

Enfin, il m'a avoué pourquoi nous étions demeurés comme frère et sœur, malgré notre désir commun de devenir amants. C'était à cause d'une maladie contractée au contact de certaines femmes, à Paris et Bruxelles, et qu'il redoutait de me transmettre.

— Une maladie d'amour, dit-on, mais avec ces femmes-là il faudrait dire plutôt une maladie des sens...

Parcourue de tremblements inconnus, je ne pouvais répondre, juste penser oh comment de si douces caresses peuvent-elles vous rendre malade, oh oui, comment, comment... ?

— L'amour, c'est ce qui nous unit, Josephine, et le plaisir des sens un miracle qui le parachève...

J'entendais à peine son murmure, mes oreilles bourdonnaient, ma peau s'enflammait sous ses paumes.

— Sans amour le plaisir des sens est comme un oiseau aux ailes coupées... Il picore le grain sur le pré mais ne peut s'envoler...

O blanche colombe, tes ailes à toi ne sont-elles pas coupées ? ai-je déraisonné. Je me sentais à la fois lourde et légère, emplie d'éther étourdissant et clouée d'émois incandescents.

William était en moi.

Je n'ai pu réprimer un cri.

J'ai gémi, ri, pleuré, secoué la tête comme une folle.

Tout mon corps s'est crispé. Mon regard a basculé vers le ciel et devant mes yeux le hublot a semblé prendre feu et dévorer le bois et le métal qui le ceinturaient. Derrière les montagnes qu'on devinait à tribord, le soleil s'est noyé dans l'un des milliers de lacs qui émaillent les immenses territoires du Labrador.

Ces deux pages, je m'en vais les coudre. Je mourrais de honte si William les lisait. S'il lisait ce que j'ose encore écrire... Au lever du soleil m'a frappée l'évidence que la force qui pousse l'astre du jour à sortir de la nuit est identique à celle qui pousse un homme et une femme à s'unir : le désir de recommencer. Mais William a bien dû s'en apercevoir, qui connaît les femmes. D'ailleurs, ne m'a-t-il pas enlacée quand je l'ai taquiné pour tromper l'agacement de mes sens ?

Coudre les pages, soit. Mais mon visage ? Dans le miroir, sous la fausse confusion, il resplendissait de l'aveu de ce nouvel et tendre plaisir pris et repris. Comment le cacher ? Impossible. Autant essayer de s'arrêter de respirer. Il m'a fallu affronter les sourires ironiques des hommes d'équipage. Pour me venger je me suis moquée de leurs traits fripés. Monsieur Coudray était à la barre. Il m'a appelée. Pendant que... – ah, oserai-je vraiment écrire cela ? Eh bien oui, tant pis, je doublerai le fil à coudre – ... pendant la nuit, pendant que mes jambes s'ouvraient brutalement au plaisir, le fleuve, lui, avait lentement resserré les siennes. A tribord de hautes collines couvertes de forêts moutonnaient à perte de vue. A bâbord s'étendaient des basses terres.

— Vous avez bien dormi, Josephine ?

— Et vous ?

— Pas très. Le mélange de vin et de rhum m'a fichu une sacrée migraine. C'est de votre faute. Si vous ne vous étiez pas mariés...

— Si vous n'aviez pas bu autant...

— Je vois que vous êtes d'humeur à badiner... Comme une jeune mariée heureuse et comblée.

— Une belle cérémonie, n'est-ce pas ?

— Le plus beau mariage auquel il m'ait été donné d'assister.

— De célébrer !

— De toute façon, nous aurions fait la fête. C'était notre dernière nuit à bord, Josephine. Le vent nous pousse gentiment, ce soir nous toucherons Québec.

— J'ai du mal à y croire...

— Comment se porte William ce matin ?

— A merveille.

— Demeurez vigilante. Rappelez-vous le nom de cette fièvre. Récurrente, à rechutes. Ceci dit, on en réchappe. Un beau jour elle vous quitte définitivement. C'est ce qui est arrivé à William.

— Il a déjà repris des couleurs !

— Eh bien alors !... A propos, avez-vous aperçu notre comité d'accueil ? Regardez à l'arrière...

Dans le sillage de l'*Antigonish* des formes blanches filaient sous l'eau, bondissaient hors de l'eau, s'enfonçaient de nouveau comme des flèches de harpons.

— Des dauphins ?

— De petites baleines blanches. Par ici on les appelle des bélougas. Ils aiment cette partie du fleuve. Certains marins québécois se vantent même de pouvoir les reconnaître, à leur taille, à une tache, à une ancienne blessure. Ils leur ont donné des noms : Ignace, Eugène, Jean-Joli, Pacôme... Des noms de villages du coin.

— C'est drôle...

— N'est-ce pas ?

— Non, je voulais dire, c'est drôle... en voilà un qui

semble se laisser porter par le courant, entre deux eaux. Il ne bouge pas...

— Qu'est-ce que vous racontez ? Tenez la barre un instant...

Monsieur Coudray s'est penché sur le bastingage. Quand il s'est retourné vers moi, il était blême. J'ai deviné.

De ces formes blanches, ficelées dans un drap, nous en avions immergé en mer tout au long de notre voyage.

Un cadavre.

Nous avons tous deux dirigé notre regard vers l'amont. Des îles barraient le fleuve et à cause de la perspective on aurait dit qu'elles étaient enchevêtrées les unes dans les autres comme les pièces d'un puzzle. Ce n'était pas cela qui inquiétait monsieur Coudray. Il a regardé dans sa longue-vue, me l'a tendue.

En aval des îles s'échelonnait une litanie de mâts de navires à l'ancre.

Une yole de pilote descendait à notre rencontre.

20

Fleuve couleur de glaires, je te hais !

J'ai cessé de compter les jours.

A présent j'écris par saccades.

Au fil des bonds de l'*Antigonish* vers l'amont.

Vers une île qui s'appelle Grosse-Ile. Vers l'inconnu. Une certitude : ce n'est pas un de ces paradis tropicaux que j'ai vus représentés en gravures dans les livres de madame Bowers. Il se pourrait que bientôt le fleuve commence à geler, m'a dit monsieur Coudray. Il m'a décrit ce que nous voyons du bateau. A bâbord, nous séparant de la rive droite du Saint-Laurent, la longue et basse ligne de l'île aux Oies. Devant nous, deux îlots, l'île aux Ruaux et l'île Madame. Plus loin, ce que je prenais pour la terre, pour la ville, n'est qu'une très grande île, celle d'Orléans, qui obture le fleuve comme un bouchon enfoncé dans le goulot de Québec.

Nous sommes sur un bateau à l'intérieur d'une bouteille.

Nous sommes huit bateaux à l'intérieur de la bouteille.

Nous sommes sur le dernier bateau à s'être engouffré dans la nasse. Prisonniers non pas d'une paroi de verre mais d'un air cristallin. Le ciel est notre cellule de verre.

Dans l'Atlantique, plus aucun capitaine ne se risquerait à

mettre le cap sur le Canada. Bientôt le fleuve charriera des glaces. Les émigrants partis au courant de l'été iront aux Etats-Unis.

Monsieur Coudray m'a dit aussi : il faudrait fermer les yeux pendant quelques jours et les rouvrir un beau matin pour s'emplir le regard du miracle annonciateur des grands froids.

Ai-je fermé les yeux ? Le miracle de la nature m'a semblé se produire d'un coup : une pluie d'ors a recouvert les forêts qui s'étendent à tribord, jusqu'à l'infini. Vieil or, or brun, or rouge, or jaune, or platiné, or magnétique. Nous aimerions aller nous rouler sous ces arbres et comme eux nous vêtir de brocart. C'est impossible. Debout sur la yole de pilote venue à notre rencontre, un officier nous a crié l'ordre impératif des autorités : équipage et passagers, tous consignés à bord ! En attendant notre tour d'aborder Grosse-Ile... Une fois de plus nous faisons la queue, le lot des émigrants : queue à la soupe populaire, queue aux baraques d'embauche des chantiers, queue à la porte des hospices, queue à l'entrée des cimetières, queue à l'embarquement, queue au débarquement, queue sur le seuil de l'Eden ou de la Géhenne.

Forêt damasquinée, je te regarde. Tes arbres, m'a juré monsieur Coudray, pleurent du sucre. Comment est-ce possible ? En Irlande aussi, il y a des érables, et ils ne donnent pas de sirop. C'est parce qu'ils ne sont pas torturés par le climat comme au Canada. En été la canicule, en hiver des températures polaires. Ainsi puis-je établir une différence entre les deux territoires : chez nous les arbres poussent en toute quiétude et ce sont les gens que l'on torture. Pour autant, les larmes des Irlandais ne sont pas sucrées, mais acides d'amertume.

J'ai écrit plus haut que l'*Antigonish* avançait par bonds. Ce n'est pas le mot, c'est plutôt le contraire. Lorsqu'un navire, très loin en amont, s'évanouit du paysage, la yole du pilote revient et nous enjoint de progresser. Il faut lever l'ancre, larguer un bout de voile – tâches auxquelles l'équipage répugne de plus en plus – et louvoyer contre le courant comme une anguille somnolente ondulerait lentement à la surface d'un miroir. Des jours et des jours que dure ce manège. Nous approchons de Grosse-Ile.

La rumeur s'est précisée : nous y serons mis en quarantaine. Cette rumeur n'a pas été colportée par le vent, non plus que par la yole du pilote – hormis les quelques mots hurlés : « Avancez de trois encablures et mouillez ! », l'officier demeure muet –, mais par des hommes qui viennent en barque. Ils montent et descendent la ligne des navires, pour vendre des produits frais, essentiellement du lait, des pommes et des légumes. Monsieur Coudray échange avec eux dans un drôle de langage où se mélangent le français et l'anglais. Il a discuté les prix – j'ai cru comprendre qu'il a traité certains de larrons et de profiteurs – et ouvert sa bourse, tout comme monsieur Sterling, William et moi avons ouvert la nôtre. Quant à l'équipage… Dans la nécessité et la hargne, la dissension a repris le dessus. Les marins font bande à part, commandent, paient et dévorent leurs propres vivres frais, alors que nous, nous songeons d'abord aux moribonds d'en bas.

Les marchands du fleuve s'amarrent à notre flanc. Nous descendons l'argent dans un seau au bout d'une corde. Nous remontons le seau une première fois rempli de lait, une deuxième fois rempli de fruits, une troisième fois rempli de pommes de terre. Le seau est une corne d'abondance à laquelle s'alimentent des malheureux qui sans elle ne survivraient pas à cette nouvelle attente. Mais il aurait fallu que jaillissent de cette source de bienfaits – oublions qu'elle est payante – beaucoup d'autres choses, et notamment des couvertures et des vêtements chauds.

Une autre plaie nous frappe, sœur aînée, mais bien plus méchante, de celle de la passe du Doo Lough : si le jour je me promène sur le pont en corsage, nuit après nuit le froid se fait plus mordant. A l'aube le pont est couvert de gelée blanche. Sauf à commencer le démembrement du bateau, ce à quoi ne peut se résoudre monsieur Coudray, nous n'avons plus rien pour nous chauffer. Les ouvertures pratiquées dans le pont ont été calfatées et le soir venu on ferme l'écoutille. Les gens s'emmitouflent dans leurs hardes humides et raides de crasse, se serrent les uns contre les autres, mais en vain. Les corps affaiblis frissonnent. En eux s'installent ces maux que je ne saurais nommer qui enflamment la gorge et les poumons, font tousser et cracher du sang. Certain de ces maux est-il contagieux ? D'heure en heure, comme si un fil d'étoupe les reliait, il embrase les joues de nouveaux passagers. Avant-hier nous avons nous aussi largué nos trois premières petites baleines blanches, nos trois premiers corps qui flottent entre deux eaux, emportés par la dérive du fleuve-glacier, jusqu'en Irlande, peut-être, s'ils se glissent à l'intérieur d'un courant favorable.

Au milieu de la matinée, profitant de quelques sautes de vent portant, l'avant-dernier bateau, identifié comme le *Wexford Express*, a manœuvré pour remonter et accoster. Rien ne se devine de Grosse-Ile, sinon une colline qui flanque son extrémité orientale comme un fortin. Au-delà, d'après monsieur Coudray, s'étale une plaine en partie marécageuse. Que s'y passe-t-il ? Un rapide calcul mental nous a laissés perplexes. Parmi les navires qui nous précédaient, il s'en trouvait de bien plus imposants que l'*Antigonish*. Des bateaux susceptibles de transporter quatre ou cinq cents passagers. D'où ce chiffre effarant de plus de deux mille personnes à avoir débarqué au cours des jours passés. Sont-elles entassées sur ce lopin de terre ? Oui, à en croire le peu de mouvement que nous avons observé. Matin et soir une grande chaloupe relie l'île à Montmagny, mais nous n'avons compté guère plus de vingt passagers à chaque départ de l'île. Alors, entassés, malades ou morts ? Morts sur l'île ou tous morts pendant la traversée ? Au retour, la grande chaloupe est chargée de vivres. Nous sommes dans l'expectative et d'heure en heure l'angoisse étouffe l'espoir que nos passagers reçoivent enfin des soins appropriés.

Dieu me pardonne, quand je dis « nos passagers », je songe tout d'abord à la personne qui m'est la plus chère au monde. Malgré le confort relatif d'une cabine bien isolée et de couvertures supplémentaires – je le répète, je me le répète, je me frappe la poitrine, mea culpa, mea maxima culpa, jusqu'à la fin de mes jours je porterai comme une croix tous ces privilèges que le sort nous a accordés –, William a rechuté ou bien il a contracté le mal qui enflamme les poitrines dans l'entrepont. Une toux grasse et sonore lui dévore les poumons. Il a recommencé à délirer.

Abordons l'île, vite ! vite ! O mon Dieu, dépêchez-vous !

D'autres plus malins que nous n'ont pas attendu les bonnes grâces du Ciel. Juste avant l'aube, une barque a cogné contre la coque. Monsieur Coudray et monsieur Sterling l'ont entendue. Ils se sont précipités. Trop tard. La barque, manœuvrée par deux hommes, se fondait dans la nuit avec ses six passagers : marins et cuisinier désertaient. Comment n'avais-je pas moi-même pensé à soudoyer un des marchands du fleuve ? Y aurais-je pensé que je n'aurais pas mis ce projet à exécution. Comment aurais-je pu trahir ainsi monsieur Coudray ?

Lorsque de la yole du pilote l'officier est venu nous donner l'ordre de lever l'ancre et d'accoster à un ponton en bois qu'on apercevait de la proue, il a bien fallu cette fois qu'il manie un peu plus sa langue. Que l'équipage se soit enfui l'a mis dans une rage folle. Il a promis la cour martiale à monsieur Coudray, ce à quoi notre capitaine en second a répondu qu'il était marin de commerce et non marin de guerre. La yole est repartie, pour revenir deux heures plus tard. Dix hommes sont montés à bord, gantés et affublés de foulards sur le visage. Je n'ai pas pu en voir plus. Nous avions reçu l'ordre de condamner l'écoutille et tous les passagers de pont, s'il en restait, y compris monsieur Coudray et monsieur Sterling, devaient rester calfeutrés dans leur cabine jusqu'à l'appontement.

Bruit de la chaîne qu'on remonte, instructions jappées par un maître d'équipage, glissement de l'eau contre la coque, sifflement du vent dans les haubans, courte, très courte navigation, un choc, des instructions, grincement d'une passerelle qu'on installe, dégringolade de pas sur la passerelle, martèlement de pas – deux ou trois hommes – dans le sens inverse, et un appel :

— Le capitaine au rapport !

Claquement de la porte de la cabine de monsieur Coudray.

— Amédée Coudray, capitaine en second.

— Votre livre de bord, s'il vous plaît !

J'ai pu sortir. Trois hommes m'ont saluée, sans pouvoir dissimuler leur surprise de voir apparaître une jeune femme en bonne santé et vêtue comme une épouse de gentilhomme. L'un des trois était un militaire et les deux autres des infirmiers, pour ce que j'ai pu en juger.

Je les ai ignorés. J'ai dirigé mes pas vers la passerelle. Presque quatre mois que nous avions quitté Killary Harbour. J'ai chancelé.

Comme dans un rêve j'ai entendu le militaire dire à monsieur Coudray que Millar avait débarqué à Québec et qu'il l'accusait de mutinerie. Aux arrêts, monsieur Coudray a été prié de le suivre. Monsieur Sterling s'est interposé.

— C'est faux ! a-t-il protesté. Je veux témoigner en sa faveur !

Qu'à cela ne tienne. Le militaire l'a également prié de le suivre.

— N'oubliez pas, Josephine, les îles de la Madeleine ! m'a dit monsieur Coudray. Allez voir mon épouse, elle s'occupera de vous, racontez-lui...

Ils ont quitté le bord. William et moi avions perdu nos deux amis.

J'ai senti flottant autour des infirmiers l'odeur de la lessive de Javelles dans laquelle ils avaient dû tremper leurs mains.

Je me suis avancée sur la passerelle.

Pourquoi avais-je espéré entendre des chants d'oiseaux ?

Le silence, toujours cet abominable silence, dont William m'avait appris la monstruosité.

Et la puanteur de la mort. Partout. A l'affût. Qui nous guettait. Qui guettait William.

Alors j'ai eu cette pensée absurde : William n'allait pas mourir puisque je n'avais pas saigné comme tous les mois.

Comme si son enfant dans mon ventre pouvait le protéger !

Je ne suis tout de même pas enceinte de Jésus-Christ !

Voilà que je suis prise de fou rire !

Vais-je devenir folle ?

A dire vrai, il y a de quoi devenir folle...

Grosse-Ile n'est qu'un lazaret à l'ancre, une léproserie fluviale, un cimetière marin échoué...

Ile de la Quarantaine, île de l'Agonie flottant sur un fleuve de sueurs glacées, d'humeurs purulentes, d'excréments humains.

J'ai jeté ces mots sur le papier, vivement, pour m'en débarrasser, comme on chasse des mouches vertes d'un morceau de viande putréfiée et qu'il faudra pourtant manger.

Il me faudra pourtant revenir à la réalité, ouvrir une brèche dans le mur des mots que j'ai élevé avec peine, desceller certaines pierres, les remplacer par d'autres que je n'ai pas encore utilisées. Mais lesquels seront plus forts que : nouvel enfer, nouvelle géhenne, nouveau jardin des supplices ?

Ah, elle est belle la Terre promise ! Ici il n'est plus question d'attribuer des acres de terre fertile, de pécule de départ, de villages à construire, d'écoles où mener vos enfants, de salles de bal où danser le quadrille ! Il s'agit d'*attendre* – ô verbe répugnant ! ô verbe tenace qui s'obstine à réapparaître dans mes phrases et dont j'ai usé et abusé –, toujours et encore *attendre* la défaite ou la victoire des corps sur la maladie. Mais sur ce champ de bataille, il y a cent fois plus de vaincus que de vainqueurs.

Haut les cœurs !

Rions ! Hi ! Hi ! Hi !

Tout doux, ma plume. Tout doux, ma main.

Je secoue cette main qui tient cette plume à laquelle j'en ai assez d'arracher des mots. Je crie ! Je voudrais l'arracher, cette vilaine main ! Tout à coup je l'ai vue noire et décharnée ! J'essuie mon front, je masse mes paupières, je me regarde dans un bout de miroir brisé. Mes cheveux sont sales, gras, ternes, pendent en mèches désordonnées. J'ai l'air d'une sorcière. Grimaçons. Parfait, belle Josephine des basses terres du Mask ! Inutile de te palper le ventre, il ne s'arrondit pas encore. Reprends tes esprits.

Oui, d'accord. Avant d'aller plus loin, prenons quelque repos. Esquivons le présent personnel, faisons abstraction de notre petite individualité.

Ecrivons en belles lettres rondes et soulignons :

28 septembre 1847, leçon d'arithmétique.

Pourquoi n'aurais-je pas droit de m'amuser un peu ? Plutôt rire que de devenir folle, n'est-ce pas ? Trois fois en trois pages que j'évoque la folie. Je dois vraiment commencer à perdre la boule.

Donnons-nous un coup de règle sur la tête !

Aïe ! Aïe ! Aïe ! Vos calculs étaient faux, ma chère.

Comme j'étais loin du compte en évoquant seulement les passagers des huit bateaux ancrés le long du fleuve ! On se croit toujours unique au monde. Comment ai-je pu penser un instant que ces huit bateaux, dont l'*Antigonish* formait l'arrière-garde, représentaient la flotte entière partie d'Irlande pour le Québec ? Cela n'a aucun sens.

Grosse-Ile a été aménagée il y a plusieurs années pour servir de centre d'accueil et de quarantaine au flux habituel des émigrants sans que cela pose de problèmes particuliers. C'était le train-train d'une sorte de cordon sanitaire justifié. Les navires mouillaient devant, débarquaient tout le monde et à la suite d'une inspection rapide reprenaient leur route vers Québec ou Montréal. La famine en Irlande a pris les autorités par surprise. Le nombre de malades les a submergées. Grosse-Ile est devenue l'île de la Mort.

Les premiers bateaux ont quitté l'Irlande dès le mois de mars de façon à remonter le Saint-Laurent à la fin du dégel. Mi-mai, le tout premier bateau aborde Grosse-Ile. Il y a quatre-vingt-quatre cas de typhus à bord. L'hôpital peut abriter deux cents malades. Les deux cents lits seront occupés dès le surlendemain quand mouillent à l'est de l'île cinq bateaux supplémentaires. Trois jours après, ils sont dix-sept de plus. Le 26 mai, ils sont trente à demander l'autorisation d'accoster. Le 31 mai, quarante navires s'échelonnent sur plusieurs milles dans le fleuve. A leur bord, près de quinze mille émigrants, presque tous infectés et surinfectés, agonisant d'on ne sait laquelle ou lesquelles des maladies qui assaillent les foules recluses, et qu'on appelle « les fièvres » par commodité ou impossibilité de les diagnostiquer précisément.

Le lendemain de notre arrivée, quand je lui aurai dit que j'avais travaillé dans les hospices et soigné les gens du bord, quand il aura lui aussi crié au miracle et m'aura priée d'aider son personnel une fois de plus débordé alors que l'on se préparait à fermer la station, le docteur Robson, médecin-chef de l'île, m'expliquera, comme s'il résumait un cours à une infirmière :

— Typhus, ou fièvre noire parce que la peau s'assombrit, transmise par les poux, affecte le sang, température élevée, vomissements, délire, odeur des corps. *Relapsing fever*, ou *yellow fever*, fièvre jaune des bateaux ou hépatite récurrente, affecte le foie. Dysenterie, ou *bloody flux*, diarrhée sanglante, le ventre et les membres gonflent. Scorbut, les dents tombent, les articulations enflent. Maladies des yeux, infection purulente, perte partielle ou totale de la vue. Plus tout le reste : angine, bronchite, pneumonie, pleurésie, écrouelles, lupus, ulcères, escarres, et j'en passe.

J'ai eu ce rire qui me prend maintenant de plus en plus souvent et que je ne peux réprimer. Il a froncé les sourcils.

— Vos nerfs n'ont pas été ménagés... Que faire ? Vous devriez vous reposer... mais j'ai besoin de vous.

— Je n'abuserai pas de mes forces, ai-je promis d'une voix faible, soudain abattue après ce rire fou, comme si toutes les misères du monde pesaient sur ma nuque.

Il a pris mon pouls.

— Je vous donnerai quelque chose pour dormir...

Il a examiné William et confirmé le diagnostic du médecin de la Nouvelle-Ecosse – jaunisse à rechutes – mais s'est montré perplexe quant à ses difficultés respiratoires. Une forme de consomption, due à une bacillose pulmonaire. En meurt-on ?

— Pas toujours, a-t-il répondu en évitant mon regard.

Mais je m'égare. Mon récit s'égare comme mon esprit. Il me faut revenir au mois de mai.

— Votre chance, dans votre malheur, m'a dit le docteur Robson, a été d'arriver en automne. Nous sommes toujours aussi pauvres en moyens, mais au moins sommes-nous organisés. En mai...

Je l'écouterai le soir, quand nous prendrons le thé – oui, prendre le thé, puisqu'il me prend pour une dame –, et mémoriserai tout ce qu'il me dira, et m'inquiéterai de ma santé mentale quand il s'interrompra pour s'interroger plus qu'il me m'interroge :

— Vous ne vous sentez pas bien, Josephine ?

— Mais non, très bien, pourquoi ?

— Vos yeux, à l'instant, semblaient fixer le néant.

— Mais non... Je vous écoutais...

— Je n'en avais pas l'impression.

— Je pensais sans doute à mon mari.

— Sans doute ?

— Je voulais dire : je pense tout le temps à lui.

— Nous le sauverons.

Cet homme est bon, anglais mais bon. Un médecin peut-il être méchant ? Quelles absences décèle-t-il dans mon regard que je ne puisse me rappeler ? Pourtant, ne suis-je pas capable de restituer ses confidences ? A moins que j'en oublie ? Ce serait terrible, d'oublier sans avoir conscience de l'oubli. Et si c'était son esprit à lui qui était déficient ? S'il prenait des vessies pour des lanternes ? Ma fatigue pour un début d'hystérie ? Ce que j'écris prouve bien qu'il n'en est rien. Quel fou est en mesure de parler de sa folie ? O comme j'ai hâte que William se rétablisse, qu'il puisse lire ce cahier, le corriger, l'approuver et le porter à une revue américaine. A force de répétition un mensonge finit par devenir une forme de la vérité : par moments, quand je ne retiens pas mon esprit par la bride de la raison, je ne doute pas que William est réellement un journaliste américain et que je suis une fille bien née. Par le corps et l'esprit je travaille à nous fabriquer deux enfants : celui qui a germé en moi et ce récit de voyage. Tous deux témoigneront plus tard de notre aventure et de notre amour, n'est-ce pas, William ? Tu seras fier de ton épouse ! Elle a bien noté tout ce que lui a dit le docteur Robson.

Le 7 mai de cette année, comme tous les ans au printemps, un steamer appareille de Québec pour mouiller des balises qu'il a enlevées à la fin de l'été précédent afin qu'elles ne soient pas broyées par les glaces. Ces bouées marqueront de nouveau le chenal des grands voiliers dans l'estuaire du Saint-Laurent. Le panache de fumée du vapeur est cardé par une brise printanière. La nature se réveille. Son pinceau a recouvert de touches légères, vertes et brunes, la forêt en bourgeons. Le dégel a dépris le fleuve. Seules flottent ici et là en aval de la ville des lentilles d'eau géantes : de minces plaques de glace que l'étrave du navire émiette en les fendant. A l'approche de Tadoussac, le capitaine du vapeur doit donner l'ordre de stopper les machines.

L'hiver a été rude, le plus rude depuis bien longtemps, dans le nord Québec. Mais à ce point ! La débâcle du lac Saint-Jean n'est pas achevée. La rivière Saguenay charrie toujours des icebergs qu'elle expulse dans le Saint-Laurent comme autant d'obstacles et de dangers qui empêchent la navigation. Le steamer ne rejoindra Québec que le 15 mai. Entre-temps les blocs de glace auront fondu dans l'eau saumâtre sur le chemin de leur rencontre avec les premiers bateaux d'émigrants qui patientaient entre la Gaspésie et l'île d'Anticosti.

Le 19 mai, ils hissent les voiles. Peu importe leurs couleurs – probablement étaient-elles blanches, ocre jaune, bleutées, brunes –, je les veux noires, ces noires messagères du malheur irlandais, ces noirs augures du funeste destin de Grosse-Ile dont le nom restera à jamais synonyme de malédiction. Des voiles, disais-je ? Plutôt les oreilles taillées en pointe du Malin qui vont faire dresser les cheveux sur la tête des Québécois, bâiller leurs bouches du nez au menton comme des égorgés, et élargir leurs yeux jusqu'à ce qu'ils n'en fassent plus qu'un, qu'un œil unique de cyclope épouvanté.

A bord de certains navires, dans des entreponts où aucune âme charitable n'est descendue pendant tout le trajet, des cadavres dans des états variés de décomposition se mêlent aux malades et aux agonisants. Personne n'a eu la force ni la volonté de les jeter à la mer.

Le docteur Robson décide d'enfreindre le règlement qui veut que tous les passagers passent par le sas de l'île. Seuls les malades et les morts seront débarqués. Le médecin et ses aides visitent les bateaux pour aiguiller directement les bien portants vers les navettes qui les conduiront à Québec ou Montréal. L'infraction au règlement sera souvent mineure ou inexistante. Les bien portants se comptent sur les doigts d'une main, ou ne se comptent pas du tout.

476 personnes sont parties de Liverpool sur un grand bâtiment, 158 sont mortes pendant la traversée, 311 meurent sur l'île : seulement sept figureront sur les listes d'immigration.

Etrangement, parti de Sligo, un bateau de conception semblable à l'*Antigonish* mais de plus petite taille, mène ses quatre-vingt-sept passagers et membres d'équipage à bon port. On aurait tort de s'agenouiller et de remercier Dieu de sa bonté. Qui sont ces quatre-vingt-sept miraculés ? Des spectres effrayants. Parce qu'ils ont la peau jaunie, les joues creuses et les côtes saillantes ? Non. Parce qu'ils sont, pour la plupart, complètement nus. Et cette nudité devant laquelle les soignants reculent évoque comme dans un cauchemar ces tableaux représentant les damnés livrés aux flammes éternelles.

— Et une sorte de feu les dévorait vraiment, m'a dit le docteur Robson. Une maladie de peau. Hautement contagieuse. Ils avaient tous ou presque jeté leurs vêtements par-dessus bord…

— Combien ont guéri, combien sont entrés à Québec ?

— Je ne saurais plus le dire. Ils se mélangeaient tous. Au bout de quelques jours régnait un invraisemblable désordre. Si Grosse-Ile avait été une péniche, elle aurait sombré sous le poids des vivants et des morts…

Le docteur Robson demande l'aide de la troupe. Les soldats dressent des tentes à la hâte et se retranchent à l'écart des pestiférés. Le docteur Robson fait venir des vivres, des médicaments et du linge de Québec.

— Tout cela en quantité insuffisante, hélas...

Début juillet, neuf mille personnes sont massées sur Grosse-Ile, et les bateaux continuent d'accoster au ponton. Tandis que les malades gisent entassés à dix ou douze dans les tentes, presque nus, à même le sol, couvert d'une simple couverture de l'armée, sans paille sous eux, ou s'il y en a c'est de la vieille paille tassée, maculée, qu'on ne peut changer, résonnent les coups de marteau de charpentiers chargés d'édifier de nouveaux baraquements. Mais l'air transporte les miasmes. De nombreux ouvriers tombent malades, et les volontaires, alertés par la rumeur, ne se pressent plus sur le quai de Montmagny. Les soldats eux-mêmes rechignent à la tâche et les officiers les tancent mollement, qui préféreraient les francs dangers d'un champ de bataille aux sournoises attaques des germes.

Des convalescents, ou des malades ayant puisé en eux quelques forces, poussés par l'impérieux besoin de s'abriter, de se bâtir un toit – combien de fois ai-je langui après celui du nôtre dans les basses terres du Mask ? O dérision d'une couche de genêt, de fougère ou d'ajonc ! Et pourtant, quel réconfort de tendre un rideau entre vos yeux et les nuages aux heures où votre esprit y est enclin ! Enfants, avec quatre bâtons et un châle, ne dressions-nous pas notre maison à l'intérieur de celle de nos parents ? –, des gens fouettés par la rage de vivre roulent des pierres du rivage et se construisent des cabanes. Fouettés par la rage de vivre ou pour y mourir ?

Comme à l'hospice de Ballinrobe, les vivants prennent la place des morts. On en enterre une centaine par jour. Les uns par-dessus les autres, à six dans le même trou. Comme dans les fosses communes d'Irlande, des morts anonymes, puisqu'il ne se trouve plus aucun membre de leur famille pour clamer leur nom.

Le 24 mai, trente-deux bateaux sont à l'ancre. Le docteur Robson a dû se résoudre à forcer les malades à rester à bord pendant que se poursuit malgré tout, malgré la défection de bon nombre de charpentiers, la construction de baraquements. Sept cents malades hantent l'hôpital fait pour en contenir deux cents.

La mort, pleine de gaieté, aide à libérer de la place. Elle manie la faux en sifflant des airs entraînants. Partout on entend son refrain : dans les rochers, sur la grève, dans les roseaux, à bord des navires. Une chaloupe mène un prêtre de bateau en bateau, où il extrémise au même rythme que la faux assassine. Quand il est à bord, les gens meurent à terre sans les saints sacrements.

D'autres sont nés, d'autres naissent, des femmes meurent en couches, laissant des nouveau-nés qui viennent grossir les essaims d'orphelins.

— Au bout de deux semaines ils étaient déjà cinq cents, a murmuré le docteur Robson, cinq cents petits enfants à errer d'une tente à l'autre, de buisson en buisson, de grève en grève, comme des bandes de chatons ou d'oiseaux désailés, ou pire encore à demeurer stupéfiés. Fin mai, j'ai adressé une lettre au gouverneur général du Canada pour lui décrire l'état sanitaire de tous ces pauvres gens à bord des bateaux et lui demander d'intervenir auprès de l'Amirauté. Et puis, quand j'ai compris, en parlant avec ces malheureux, que les landlords, avec à leur tête un ministre, sir Palmerston, profitaient de la famine pour se débarrasser de leurs tenants en nous les *exportant* – il n'y avait pas d'autre terme –, j'ai adressé une supplique à la reine Victoria. L'a-t-elle lue ? Je ne le pense pas. Elle a dû être interceptée avant. J'y disais ceci : on leur a promis une croisière, on leur a promis de l'argent et des terres, on leur a promis l'Eldorado et c'est la mort que la plupart ont reçue en échange de leur renonciation à leurs droits de métayers. La mort dans des conditions atroces. Quant aux survivants... Qu'est-ce que le Canada fera de ces milliers d'orphelins, d'adultes qui en deux mois de voyage ont vieilli de deux décennies ? Ces hommes et ces femmes ont été détruits.

— Et les orphelins ? ai-je demandé en songeant à l'enfant que je portais.

— Leurs enfants, comme j'ai pu l'observer au cours de ces cinq mois de misère, sont actifs, perspicaces et intelligents. Eux qui ne parlaient que quelques mots de gaélique ont très vite appris à s'exprimer en anglais ou en français. Nous en avons sauvé un grand nombre. Ils deviendront d'utiles et précieux citoyens au Canada ou aux Etats-Unis. Cela aussi, je le disais dans ma lettre à la reine Victoria.

William nous écoute-t-il ? Une fois par heure je quitte mes malades et viens verser entre ses lèvres gercées quelques cuillerées d'eau sucrée. Bientôt je pourrai demeurer tout le temps à son chevet : le sablier des heures tragiques achève de se vider dans deux bénitiers de contenances inégales.

L'un s'est rempli à ras bord, celui des morts, des milliers de morts ensevelis couche sur couche dans ces quelques arpents qui transpirent de leur décomposition et dont la surface, parfois, cloque de matières corrompues. Il faudra des siècles, m'a dit le docteur Robson, avant que l'île digère ses morts et son histoire ; quand bien même des pinsons y feront leurs nids et les saumons marsouineront le long de ses rives, pendant longtemps son atmosphère demeurera lugubre, aucun être humain ne voudra plus y aborder.

L'autre bénitier, minuscule, n'a pas de fond. Le sable des vivants se disperse en y tombant, au gré des chaloupes qui les conduisent à Montmagny, au gré des bateaux à aubes qui les emmènent à Québec.

Personne ne retournera plus ce sablier et d'ailleurs il ne se retourne pas. Ce décompte-là, on ne peut le reprendre à l'envers. Le camp de Grosse-Ile se prépare à fermer, le personnel a plié bagage, les fossoyeurs vont pouvoir ranger leurs bêches et le prêtre ses saintes huiles.

La nuit il gèle, à présent. Excepté dix-neuf morts enterrés dignement à l'écart des tranchées suintantes, tous les malheureux de l'*Antigonish* ont déjà pris le vapeur. Au sein des communautés que formait chacun des sept autres derniers navires, la proportion de victimes et de survivants est variable. A l'hôpital, il ne reste plus qu'une trentaine de malades et il me semble qu'ils ont un bel espoir de devenir canadiens. Notre chance a été d'arriver en automne et de bénéficier aussitôt de logements vacants et des soins d'une équipe disponible, soit ! Mais c'est parce que notre calvaire en mer s'est prolongé. Nous sommes à égalité de supplices avec ceux qui nous ont précédés ici depuis le mois de mai.

C'est dans notre chambre – il y a quinze jours à peine l'occupait encore le médecin adjoint – que le docteur Robson vient prendre le thé après dîner. Je l'en ai prié. Je veux croire, je veux me convaincre que le murmure de nos voix contribue à maintenir William en vie. Il ne faut pas qu'il se sente abandonné. Mais nous entend-il seulement ? Je l'espère. D'un autre côté, est-il souhaitable qu'il entende ? Le docteur Robson n'a de cesse que d'évoquer les atrocités de l'été comme un criminel – qu'il n'est pas !

au contraire ! – ressasse sa culpabilité. Il n'y a que les saints à s'estimer coupables de n'avoir pas fait plus qu'ils ne pouvaient. Bien que j'aie envie de m'enfermer dans ma coquille, de me boucher les oreilles, bien que je rêve pour William et moi d'une chambre blanche, sans fenêtres, sans porte, où l'on n'entendrait que le battement de nos deux cœurs, et dans sept mois babiller notre enfant, j'écoute le docteur Robson. Je n'ose lui dire que tout cela n'est que la répétition d'un spectacle auquel j'ai participé dans les hospices et à bord de l'*Antigonish*. Je ne retiens que des bribes de sa confession, parce que j'en ai assez, assez, assez d'écrire des horreurs.

Lâcheté !

Qui a parlé ? William, lisant par-dessus mon épaule, son joli sourire ironique sur les lèvres. Je l'ai cru. Ce n'était que le remords.

Soit, je finirai mon récit, mais ô monsieur le remords, contente-toi de cela...

Deux mille malades sur l'île et des dizaines de bateaux au mouillage.

Bateaux transformés en hôpitaux. Pas d'air. La mèche lente des infections qui soudain s'embrase aux premières chaleurs de l'été.

Des dizaines et des dizaines de tentes qui se ressemblent toutes. Ces gens qu'on oublie pendant des jours en croyant les avoir visités. Ils expirent dans la touffeur, sur des lits de puces et de poux.

Les soi-disant ou prétendument bien portants, ou jugés tels, séparés des malades, logés dans les deux chapelles, la catholique et la protestante.

Dans les baraques, lits superposés aux planches disjointes. Excréments qui...

Manque de personnel pour distribuer les vivres sur les bateaux. Les affamés continuent de mourir de faim alors que l'île croule sous les provisions, provisions que les malades ne peuvent pas manger, ô ironie du sort.

Les petits enfants ont du lait à boire. Le docteur Robson a fait venir des vaches. Au moins donnent-elles leur lait sans barguigner, elles. Car pour s'occuper du fumier de l'Irlande concentré ici, le docteur Robson n'a pas eu le loisir de trier les gens sur le volet. Il y en a de dévoués, mais il y a aussi la lie de la société, des charognards attirés par l'appât du gain, voleurs qui ont organisé un marché noir, achètent des fruits aux chaloupiers et en multiplient le prix par trois. Ils dépouillent les malheureux, fouillent les poches des morts, s'ils le pouvaient couperaient les cheveux des jeunes filles pour les vendre aux perruquiers, feraient commerce des enfants s'il n'y avait pas tant d'orphelins.

On enterre dans de longues tranchées, par rangs de cercueils qu'on entasse les uns sur les autres. Superposés dans les hospices, superposés sur certains bateaux, superposés à l'hôpital, les vivants font des morts lités comme des harengs en caque. Les fossoyeurs ne chôment pas. A la peine, ils ne creusent pas très profond. Au milieu du cimetière, il y a un drain par lequel s'écoulent les matières corrompues, épouvantable ruisseau où grouillent les vers qui serpentent jusqu'aux tentes.

On enterre des familles entières, sans nom.

O comme le sort des miens a été doux : gésir à l'intérieur du petit cimetière d'Inishconga, n'est-ce pas ce que j'aurais pu souhaiter de mieux ? Je voudrais retourner en Irlande pour y mourir.

Non ! Pour y vivre une nuit d'été. Entendre les lièvres taper des pattes dans le désert lunaire des basses terres du

Mask. Regarder les truites argentées jaillir des eaux irisées et retomber sur le dos dans les reflets des étoiles. Mêler ma chevelure aux branches des arbres aux fées pour que s'y accrochent tous ces gentils insectes qui leurrent les poissons. Soulever ma robe et laisser les vaguelettes lécher mes jambes.

Les nuits d'été, ici, m'a dit le docteur Robson, l'île ressemblait à un camp de bohémiens. Des feux étaient allumés partout entre les tentes et les baraquements. Autour, des femmes fumaient la pipe. Aux lueurs des feux répondaient celles des escarbilles rougeoyantes que crachaient les cheminées des vapeurs. Les départs nocturnes des steamers étaient salués par des acclamations d'allégresse auxquelles répondaient, comme un sinistre écho, des cris d'affliction du côté du cimetière.

Et pendant ce temps, ô sordide pensée, sur les voiliers à l'ancre personne ne vidait les seaux d'aisances.

S'il fallait trouver un symbole à l'émigration, ce ne serait pas un éperon rocheux de l'Irlande, ni un plant de pomme de terre, ni un bateau lesté de chair humaine, ce serait un pot de chambre. L'Irlande s'est vidée sous elle de ses entrailles, de ses forces, de son cœur, de son âme, de son identité.

Je n'aurais pas dû écrire cela, je le sais. Je perds la raison, je le sens. Ce matin, quand j'ai ouvert ce cahier, j'ai commencé à former une phrase et quand j'ai trouvé les mots pour l'achever, le soleil était déjà au zénith.

Je suis lasse, très lasse. Je m'absente de moi-même.

J'émigre de moi-même ! Ah, voilà enfin quelque chose de drôle !

Ne ris pas, Josephine.

Va t'allonger à côté de ton mari.

Prends sa main et pose-la sur ton ventre.

Chuchote-lui : comment l'appellerons-nous si c'est une fille ? Comment l'appellerons-nous si c'est un garçon ?

William, je...

William, oh que ta main est froide !

Je ne t'entends pas, William !

Réponds-moi !

Respire, je t'en supplie !

21

William ne reverra plus Carra Hall. Il m'a quittée hier, peu après le coucher du soleil. Il ne reverra plus la grande maison, son grand perron, son grand balcon, ses hautes cheminées. Il ne reverra plus le lac vert amande ni les îles Jumelles, ces deux croissants de végétation touffue qui abritaient sa solitude quand, jeune homme, il nourrissait l'ambition de devenir écrivain.

Le lac Carra s'élargit sous mes yeux en une tache verte en forme de feuille de trèfle. Il pleut sur le lac.

Ce sont mes larmes sur ce cahier.

O mon amour, ô ma délivrance, ô toi qui m'as émancipée, comment ai-je pu souhaiter ta mort, l'espace d'un instant ? Comment se peut-il qu'on en vienne à souhaiter la mort du plus cher des êtres qu'on chérit ? Tant que tu gisais, endormi, j'implorais le ciel pour que tu rouvres les yeux, guéri. Mais quand ton agonie a commencé !... Quelle horreur ! J'ai prié, qu'il meure, qu'il meure, qu'il meure ! A tes pauvres mains décharnées, à tes pommettes saillantes, à ta pâleur de lys, à tes lèvres tuméfiées, à tout cela je m'étais habituée. Tout cela c'était toi, dans cet état de déchéance que de toutes mes forces j'espérais provisoire, malgré mon expérience des mouroirs, malgré ce que je lisais dans le regard du docteur Robson. Mais alors, OH MAIS ALORS – oui, il faut qu'on entende mes mots CRIER ! HURLER ! comme j'ai HURLÉ à l'intérieur de moi-même quand tes jambes et tes bras ont été pris de furieux tremblements, quand tes dents se sont mises à grincer, quand la salive a commencé de couler aux commissures de tes jolies lèvres, quand sous tes paupières tes yeux ont roulé d'un bord et de l'autre, j'aurais voulu me glisser sous ta peau pour t'aider à repousser la mort. O mon amour, ô mon beau cavalier, tu galopais à bride abattue pour la fuir et moi, l'espace d'un instant, de ce maudit instant, j'ai souhaité que tu fasses volte-face, que tu te rendes et que la faux t'étende d'un coup, inerte à jamais, afin que tes souffrances soient abrégées.

Tu ne souffrais pas, m'a juré le bon docteur Robson. Tu mourais le sang empoisonné par toutes les impuretés que ton foie ne filtrait plus. Ton cœur, tes poumons, tes reins, ton cerveau luttaient, réclamaient du sang neuf, mais tes nerfs étaient depuis longtemps défoliés comme des branches desséchées. Tu ne souffrais pas, peut-être, mais comment pouvais-je en être sûre ? Comme un lutteur cloue son adversaire sur le sable de l'arène, comme une religieuse s'étend face contre le dallage de l'église lors de ses épousailles avec le Christ, je me suis allongée sur toi de tout mon long, mais il n'y avait rien à faire, tes tremblements étaient plus forts que moi.

La mort était plus forte que moi. Elle est venue au crépuscule. Soudain, ô mon William, tout ton corps s'est arqué dans un spasme qui m'a soulevée et – ô mon Dieu pourquoi m'insufflez-vous de telles pensées ? – pendant que tu me trompais avec la Camarde je n'ai pas pu m'empêcher de songer aux spasmes d'amour de nos communions charnelles à bord de l'*Antigonish*. De la couche de cette maîtresse-là on ne se relève pas. De cette union-là ne naît aucun fruit, sinon de noirs oiseaux qui battent lentement des ailes en croassant.

J'ai eu la vision d'une nuée de choucas tombant comme des feuilles mortes sur le clocher anglican de Ballinrobe. Ils portaient un message m'accusant de négligence. Tête basse devant le tribunal de ma conscience, je feuillette ce cahier que tu m'as légué, me réfrène pour ne pas en arracher des pages. O William, père de mon enfant, pourquoi ai-je si peu parlé de toi ? Amante ingrate, épouse infâme ! Au lieu de parler des autres, j'aurais dû dire à chaque page comment j'ai baigné tes yeux d'eau bouillie, comment j'ai oint tes lèvres d'huile et de beurre, comment j'ai pressé des fruits pour en verser le jus entre tes dents serrées, comment je t'ai lu à voix haute mon récit, écrit pour toi, de nos jours de misère, comment j'ai chuchoté à ton oreille les mots d'amour les plus déraisonnables, comment j'ai épongé du bas de mes chemises la sueur de ton corps, avec quelle ferveur j'ai prié à ton chevet, avec quelle innocence, quelle démence amoureuse, j'ai tâté mes seins, pour voir s'ils ne commençaient pas à gonfler, comme si, grosse de quatre semaines à peine, j'avais pu te donner de mon lait qui t'aurait sauvé. N'est-ce pas risible ?

Souris, ô mon William, dans ton beau cercueil de cèdre rouge. Ce bois est imputrescible, m'a dit le docteur Robson. Il n'est pas rare que des trappeurs découvrent dans les montagnes, au bord de rivières inconnues qui roulent les eaux glacées de la fonte des neiges à travers le souterrain végétal de forêts hautes comme des cathédrales, des nécropoles indiennes veillées par des idoles sculptées dans ce bois et indemnes de vermine, depuis des siècles. Tu seras à l'abri, ô mon William, pour les siècles des siècles.

Souris encore : toi qui aurais tant voulu ne plus te distinguer du commun des mortels, sinon par la générosité de tes idées, tu auras été le dernier mort de Grosse-Ile et ta croix sera la première qu'on apercevra en remontant le Saint-Laurent. Les fossoyeurs ont creusé ta tombe au sommet du tertre derrière lequel l'île s'abrite. Parmi eux, à ma requête, il s'en est présenté un habile à manier le marteau et le burin. Dans une pierre plate du rivage, il a gravé ton nom : William, George, Edward Benson, et ta qualité : émigrant irlandais.

Trois coups de sirène. Le vapeur n'attend plus que moi.

Tout à l'heure le docteur Robson a toqué à la porte. Il m'a demandé ce que je comptais faire.

— Oh, ai-je répondu, la police va me conduire à la frontière.

Il a froncé les sourcils avec cette mine soucieuse de médecin.

— Quelle police ? Quelle frontière ?

Je lui raconté nos mésaventures avec le major Wexley.

— Oubliez tout cela. Depuis le mois de mai ils ont eu bien d'autres chats à fouetter.

Il a raison. Avant de te connaître, mon amour, j'étais peu de chose. Maintenant que je t'ai perdu, je ne suis plus rien, moins que rien. Qui voudrait s'occuper de moi ?

Le docteur Robson. Il tient à ce que je me rende à l'hôpital. Il m'a donné une lettre de recommandation. A l'hôpital ? Mais il faut que nous allions aux Etats-Unis porter ce cahier comme nous nous l'étions promis !

J'ai pris ton alliance, comme ça tu seras bien obligé de venir avec moi.

L'adieu au Connemara

La sirène s'impatiente.
Allons, lève-toi, il est temps de partir !
Ne fais pas semblant d'être mort, s'il te plaît !
William, ça suffit ! Je ne joue plus ! Lève-toi et marche !

22

Sur le port de Québec, dans une ambiance de transhumance qui retentissait de rires et de pleurs, d'appels et de boniments, se mêlaient des bergers et des agneaux, des loups et des renards, et quelques félins à l'écart.

Les loups ne craignent pas le froid. Les loups ne sont jamais rassasiés. Pendant tout l'été ils avaient tourné en rond autour des troupeaux d'émigrants et prélevé leur dîme sur les individus les plus faibles. D'instinct, ils appliquaient un principe qui allait très bientôt faire la fortune des empires industriels en cours de création à quelques centaines de milles en amont du grand fleuve : la division du travail. Ils avaient chacun leur spécialité : pickpockets, voleurs à la tire, faux-monnayeurs, loueurs de meublés virtuels, employeurs fictifs, escrocs en tous genres. Les bergers – les bonnes âmes des associations caritatives – étaient débordés par l'ampleur de la tâche et les chiens – douaniers et policiers – pas assez nombreux pour les piéger. Ces loups venaient en bande, mais au lieu de foncer dans le troupeau d'agneaux comme le brochet fonce dans le frai, ils se séparaient en abordant le gibier et chassaient pour leur propre compte. Le soir, ils se retrouvaient dans les tavernes du quai, comparaient leurs gains, ébauchaient des associations ou des reconversions lorsqu'une activité s'était révélée plus lucrative que les autres. Un soir le pickpocket bredouille voulait se faire changeur à la sauvette, le lendemain c'était le faux expert en joaillerie qui voulait s'exercer au vol à la tire. Les traits sculptés par la lumière des bougies plantées dans des goulots de bouteille, ils comparaient le goût et la consistance de leurs festins de vampires diurnes ayant passé la journée à sucer les dernières gouttes de sang des émigrants. A la nuit tombée ils s'enivraient. Leurs babines dégoulinaient de bière ambrée. Ce soir de début octobre ils boiraient plus que de coutume. Ce dernier débarquement, cette dernière chasse de la saison serait leur dernier repas avant le long hiver.

Il régnait sur le quai une atmosphère de fin de foire, de tope là compère, assez discuté ma commère, ton prix sera le mien et rentrons au bercail. C'était la grande braderie avant la formation des glaces. On soldait à bas prix les faux dollars, les faux titres de propriété, les fausses adresses de faux logements à louer ou les vraies adresses de pensions affichant complet, dans les deux cas une semaine d'avance, cash. L'escroc déguerpissait, ou retournait sa veste, changeait de chapeau et allait plus loin se convertir en bijoutier acheteur de médailles saintes au prix de la breloque.

Après le silence sépulcral de l'île, la cacophonie de bobards, le flux et le reflux des rescapés aux appels réitérés des officiers de l'immigration, le grouillement de files qui se formaient tant bien que mal devant des guichets, tout cela affola Josephine au plus haut point. Sa raison déjà chancelante bascula dans cette chambre blanche dont elle rêvait quelques jours auparavant pour William et pour elle. Tout s'effaça, comme si, endormie depuis son départ des basses terres du Mask, elle se réveillait soudain dans un lieu inconnu, hostile et inaccessible à chacun de ses cinq sens. Cependant, elle n'avait pas l'air d'une agnelle égarée. Au contraire, sa silhouette élancée, son menton levé dans une attitude de dédain – ce n'était qu'incompréhension ou indifférence –, sa redingote cintrée, ses bottines et ses deux sacs en cuir la situaient à part des moutons pouilleux et bêlants. Encore que cet ultime contingent fût en bien meilleur état que beaucoup parmi les précédents. Les loups en avaient vu du gibier pitoyable, en loques, avec de la paille dans les cheveux, les mains et le cou recouverts d'une gangue de crasse. Quant aux pieds, on aurait dit qu'ils étaient chaussés, alors qu'ils étaient nus, mais moins nus que certains petits enfants complètement nus. Les officiers d'immigration reculaient devant leur odeur. Les pickpockets mettaient des gants, qu'ils faisaient bouillir après usage.

Josephine s'était écartée du troupeau, ou plutôt à son insu le troupeau s'était écarté d'elle. Les loups salivaient. Cette jolie jeune femme, bien mise et en parfaite santé selon toutes les apparences, était une proie tentante aussi bien qu'elle incarnait de multiples dangers. Une bourse probablement pleine de couronnes mais un esprit tout aussi plein de bon sens, et une voix perçante, volontaire, impérieuse, et une qualité – épouse d'armateur ? femme d'officier ? fille de notable ? – qui ferait accourir et se mettre au garde-à-vous devant elle la police si jamais elle criait au voleur. Les malandrins connaissaient le tarif : pris la main dans la besace d'un nécessiteux, une correction au poste ; pris à voler un riche, le bagne. Les loups trépignaient à force d'hésiter. Leurs yeux étincelants de convoitise restaient braqués sur les deux sacs comme le regard d'un naufragé sur l'eau salée. Ils en auraient pleuré.

Un fin sourire aux lèvres, un renard à long nez observait la dame et ses cousins les loups. Lui aussi pesait le pour et le contre. La belle n'était visiblement pas une immigrante, ou bien alors elle avait voyagé en première classe. Pourtant, elle avait débarqué du traversier de Grosse-Ile. Qui était-elle ? La femme ou la fille du surintendant médecin ? Une infirmière qui rejoignait l'hôpital de Montréal ? Comme il n'ignorait pas que la station de quarantaine fermait, le renard aurait assez volontiers parié sur cette seconde hypothèse. Mais pourquoi, dans ce cas, ne s'était-elle pas dirigée vers le steamer à aubes qui appareillerait à dix-sept heures ? Imperméable à l'agitation autour d'elle, sourde aux appels des officiers d'immigration, qui ne paraissaient pas la concerner, elle semblait attendre quelqu'un. Bien qu'il eût après réflexion décidé de rester à l'écart – il n'avait aucune envie de passer l'hiver en prison, ou pire, cinq ans dans un bagne d'Australie –, le renard fut poussé à quitter sa tanière, un coin de mur auquel il se tenait adossé. Un des loups, celui qu'il tenait pour le moins malin de la bande, se dirigeait vers sa proie. Le renard le bouscula d'un coup d'épaule.

— Pas touche, je l'ai vue le premier !

Au contraire du monde des prairies et des bois, dans la hiérarchie du quai la force s'aplatissait devant la ruse, la brute se méfiait du goupil, le renard dominait le loup. Le fauve s'écarta en grognant.

— Puis-je vous aider, milady ? demanda le renard.

— J'attends mon mari.

Un mari !... Malédiction ! En pensée, le renard s'esquiva aussi, la queue entre les jambes, comme le loup. Mais à la main gauche de la dame, il vit deux alliances de belle valeur, l'une à l'annulaire, l'autre au majeur. Tiens donc ! Une veuve ? Il décida de tâter plus avant le terrain.

— Vous avez l'intention de remonter le fleuve vers les Grands Lacs ?

— Oui, nous habitons au bord d'un lac !

— Ah ? Et lequel ?

— Le lac Carra.

— Jamais entendu parler de ce lac. Remarquez, il y en a tellement, dans ce pays. Un nom indien, probablement ?

Josephine toisa le renard.

— Oui, les Indiens. Il faut que j'aille en Amérique. Il faut que j'aille aux îles de la Madeleine en Amérique.

— Ah ? C'est que…

Le renard allait dire : c'est que ce n'est pas du tout dans la même direction. Il se retint, gratta son long nez du bout de l'index, plissa les yeux et observa effrontément le visage de Josephine. De ces regards vides, de ces visages sans expression, il en avait vu tout au long de l'été, et il en avait tiré parti facilement, si facilement que c'en avait été parfois écœurant. Mais cette apathie des traits et du regard, ces réponses sans suite appartenaient à des épaves, pas à une dame aux airs de lady. Une belle dame devenue folle, comme les moins que rien ? Il y avait là un mystère que le renard n'avait pas le temps de creuser. Il se fia à son intuition de chasseur.

— Le bateau part à cinq heures. Permettez-moi de vous aider à porter vos bagages, milady.

Il tourna la tête à droite et à gauche – pas d'argousin en vue – et empoigna d'autorité les poignées des deux sacs.

— C'est le steamer, là-bas, au bout du quai…

La cheminée d'un vapeur à aubes fumait à environ deux cents mètres du débarcadère de Grosse-Ile. L'essentiel de l'ultime fournée d'émigrants était massé près de la passerelle. Le renard posa les sacs à terre et se frappa le front.

— Mais j'y pense… Vous avez pris vos billets ?

Bien sûr que non, qu'elle n'avait pas de billet, la folle.

— Vous avez de la chance, milady. Je suis l'agent de la compagnie maritime. Vous avez de l'argent ?

— De l'argent ? Mon mari m'en a donné.

Josephine tira une bourse de la poche de sa redingote. Le renard la prit, la soupesa mine de rien. Bon Dieu ! Elle pesait son poids non plus de larcin mais de bénéfice de l'année, de profit digne d'entrer dans les annales, dans la mythologie du quai. Il l'ouvrit. Des souverains ! Il fut saisi d'un doux tremblement. Déguerpir à toutes jambes ? C'était tentant. Le renard cependant n'est pas l'égorgeur de volailles pour lequel on le fait passer. Il se nourrit le plus souvent de mulots et quand il entre dans un poulailler se contente d'une vieille poule, laisse la vie aux plus belles, afin que les humains acceptent avec fatalité ce prélèvement et ne lui donnent pas la chasse ou lui tendent des pièges. Le renard du quai s'imagina face au tribunal, en train de dire : oui je lui ai pris des souverains, mais je lui en ai laissé plus de la moitié, on peut être voleur mais avoir du cœur, tout de même ! Les juges opineraient du bonnet et se montreraient indulgents. Il se saisit de quatre souverains, en abandonna à vue de nez une dizaine, le prix des circonstances atténuantes, au cas où. Le problème serait de changer ces pièces d'or en menue monnaie de nickel. Bah, à chaque jour suffit sa peine… Ce fut à son tour de tirer quelque chose de sa poche : une liasse de papiers, de grossières imitations de *vouchers* abondamment garnis de timbres et de cachets gravés dans de la pomme de terre crue.

— Voilà, milady, un billet pour les Etats-Unis. Première classe ou classe économique ? Première classe, bien entendu, trancha-t-il.

— Et mon mari ?

— Il est déjà à bord.

— Alors dépêchons-nous !

Ils se remirent en marche en direction du vapeur, de la file d'embarquement et des chiens – agents de l'immigration et inspecteurs de police en civil – qui rôdaient autour. Lorsqu'il jugea avoir atteint le point critique, le renard déposa les bagages sur le pavé du quai et dit :

— Excusez-moi, je dois vous laisser ici. Mes bureaux sont par là. Il faut que j'enregistre les passagers. Continuez sans moi jusqu'à la passerelle… Bon voyage, milady.

Au bout de quelques pas il jeta un coup d'œil par-dessus son épaule : Josephine s'en allait en oubliant ses sacs. Bon Dieu, songea-t-il, entre quelles pattes va-t-elle échouer ?

— Milady ! Vos sacs !

Il revint les lui tendre. Elle les accepta comme si tout cela était naturel.

— Vous êtes sûr que mon mari est à bord ?

— Mais oui ! Dépêchez-vous de le rejoindre !

Bien décidé cette fois à ne plus regarder derrière lui, il s'en alla pour de bon, le cœur léger d'avoir commis tant de bonnes actions. Dire qu'il aurait pu soulager la dame de sa bourse et de ses sacs ! Tu es un honnête bandit, dans le fond, se congratula-t-il. Il hâta le pas et tourna à l'angle de la boutique d'un shipchandler pour emprunter une venelle qui débouchait sur l'escalier menant à la ville haute. A peine s'y fut-il engagé qu'une poigne lui saisit le bras droit et le lui retourna dans le dos tandis que son cou était pris en cisaille et qu'on lui serrait le kiki. Doux Jésus, je suis fait, songea-t-il, heureusement que je n'ai pas tout cravaté...

Sur le quai le troupeau avait été guetté par les loups, les loups épiés par le renard et le renard observé par un puma.

— Dis-moi, l'Armateur, tu l'as complètement rincée, la belle dame, ou tu m'as laissé quelques miettes ?

En même temps qu'il reconnut la voix, le renard, alias l'Armateur, identifia l'odeur de son assaillant, celle d'un parfum entêtant où dominaient les arômes de cigarillos de Cuba. Il se détendit.

— Ah c'est toi, Robie le Joker ! Lâche-moi donc !

— Réponds ! rugit le puma en resserrant la pression de son avant-bras sur la pomme d'Adam du renard.

— Je lui ai laissé les trois quarts de son flouze et j'ai pas touché à ses sacs ! glapit-il.

— Les trois quarts de quoi ?

— D'une bourse pleine de souverains...

Le puma relâcha le renard et le retourna dans le même mouvement.

— Regarde-moi, crapule, que je voie si tu ne mens pas !

— Je te jure que c'est vrai !

Le renard se tenait à carreau. Il redoutait la taille du puma – plus de six pieds –, ses yeux bridés – il avait disait-on du sang indien –, ses griffes – des couteaux dans ses bottes et un minuscule Derringer à deux canons dans chaque manche de sa pelisse.

— Pourquoi t'as pas tout barboté ?

— C'était trop. Ça m'aurait porté la poisse. Y a des bornes à pas dépasser, tu le sais aussi bien que moi.

— C'est une aristo ?

— J'en sais rien.

— Comment ça ?

— Elle a perdu la boule. Dans les nuages, complètement dingo. Elle dit qu'elle voyage avec son mari alors qu'elle porte deux alliances, du jonc de première je te le dis, comme une veuve.

— Folle, une si belle poulette ? feula le puma.

— Et veuve, le Joker ! Son mari a dû clamser sur un bateau, ou sur l'île des Morts. Fonce ! Va la finir, elle est pour toi, t'es le meilleur.

— OK, l'Armateur. Si la flicaille interviewe l'un de nous deux, on l'a jamais vue, la mignonne, d'accord ?

— Tu parles !

— Passe un bon hiver au chaud, l'Armateur.

— Toi de même, Robie.

Le faux ticket de Josephine avait suscité amusement et commisération au pied de la passerelle. Elle avait rebondi comme une balle de croquet de marin ennuyé en marin rigolard, pour échouer au guichet de la compagnie où le rond-de-cuir échangeait avec elle un dialogue de sourds. Oui madame, le steamer appareille à dix-sept heures ; non madame, en direction des Grands Lacs, pas vers les îles de la Madeleine ; non madame, je ne connais pas de lac Carra ; et pourquoi deux billets si le mari de madame se trouve déjà à bord ? Elle demeurait coite, le guichetier en perdait son latin.

— L'embarquement est presque terminé. Faut vous décider, madame. Un ou deux billets ?

— Deux ! répondit une voix derrière Josephine.

Le rond-de-cuir leva les yeux. Robie le Joker !... Il soupira. En voilà une qui allait être prise en main.

— Première classe, monsieur Robert ?

— Cabine de luxe, mon brave, répondit Robie, et d'entre

ses longs doigts fins jaillit comme par magie une pièce en or frappée de l'aigle américain.

— Pour ton silence, l'ami.

— C'est trop, monsieur Robert, chuchota le guichetier.

— Jour de bonté !

La main du rond-de-cuir se posa sur celle de Robie et la pièce disparut. Robie s'inclina devant Josephine et se présenta sous l'un de ses nombreux noms d'emprunt.

— Robert de Trois-Rivières. A qui ai-je l'honneur ?

— Josephine Benson, de Carra Hall.

— Ah ? Ah ! Ah ! Bien sûr, de Carra Hall ! dit Robie le Joker, éberlué.

Puis il continua :

— Permettez-moi de régler toutes ces formalités pour vous...

Elle permit. Confia sa bourse au joueur, qui apprécia le nombre de souverains, rendit hommage à l'honnêteté partielle de l'Armateur, régla les deux billets avec l'argent de la dame, prit ses deux sacs et lui offrit son bras. Elle le toisa.

— Vous êtes bel homme !

C'est qu'il portait beau, avec son pantalon étroit, ses bottes à talons biseautés, son long manteau en loutre, sa cravate et son gilet en soie.

— Il est temps d'embarquer, madame Benson.

— Vous connaissez mon mari ?

— C'est un ami. Nous le retrouverons à bord.

Le rond-de-cuir secoua la tête. La faconde et le culot de Robie le Joker étaient admirables. Il aurait été encore plus admiratif s'il avait su que la pièce que le joueur lui avait glissée était sa dernière. Une façon à lui d'annoncer « tapis ! » et de rafler la mise : une croisière gratuite sur le

Saint-Laurent, une jolie pépée à honorer et sa bourse pleine de souverains à vider.

A dix-sept heures précises le steamer *Chicoutimi* appareilla.

C'est ainsi que Josephine devint la chose, le faire-valoir et la maîtresse schizophrène d'un tricheur professionnel. William et monsieur Coudray lui avaient décrit ces cabines de luxe lambrissées d'acajou blond, garnies de meubles à cornières en cuivre jaune et décorées de miroirs vénitiens, aussi pénétra-t-elle sans heurts dans cette réalité, continuant ainsi, de façon onirique, le voyage de l'*Antigonish*, dans les conditions particulières que le destin avait voulues pour elle : le confort d'une cabine, l'épaule d'un mentor sur laquelle se reposer – William et monsieur Coudray, et à présent cet homme bien fait, bien mis et bien élevé qui se confondait dans son esprit avec les deux autres –, le privilège d'un pont supérieur cependant que la plèbe pourrissait à fond de cale, à cette différence près que les immigrants de l'automne ne croupissaient plus dans l'entrepont et n'étaient plus traités comme des bestiaux.

Billets payés par l'office d'immigration, ils voyageaient en véritables passagers, étaient servis et convenablement nourris, dormaient sur des matelas propres, dans une vraie literie. Cela s'entendait : jusque tard dans la nuit le *Chicoutimi* résonnait de la gaieté des violons et des pas de gigue sur le plancher du troisième pont. Ceux-là ignoraient ce à quoi ils avaient échappé. Au plus fort de l'été, les transports vers les Grands Lacs avaient perpétué le calvaire de la traversée de l'Atlantique. Sur les steamers s'entassaient parfois plus de mille passagers, valides et convalescents mélangés. Rendus cacochymes par l'effort de cette charge, les vapeurs peinaient à remorquer en plus dans leur sillage des barges à ciel ouvert où s'entassaient les plus malchanceux, rangés debout comme des bottes de poireaux, dans l'impossibilité de s'allonger et même de s'asseoir. Les vieillards et les enfants étaient piétinés, les gens s'endormaient debout. Ce n'était qu'à l'arrivée, quand la masse se désagrégeait, qu'on s'apercevait que certains d'entre eux s'étaient endormis pour l'éternité. Privés de tuteurs, ils tombaient, raides comme des arbres abattus. Oui, vraiment, les immigrants de l'automne ne connaissaient pas leur bonheur. Officiers, matelots, commis de cuisine appréciaient ce changement. Ils sortaient enfin de l'hébétude dans laquelle cet infernal été les avait plongés. A l'instar de victimes d'une inondation, ils bénissaient le retrait des eaux et s'installaient de nouveau dans une maison nettoyée de sa boue, ventilée par l'air sec et enfin sèche.

A cause de cette agitation, Robie le Joker avait réalisé une saison médiocre. Les riches éleveurs américains avaient déserté les steamers. Ces magnats de la viande avaient préféré prendre le train plutôt que de côtoyer le bétail humain. Et puis presque personne n'avait l'esprit au jeu. Même le plus cynique des joueurs, ce que n'était pas Robie, qui utilisait ses dons pour soulager les gogos de leur trop-plein, voilà tout, n'avait pu s'empêcher d'être ému par cette détresse. Robie comptait sur cette dernière remontée du *Chicoutimi* vers Toronto pour se faire un peu de gras avant l'hiver.

Pendant la dizaine de jours que dura le voyage, les yeux de Josephine gobèrent tout comme le poisson gobe l'eau, et tout comme l'eau glisse sur les écailles du poisson tout glissa sur sa conscience. Elle qui n'avait aucune idée de ce que signifiait le mot « ville » embrassa d'un regard distrait Québec, Montréal, Kingston et Toronto. Elle mangea avec une indifférence égale de la morue salée, du poulet à la sauce piquante, du homard grillé, des pétoncles farcis. Elle but du vin et du café, et parfois du brandy, au salon, avec les messieurs.

Elle ne quitta pas Robie le Joker d'une semelle. Qu'il passât ses soirées à jouer aux cartes ne parut pas la surprendre le moins du monde. Elle demeurait derrière lui, une main posée sur son épaule, sans mot dire, sans se plaindre, sans un soupir. Les partenaires de Robie auraient pu croire qu'elle l'aidait à tricher – mais comment ? Ses yeux ne cillaient même pas, qui restaient fixés sur une baie de bâbord où défilaient les paysages d'Estrie et de Montérégie, puis de l'Ontario. Ils auraient pu exiger qu'elle s'écarte de la table, mais aucun ne le fit. Et pour cause : Robie le Joker perdait ou bien quittait la table en empochant un gain modeste, à peine de quoi se relancer le lendemain. Sans doute les circonstances ne furent-elles jamais des plus propices à la tricherie. Cartes neuves, partenaires en éveil ou peut-être arnaqueurs déguisés en lourdauds des plaines du Middle West. Mais encore Robie fit-il preuve d'une grande nervosité et d'une espèce de confusion mentale qui l'empêchait de se concentrer sur les plis précédents, sur les cartes qui normalement demeuraient associées par deux ou trois après qu'on les eut battues et coupées. La carte ou les deux ou trois cartes que Robie demandait après la distribution n'étaient jamais les bonnes, même quand c'était son tour de battre et de donner à couper. La cause de ce désarroi ? Josephine. Pourtant, superstitieux, il s'était persuadé qu'une simple d'esprit serait la meilleure des mascottes. Il s'accrocha d'ailleurs pendant un bon moment à cette conviction, en dépit de sa déveine. Mais fait-on d'une mascotte sa maîtresse ? Hé ! ce n'était pas seulement pour ses souverains qu'il l'avait embarquée mais bien dans l'idée d'avoir sous la main son repos du guerrier. Oui, c'était peut-être là que le bât blessait. A trop caresser un porte-bonheur on risque de l'user. Au point qu'il en vienne à porter malheur ? Allez savoir ! Ces joujoux-là sont capricieux.

Homme raffiné, séducteur patient et gourmand de l'attente, Robie le Joker détestait les étreintes convenues. Il ne fréquentait les prostituées qu'en ultime recours, quand il y allait de sa santé nerveuse. Il aimait travailler la vertu aux outils d'orfèvre. En diplomate du cœur il appréciait les longues négociations d'avant la reddition. En joueur pathologique qui éprouve autant de jouissance à perdre qu'à rafler la mise, il ressentait cette mélancolie des fins de partie, lors de la remise des clés de la forteresse, qu'il pénétrait un peu à regret.

Avec Josephine, une femme de si grande classe, il s'était promis le plaisir non pas du marivaudage puisque le dialogue avec elle était impossible, mais de l'apprivoisement : il l'imaginait farouche comme une tourterelle des bois, voire imprenable, ce qui ne lui aurait pas vraiment déplu. Aussi fut-il, le premier soir, décontenancé par son impudeur. Elle se déshabilla, nue comme la vérité sortant du puits fit sa toilette devant lui, mit sa chemise de nuit et s'allongea sur sa couchette. Il aurait voulu résister à cet aimant, il ne le put. Josephine avait un corps de déesse. Dénoués, ses cheveux auburn cascadaient sur ses blanches épaules comme le vent d'été lustre le velours des blés mûrs. L'émotion lui noua la gorge, la nature l'emporta sur l'intellect. Il aurait souhaité un tendre et long combat, il s'allongea à côté d'elle, elle ouvrit ses jambes et il prit son plaisir sans parvenir à l'émouvoir. Les jours suivants, il ne put pas plus résister que le premier soir. A la fin de la semaine il eut l'impression d'avoir commis une succession de viols. Il avait joui d'un corps auquel aucun esprit n'ordonnait de se défendre.

Pire, ce plaisir solitaire était un proche parent de l'onanisme. Elevé chez les Frères de Rimouski dans la rigueur de l'enseignement catholique, il finit par en éprouver un sentiment de culpabilité diffus qu'obscurcissait encore son quart ou son huitième de sang indien, mêlant morale et superstition, malchance et châtiment. Il avait péché, ou abusé de son grigri, la déveine était sa pénitence, ou la poisse la malédiction des dieux du grand fleuve. Le septième soir, il fit un sacrifice aux dieux, ou récita son acte de contrition : il s'imposa la chasteté. Le huitième jour, décavé, il empocha les souverains de Josephine pour les jouer, ressentit le pincement d'une nouvelle transgression et, afin de conjurer le mauvais sort ou d'obtenir le pardon, jura devant Dieu, ou les dieux, de ne plus la toucher s'il gagnait.

De façon à éviter toute tentation, il laissa dans la cabine ses jeux finement poinçonnés et savamment recachetés. Il pria Josephine de ne pas l'accompagner, ce à quoi elle consentit avec indolence, se rendit au bar, but un brandy à l'eau et attendit qu'on l'invite à une table – ne pas choisir ses partenaires parachevait sa stratégie dans ce duel avec la déveine.

Chaque nuit, dans un renfoncement du casino où une foule cosmopolite entourait le tapis d'une roulette – une simple boule, neuf numéros, pair et impair, rouge et noir –, trois tables étaient ouvertes entre lesquelles les joueurs permutaient selon leur humeur ou créaient des associations inédites au gré de la disparition et de l'apparition de nouveaux amateurs lors des escales – Cornwall, Cardinal, Brockville et Kingston, dernière escale avant la traversée du lac Ontario.

Robie fut convié à une table déjà composée d'un vieil aristocrate anglais, d'un officier du bord – a priori un garant de la régularité de la partie –, d'un fermier américain et d'un homme qu'il reconnut comme l'un de ses pairs, un type au visage en lame de couteau vulgairement vêtu d'une veste à franges brodée de perles. On se fit servir à boire, on alluma des cigares, Robie tomba la veste et retroussa ses manches. L'autre professionnel ne put réprimer un petit sourire étonné. La partie s'engagea et le scénario des jours précédents recommença : Robie perdait et gagnait petitement. Peu après minuit l'officier se retira pour prendre son quart. Un individu falot, gris de cheveu, de vêtements et de peau, le remplaça. Un arnaqueur, pensa Robie, en le surnommant mentalement le Clergyman. Mais il vit un éclair briller dans le regard du vieil Anglais. Bon Dieu, et si c'était lui l'arnaqueur de la partie ? Il se mit à transpirer, regrettant son vœu de ne pas tricher. Il était piégé. L'Anglais suggéra des cartes neuves.

— J'ai ce qu'il faut, dit le Clergyman en posant un jeu cacheté sur le tapis.

— Sans vouloir vous froisser, ces messieurs et moi préférons les cartes du bord, rétorqua l'Anglais.

— Pas de problème, bougonna le Clergyman.

Il rempocha ses cartes. L'Anglais héla un serveur, qui apporta illico un jeu et le décacheta. C'était au tour du bouvier du Middle West de distribuer. Le regard du professionnel croisa celui de Robie. Tout comme lui il avait senti sur la pulpe de ses doigts les reliefs imperceptibles au commun des mortels. Un jeu marqué de points et de traits. Code personnel de l'Anglais ou du Clergyman ? Duquel des deux le serveur était-il le complice ? De l'Anglais qui avait réclamé un jeu du bord – et comme par hasard le commis du casino se trouvait à proximité... – ou bien du Clergyman, qui avait proposé son propre jeu cacheté dans le dessein qu'on le lui refuse ?

La main distribuée par l'Américain fut banale, tout comme celles que distribuèrent le professionnel et Robie. Le Clergyman distribua à son tour. Robie ne décela rien de suspect. Main aussi grise que le distributeur, petit jeu, petites mises, aucun candidat à l'esbroufe. L'Anglais ramassa les cartes, les battit sans dextérité particulière, les donna à couper à l'Américain et fit cette réflexion, avant de commencer à distribuer :

— Les cartes sont bien ennuyeuses ce soir, n'est-ce pas ? Espérons que cela va changer, sinon il nous restera la boule pour nous amuser un peu.

Dès la première carte Robie sut que c'était l'Anglais l'arnaqueur. Son pouce et son index pressaient le carton à l'endroit précis où se trouvaient les marques. Le professionnel avait vu, lui aussi. Le Clergyman fut lavé de tout soupçon. Quant à l'Américain, il n'y avait plus de doute, c'était un de ces pigeons richissimes qui se payaient des frissons en se faisant plumer, ce qui écornait à peine leur fortune. L'Anglais se servait sa troisième carte lorsqu'une bousculade et des cris se firent entendre du côté de la boule. Des mots hurlés par une fille à l'accent grasseyant.

— Je te préviens, salopard, si t'arrêtes pas de me peloter les fesses mon cul va te mordre la main !

Seul l'Américain tourna la tête en riant. Une ride

horizontale barra le front de l'Anglais. Disparut quand il continua de distribuer. Robie jubila intérieurement. Cette ride fugitive, il en connaissait le pourquoi. L'altercation et sa conséquence, un bref moment de distraction, avaient chiffonné le processus mental de mémorisation des cartes. Tout en finissant de distribuer, l'Anglais essayait de reconstituer la donne. Robie souleva légèrement ses cartes. Trois cœurs : le dix, le valet et l'as ; et deux brêles : sept de pique et quatre de trèfle. Il jeta les brêles et demanda deux cartes.

Bien qu'il eût espéré, puisque ce soir il avait défié la logique, la veine et la déveine, recevoir les deux cartes qu'il lui manquait, il n'en crut pas ses yeux et craignit un instant, à tort, d'avoir frémi. Roi et dame de cœur, quinte flush royale ! Il fallait remonter bien loin dans le passé pour retrouver une telle main, du moins acquise sans tricher. Quels pots Robie le Joker aurait-il raflés, certains soirs très lointains, avec cette quinte royale ! Il serait millionnaire, à présent, hôtelier à Québec, Montréal ou Toronto.

Chacun demanda des cartes, excepté l'Anglais qui annonça « Servi ! ». On ouvrit à la hauteur convenue, soit dix dollars. L'Américain relança de vingt, chez lui une manie, quel que fût son jeu. Comme l'avait prévu Robie, le professionnel se coucha. Le Clergyman suivit, ainsi que l'Anglais. Les trois adversaires de Robie continuèrent de monter et puis sonna l'heure du doute. Doute ordinaire, en ce qui concernait l'Américain et le Clergyman : pourquoi Robie, si prudent, si timoré, si peu veinard depuis le début de la soirée, relançait-il, sinon parce qu'il avait un jeu du tonnerre ? Ou bien avait-il attendu tout ce temps pour bluffer ? Le fin du fin. Possible, aussi, mais peu probable. Ils se couchèrent à leur tour.

L'Anglais doutait de manière différente : il doutait de lui, de son toucher, à cause de son hoquet cérébral au moment de la sortie graveleuse de la fille autour de la roulette. Si ses doigts ne lui avaient pas menti, il savait que Robie avait une quinte et Robie savait que l'Anglais pouvait le savoir. Mais quant à savoir s'il s'agissait d'une suite à cœur, d'un flush royal, d'une quinte maîtresse…

Robie, qui ne prenait jamais ses cartes en main, préférant les laisser sur le tapis, les ramassa en mimant très discrètement ce tic qui n'épargne presque aucun joueur et qui consiste à river ses yeux sur elles comme une diseuse de bonne aventure. Il les pinça à l'endroit des marques. Hum, a priori, le code n'était pas assez complexe pour distinguer à la fois les figures et les chiffres, et en plus leur couleur. Robie se laissa aller contre le dossier de son fauteuil, se dit : peu importe, hors de question de reculer devant ce vieux tricheur d'Anglais, j'irai jusqu'au bout. Jamais il n'avait eu une telle certitude de gagner. Jamais il n'avait connu une telle sérénité, celle de l'honnêteté, qui vous débarrasse de la hantise d'être surpris à tricher. Il eut une pensée émue pour le frère directeur du collège Saint-Jean, son professeur de morale. L'honnêteté est toujours récompensée. Amusant. Et si c'était vrai ? Au moins une fois. Pendant dix minutes. Le temps de rincer un rosbif.

« Je suis touché par la grâce, ironisa-t-il intérieurement. Les curés ont fini par m'avoir jusqu'au trognon. »

Le premier pouvoir, au Québec, n'était pas le gouverneur général de Sa Majesté la reine Victoria, mais l'épiscopat catholique… Personne n'échappait à sa férule… La maman de Robie, cette grenouille de bénitier, serait fière de son fiston, pour une fois.

Alors que c'était à lui de relancer, l'Anglais baissa sa garde. Il eut un geste de nervosité, de perplexité. En tirant une bouffée de son cigare qu'il tenait entre l'index et le majeur, il se lissa la moustache de la pulpe de l'auriculaire. Robie implora le Fils de Dieu.

« Doux Jésus, il va pas se coucher, tout de même ! Une main pareille, faut qu'elle multiplie la monnaie comme tu as multiplié les petits pains ! »

Il fut entendu. L'Anglais relança de cinquante dollars.

« Dieu tout-puissant ! Il doit avoir du jeu ! O Seigneur, es-tu bien sûr de tes lumières ? »

La main de Dieu guida celle de Robie. Il ouvrit la bourse qu'il avait pris soin de poser à sa gauche au début de la partie afin de n'avoir pas à glisser ses doigts dans son gousset, couvrit de souverains et demanda aimablement :

— Le change vous convient ?

— Parfaitement...

Robie puisa de nouveau dans la bourse de Josephine. L'Anglais suivit. Suivit jusqu'au bout. Des curieux s'étaient agglutinés autour de la table, retenaient leur souffle, mâchonnaient des cigares éteints ou demeuraient bouche ouverte dans l'attente du coup fatal que porterait l'un des duellistes. A court de munitions, l'Anglais annonça « tapis » et jeta ses cartes.

Une fraction de seconde une bouffée d'adrénaline brouilla la vue de Robie. Il abattit son jeu. Le Clergyman et le professionnel haussèrent les sourcils. L'Américain grogna : « My God ! » Un grondement parcourut le groupe de curieux.

Quinte flush contre full aux as par les rois.

— Félicitations, dit l'Anglais.

— Merci, répondit Robie.

Il rafla le pot. Il rabattit ses bras de chemise, boutonna les poignets, enfila sa veste, ramassa ses gains et remonta la coursive du pont supérieur en ayant l'impression de marcher sur les eaux.

Josephine paraissait dormir, dans l'attitude d'une gisante, allongée sur le dos, les jambes jointes et les mains croisées sur la poitrine. Robie se déshabilla et se coucha sans bruit. Son cœur battait la chamade. Il ne fermerait pas l'œil de la nuit.

Josephine ne dormait pas. Elle se leva pour venir se lover contre Robie. Il se crispa. Il avait fait le vœu de ne plus la toucher s'il gagnait. Il ne la toucherait plus. Serment d'ivrogne ? se dit-il. Non, serment tout court. Ses superstitions avaient monté de plusieurs crans, à cause de cette quinte flush miraculeuse.

— Tu ne m'aimes plus, William ? demanda Josephine d'une voix lascive.

Robie frissonna.

— Mais si, Josephine.

— On ne dirait pas...

— Je suis fatigué. J'ai passé la nuit à jouer aux cartes. J'ai gagné, Josephine, tes souverains ont fait des petits. Nous sommes riches, tu es riche !

Robie, de crainte que les dieux d'un tour de passe-passe ne lui reprennent ce qu'il avait gagné, était déterminé à partager les gains en deux. Josephine haussa les épaules.

— Comme si je ne le savais pas ! Bien sûr que je suis riche. Je possède un château, un lac et trente mille acres de terre dans le comté Mayo.

— Décon... Pardon... Qu'est-ce que tu racontes ? C'est vrai ?

— Ne me les as-tu pas légués ?

— J'avais oublié, mon amour.

Josephine posa ses lèvres sur sa joue, sur son oreille, à la commissure de ses lèvres, serra une de ses jambes entre les siennes.

— O Seigneur ! Seigneur ! Seigneur ! Pourquoi m'infliger ce supplice ? bredouilla Robie à voix basse.

— Notre bébé sera riche, William.

Tous les poils de Robie se hérissèrent. Fabriquer un gosse à une fille, c'était ce qu'il avait toujours appréhendé. Redouté plus que la prison, plus que le bagne, mais cependant moins que l'amputation d'un de ses bras ou des deux. Un gosse, c'était les fers aux pieds, un boulet...

— Notre bébé aura des langes de soie, continua Josephine d'une voix chantante, il aura un poney, un chien de berger, plus tard un attelage...

— Notre bébé ? Déjà ? Tu es sûre ?

Il avait beau se dire que Josephine avait perdu la raison, son aveu bouleversait ses connaissances élémentaires de la mécanique des femmes.

— Il y a deux mois que je n'ai pas saigné.

Robie respira, soulagé.

— Deux mois ? Ah ! D'accord !... D'accord !...

— Pourquoi tu ne m'aimes plus ?

— Je t'aime, je t'adore, mon amour.

C'était la vérité vraie. Il était tombé amoureux de cette fille, de cette femme, de cette Irlandaise, qui qu'elle fût. Pour son malheur, amoureux fou d'une folle à lier.

— Pourquoi ne viens-tu pas en moi, alors ? gémit Josephine.

Robie en eut le souffle coupé. Il trouva la bonne réponse.

— Ça pourrait faire mal à notre bébé.

— Tu crois ?

— Dors, ma chérie...

— Je voudrais dormir auprès de toi jusqu'à la fin de mes jours.

— Mon amour ?

— Oui, mon William ?

— Redis-moi comment tu t'appelles.

— C'est pour te moquer de moi ?

— Mais non, c'est parce que j'adore te l'entendre dire.

Comme elle aurait récité une comptine, Josephine chantonna :

— Je m'appelle sainte Josephine... Je suis sainte Josephine des basses terres du Mask.

Robie sourit et murmura :

— Sainte Josephine, priez pour nous...

Epouvantée, Josephine se blottit dans les bras de Robie et enfonça son visage dans le col de fourrure de son protecteur. Il caressa ses cheveux tout en murmurant des mots d'apaisement. Elle releva doucement la tête et osa regarder, les yeux écarquillés de terreur, ce qui la faisait trembler de tous ses membres. Rampait vers elle un insecte géant, un long cancrelat caparaçonné d'élytres noirs luisants de pluie. L'énorme bête grinçait, crissait, crachait et haletait, en allongeant et en rétractant tour à tour de chaque côté de son corps une patte de sauterelle. Elle tirait derrière elle une longue chenille articulée dont les dizaines d'yeux étaient éclairés de l'intérieur par une lumière jaune. Sous ces yeux, sur le corps de la chenille, il y avait de grandes lettres en or.

Le train pour Montréal s'immobilisa en gare de Toronto. Les bagagistes s'activèrent dans un joyeux tohu-bohu de braillements, de réclamations, d'appels à l'aide de voyageurs en proie à une hâte inutile, d'appels au calme d'agents de la compagnie ferroviaire, et même d'aboiements : des trappeurs en partance pour le haut Québec embarquaient leurs chiens de traîneau dans le fourgon de queue.

Robie avait réservé une suite en première classe. Accrochée à son bras, dressée depuis l'Irlande à suivre les mouvements de la foule, Josephine se laissa mener dans le compartiment, où elle se crut de nouveau à bord du steamer. Rassérénée, elle ôta sa toque et son manteau de vison et s'assit près de la fenêtre. Il n'empêche qu'au moment où retentirent les coups de sifflet et que le train s'ébranla elle se leva d'un bond pour se réfugier sur les genoux de Robie.

— N'aie pas peur, lui dit-il, un train c'est comme un bateau, sauf qu'on voit la machine et qu'il ne navigue pas sur la mer mais sur des rails qu'on appelle un chemin de fer...

Ils n'avaient passé que deux jours à Toronto, le temps pour Robie de réserver les billets pour le prochain train et d'équiper Josephine de pied en cap : lingerie, bas de laine, bottines fourrées, gants, manteau et toque de fourrure.

Lors de leur dernière nuit à bord du *Chicoutimi*, la nuit du miracle de la quinte flush, Robie n'avait fermé l'œil qu'au petit matin, après une partie de poker menteur disputée contre lui-même. Main gauche dame de cœur, main droite valet de pique. La raison du joueur contre la candeur de l'amoureux. La tentation de s'envoler avec le magot contre l'obligation de veiller sur Josephine. S'occuper de la mettre en sécurité ou bien l'abandonner sur le port de Toronto.

Robie n'aurait pas cru qu'un jour il en viendrait à arbitrer loyalement, en son for intérieur, comme un premier communiant catéchisé du printemps, ce fameux combat du bien contre le mal. Un esprit moins lucide que le sien aurait d'emblée donné l'amour gagnant aux points, avant même le début du corps à corps : prendre sa retraite de joueur, s'installer avec Josephine et la garder pour voir. Voir les cartes de l'adversaire, voir si elle guérirait. Elever son gosse... Idyllique mais irréaliste.

Robie connaissait ses faiblesses et la force de ses démons. La beauté et les charmes de Josephine ne les tiendraient pas à distance très longtemps. Il ne tiendrait pas dix rounds. Sa nature reprendrait le dessus. Aux beaux jours, l'envie de retourner battre la route lui flanquerait des coups de fourche dans le derrière. Ses doigts fourmilleraient, il rêverait de parties de poker, il en perdrait le sommeil à force de cauchemars, abandonnerait non plus une femme folle mais une mère et son enfant. Biseauter cette carte-là, d'un coup de ciseau du remords qu'il éprouverait certainement, ne servait à rien. Miser sur la victoire du bien c'était reculer pour mieux sauter.

Malheureusement, il ne pouvait pas plus empocher la dame de cœur que jouer le valet de pique, c'est-à-dire larguer Josephine sur le quai d'un port ou dans l'arrière-salle d'un café. Cette idée-là était intolérable ; il s'ensuivrait un destin répugnant pour Josephine, et pour Robie de vrais remords, éternels cette fois. La belle Irlandaise folle serait ramassée par un représentant de cette engeance qu'il honnissait plus que tout : les *pimps*, les maquereaux venus de Londres où ils avaient fait leur apprentissage dans les bas-fonds de l'East End. Compte tenu de sa beauté, et de sa docilité, le souteneur qui l'enfermerait dans une maison close commercialiserait ses charmes aux tarifs du West End. Bourgeois lubriques et trappeurs crasseux se succéderaient entre ses jambes ouvertes sans qu'elle le sache. Peut-être les appellerait-elle William... Robie chassa cette vision de cauchemar. Que faire ? Le Bon Dieu lui envoya un ange qui ramassa ses ailes et se faufila par le hublot de la cabine du *Chicoutimi* pour lui souffler à l'oreille :

— Va-t'en voir ta mère !

Il sursauta. Ma mère ? Mais elle va me battre comme drap sale dans baquet d'eau glacée !

— Rien ne vaut une mère quand il s'agit de prendre conseil, chuchota l'ange.

Robie leva les yeux au plafond : voilà-t-y pas que j'ai des hallucinations ! Par sainte Josephine des basses terres du Mask ! Il ferma les yeux et dormit comme une souche, assommé par la décision qu'il venait de prendre : redescendre en train à Montréal pour subir le fouet maternel et accessoirement les foudres de sœur Imelda-Marie de Jésus, sa tante. Car l'ange, en repartant par le hublot, avait soufflé dans sa main un léger nuage d'encens pour qu'il se souvienne que la sœur aînée de sa maman était religieuse.

Vingt-quatre heures plus tard, l'ange actionna la soupape de la locomotive au moment où Josephine et Robie, bras dessus bras dessous derrière un porteur, remontaient le train et marchaient vers la sortie de la gare de Montréal. Ils furent enveloppés d'un nuage de vapeur. Josephine rit aux éclats. Elle était si belle sous sa toque de fourrure que Robie fut à deux doigts de changer ses plans, de revenir à la case départ des affres de sa réflexion. De reprendre la dame de cœur et de la jouer. Le porteur déposa leurs bagages dans le fiacre. Le cocher attendait les ordres de Robie. Il se résolut à donner l'adresse de l'hôtel où sa mère était lingère.

Bonne ou mauvaise idée ? Il joua une niche à sa maman.

— Merci de faire monter la lingère dans une petite

demi-heure, dit-il à la réception, mon épouse voudrait lui confier une robe à retoucher.

— Pas de problème, monsieur.

La demi-heure écoulée, on toqua. Planté le dos tourné à la porte devant une grande aquarelle sous verre, Robie grogna :

— Entrez !

Dans la vitre du tableau il vit le reflet de sa mère entrebâiller timidement la porte.

— Madame a besoin de mes services ? demanda-t-elle à Josephine.

— Prévenez la marquise de Galway que nous descendrons dès que je me serai changée !

Robie pouffa et se retourna, hilare. Le visage de sa mère se renfrogna. C'était une petite bonne femme bien en chair, aux yeux légèrement bridés comme ceux de son fils. Sous sa coiffe de lingère son visage rougit violemment. Elle serra les poings, marcha sur Robie comme on monte à l'attaque – comme elle fonçait sur lui, dans le temps, en brandissant son balai en branchettes de bouleau. Aïe ! Aïe ! Aïe ! Robie allait se faire sonner les cloches ! Elle inclina la tête de côté et regarda par en dessous cette espèce de figure de totem rigolarde dressée devant elle.

— C'est-y lui, l'animal ? Mais oui, par sainte Lucie, m'est avis que c'est lui ce vaurien de mauvais chrétien que j'ai engendré ! C'est-y qu'on est revenu pour se ficher de la poire de sa pauvre mère ? Es-tu bien pensant pour faire une chose pareille ? Et on loge dans la suite nuptiale !... Monsieur ne se refuse rien ! Tu as hold-upé une banque ? Et qui est cette greluche ? Où l'as-tu bien ramassée ? C'est-y que...

Robie la fit taire en la prenant dans ses bras.

— Maman !... Ma douce maman !...

Elle fondit et renifla une larme de crocodile.

— Ah on s'est souvenu qu'on avait une mère !... C'est-y que tu voulais me présenter ta future ?

Robie chuchota à l'oreille de sa mère :

— C'est une Irlandaise.

— Une drôle d'effrontée, pour une catholique !

Josephine se déshabillait tout en chantonnant, comme si elle était seule dans la chambre.

— Fais pas attention, elle est devenue folle. Son mari est mort à Grosse-Ile.

— A Grosse-Ile ? Pourtant on dirait qu'elle est de la haute.

— J'en sais rien. Sans doute... Elle est folle... et enceinte.

— De tes œuvres, sacripant !

— Mais non, de son mari. Je ne l'ai pas touchée, mentit Robie.

— Pourquoi tu l'as ramassée, alors ?

— T'as vu comme elle est jolie ? Un maquereau l'aurait embarquée pour la mettre en maison.

— Te voilà bien moralisant. C'est-y que tu serais tombé amoureux ?

— Ben, pas qu'un peu.

— Elle avait de l'argent, hein ? Et tu lui as pris ses sous.

— Oui, pour les jouer. Et j'ai gagné.

Une lueur d'espérance plus que de réelle cupidité passa dans le regard de la maman.

— Beaucoup ?

— Pas mal.

— Et c'est-y pour ça que tu es revenu, pour dire à ta mère que tu t'étais transformé en Crésus ? Pour lui faire honte de sa condition en te trémoussant sous ses yeux dans la suite nuptiale ?

— Non. Pour te demander où je peux trouver ma tante Imelda-Marie.

— Qu'est-ce que tu lui veux, à ma sœur bonne sœur ?

— Lui confier ma Josephine.

— Et allons donc ! Es-tu bien dans tes pensées ? Tu crois que les bonnes sœurs sont assez riches pour nourrir des bouches inutiles ? Une femme enceinte que tu sais même pas d'où elle vient ?

— Je ferai un don à la communauté.

La maman fit la moue.

— Leur en donne pas trop, malgré tout. Gardes-en un peu pour ta pauvre lingère de mère.

— C'était mon intention, douce mère.

— Bon ! Peux-tu bien me dire depuis combien de temps tu n'as pas montré le bout de ton nez ?

— Euh !...

— Quatre ans et demi, animal ! Ta tante, elle n'est plus à Québec. Elle a pris du galon. Elle est mère supérieure, et tu sais où ?

— Tu vas me le dire.

— Tu n'es pas près d'y arriver, là où elle est. A Saint John de Terre-Neuve, qu'elle est, sœur Imelda-Marie de l'Enfant Jésus.

— Nom de Dieu !

La maman se signa.

— Qu'Il te pardonne.

Josephine sortit du cabinet de toilette, en petite tenue. Robie ferma les yeux. Le corps de cette fille aurait damné un saint castré.

— Aidez-moi à délacer mon corset, ma fille !

La maman de Robie esquissa une révérence et s'exécuta.

— Tout de suite, madame... Oh, il est bien serré, ce corset. Pas bon pour le bébé de madame.

— Quel bébé ? Vous délirez, ma fille ?

— Madame n'est pas enceinte ?

— Ah ? Oui, peut-être, en effet.

— Elle m'a dit qu'elle n'avait pas euh saigné depuis deux mois, chuchota Robie.

— Tu ne connais rien aux femmes, Robie. Les privations, les soucis, tout ça peut interrompre les cycles de la nature. Elle n'est peut-être pas plus grosse que je ne le suis...

Voilà qui changeait la donne. Si elle n'était pas enceinte... Oui, mais si elle l'était... Drôle de partie de poker... Pas moyen de deviner le jeu de l'adversaire.

— Quoique, dit la maman, elle a un air...

— Quel air ?

— Cet air qu'ont les femmes prises et dont la taille n'a pas encore commencé à s'arrondir. Un petit quelque chose dans l'œil, une douceur des traits...

— OK, trancha Robie, pas le temps d'attendre que ça se voie ou pas. On part demain.

Ce fut comme une fuite devant la lente glissade du glacier de l'hiver descendant de l'Arctique. Certains jours le froid mordait les roues du cabriolet que Robie avait loué à Lévis, d'autres il reculait, ou plutôt le cheval galopait plus vite que lui, en direction des terres atlantiques, vers Gaspé, sous la protection des vents marins chargés de sel. A supposer que cela fût possible, ce voyage augmenta encore la confusion dans l'esprit de Josephine. Se croyant en route pour Westport dans le tilbury de William, elle resplendissait de bonheur, ce qui fendait le cœur de Robie : pourquoi fallait-il qu'elle fût aussi belle sur la route de la séparation ? Le joueur de poker se sentait pousser au-dessus de la tête une auréole de saint martyr. A chaque tour de roue, son amour pour Josephine devenait plus fort. A chaque tour de roue, à chaque éclat de rire de Josephine il mesurait l'ampleur du sacrifice qu'il consentait, s'en trouvait grandi et, l'âme exaltée, s'estimait l'égal d'Abraham prêt à égorger son fils pour obéir à Dieu. Si seulement son sacrifice à lui pouvait aussi devenir légendaire. Il se voyait déjà canonisé. Serrant sainte Josephine des basses terres du Mask contre son épaule, il s'amusa à lui demander plusieurs fois :

— Comment je m'appelle ?

Josephine papillonnait des paupières.

— Je m'appelle saint Robert des steamers du bas Saint-Laurent.

Et Josephine riait et lui picorait la joue de petits baisers. Un horrible supplice.

A Gaspé les ours bruns erraient aux abords des maisons tandis que sur le port on armait les baleiniers pour la campagne d'hiver dans les eaux qui ne gèlent jamais. Moyennant de substantielles finances, Robie convainquit un capitaine de les déposer à Fortune, un port au sud de Terre-Neuve, à la pointe de la péninsule de Burin. Ils firent escale aux îles de la Madeleine. Face aux falaises rouges, Josephine se crispa et sombra dans une réflexion qui dura toute la journée. Dans les recoins d'un grenier ou d'un entrepont, sa mémoire traquait un fantôme qu'en définitive elle ne put identifier.

L'hiver les rattrapa à Terre-Neuve. La grande île était enneigée. Robie loua les services d'un musher. Josephine applaudit en voyant les chiens aux yeux bleus. Emmitouflés dans leurs fourrures, des peaux de loup sur leurs jambes en guise de couverture, ils furent emmenés par un attelage de six huskies le long de pistes côtières, jusqu'à Lamaline où se trouvait le couvent, en face des îles françaises de Saint-Pierre-et-Miquelon. Pour Josephine qui avait perdu toute notion de l'écoulement du temps, ce voyage avait duré l'espace d'un instant.

La grande bâtisse en bois surgit de la brume. Robie pria le musher de l'attendre. Il tira sur la corde d'une cloche. Une jeune nonne au visage espiègle ouvrit un huis.

— Monsieur ?

— Je viens voir sœur Imelda-Marie.

— Qui dois-je annoncer ?

— Son neveu Robie.

— Robert le Joker, n'est-ce pas ?

— Euh, oui...

— Notre mère supérieure nous demande souvent de prier pour vous. Mais ne restez pas dehors à vous geler. Entrez vous asseoir au parloir. Le monsieur du traîneau aussi. Qu'il ne reste pas dans le froid. Sœur Imelda-Marie est aux cuisines, je vais la chercher.

Des cris d'enfants résonnaient derrière une porte. Un bruit de cour de récréation.

— Dites-moi, ma sœur, qui sont ces enfants que l'on entend ?

La nonne pouffa dans sa cornette.

— Chacune d'entre nous a le sien.

S'amusant de l'air ahuri de Robie, elle précisa :

— Ce sont nos petits orphelins irlandais ! C'est l'heure du goûter.

Accrochée au bras de Robie, Josephine entra dans le

vestibule du couvent. Son regard s'attarda sur le crucifix, elle tendit l'oreille comme pour se pénétrer des cris d'enfants.

— Ces enfants sont en vie, dit-elle.

Ce n'était pas une question mais une constatation teintée de surprise.

— Bien sûr, mon amour.

— Il y a beaucoup de malades dans cet hospice ?

— Aucun.

— Tous ces malheurs sont donc terminés ?

— Bel et bien finis, ma Josephine. Rien qu'un mauvais souvenir.

— Ah ! Dieu merci !

— Tu vas pouvoir te reposer.

— On ira se promener au bord du lac Carra ?

— Certainement.

— Et nous irons sur les îles Jumelles, n'est-ce pas ?

— Dès que le temps le permettra.

— Comme je suis heureuse !

Elle se dirigea vers la porte vitrée. La cour de récréation était une sorte de patio couvert, une grande pièce entourée de bancs, et probablement, pour ce que Robie savait de l'architecture d'un couvent, le lieu de prières des nonnes à présent transformé en salle de jeu. Josephine se mêla aux enfants. Plusieurs l'entourèrent, de plus timides se turent en se tenant à distance. Qui était cette belle dame en fourrure ? Une de celles qui leur faisaient la charité, en Irlande ?

Des sabots claquèrent sur les pavés en bois. Sœur Imelda-Marie avait le pas et les traits aussi bougons que ceux de sa sœur, le même air à brandir le balai en bouleau – un crucifix, en l'occurrence. Ce qui différenciait les deux sœurs, c'était l'entournure. Autant la mère de Robie était rose de visage et ronde de partout, autant sa tante était maigrelette et pâle comme une branche de pin blanchie au soleil de la laisse de mer. Elle s'attarda sur le seuil de la cour de récréation pendant quelques secondes.

— Ne me dis pas que tu as fait tout ce chemin pour me présenter ta femme ?

Elle tamponna les joues de son neveu de deux baisers secs.

— Ce n'est pas ma femme.

— Vous vivez dans le péché ? Depuis combien de temps ne t'es-tu pas confessé ?

— Ma tante !... soupira Robie.

Dans le fond du parloir, des nonnes ouvrirent une porte à deux battants. Une odeur suave de café au lait et de pain chaud envahit la pièce. Les nonnes tapèrent dans leurs mains. Les gosses traversèrent le parloir en piaillant. Joséphine fermait la marche, une petite fille dans ses bras et deux petits garçons accrochés à son manteau.

— D'où viennent ces gosses ? demanda Robie.

— Qui est cette femme ? répliqua sa tante.

— Tss ! Tss ! Tss ! Réponds, toi, d'abord !

— Galopin !

Le regard de sœur Imelda-Marie s'adoucit.

— Ces enfants sont autant de petits Moïse, dit-elle, attendrie. Le Seigneur nous les a envoyés un jour de tempête... Un bateau d'émigrants irlandais s'est échoué sur des étocs. Avant qu'il ne se disloque, ils ont eu le temps de mettre les enfants sur une chaloupe et de les confier à Dieu. La chaloupe s'est échouée sur la grève.

— Et les parents ?

— Noyés.

— Nom de Dieu ! jura Robie, exprès.

Il aimait provoquer sa tante.

— Robie, s'il te plaît !

— Pardon, ma tante.

— Ces enfants ont bouleversé notre vie. Nous avons dû transformer le couvent en orphelinat, pour le plus grand bonheur des sœurs, d'ailleurs.

Robie ouvrit le jeu d'une carte couverte.

— Un gosse de plus ou de moins, ça vous dérangerait pas, alors ?

— Que veux-tu dire ?

— Mon amie attend un bébé.

— Tu l'as entraînée dans le péché de luxure !

— Détrompe-toi, je suis chaste comme un enfant de chœur.

— Et je vais te croire !...

— Enceinte ou pas, à vrai dire je n'en sais trop rien.

Il retourna sa carte.

— Elle a perdu la raison.

— Où veux-tu en venir ? Qu'elle attende ou non un bébé, pourquoi avoir amené cette fille ici ?

— Cette dame, ma tante, cette dame !

— C'est toi qui le dis !

— Si tu m'offrais une tasse de café ? Je voudrais que tu m'entendes en confession.

— Comme si je le pouvais !

— Façon de parler. Je n'ai pas beaucoup de temps. Un musher doit me reconduire ce soir à Fortune.

— Tu m'intrigues ! Allons aux cuisines !

Dix minutes plus tard, sœur Imelda-Marie tournait sa cuiller dans une tasse vide.

— Une bouche de plus à nourrir, peut-être deux, tu me mets dans l'embarras.

— Josephine vous rendra des services. Et puis elle peut guérir.

— Nous prierons pour qu'elle guérisse.

Robie, ému, saisit la main de sa tante.

— C'est d'accord, alors ?

Elle ôta sa main, fit les yeux noirs.

— Je n'ai pas encore dit oui. La vie est si difficile, nous avons si peu de moyens d'existence...

Robie rit de bon cœur. Battu. Il fallait qu'il abatte sa carte maîtresse.

— J'avais l'intention de faire un don à la communauté.

Il tira une bourse de sa poche et étala sur la table de la cuisine des souverains et des dollars-or – comme convenu avec lui-même, la moitié de ses gains le fameux soir de la quinte flush. L'âme humaine est faible, fût-elle celle d'une mère supérieure. Sœur Imelda-Marie, d'un seul coup d'œil, évalua le pot.

— C'est beaucoup d'argent.

— Je ne te mentirai pas, c'est de l'argent gagné aux cartes.

— Dans ce cas reprends-le !

— Gagné au jeu, mais honnêtement, sans tricher. Je te le jure sur la tête de ma mère.

— Que Dieu la protège ! dit sœur Imelda-Marie en pinçant les lèvres. C'est bon, j'accepte.

— Tu sauves une âme, ma tante.

— C'est notre mission.

— Et peut-être deux.

— Nous verrons cela dans quelques semaines. Ce sera aussi notre mission d'élever cet enfant, si enfant il y a. Mais toi, pourquoi tout ce dévouement pour une femme que tu connais à peine ?

— Parce que je l'aime, ma tante, parce que je l'aime comme un fou.

— La Grâce a fini par te toucher, mon neveu.

— Un peu, juste un peu, ma tante. Maintenant excuse-moi, mais il faut que je reparte à Fortune.

Ils traversèrent le réfectoire. Josephine avait un petit enfant sur chaque genou et quatre jeunes nonnes l'entouraient, qui lui posaient des questions.

— Tu vois, dit Robie, elle se croit dans un hospice irlandais.

— Veux-tu lui faire tes adieux ?

— Il ne vaut mieux pas.

— Dieu te garde, mon neveu.

— Toi aussi, ma tante.

Au parloir, le musher sommeillait. Robie lui tapa sur l'épaule.

— Ho ! On y va, l'ami !

La nuit était tombée mais le ciel était clair. La neige brillait au clair de lune. Les huskies s'ébrouèrent, dispersèrent de leur fourrure des étincelles couleur de lune, bleutées comme leurs yeux. Robie remonta les peaux de loup jusque sous son menton. Un coup de fouet claqua. Le traîneau se mit à glisser en direction de Fortune. Robie serra les dents. Jamais il ne s'était senti aussi malheureux, même les lendemains de ses pires nuits de déveine. Il s'enfonça sous les peaux, jusqu'à s'allonger presque, en s'apitoyant sur sa détresse. C'était une nuit à vous donner envie de vous tirer une balle dans le crâne. Il possédait deux pistolets, libre à lui de s'en tirer deux, une de chaque côté, simultanément, pan !... Du jamais-vu. Il grimaça. Que nenni ! Il reviendrait à Lamaline. Dans un premier temps, il louerait une chambre à Fortune en attendant qu'un bateau vienne à accoster et l'amène à Halifax où il passerait l'hiver à jouer dans les tripots du port, à prendre de l'argent aux marins fatigués.

Sœur Imelda-Maric n'eut pas à se plaindre de sa pensionnaire. D'emblée elle fut de bonne compagnie, exactement comme lors du goûter le jour de son arrivée. Certes, dans sa tête toute une bande de chatons joueurs embrouillaient les pelotes de sa mémoire, mais les questions qu'elle posait n'étaient qu'une façon d'affirmer ou de vérifier la réalité de son monde intérieur et appelaient des réponses affirmatives qui la comblaient de bonheur.

— William est parti à la pêche sur le lac ?

— Oui, Josephine.

— Tout le monde est guéri, ici ?

— Tu le vois bien, Josephine.

— Nous irons bientôt sur les îles Jumelles, n'est-ce pas ?

— Dès qu'il n'y aura plus de brouillard, Josephine.

Elle rendait tous les services qu'on lui demandait : s'occuper des enfants, laver le linge, récurer les cuisines, alimenter le feu, sonner l'angélus du soir. Elle n'était pas folle, elle était ailleurs, dans une distraction indéfinie, et infinie, quelque part dans son passé. Le plus précieux des services qu'elle pouvait rendre était celui de traduire en anglais les mots gaéliques que prononçaient les enfants, dont la plupart ne parlaient que la langue de l'Irlande. Sœur Imelda-Marie traduisait ces mots en français, la langue dans laquelle les nonnes apprenaient à lire et à écrire aux enfants qui en avaient l'âge. Les plus espiègles des nonnes parfois s'amusaient à lui jouer des tours.

— Josephine, tu veux bien aller demander à la mère supérieure la clé du paradis ? Dis-lui que saint Pierre l'a perdue.

Une autre fois c'était la clé de sol, la clé des champs ou un kilo de poudre d'escampette. Les sœurs l'entraînaient dans des rondes plutôt endiablées que la mère supérieure, de l'office, interrompait d'un coup de gong. Les nonnes lui demandaient pardon, les mains jointes, tête baissée, la poitrine secouée de hoquets, à cause d'un dernier éclat de rire ravalé de travers. Toutes à matines et complies priaient pour Josephine. Priaient pour le bébé à naître...

Car la taille de Josephine s'était bel et bien arrondie. Seule à savoir le pourquoi de l'ampleur que prenait sa tournure, la tante de Robie s'était demandé comment annoncer aux nonnes un événement qui risquait de leur tourneboulér la cervelle. C'est en fouillant les affaires de Josephine – il fallait bien se livrer à un inventaire de son linge – qu'elle trouva un moyen habile de le faire. Elle découvrit le cahier, le parcourut, le cacha sous son tablier, passa la nuit à le lire. Le matin, elle décida d'en faire la lecture aux sœurs, chaque soir après complies, et hors la présence de Josephine. Elle en expurgerait le texte de quelques passages, surtout les lignes où Josephine décrivait le plaisir charnel lors de sa nuit de noces sur le bateau, probablement la nuit où l'enfant avait été conçu. La mère supérieure leur distilla l'ouvrage à raison d'une dizaine de pages par jour. Cela dura deux semaines pendant lesquelles, à matines, les sœurs prièrent en secret pour que ce soit déjà complies, fascinées par l'horreur des récits de William et de Josephine.

Elles avaient recueilli des orphelins à la suite d'un naufrage... Une mauvaise fortune de mer, un drame affreux certes, mais imputable à l'océan, à la fureur des éléments, pas à la turpitude des hommes. Comment auraient-elles pu imaginer tout ce qui avait précédé ce naufrage ? Une nonne dont les parents étaient des Canadiens anglophones s'infligea le cilice. On accéléra le rythme des corvées afin de se ménager un temps supplémentaire de prières pour l'Irlande. Comment Josephine avait-elle pu sortir indemne de tous ces supplices ? Un rire nerveux secoua les sœurs quand par la voix de la mère supérieure elle se qualifia de sainte Josephine des basses terres du Mask, mais aussitôt une vérité les frappa : oui, Josephine était une sainte. Et sainte Josephine était grosse !

Un vent de maternage souffla fredaine sur le couvent. Dans de vieilles chemises on coupa des couches et des langes, à partir de vieux lainages détricotés on tricota des culottes et des brassières, de planches mises au rebut on fit un petit lit. Une sœur douée de sens artistique peignit un grand portrait de Josephine en sainte s'élevant d'un charnier vers des cieux lumineux. Bien qu'il y eût là de l'idolâtrie, sœur Imelda-Marie consentit à ce qu'on accrochât le tableau dans le réfectoire. A Noël, aussi, elle aurait pu, elle aurait dû sévir ; on fêta tout autant l'enfant à naître que la naissance de Jésus. A l'extérieur, devant la porte du couvent, on éleva un igloo en guise de crèche, avec des bonshommes de neige – Marie, Joseph, les Rois mages –, des animaux de neige – l'âne et le bœuf – et sur un lit de paille on déposa une poupée rescapée du naufrage. Une chorale s'improvisa : des enfants se rappelaient des chansons de leur pays, ils chantèrent leur Irlande natale et à l'oreille des nonnes ces chants résonnèrent comme des cantiques.

La fin de l'hiver et le début du printemps furent une longue et intolérable leçon de patience. Le réveil de la nature, le dégel, les bourgeons, les oiseaux, les papillons, les premiers maringouins, le frai des bancs de capelans dans le ressac le long de la grève, de tout cela les nonnes n'avaient cure. Au fur et à mesure que Josephine grossissait, leur impatience grandissait. Deux mois avant le terme prévu d'après la datation du cahier, la chambre de l'enfant était prête, décorée de dessins, de poupées et d'animaux de chiffon, équipée d'une bassine pour le bain, d'huile fine, de savon doux, de talc et d'eau de Cologne. On eût dit que le couvent tout entier faisait une grossesse nerveuse. Le ventre de Josephine devint plus précieux qu'une icône. Il se murmurait au couvent que toucher ce ventre guérissait des rages de dents, de la migraine, des règles douloureuses. Les nonnes le frôlaient subrepticement. Si la mère supérieure les surprenait à le faire, elle les tançait avec sévérité et leur promettait le bûcher des sorcières, ce qui faisait glousser les sœurs sur la pente de l'hérésie, car le bonheur qu'elles lisaient dans ses yeux démentait ses menaces de châtiment.

A sa brigade indisciplinée, la générale sœur Imelda-Marie imposa de l'exercice physique. Grâce à l'argent de Robie, on acheta un cheval de trait et une carriole ; on défricha de nouveaux arpents qu'on débarrassa de leurs cailloux en jetant des pelletées de terre sur des grillages fixés sur des cadres. Avec les cailloux on étendit le réseau de murets de pierres sèches. On bêcha le potager deux fois plus profondément que d'ordinaire. On laissa les trois vaches vaguer dans les tourbières, leurs quartiers d'été. On vida la crèche et épandit le fumier. On planta et sema à tout va. Les nonnes, épuisées, s'assoupissaient pendant complies.

— Ah ! Ah ! mes filles ! Vous voilà bien calmées ! se félicitait sœur Imelda-Marie.

Toute religieuse qu'elle était, la tante de Robie n'ignorait pas que la marche est recommandée aux femmes grosses pour faciliter le passage de l'enfant. Accompagnée de deux nonnes chaque jour différentes, Josephine s'en allait faire de longues promenades le long de la côte, les mains croisées sous son gros ventre, les yeux légèrement écarquillés comme souvent ceux des femmes proches du terme. La promenade les menait à travers une étendue de buissons ras et crépus que les nonnes appelaient « bleuets ». Un après-midi, vers la fin du mois de mai, Josephine et ses demoiselles de compagnie s'assirent au beau milieu de ces buissons, non loin du bord de la falaise. Les nonnes battirent des mains.

— Regarde, Josephine, les fruits commencent à se former !... Bientôt on viendra toutes s'asseoir ici avec ton bébé et on remplira des seaux et des seaux de myrtilles !... On aura les mains toutes bleues comme le voile de la Vierge Marie !

Josephine ne regardait pas les bleuets. A genoux, elle fixait la mer. Dans la passe à la Goélette, entre Miquelon et la péninsule de Burin, une voile venait d'apparaître. Un deux-mâts noir et blanc louvoyait bout au vent.

« Oh ma mère, raconterait le soir une nonne en pleurs, comment aurions-nous pu deviner ? Elle s'est levée, a mis sa main en visière et balbutié des mots d'abord incompréhensibles. Le bateau se rapprochait en rasant la côte. Josephine a dit et cela on l'a bien compris : l'*Antigonish*, l'*Antigonish*, l'*Antigonish* ! Oh ma mère, croyez-vous que c'était vraiment le bateau dont elle parle dans son cahier ? Que Dieu me pardonne, on aurait dit qu'elle était possédée. Quand elle parlait, sa salive faisait des bulles sur ses lèvres. Elle a crié : "Appuyez sur tribord, monsieur Coudray !" Et puis : "William ! William ! Ne m'abandonne pas ! Ne pars pas sans moi !" Alors... Oh ma mère, comment aurions-nous pu imaginer ?... Alors, avant que nous ayons eu le temps de l'en empêcher, oh doux Jésus de seulement y penser, malgré son ventre elle s'est mise à courir et oh pauvre de nous, s'est jetée de la falaise au moment où le bateau passait en dessous. »

Josephine gisait sur un aplomb. Pendant qu'une nonne empêtrée dans ses jupes et son tablier essayait de descendre, l'autre a couru sonner à toute volée le tocsin du couvent. Le cheval était attelé à la carriole. Sœur Imelda-Marie a sauté sur le banc, empoigné les rênes et fouetté le percheron jusqu'au village où elle a rameuté des hommes et réclamé des cordes.

Deux gaillards sont descendus. Là-haut la crête était crénelée de cornettes. Les hommes se sont penchés sur Josephine, ont secoué la tête et ôté leur casquette. Comme des belles-de-jour surprises par l'obscurité, les cornettes se sont abaissées, repliant lentement leurs pétales sur le visage des nonnes.

Des mouettes tournoyaient au-dessus de l'écume. L'une d'elles criaillait drôlement. Sœur Imelda-Marie a hurlé aux deux hommes :

— Ses jupes ! Relevez ses jupes ! Dieu vous le pardonnera !

Entre les jambes de la morte vagissait le bébé que le couvent avait tant désiré.

— Une petite fille ! cria l'un des gaillards en soulevant l'enfant.

Sœur Imelda-Marie sauta dans la carriole, empoigna de nouveau les rênes et fouetta le percheron.

— Occupez-vous de la morte et de la petite ! Je vais au village chercher une nourrice !

L'enfant fut baptisée le lendemain, avant qu'on enterrât sa mère. Ne sachant point trop si l'acte de mariage rédigé sur le bateau par monsieur Coudray avait une quelconque valeur, la mère supérieure fit inscrire sur le registre des baptêmes le nom de Josephine, Roberte, Imelda Maloney. En revanche sur l'acte de décès elle fit ajouter : « Epouse supposée de feu William Benson, Esquire, Carra Hall, County Mayo, Ireland ». Après avoir été veillée deux nuits par des nonnes en larmes, Josephine, tout de blanc vêtue, fut inhumée dans le cimetière des religieuses.

En juillet, Robie se présenta à la porte du couvent. Pendant la traversée de Halifax à la baie de Fortune, il s'était bercé d'illusions, avait espéré apercevoir dans le jardin une Josephine guérie, donnant le sein à un gros bébé rieur et joufflu. Mais en tirant sur le fil de la cloche, il fut pris d'un mauvais pressentiment. L'atmosphère ne lui disait rien qui vaille. La porte du couvent était ouverte. La jeune nonne n'avait plus l'air espiègle.

— Oh, monsieur Robie ! Il est arrivé un grand malheur, savez-vous...

— N'en dites pas plus. Menez-moi sur sa tombe.

— Vous ne voulez pas voir votre tante d'abord ?

— Après...

— Il faudra voir aussi la petite Josephine.

— La mère est morte en couches, n'est-ce pas ?

— Hélas, monsieur Robie, hélas !...

La tombe de Josephine était couverte de bouquets de reines-des-prés qui embaumaient l'air de leur parfum sucré. Robert le Joker sortit un jeu de cartes de sa poche, le battit, tira une carte.

La dame de cœur !

Les cartes ne mentent jamais.

Il glissa la dame de cœur au croisement de la potence et des bras de la croix, puis il jeta tout le jeu sur le parterre de fleurs. Aucune carte ne se retourna. Robie s'agenouilla et en ramassa quatre au hasard.

Quinte flush, avec la dame sur la croix.

Les cartes lui tombèrent des mains. Il se mit à trembler, se signa et s'en alla sans se retourner.

Douze ans plus tard…

Sur la grève au bas de la falaise où elle était née, un solide marin français en cuissardes souleva Josephine Maloney et la déposa sur le plat-bord d'un doris demi-ponté. Elle avait les yeux gris-bleu et les cheveux acajou de sa mère. C'était une belle petite jeune fille, déjà, et on voyait bien qu'elle avait du caractère. Les joues humides de milliers de baisers d'adieu, elle agita son foulard pendant que le matelot repoussait le bateau, puis se hissait à bord à la force des bras.

La voile du doris claqua et se gonfla pour une courte traversée. Dernière orpheline à quitter le couvent, Josephine Maloney respira son bonheur à pleins poumons. Les minuscules îles de Saint-Pierre-et-Miquelon, en face, à ses yeux tout neufs étaient le grand monde, la vraie vie, une terre de découvertes, quand bien même y allait-elle, placée par sœur Imelda-Marie, comme bonne à tout faire au service de fonctionnaires français.

— Assieds-toi donc à côté de moi, ma mignonne, dit le marin en coinçant la barre franche sous son aisselle. C'est-y drôle, toutes ces cornettes. On dirait une bande de mouettes. Et ça piaille tout comme !

« Donne-nous de tes nouvelles !… Ecris-nous !… Tu vas

nous manquer !... Reviens nous voir !... » criait le chœur des nonnes, que dirigeait une sœur Imelda-Marie à présent bien rabougrie, mais pas moins mère supérieure. Elle tapa dans ses mains.

— La première qui pleure me récitera son rosaire de laudes à minuit !

Le doris prit le vent, les mouettes rapetissèrent, Josephine les vit se disperser.

— La brise n'est pas bien maligne, dit le marin, tiens donc la barre pendant que je me roule une cigarette.

Le dos droit, l'air décidé, la petite Gnouf, nom que donnaient les Saint-Pierrais aux gens de New Foundland, l'orpheline, la moins que rien, empoigna la barre et regarda le soleil en face.

Postface de l'auteur

Cette fille de douze ans dans la réalité ne s'appelait pas Josephine Maloney mais Louise Beck. C'était l'arrière-grand-mère de mon épouse. Les recherches généalogiques effectuées par l'une de nos cousines nous ont appris peu de chose sur elle, sinon qu'elle était l'enfant naturelle de Mary Jane Beck, qui émigra d'Irlande au Canada à l'époque de la Grande Famine.

On ignore dans quelles circonstances Louise Beck devint orpheline. Toujours est-il qu'elle fut recueillie par des religieuses de Terre-Neuve qui, vers l'âge de douze ans, la placèrent comme bonne à Saint-Pierre-et-Miquelon où elle épousa le fils d'un armateur malouin.

Les lecteurs de mes notes de voyage connaissent l'amour que je porte à l'Irlande. Quand on aime un pays, rien de plus normal que de s'intéresser à son passé. Quand une période aussi bouleversante de ce passé – la Grande Famine, peu connue il me semble du public français – recoupe les origines familiales de votre épouse, quoi d'étonnant que germe dans l'esprit de l'écrivain l'idée de les associer dans un roman.

En écrivant *L'Adieu au Connemara* j'ai donc cédé à deux désirs : d'une part faire connaître ou rappeler aux lecteurs cette période tragique de l'histoire de l'Irlande, en la situant dans les décors du comté Mayo que ma femme et moi fréquentons tous les ans ; d'autre part, donner une identité et un destin forcément romanesques aux parents inconnus de Louise Beck.

H. J.

Remerciements

Au ministère des Affaires étrangères, pour la « Mission Stendhal » qui m'a permis de compléter mes recherches en Irlande et au Québec.

Au Centre National du Livre, pour son aide.

Bibliographie

Famine Ship Diary, Robert Whyte (Mercier Press, Irlande)

The Irish Famine, Helen Litton (Wolfhound Press, Irlande)

A Farewell To Famine, Jim Rees (Arklow Enterprise Centre, Irlande)

The Great Hunger, Cecil Woodham-Smith (Old Town Books, New York)

Passage To The New World, David Hollett (P. M. Heaton Publishing, Grande-Bretagne)

Famine Diary, Gerald Keegan (Wolfhound Press, Irlande)

Les témoins parlent, Grosse-Ile 1847, Rose Masson Dompierre et Marianna O'Gallagher (Livres Carraig Books, Québec)

La Sainte Bible, des abbés Glaire et Vigouroux (Editions R. Roger et F. Chernoviz)

PRODUCTION JEANNINE BALLAND

Romans « Terres de France »

Jean Anglade
Un parrain de cendre
Le Jardin de Mercure
Y a pas d'bon Dieu
La Soupe à la fourchette
Un lit d'aubépine
La Maîtresse au piquet
Le Saintier
Le Grillon vert
La Fille aux orages
Un souper de neige
Les Puysatiers
Dans le secret des roseaux
Sylvie Anne
Mélie de Sept-Vents
Le Secret des chênes
La Couze
Ciel d'orage sur Donzenac
Jean-Jacques Antier
Autant en apporte la mer
Marie-Paul Armand
La Poussière des corons
La Courée
tome I *La Courée*
tome II *Louise*
tome III *Benoît*
La Maîtresse d'école
La Cense aux alouettes
Nouvelles du Nord
L'Enfance perdue
Un bouquet de dentelle
Françoise Bourdon
La Forge au Loup
La Cour aux paons
Annie Bruel
La Colline des contrebandiers
Le Mas des oliviers
Les Géants de pierre
Marie-Marseille
Jean du Casteloun
Michel Caffier
Le Hameau des mirabelliers
La Péniche Saint-Nicolas
Les Enfants du Flot
Jean-Pierre Chabrol
La Banquise
Alice Collignon
Un parfum de cuir
Didier Cornaille
Les Labours d'hiver
Les Terres abandonnées
La Croix de Fourche
Etrangers à la terre
L'Héritage de Ludovic Grollier
L'Alambic
Georges Coulonges
Les Terres gelées
La Fête des écoles
La Madelon de l'an 40
L'Enfant sous les étoiles
Les Flammes de la Liberté
Ma communale avait raison
Les blés deviennent paille
L'Eté du grand bonheur
Des amants de porcelaine
Le Pays des tomates plates
La Terre et le Moulin
Les Sabots de Paris
Yves Courrière
Les Aubarède
Anne Courtillé
Les Dames de Clermont
Florine
Dieu le veult
Les Messieurs de Clermont
L'Arbre des dames
Le Secret du chat-huant
Annie Degroote
La Kermesse du diable
Le Cœur en Flandre
L'Oubliée de Salperwick
Les Filles du Houtland
Le Moulin de la Dérobade
Les Silences du maître drapier

Alain Dubos
Les Seigneurs de la haute lande
La Palombe noire
La Sève et la Cendre
Le Secret du docteur Lescat
Elise Fischer
Trois Reines pour une couronne
Les Alliances de cristal
Alain Gandy
Adieu capitaine
Un sombre été à Chaluzac
L'Enigme de Ravejouls
Les Frères Delgayroux
Les Corneilles de Toulonjac
L'Affaire Combes
Les Polonaises de Cransac
Gérard Georges
La Promesse d'un jour d'été
Michel Hérubel
La Maison Gelder
La Falaise bleue
Tempête sur Ouessant
Le Démon des brumes
Denis Humbert
La Malvialle
Un si joli village
La Rouvraie
La Dent du loup
L'Arbre à poules
Les Demi-Frères
La Dernière Vague
Yves Jacob
Marie sans terre
Hervé Jaouen
Que ma terre demeure
Jean-Pierre Leclerc
Les Années de pierre
La Rouge Batelière
Louis-Jacques Liandier
Les Gens de Bois-sur-Lyre
Les Racines de l'espérance
Jean-Paul Malaval
Le Domaine de Rocheveyre
Les Vignerons de Chantegrêle
Jours de colère à Malpertuis
Quai des Chartrons
Les Compagnons de Maletaverne
Dominique Marny
A l'ombre des amandiers
La Rose des Vents
Louis Muron
Le Chant des canuts
Henry Noullet
La Falourde
La Destalounade
Bonencontre
Le Destin de Bérengère Fayol
Le Mensonge d'Adeline
Frédéric Pons
Les Troupeaux du diable
Les Soleils de l'Adour
Jean Siccardi
Le Bois des Malines
Les Roses rouges de décembre
Le Bâtisseur de chapelles
Jean-Michel Thibaux
La Bastide blanche
Le Secret de Magali
La Fille de la garrigue
Le Roman de Cléopâtre
La Colère du mistral
L'Homme qui habillait les mariées
La Gasparine
L'Or des collines
Jean-Max Tixier
Le Crime des Hautes Terres
La Fiancée du santonnier
Brigitte Varel
Un village pourtant si tranquille
Les Yeux de Manon
Emma
L'Enfant traqué
Le Chemin de Jean
L'Enfant du Trièves
Colette Vlérick
La Fille du goémonier
Le Brodeur de Pont-l'Abbé
La Marée du soir
Le Blé noir

Collection « Sud Lointain »

Jean-Jacques Antier
Le Rendez-vous de Marie-Galante
Marie-Galante, La Liberté ou la Mort
Erwan Bergot
Les Marches vers la gloire
Sud lointain
tome I *Le Courrier de Saigon*
tome II *La Rivière des parfums*
tome III *Le Maître de Bao-Tan*
Rendez-vous à Vera-Cruz
Mourir au Laos
Jean Bertolino
Chaman
Paul Couturiau
Le Paravent de soie rouge
Le Paravent déchiré
Alain Dubos
Acadie, terre promise
Dominique Marny
Du côté de Pondichéry
Les Nuits du Caire
Juliette Morillot
Les Orchidées rouges de Shanghai
Michel Peyramaure
Les Tambours sauvages
Pacifique Sud
Louisiana
Jean-Michel Thibaux
La Fille de Panamá

Romans

Alain Gandy
Quand la Légion écrivait sa légende
Hubert Huertas
Nous jouerons quand même ensemble
La Passagère de la « Struma »
Michel Peyramaure
Le Roman de Catherine de Médicis

Impression réalisée sur CAMERON par

BUSSIÈRE CAMEDAN IMPRIMERIES

GROUPE CPI

à Saint-Amand-Montrond (Cher)
en mars 2003

N° d'édition : 7068. — N° d'impression : 031085/1.
Dépôt légal : mars 2003.

Imprimé en France